KB163161

너새니얼 호손 단편선

Nathaniel Hawthorne

세계문학전집 14

너새니얼 호손 단편선

Nathaniel Hawthorne

너새니얼 호손

천승걸 옮김

민음사

일러두기

1 이 책의 번역 저본은 작품 해설에 밝혀 두었다.

2 본문의 각주는 모두 옮긴이 주이다.

차례

나의 친척 몰리네 소령

대영제국 왕이 식민지 미국의 주지사 임명권을 행사하게 된 후로 주지사들의 행정 조치는 옛날 원래의 헌장에 따라 주지사를 선출하던 시절에 그들의 전임자들이 받던 당연하고 관대한 인정을 좀처럼 받지 못했다. 식민지 국민들은 그들 자신으로부터 나오지 않은 권력 행사에 대해 질시하듯 따지고 들며 그들의 지도자들의 임무 수행을 별로 감사하지 않고 인색하게 받아들였는데, 사실 그 지도자들은 바다 건너 본국에서 내려오는 지시들을 완화함으로써 그 지시를 내린 본국 관리들의 비판을 야기해 왔던 것이다. 매사추세츠 베이의 연감에 따르면 제임스 2세 치하에서 구(舊) 헌장이 폐지된 이후 40여 년 동안 여섯 명의 주지사 중에서 두 사람은 민중 폭동에 의해 감옥에 갇혔고, 한 사람은 허친슨[1]이 믿고 싶어 하는 대로 총탄의 위협에 의해 주에서 쫓겨난 것으로 되어 있고, 다른 한 사람 역시 허친슨의 언급대로라면 하원과의 계속되는 분쟁으로 제 명대로 살지 못하고 일찍 죽었고, 나머지 두 사람은 그들의 후임자들과 마찬가지로 독립 혁명 때까지 평화로운 집권 상태를 유지하는 행운을 거의 누리지 못했다. 궁정당[2]의 하급 당원들 역시 정치적 격동의 회오리 속에서 별로 나은 삶을 영위하지 못했다. 이런 설명이 백여 년 전쯤 어느 여름밤에 일어난 다음의 이야기에 서문 구실을 해 줄 수 있을지 모르겠다. 식민지 시절의 길고 자세한 이야기를 피하기 위해 일반 민중의 일시적 격분을 일으킨 일련의 상황에 대한 서술을 생략함을 독자들은 이해해 주기 바란다.

어느 달 밝은 밤 9시경 보트 한 척이 승객 한 사람을 태우고 나루를 건너왔다. 늦은 시간이어서 요금을 더 주기로 하고 배를 타고 온 것이었다. 선착장에 도착해 승객이 약속을 이행하기 위해 주머니를 뒤적이는 동안 뱃사공은 등불을 치켜들고 있었는데, 그 불빛과 막 떠오른 달빛의 도움으로 승객의 모습을 자세히 훑어볼 수 있었다. 승객은 시골에서 자란 것이 틀림없는, 기껏해야 열여덟쯤 되어 보이는 청년으로, 도시를 처음으로 방문하는 것처럼 보였다. 그는 잘 수선하긴 했지만 꽤 낡고 허름한 회색 코트와 잘 빠진 팔다리에 착 달라붙는 튼튼한 가죽 옷을 입고 있었다. 푸른색의 긴 털실 양말은 어머

1) 토머스 허친슨(1711~1780). 매사추세츠 식민지 역사가로, 미국 혁명 전 마지막 식민지 주지사를 지냈다.

2) court party. 영국 왕정의 권위를 지지한 정당.

니와 누이가 직접 짠 것이 틀림없었고, 삼각 모자는 아마도 한창때 그의 아버지의 근엄한 이마를 가려 주었음 직해 보였다. 그는 왼쪽 팔 밑에 딱딱한 뿌리의 일부가 달린 참나무 줄기 곤봉을 끼고 있었고, 그가 가진 것이라고는 그의 든든한 어깨에 부담이 될 정도로 많은 물건이 든 것 같지는 않은 전대 하나가 전부였다. 갈색 곱슬머리, 잘생긴 얼굴, 밝고 명랑해 보이는 눈은 자연이 내린 선물로서, 예술이 그를 멋있게 꾸미기 위해 쏟은 모든 정성에 답하는 모습이었다.

로빈이라는 이름의 그 젊은이는 마침내 호주머니에서 2.5실링 액수의 지역 화폐[3]를 꺼냈는데, 지역 화폐의 가치가 하락한 탓에 3펜스에 해당하는 6각형 양피 증지를 더 주고서야 뱃사공의 요구를 만족시킬 수 있었다. 그러고 나서 그는 시내로 향했는데, 그날 하루 이미 30마일 이상을 여행한 사람답지 않게 가벼운 발걸음으로, 이 도시가 뉴잉글랜드 식민지의 조그만 수도가 아니라 런던 시이기라도 한 처럼 열심히 주위를 살피며 걸어갔다. 그러나 얼마 안 가 그는 자신이 어떤 방향으로 가야 할지 모르고 있다는 사실을 깨달았다. 그래서 잠시 발걸음을 멈추고 좁은 길 위아래로 눈길을 돌려 길 양쪽에 흩어져 있는 조그맣고 초라해 보이는 목조 건물들을 찬찬히 살펴보았다.

'이렇게 낮은 오두막 같은 집이 내 친척의 집일 리 없어. 부서진 창틀 사이로 달빛이 스며들고 있는 저쪽 낡은 집도 아닐

---

3) 영국 본토가 아니라 식민지 미국에서 발행한 지폐.

테고. 정말이지 이 근처엔 내 친척이 살 만한 집이 하나도 없군. 뱃사공한테 길을 물어보았더라면 좋았을걸. 그랬다면 나랑 같이 친척 집에 가서 수고비로 몰리네 소령님한테서 1실링이라도 벌었을 텐데. 하기야 다음에 만나는 사람한테 그렇게 부탁하면 되지.'

그는 이렇게 생각하며 다시 발걸음을 옮겼다. 이제 길이 좀 넓어지고 집들도 더 점잖아 보여서 기분이 좋았다. 얼마 지나지 않아 그는 적당히 앞서 가고 있는 사람의 모습을 발견하고는 서둘러 그 사람에게 다가갔다. 가까이 접근해 보니 그 사람은 나이가 꽤 든 사람으로, 백발의 가발에 옷자락이 넓은 검은 코트를 걸치고 명주 양말을 무릎께까지 말아 올려 신고 있었다. 그는 반들반들 윤이 나는 긴 지팡이를 들고 있었는데, 걸음을 옮길 때마다 그것을 수직으로 곧추세웠다가 내려 짚으면서 묘하게 엄숙하면서도 음침하게 들리는 헛기침 소리를 규칙적으로 두 번씩 내는 것이었다. 이런 관찰을 하면서 로빈은 마침 이발소의 열린 문과 창을 통해 불빛이 두 사람의 모습을 비출 때 노인의 코트 자락을 붙들었다.

"안녕하세요, 영감님."

그는 코트 자락을 여전히 붙든 채 공손히 절을 하며 말했다.

"제 친척인 몰리네 소령님 댁이 어디인지 좀 가르쳐 주실 수 있겠습니까?"

젊은이의 목소리가 아주 크게 들려서, 비누 거품이 잘 발린 턱을 향해 면도칼을 막 대려던 이발사 한 사람과 래밀리스 가발을 손질하고 있던 다른 이발사 한 사람이 하던 일을 멈추고 문께로 나왔다. 그러는 동안 그 노인은 긴 얼굴을 로빈 쪽으로 돌리고는 매우 짜증스럽고 화난 어조로 대답했다. 그러나 예의 음침한 두 번의 헛기침 소리가 마치 차가운 무덤에 대한 생각이 분노 사이를 불쑥 치밀고 나오듯이 그의 꾸짖음 도중에 터져 나오면서 아주 묘한 효과를 자아내는 것이었다.

"이 옷자락 썩 놓지 못해! 난 자네가 말한 그런 사람 몰라. 난, 난, 에헴, 에헴, 권위가 있는 사람이야. 이게 윗사람한테 하는 버릇이라면 자넨 내일 아침 해 뜰 무렵엔 유치장에 갇혀 차꼬를 차고 있을 게야!"

로빈은 노인의 옷자락을 놓고는 이발소에서 터져 나오는 무례한 웃음소리를 뒤로한 채 서둘러 그 자리를 떠났다. 처음에 그는 자신의 질문 결과에 상당히 놀랐다. 그러나 그는 똑똑한 젊은이여서 곧 그 의문을 이해할 수 있을 것 같았다.

"그 양반이 그렇게 늙지만 않았으면 돌아가서 콧대라도 후려갈겨 주고 싶군. 야, 로빈! 안내해 줄 사람을 그렇게 잘못 택했으니 이발소 사람들까지도 널 보고 비웃지! 그래도 로빈, 곧 나아질 테니 걱정 마라."

이제 그는 서로 교차하며 이어지는 좁고 구불거리는 길 속에 갇힌 채 강가에서 별로 멀지 않은 위치에서 헤매고 있었다. 타르 냄새가 코에 스며들고, 건물들 위로는 배의 돛대들이 달빛을 꿰뚫고 있었다. 잠시 멈춰서 여러 가지 정황을 관찰해 본바, 자신이 시내 중심가에 가까이 와 있다는 사실을 알 수 있었다. 그러나 거리들이 텅 비었고 가게 문들은 모두 닫혀 있었으며, 몇몇 주택도 2층에서만 불빛이 새어 나오고 있었다. 드디어 그가 지나온 좁은 골목길 모퉁이의 어떤 집 문 앞에 넓적한 영국 병사의 얼굴이 그려진 간판이 걸려 있는 것이 보였다. 그 집은 주막집이었고, 안에서 많은 손님들의 목소리가 들려왔다. 아래쪽 창문의 창틀 하나가 젖혀져 있어서, 로빈은 아주 얇은 커튼을 통해 잘 차려진 식탁 주위에 둘러앉아 저녁을 먹고 있는 한 무리의 사람들을 볼 수 있었다. 맛있는 음식 냄새가 밖으로 퍼져 나오자 젊은이는 여행을 떠나며 준비해 온 음식을 마지막으로 먹은 것이 아침이었고 오후 이후로 아무것도 먹지 못했다는 생각이 떠올랐다.

"아, 3펜스짜리 양피 증지를 가지고 저 식탁에 앉아 식사를 할 수 있다면 얼마나 좋을까."

로빈은 한숨을 쉬며 혼자 말했다.

"하지만 곧 소령님이 맛있는 음식으로 날 맞아 주실거야. 얼른 안으로 들어가서 소령님 집 가는 길이나 물어봐야지."

그래서 그는 사람들의 두런거리는 소리와 담배 연기를 따라 홀 안으로 들어갔다. 홀은 참나무 벽을 두른 길고 좁은 공간이었는데, 계속되는 연기에 찌들어 거무스름했고 모래를 잔뜩 깔아 놓은 바닥은 결코 깨끗하다고 할 수 없었다. 대부분 뱃사람이거나 어떻게든 바다와 관련이 있어 보이는 한 떼의 사람들이 나무 벤치나 가죽 받침 의자에 앉아 이런저런 이야기를 나누고 있었고, 때로는 일반적인 관심사에 주의를 기울이기도 했다. 어떤 사람들은 몇 명씩 서너 그룹으로 무리를 지어 각각 펀치 볼을 비우고 있었는데, 서인도 제도와의 무역이 시작된 이래 펀치는 식민지에서 아주 친숙한 음료가 되었다.

수공예 같은 것이 직업인 듯한 또 다른 사람들은 펀치 마시는 사람들처럼 함께 마시는 것이 아니라 각자 혼자 따로 마시는 것을 더 즐기고 있었고, 그래서인지 말수가 적어 보였다. 간단히 말해서 거의 모든 사람들이 여러 종류의 술을 즐기고 있었는데, 이 술 마시기로 말하자면 백여 년 전 청교도 교회의 금욕 설교가 잘 증명하듯이 인간이 오래전부터 물려받은 악습이니만큼 어쩔 도리가 없는 것이었다. 로빈이 동질감 같은 것을 느낀 유일한 손님은 얌전해 보이는 두세 명의 시골 사람이었다. 그들은 터키의 대상(隊商)들이 큰 여인숙에서 하는 식으로 방의 제일 어두운 구석에 자리를 잡고 앉아 담배 연기가 자욱한 탁한 공기에 아랑곳하지 않고 집에서 직접 구워 온 빵과 역시 집에서 직접 훈제해 온 베이컨으로 저녁 식사를 하고 있었다. 그러나 이들에게 형제애 같은 것을 느끼면서도 그의 눈길은 문 가까이에 서서 허름한 옷차림을 한 한 무리의 동료들과 귓속말을 주고받고 있는 한 사람에게 쏠렸다. 그 사람은 기괴하다 싶을 정도로 유별나고 독특한 얼굴을 갖고 있어서 얼굴 전체가 기억 속에 깊은 인상을 남기는 타입이었다. 이마가 이중으로 튀어나와 사이에 골이 패어 있었고, 불규칙적인 곡선을 이루면서 불쑥 솟은 콧마루는 손가락 하나 길이가 넘을 정도로 넓었으며, 깊고 짙은 눈썹 밑의 두 눈이 마치 동굴 속의 불처럼 빛을 발하는 것이었다.

로빈이 누구에게 그의 친척 집 위치를 물어볼까 곰곰 생각하고 있는데, 때 묻은 흰색 앞치마를 두른 작달막한 주막집 주인이 낯선 사람에게 직업적인 환영의 뜻을 표하려고 다가와 말을 건넸다. 주인은 프랑스 신교도의 2세여서 부모 나라의 예절을 물려받은 것처럼 보였지만, 어떠한 상황도 지금 그가 로빈에게 말을 건네는 카랑카랑한 목소리를 바꿔 놓지는 못한 듯했다.

"시골에서 오신 모양이죠, 손님?"

그는 공손히 절을 하며 말했다.

"무사히 도착하신 걸 축하드립니다. 저희 집에 오래 머무르시겠지요. 이 도시는 참 좋은 곳입니다, 손님. 아름다운 건물도 많고 처음 온 사람의 관심을 끌 만한 것도 많고. 그런데 저녁 식사로는 무얼 주문하시려는지요, 손님?"

'이 사람 우리 집안의 얼굴을 닮은 걸 금방 알아보는군! 내가 소령님의 친척이라는 걸 벌써 짐작한 거야.'

이제껏 그런 공손함을 거의 겪어 보지 못한 로빈은 이렇게 생각했다.

모든 사람의 시선이 낡은 삼각 모자와 회색 코트와 가죽 반바지와 푸른 털실 양말 차림에 등에는 전대를 메고 참나무 곤봉에 의지해 문께에 서 있는 이 시골 청년에게 향했다. 로빈은 짐짓 소령님의 친척에 걸맞은 당당한 태도를 취하며 공손한 주막 주인에게 대답했다.

"아주 좋은 분이시군요. 다음 기회엔 꼭 이 집을 이용하도록 하겠습니다."

이 대목에서 그는 목소리를 낮추지 않을 수 없었다.

"3펜스 양피 증지보다 더 많은 돈이 있을 때 말입니다. 오늘 제가 이곳에 온 것은……."

그는 매우 자신만만한 태도로 말을 이었다.

"제 친척인 몰리네 소령님 집에 가는 길을 좀 물어보기 위해서입니다."

그러자 홀 안에 갑자기 동요가 일었고, 로빈은 그것을 앞다투어 그의 안내자가 되려는 열망의 표현으로 해석했다. 그러나 주막 주인은 벽에 붙은 종이 쪽지로 시선을 돌리더니 이따금씩 젊은이의 모습을 번갈아 보면서 그 쪽지에 적힌 글을 읽는 것 같았다.

"아니, 이게 어떻게 된 일이지?"

그는 카랑카랑 짧게 끊기는 어조로 말했다.

"'계약 하인 헤지키아 멋지가 주인집에서 도망감. 집을 떠날 때 회색 코트와 가죽 반바지, 주인의 헌 모자를 착용했음. 이 자를 붙잡아 현지 구치소에 인계하는 사람에게는 사례금으로 1파운드를 지급하겠음.' 이봐, 빨리 꺼져, 빨리 꺼지라고."

로빈은 손을 뻗어 참나무 곤봉의 가벼운 쪽 끝을 쥐려다가 주위 사람들의 얼굴에 담긴 적의를 확인하고는 그 공손한 주막 주인의 머리를 부숴 버리려는 계획을 포기하지 않을 수 없었다. 홀을 떠나려고 몸을 돌릴 때, 조금 전 그의 눈길을 끌었던 강한 인상의 사나이의 경멸하는 듯한 눈초리와 마주쳤다. 그가 문을 나서자 모두들 웃음을 터뜨렸는데, 그 웃음소리 속에서 냄비에 조그만 돌멩이들을 떨어뜨리듯 쨍그랑대는 주막 주인의 목소리가 들리는 것 같았다.

'아니, 돈주머니가 비었다는 고백이 내 친척 몰리네 소령님의 명성을 그처럼 가릴 수가 있다니 이상한데?'

똑똑한 로빈은 이렇게 생각했다.

'저 히죽대는 녀석들을 나 그리고 이 참나무가 자란 고향의 숲속에서 마주친다면 비록 돈주머니는 가볍지만 내 팔은 무겁다는 걸 단단히 가르쳐 줄 텐데!'

좁은 골목길의 모퉁이를 돌자 제법 넓은 길이 나오고 길 양쪽으로 높은 건물들이 계속 이어져 있었다. 길 맨 위쪽의 뾰족탑 건물에서 9시를 알리는 종소리가 들려왔다. 달빛과 수많은 상점들의 등불에 보도 위를 오가는 사람들의 모습이 비쳐 보였다. 로빈은 도대체 어찌 된 일인지 알 수 없는 친척의 모습을 그들 속에서 확인할 수 있었으면 하고 바랐다. 그의 친척에 대해 물어본 몇 번의 시도의 결과가 공공의 자리에서 그런 시도를 또 감행하기를 꺼리게 만들어서, 이제 그는 길을 따라 조용히 천천히 걷기로 마음먹었다. 그러면서 로빈은 나이가 좀 들어 보이는 사람에게 바싹 다가가 소령의 모습을 닮지 않았는지 확인해 보곤 했다. 그렇게 걷는 동안 그는 쾌활하고 명랑해 보이는 많은 사람과 마주쳤다. 화려한 색으로 수놓은 옷들, 커다란 가발들, 은제 손잡이가 달린 칼들이 그를 스쳐 지나가며 눈을 부시게 했다. 당시 유럽의 신사들을 모방한 젊은이들이 유행가 가락을 흥얼대며 거기에 맞춰 춤이라도 추듯 경쾌하게 걸어가는 모습을 볼 때는 자신의 조용한 보통 걸음걸이가 부끄럽게 생각되기도 했다. 상점의 진열대에 놓인 근사한 물건들을 구경하느라 여러 번 멈추기도 하고 무례하게 사람들의 얼굴을 빤히 쳐다본다고 꾸지람도 몇 번 들어 가면서 이 소령님의 친척은 드디어 뾰족탑 건물 가까이에 이르렀지만 그의 노력은 여전히 성공을 거두지 못했다. 그러나 그는 아직 사람들로 붐비는 그 길의 한쪽만을 본 것이었다. 그래서 길을 건너 옛날의 그 철학자[4)]가 정직한 사람을 찾아 나선 것보다 더 강렬한 희망을 가지고 반대편 보도를 따라 내려가면서 죽 살펴 보았지만 결과는 마찬가지였다. 그가 조금 전 탐색을 시작한 길 아래쪽 중간 지점에 이르렀을 때, 걸음을 옮길 때마다 지팡이로 보도를 내려 찍으며, 음침한 헛기침 소리를 일정한 간격으로 두 번씩 내며 다가오는 사람의 소리가 들렸다.

"맙소사!"

로빈은 그 소리를 알아듣고 놀라서 중얼거렸다.

그는 마침 오른쪽 가까이에 있는 모퉁이를 얼른 돌아 도시의 다른 쪽으로 탐색을 재촉했다. 이제 그의 인내심도 한계에 다다르고 있어서, 강을 건너기 전 며칠 동안의 여행보다 나룻배를 타고 이곳으로 건너온 후 잠시 동안의 방황에서 오는 피로가 더 크게 느껴졌다. 이제는 배고픔까지 큰 소리로 호소를 해 와서, 로빈은 아무나 처음 만나는 사람을 붙들고 곤봉으로 위협을 해서라도 그의 친척 집으로 안내하도록 강요하는 행위가 타당한지 저울질해 보기 시작했다. 그럴 결심이 점점 굳어져 가는 동안 그는 좀 지저분해 보이는 길로 들어섰다. 길 양쪽에 허름하게 지어진 집들이 항구 쪽을 향해 드문드문 이어져 있었다. 달빛이 길을 비추고 있었지만 길 위에는 아무도 보

---

4) 고대 그리스의 철학자 디오게네스(BC 412~323). 정직한 사람이 드물어 대낮에 등불을 켜 들고 찾아다녔다고 한다.

이지 않았다. 그러나 문이 반쯤 열려 있는 셋째 집을 지나칠 때 어떤 여자의 모습이 그의 날카로운 시선에 얼핏 들어왔다.

"여기서 행운을 얻을지도 모르지."

그는 혼자서 중얼거렸다.

그래서 그는 문께로 다가갔는데, 그가 다가가자 문이 닫혔다. 그러나 완전히 다 닫히지는 않고, 그 안에 있는 여자가 자신의 모습은 보이지 않은 채 바깥의 낯선 젊은이를 관찰할 수 있을 만큼 열려 있었다. 로빈에게 보이는 건 주홍빛 페티코트 자락과 떨리듯 비치는 달빛에 반짝이는 물건처럼 간혹 빛을 발하는 여자의 눈이었다.

"아름다운 아가씨."

'이렇게 불러도 양심에 걸릴 건 없지. 그게 사실이니까.'

똑똑한 젊은이는 이렇게 생각했다.

"아름다운 아가씨, 내 친척인 몰리네 소령님 댁이 어디인지 좀 가르쳐 주시지 않겠어요?"

로빈의 목소리는 약간 애처롭게 들려서 호소력이 있었다. 잘생긴 시골 청년을 피할 이유가 없다는 판단이 서자 여자는 문을 열어젖히고 달빛이 비치는 곳으로 나왔다. 그녀는 하얀 목과 도톰한 팔과 날씬한 허리를 한 예쁘게 생긴 자그마한 여자였는데, 주홍빛 페티코트가 허리 끝에 둥그렇게 튀어나와 있어서 마치 풍선 안에 서 있는 것처럼 보였다. 얼굴은 갸름하면서 예뻤고 조그만 모자가 얹혀 있는 머리카락은 짙은 검은색이었으며 밝은 눈에는 장난기 섞인 분방함이 담겨 있어서 곧 로빈의 눈을 사로잡았다.

"소령님이 사시는 곳은 여기인데요."

예쁜 아가씨가 말했다.

은(銀)이 녹아 흐르는 듯한 그녀의 목소리는 그날 밤 그가 들은 가장 부드럽고 아름다운 목소리였다. 하지만 그 아름다운 목소리가 정말로 복음 같은 진실을 전하고 있는지 의심이 가지 않을 수 없었다. 로빈은 허름한 길을 위아래로 훑어보고 그들 앞에 있는 집을 자세히 살펴보았다. 그 집은 칙칙한 모습의 조그만 2층 건물이었는데, 2층 부분은 아래층보다 더 앞으로 튀어나와 있고 아래층의 앞부분은 잡화상 같은 가게로 쓰이고 있었다.

"정말 운이 좋군요."

로빈은 교활하게 대답했다.

"제 친척 소령님은 정말이지 예쁜 가정부를 두셨네요. 죄송하지만 소령님께 문까지 좀 나와 달라고 전해 주실 수 없을까요. 시골 친구분들이 보낸 편지를 소령님께 전하고 저는 곧 제 주막 숙소로 돌아가야 하니까요."

"어쩌나, 소령님은 벌써 잠드셨는데."

주홍빛 페티코트의 여자가 말했다.

"그리고 오늘 저녁엔 아주 독한 술을 드셔서 깨워 봐야 소용없을 거예요. 하지만 소령님은 무척 친절한 분이시니 만일 소령님의 친척분을 문가에서 그냥 돌려보낸다면 제 목이 달아나겠죠. 그러고 보니 소령님의 모습 그대로네요. 모자도 틀림없이 그분이 비 올 때 쓰는 모자고요. 그 가죽 바지하고 아주 비슷한 옷도 가지고 계시죠. 어쨌든 들어오세요. 그분 이름으로 따뜻하게 맞아들일게요."

그 예쁘고 친절한 여자는 이렇게 말하면서 우리의 주인공의 손을 잡아끌었다. 그 촉감은 가벼웠고 끄는 힘도 약했지만, 그리고 로빈은 말로 듣는 것과는 다른 내용을 그녀의 눈에서 읽고 있었지만, 주홍빛 페티코트를 입은 허리가 가는 그 여자는 결국 건장한 시골 청년보다 힘이 더 셌다. 걸음을 망설이는 그를 문지방 가까이 끌고 갔을 때 옆집 문이 열리는 소리가 들리자, 그 소령님의 가정부는 화들짝 놀라서 소령님 친척의 손을 얼른 놓고 황급히 집 안으로 사라져 버렸다. 이윽고 긴 하품 소리가 들리며 사람의 모습이 나타났다. 그 사람은 「피라무스와 티스베」의 '달빛'처럼 손에 램프를 들고 있었다.[5] 하늘에 있는 그의 누이 발광체인 달을 쓸데없이 도와주려 하는 것 같았다. 그는 졸면서 걸어오다가 멍하게 생긴 넓적한 얼굴을 로빈에게 향하더니, 끝에 꼬챙이가 달린 긴 지팡이를 휘두르며 말했다.

"집으로 돌아가, 이 부랑아 녀석. 집으로 돌아가라고!"

그 야경꾼은 말을 마치자마자 곯아떨어지는 듯한 억양으로 덧붙였다.

"집으로 돌아가. 안 그러면 내일 아침 해 뜰 무렵엔 차꼬를 차고 있게 해 줄 테니!"

'비슷한 말을 두 번이나 듣네.'

---

5) 셰익스피어의 『한여름 밤의 꿈』 5막 1장에 나오는 극중 극 「피라무스와 티스베」에서 '달빛'이 두 연인을 비추는 달빛 역할을 위해 램프를 들고 있는 것에 빗대어 하는 말.

로빈은 생각했다.

'차라리 오늘 밤 나를 그곳으로 데려가 이 난감한 상황에서 벗어나게 해 주면 좋겠다.'

처음에 이 젊은이는 야경꾼에 대해 본능적인 반감 같은 것을 느껴 그가 하고 싶은 질문을 할 수가 없었다. 그러나 야경꾼이 모퉁이를 돌아 막 사라지려 하자 기회를 놓쳐서는 안 되겠다고 결심하고 큰 소리로 외쳤다.

"이보십시오! 제 친척 몰리네 소령님 댁까지 좀 안내해 주실 수 있겠습니까?"

야경꾼은 아무 대답도 없이 모퉁이를 돌아 사라져 버렸다. 그러나 로빈의 귀에는 텅 빈 길을 따라 퍼져 나가는 졸린 듯한 웃음소리가 들려오는 것 같았다. 그 순간 그의 머리 위쪽 창문에서 즐겁다는 듯 킥킥대는 웃음소리가 났다. 그는 고개를 들고 위쪽을 쳐다보다가 장난기 어린 반짝거리는 눈과 마주쳤다. 도톰한 팔이 그에게 오라고 손짓을 하더니, 가벼운 발걸음으로 집 안 계단을 내려오는 소리가 들렸다. 그러나 로빈으로 말하자면 뉴잉글랜드 성직자 집안의 똑똑하고 훌륭한 젊은이여서, 그 유혹을 이겨 내고 도망치듯 거기서 빠져나왔다.

이제 그는 자포자기한 기분으로 시내 여기저기를 되는대로 헤매고 다녔다. 언젠가 고향에서 한 마술사가 사람 세 명에게 주술을 걸어 집에서 20여 보 이내의 짧은 거리에서 겨울 하룻밤 내내 헤매게 했던 걸 떠올리고 자신도 그런 주술에 걸린 게 아닌가 하고 생각했다. 앞에 놓인 길들이 낯설고 황량해 보였고, 주위의 집들은 불이 거의 꺼져 있었다. 그러나 이상한 옷차림을 한 사람들이 끼어 있는 몇 무리의 사람들이 두 번에 걸쳐 바삐 지나갔는데, 그들은 두 번 모두 그에게 말을 걸려고 잠깐 멈추었지만 그런 만남은 그의 혼란을 해소해 주는 데 아무런 도움도 주지 못했다. 그들은 로빈이 알아들을 수 없는 암호 같은 짤막한 말들을 내뱉었고, 그가 대답을 못 하는 걸 보고는 쉬운 영어로 욕설을 퍼붓고는 서둘러 사라져 버렸던 것이다. 마침내 이 젊은이는 끈기만이 지금까지 자신을 좌절시켜 온 곤경을 이겨 내게 해 주리라 믿고, 그의 친척이 살 것 같은 집들의 문을 하나하나 직접 두드려 확인해 보기로 마음먹었다. 이런 결심을 굳히며 길 두 개가 만나는 모퉁이에 있는 교회의 담 밑을 지나쳐 뾰족탑 그늘 속으로 돌아가다가 망토로 몸을 가린 몸집 큰 사람과 마주쳤다. 그 사람도 바쁜 일이 있는 듯 빠른 걸음으로 다가오고 있었지만, 로빈은 그의 앞을 완전히 막아서면서 참나무 곤봉을 양손을 벌려 잡고 앞으로 내뻗었다.

"잠깐 멈추시오. 그리고 내 질문에 대답해 주시오."

그는 매우 결연한 어조로 말했다.

"내 친척 몰리네 소령의 집이 어디인지 당장 일러 주시오."

"바보 같은 친구로군. 잔소리 말고 길이나 비켜."

"안 되오, 안 돼."

로빈은 이렇게 외친 뒤 곤봉을 휘둘러 굵은 쪽을 망토에 가려진 그의 얼굴 앞으로 바싹 내밀었다.

"안 되오, 안 돼. 날 바보로 본 모양인데 당신이 잘못 본 거요. 내 질문에 대답할 때까지는 못 가오. 내 친척 몰리네 소령의 집이 어디요?"

낯선 사람은 로빈을 밀치고 나아가는 대신 달빛이 비치는 곳으로 물러서서는 가리고 있던 얼굴을 드러내 로빈의 얼굴을 빤히 쳐다보며 말했다.

"여기서 한 시간만 지키고 서 있게. 그러면 몰리네 소령이 지나갈 걸세."

로빈은 이렇게 말하는 사람의 독특한 얼굴에 놀라서 아연한 시선으로 쳐다보았다. 이중으로 튀어나온 이마, 넓고 구부러진 코, 깊고 짙은 눈썹, 불빛을 발하는 것 같은 눈은 그가 주막에서 본 바로 그 모습이었다. 하지만 그의 얼굴에는 이상한 변화—좀 더 적절하게 말한다면 이중적인 변화—가 일어나 있었다. 얼굴 한쪽은 짙은 붉은색으로 불타오르는 듯했고 다른 한쪽은 칠흑 같은 밤처럼 검었는데 넓은 콧마루의 중간에 경계선이 이루어져 있었고, 이쪽 귀에서 저쪽 귀까지 뻗친 듯한 큰 입은 뺨 색깔과 대칭적으로 검기도 하고 붉기도 했다. 이 기묘한 모습이 주는 효과는 불의 악마와 어둠의 악마, 두 악마가 연합해서 하나의 지옥 같은 악마의 모습을 이루어 낸 것과도 같았다. 그 사람은 로빈의 얼굴을 보며 싱긋이 웃더니 얼룩진 얼굴을 다시 망토로 감싸고는 순식간에 시야에서 사라졌다.

"우리 나그네들은 이상한 것들을 참 많이 본단 말이야."

로빈은 내뱉듯 말했다. 그러고는 교회 문 앞 계단에 앉아 친척이 나타난다는 시간까지 그곳에서 기다리기로 마음먹었다. 그는 방금 떠난 그 별종의 인간에 대해 얼마 동안 철학적 상념에 잠겼다가 그 나름대로 영리하게, 합리적으로, 그리고 만족스럽게 결론을 내리고는, 뭔가 무료함을 달랠 일을 찾아야겠다고 생각했다. 먼저 그는 길을 따라 시선을 보냈다. 그 길은 여태까지 그가 헤매고 다닌 대부분의 길보다 더 점잖아 보였고, (상상의 힘처럼 낯익은 물건들에서 낯선 아름다움을 만들어 내는) 달은 밝은 대낮 같으면 느끼지 못할 뭔가 로맨틱한 분위기를 주위 풍경에 부여했다. 불규칙하게 솟아오른 간혹 고풍스러운 양식의 건물들은 어떤 것은 여러 뾰족탑 모양으로 나뉘기도 하고 어떤 것은 그저 넓적한 갖가지의 지붕 모양을 보여 주기도 했다. 우윳빛처럼 하얗기도 하고 오래된 어두운 색조를 띠기도 하고 여러 재료를 섞어 회 반죽으로 칠한 벽의 밝은 부분에 달빛이 반짝이기도 하는 여러 가지 집 색깔들이 얼마 동안 로빈의 주의를 붙들기도 했지만 이내 시들해지기 시작했다. 그래서 그는 어렴풋이 보일락 말락 하는 것부터 시작해 멀리 있는 물체들의 형상을 눈에 보이는 대로 알아맞혀 보려고 했다. 그러다가 마지막엔 자신이 앉아 있는 교회 문 바로 앞길 건너편에 있는 건물을 자세히 살펴보았다. 그 건물은 커다란 방형의 저택이었는데, 높은 기둥들 위에 세운 발코니와 그 발코니와 통하는 정교한 모양의 고딕식 창문으로 주위의 다른 건물들과 구분되었다.

"어쩌면 이 집이 내가 찾고 있는 바로 그 집인지도 모르지."

로빈은 이런 생각을 하면서, 이제는 길을 따라 계속 휩쓸려 가는 듯한, 그러나 그의 귀처럼 익숙하지 않은 귀가 아니면 거의 들리지 않을 듯한 웅얼거리는 소리에 귀를 기울이면서 시간을 보내려고 애썼다. 그 소리는 따로 들리지 않고 여러 가지 소음이 한데 섞인 채 아주 먼 거리에서 낮고 둔중하게 들려와서, 마치 꿈결에 듣는 것 같았다. 잠든 도시가 코를 고는 듯한 그 소리가 로빈에게는 이상하게 들렸다. 더더욱 이상한 것은 그 웅얼거리는 소리가 잠시 중단될 때마다 멀리서 들려오는, 그러나 현장에서는 분명 크게 들릴 듯한 함성 같은 소리였다. 그 소리가 어쩐지 잠을 유도하는 듯해서, 그는 엄습해 오는 졸음을 떨쳐 버리려고 자리에서 일어나 교회 안을 들여다보기 위해 창문틀로 올라갔다. 교회 안에는 떨리는 달빛이 들어와 텅 빈 좌석을 비추고는 조용한 통로를 따라 뻗쳐 있었다. 더 연한, 그러나 더 기괴한 달빛이 설교대 주위를 감돌았고, 또 다른 한 줄기 달빛은 펼쳐진 채 놓인 성경 책 위에 감히 내려앉아 있었다. 이 깊은 밤중에 자연이 인간이 지은 집 안에 들어와 예배를 보고 있는 것인가? 아니면 천상에서 내려온 달빛이 그 장소의 신성함——그 장소에는 지상의 불순한 존재가 하나도 없으므로——을 가시화하고 있는 것인가? 그 장면은 언젠가 고향의 깊은 숲속에서 느껴 본 적이 있는 고독감보다 더 강하고 깊은 고독감으로 로빈의 가슴을 떨리게 했다. 그래서 그는 몸을 돌려 다시 교회 문 앞으로 돌아와 앉았다. 교회 주위에는 무덤들이 널려 있었는데, 갑자기 불안한 생각이 그의 가슴을 비집고 들어왔다. 그토록 여러 번 그리고 그토록 이상하게 계속 방해를 받으며 찾았던 그분이 이미 수의에 싸인 채 저 무덤 속에서 썩어 가고 있다면 어쩌지? 그의 친척이

저 묘지 문을 스르르 빠져나와 희끄무레하게 지나치면서 그에게 고개를 끄덕이며 미소를 보내면 어쩌나?

"아, 뭐라도 좋으니 살아 숨 쉬는 것과 함께 있으면 좋겠다."

로빈은 이렇게 말하면서 불안한 생각을 거두어 숲 너머 언덕 너머 개울 너머로 멀리 보내고 이 혼란스러우면서도 피곤한 저녁을 고향집에서는 어떻게 보내고 있을지 상상해 보려고 애썼다. 집 대문 옆 나무—수많은 나무들이 모두 베어질 때 거대하고도 뒤틀린 몸통과 훌륭한 그늘 때문에 살아남은 큰 나무—밑에 가족들이 모두 모여 있는 모습을 그려 보았다. 여름 해가 기울 무렵 아버지는 늘 그곳에서 가족 예배를 드렸다. 이웃 사람들도 한 가족처럼 와서 함께 예배를 드리고 길 가는 나그네도 잠깐 멈춰 샘에서 물을 마시며 가정에 대한 기억을 새롭게 함으로써 마음을 계속 순수하게 유지하도록 하기 위해서였다. 로빈은 예배 드릴 때의 각자의 자리까지 기억하고 있었다. 아버지가 한가운데에 앉아 서편 하늘의 구름에서 비쳐 오는 황금색 황혼빛 속에 성경을 들고 계신 모습이 선명히 떠올랐다. 아버지가 성경 책을 덮은 뒤 모두가 기도하러 일어서는 모습도 보였다. 간혹 지루해하며 듣던, 그러나 지금은 소중한 추억이 된 매일의 주님의 은총에 대한 감사와 그 은총이 계속되기를 간절히 바라고 간구하던, 늘 듣던 기도 소리도 들렸다. 집을 떠난 가족인 자신에 대해 기도할 때 아버지의 목소리에 일어나는 작은 동요도 느껴졌다. 그 기도를 들으며 어머니가 넓고 마디진 나무 몸통 쪽으로 고개를 돌리는 모습, 이제 수염이 거칠어진, 어른답게 애써 표정의 변화를 보이지 않으려는 형의 모습, 낮게 늘어진 나뭇가지를 눈앞으로 잡아당겨 눈물을 감추려는 누이동생의 모습, 이제껏 그 자리의 엄숙함을 깨뜨리며 장난질하던 어린 동생이 그 기도가 자신의 놀이 친구가 되어 주던 형을 위한 기도라는 걸 알고 갑자기 슬픔의 울음을 터뜨리는 모습이 눈에 보였다. 그런 다음 그들이 대문 안으로 들어가는 모습도 보였다. 로빈 자신도 들어가야 하는데, 빗장이 찰칵하고 걸리며 혼자만 들어가지 못하는 것이다.

"내가 지금 여기 있는 거야, 집에 있는 거야?"

로빈은 놀라서 움칫하며 큰 소리로 말했다. 왜냐하면 그가 하는 생각들이 꿈속에서처럼 실제로 보이고 들리는 듯했고 동시에 넓고 텅 빈 길이 앞에 길게 펼쳐져 있었기 때문이다.

그는 몽롱한 상태에서 자신을 일깨우며 조금 전에 살펴보던 큰 건물에 다시 주의를 집중하려고 노력했다. 그러나 여전히 마음은 환상과 현실 사이에서 계속 흔들리고 있었다. 발코니의 기둥들이 차례로 크고 앙상한 소나무 줄기로 길어졌다가 사람의 형상으로 줄어들고, 다시 본래 크기로 돌아왔다가는 또다시 일련의 변화가 시작되는 것이었다. 정신을 차리고 있다고 생각한 순간, 그가 기억하고 있는 듯한, 그러나 친척의 얼굴이라고 자신 있게 말할 수는 없는 얼굴이 고딕풍의 창문에서 그를 내려다보고 있는 것만 같았다. 깊은 졸음에 거의 정복당하다가, 길 건너편 보도를 따라 들려오는 발걸음 소리에 퍼뜩 정신이 들었다. 로빈은 한 사람이 발코니 아래쪽으로 지나가는 것을 눈을 비비며 보고는, 초조함과 애처로움이 담긴 목소리로 크게 외쳤다.

"이보세요! 제 친척 몰리네 소령님을 여기서 밤새 기다려야 합니까?"

졸고 있던 메아리가 깨어나 그 목소리에 화답했다. 지나가던 사람은 뾰족탑의 으슥한 그늘에 앉아 있는 사람의 모습을 제대로 알아볼 수 없어서 더 자세히 들여다보려고 길을 건너왔다. 그 사람은 밝고 지적이고 쾌활하고 호감 주는 얼굴을 가진 한창 나이의 신사였다. 그는 목소리의 주인이 집도 없고 친구도 없어 보이는 시골 청년임을 알아보고 아주 친절한 어조로 로빈에게 말을 건넸는데, 이제는 그런 친절한 어조가 로빈의 귀에 이상하게 들리는 것이었다.

"어이, 젊은이. 왜 여기에 이렇게 앉아 있소? 내가 뭐 도울 일이라도 있소?"

신사가 물었다.

"별로요."

로빈은 풀 죽은 소리로 대답했다.

"하지만 질문 하나에 대답해 주신다면 고맙겠습니다. 저는 저녁부터 지금까지 내내 몰리네 소령이라는 분을 찾고 있습니다. 그런데 이 지역에 그런 분이 정말 있는지요? 아니면 제가 꿈을 꾸고 있는 건가요?"

"몰리네 소령이라! 이름이 아주 생소하지만은 않소만. 그런데 그 사람하고 무슨 볼일이 있어서 그러는지 물어봐도 되겠소?"

그래서 로빈은 자기 아버지가 멀리 떨어진 시골에서 적은 봉급으로 살아가는 성직자이고 자신과 몰리네 소령은 사촌간으로 다음과 같은 사연이 있음을 간략하게 들려주었다. 몰리네 소령은 많은 재산을 물려받고 민간인으로서 그리고 군인으로서 상당한 지위도 얻은 사람인데, 일이 년 전 아주 위풍당당한 모습으로 그의 집을 찾아와서 로빈과 로빈의 형에게 깊은 관심을 보였다. 그러고는 자신은 자식이 없으니 두 사촌동생 중 한 사람의 앞날을 보장해 주겠다는 암시를 던졌는데, 형은 아버지가 성직에 종사하는 틈틈이 계속해 온 농장 일을 이어받도록 되어 있어서 로빈이 그 친척의 관대한 의도의 덕을 보기로 결정되었다. 특히 로빈이 더 소령의 맘에 든 것 같았고 또 다른 자질도 갖춘 것으로 여겨진 것이 이유가 되기도 한 것 같았다. 이야기가 이 부분에 이르자 로빈이 덧붙여 말했다.

"똑똑한 아이라는 말을 들었으니까요."

"당연히 들을 만했겠소. 그래, 이야기를 계속해 봐요."

그의 새 친구가 상냥하게 대꾸했다.

"이제 저도 열여덟 살이 됐고 보시다시피 이렇게 다 자라서……."

로빈은 일어서서 몸을 쭉 펴 보이며 말을 이었다.

"자립할 때가 되었다고 생각했죠. 그래서 어머니와 누이가 옷도 잘 챙겨 주고 아버지는 지난해 연봉 중 남은 걸 반이나 주셔서 닷새 전에 소령님을 찾아 이곳으로 떠나왔습니다. 그런데 믿으실 수 있겠습니까? 날이 조금 어두워진 후에 나룻배를 타고 건너왔는데 아직까지 그분 집에 가는 길을 가르쳐 주는 사람을 한 명도 못 만난 겁니다. 한두 시간 전에야 여기서 기다리고 있으면 그분이 지나가는 걸 보게 될 거라는 말을 들었죠."

"그 말을 한 사람이 어떻게 생겼는지 설명할 수 있겠소?"

신사가 물었다.

"말도 마십시오. 아주 흉측하게 생긴 사람이었어요. 이마에 커다란 혹 같은 것 두 개가 있고, 구부러진 코에 눈은 불타듯 이글거리고. 무엇보다 깜짝 놀라게 이상한 것은 얼굴색이 두 가지라는 겁니다. 혹시 그런 사람을 아시나요?"

"직접 아는 사이는 아니오."

신사가 대답했다.

"젊은이가 날 불러 세우기 조금 전에 그 사람을 우연히 만났소. 그 사람 말을 믿어도 괜찮을 거요. 아마 소령이 곧 이 거리를 통과할 거요. 그동안 이 계단에 앉아서 젊은이의 말벗이 되어 드리리다. 당신들 두 사람이 만나는 걸 지켜보고 싶은 묘한 호기심이 생겨서 그러오."

그리하여 그 신사는 계단에 앉아 곧 로빈과 활발히 이야기를 주고받기 시작했다. 그러나 그들의 대화는 오래가지 못했다. 오래전부터 멀리서 들려오던, 고함을 지르는 것 같은 소리가 이제는 매우 가까워져서 로빈이 그 이유를 묻느라 이야기를 중단했기 때문이다.

"도대체 저 고함 소리는 뭘 의미하는 거죠? 이 도시가 항상 이렇게 시끄럽다면 저는 여기 사는 동안 제대로 잠도 못 잘 것 같네요."

"아마도 오늘 밤 소요를 일으키는 사람들 서너 명이 나와서 돌아다니고 있는 것 같소. 하지만 경비원들이 곧 그 친구들 뒤를 쫓아와서……."

"알아요. 그래서 내일 아침 해 뜰 무렵엔 그들이 차꼬를 차고 있겠지요."

로빈은 졸면서 램프를 들고 가던 야경꾼과의 만남을 떠올리며 신사의 말을 가로채서 말했다.

"하지만 제 귀를 의심하지 않는다면 한 떼의 경비원들로도 저렇게 많은 폭도들을 막아 내진 못할 것 같은데요. 저런 고함을 지르려면 적어도 천 명쯤의 목소리는 필요할 테니 말이죠."

"한 사람이 두 얼굴을 가질 수 있듯이 여러 목소리도 가질 수 있지 않겠소?"

"글쎄요. 남자는 그럴지 몰라도 제발 여자는 안 그래야죠."

똑똑한 젊은이는 소령님의 가정부라는 여자의 유혹적인 목소리를 떠올리며 이렇게 대꾸했다.

이제 가까운 거리 어디선가 트럼펫 소리가 분명하게 계속 들려와서 로빈의 호기심은 강하게 고조되었다. 고함 소리만이 아니라 간혹 여러 악기 소리가 불협화음을 이루며 터져 나오기도 했고, 왁자하게 뒤섞인 웃음소리가 그 사이를 채우기도 했다. 로빈은 계단에서 일어나, 여러 사람이 몰려오고 있는 듯한 방향으로 열심히 시선을 돌렸다.

"정말 굉장한 축제 같은 것이 벌어지고 있는 모양이군요."

로빈은 큰 소리로 외쳤다.

"집을 떠나온 후로 웃을 일이 거의 없었는데 이런 기회를 놓치면 후회할 것 같습니다. 우리도 저 컴컴한 건물을 돌아 나가서 같이 어울려 즐기면 어때요?"

"오, 로빈, 앉아요. 다시 앉아 봐요."

신사가 로빈의 회색 옷자락에 손을 대며 말했다.

"당신은 지금 여기서 당신의 친척을 기다려야 한다는 사실을 잊고 있소. 잠시 후면 그가 지나갈 거라고 믿을 만한 이유가 있어요."

고함 소리가 가까워지자 주위가 어수선해졌다. 여기저기서 창문이 열리고 잠옷 차림의 많은 사람들이 갑자기 잠에서 깨어나 어리둥절한 표정으로 창문 밖을 내다보아서, 한가하게 그들을 관찰할 수 있는 사람이라면 누구나 그 어수선한 모습들을 볼 수 있었다. 이 집 저 집에서 열심히 서로 이름을 부르고 모두들 무슨 일이냐고 물었지만 그 물음에 대답해 줄 수 있는 사람은 아무도 없었다. 옷을 어중간하게 걸쳐 입은 사람들이 좁은 통로로 뻗은 돌 계단에 걸려 넘어지면서 알 수 없는 소요의 현장을 향해 급히 발걸음을 옮겼다. 고함 소리, 웃음소리, 음악적인 것과는 정반대인 불협화음의 나팔 소리가 점점 더 큰 소음을 일으키며 다가오더니, 드디어 100야드 정도 떨어진 모퉁이를 돌아 앞부분은 좀 흩어져 있지만 뒤쪽은 촘촘한 한 떼의 무리가 모습을 드러내기 시작했다.

"로빈, 당신 친척이 이 군중 속을 지나간다면 알아볼 수 있겠소?"

신사가 물었다.

"글쎄요, 확실한 보장은 못 하겠습니다. 하지만 여기 자리

잡고 서서 열심히 지켜봐야죠."

로빈은 이렇게 대답하면서 보도 바깥 가장자리로 내려갔다.

수많은 사람들의 행렬이 거리를 메우며 교회 쪽으로 천천히 밀려오고 있었다. 그들 한가운데에서 말을 탄 사람이 모퉁이를 돌아오고 있었고, 바짝 뒤로는 끔찍한 취주악대가 뒤따르면서 이제는 건물에 막히지 않아 더 요란하게 들리는 불협화음을 쏟아 내고 있었다. 그리고 붉은 불빛으로 달빛을 흔들면서 한 무리의 횃불들이 길을 따라 나타났는데, 밝은 화염으로 인해 오히려 그것들이 밝히고 있는 물건들이 가려졌다. 말을 탄 사람은 군복 차림에 칼을 뽑아 들고 무리의 지휘자로서 앞장서 오고 있었는데, 사납고 얼룩덜룩한 모습이 마치 전쟁의 화신처럼 보였다. 한쪽 뺨의 붉은색이 불과 칼의 상징이라면, 다른 쪽 뺨의 검은색은 불과 칼에 따르는 슬픔과 비탄을 나타내는 것 같았다. 그를 뒤따르는 무리 속에는 인디언 옷차림의 거친 모습들도 보이고 어떤 표본 없이 잡다하고 괴상한 형상을 한 모습들이 마구 섞여 있어서, 마치 열에 들뜬 머릿속에서 꿈이 터져 나와 한밤중의 거리를 휩쓸고 다니는 것처럼 행렬 전체에 뭔가 환상적인 분위기를 부여하고 있었다. 수많은 사람들이 직접 행렬에 가담하지는 않고 박수나 치면서 행렬을 에워싸고 있었고, 어떤 여자들은 보도를 따라 달려가면서 즐거움 때문인지 두려움 때문인지 알 수 없는 날카로운 목소리로 혼란스럽고 둔중한 소음을 꿰뚫었다.

"저 두 얼굴의 사나이가 나를 보고 있네."

로빈은 자신도 이 괴상한 축제의 한 부분을 이루게 되어 있는 것 같은 분명치는 않지만 뭔가 마음 편치 않은 생각을 하며 중얼거렸다.

지휘자가 말 안장에서 몸을 놀리더니, 말이 천천히 시골 청년 옆을 지나갈 때 그의 얼굴을 빤히 응시했다. 로빈이 그 이글거리는 눈에서 시선을 떼었을 때 그 앞으로 취주악대가 막 지나가고 횃불 행렬이 가까이 다가왔다. 밝은 횃불들의 너울댐은 그가 꿰뚫어볼 수 없는 어떤 막을 형성하고 있는 것 같았다. 이따금 자갈길 위를 굴러가는 바퀴의 덜커덩거리는 소리가 귀에 들려오고 한 사람의 모습이 어렷어렷 나타났다가는 밝은 불빛 속으로 빨려 들어가곤 했다. 시간이 조금 흐르자 지휘자가 우레 같은 목소리로 정지 명령을 내렸다. 트럼펫들이 끔찍한 소리를 토해 낸 후 잠잠해지고, 사람들의 웃고 떠드는 소리가 사라져 가면서 침묵에 가까운 웅얼거림만 남았다. 로빈의 눈 바로 앞에는 덮개를 벗긴 수레 한 대가 멈춰 서 있었다. 거기, 횃불들이 가장 밝게 타오르는 곳에, 거기, 달빛이 대낮처럼 환히 비치는 곳에, 그곳에 그의 친척 몰리네 소령이 타르를 근엄하게 바르고 그 위에 깃털을 꽂은 채 앉아 있었다![6]

큰 몸집과 당당한 모습이 말해 주듯, 그는 흔들림 없는 정신을 소유한 점잖고 나이 지긋한 신사였다. 그러나 정신이 흔들림 없다 하더라도 그의 적들은 그 정신을 흔들어 놓는 방법

---

6) 미국 식민지 시대의 풍습. 린치를 가하거나 모욕을 주는 수단으로 온몸에 뜨거운 타르를 바르고 그 위에 새 깃털을 꽂아 떠받치고 돌아다녔다.

을 알고 있었다. 그의 얼굴은 이미 죽음처럼, 아니, 시체처럼 창백했고, 넓은 이마는 고통으로 일그러져 눈썹이 어두운 회색 선을 이루고 있었으며, 충혈된 눈은 거칠고 떨리는 입술에는 흰 거품이 엉겨 있었다. 온몸은 계속되는 경련으로 흔들리고 있었는데, 끔찍한 굴욕의 상황에서도 그의 자존심은 떨림을 진정시키려 애쓰고 있었다. 그러나 아마도 가장 심한 고통은 그의 눈이 로빈의 눈과 마주친 일이었을 것이다. 젊은이가 점잖게 센 그 머리의 굴욕적인 모멸을 지켜보며 서 있을 때 그는 금방 그 젊은이를 알아본 것이 틀림없었다. 그들은 침묵 속에서 서로를 바라보았다. 동정심과 공포가 뒤섞여 로빈은 무릎이 후들거리고 머리카락이 쭈뼛 섰다. 그러나 곧 알 수 없는 흥분 같은 것이 그의 마음을 사로잡기 시작했다. 그날 밤에 겪은 갖가지 이상한 일들, 예기치 못했던 군중, 횃불들, 소음과 그에 뒤따른 침묵, 군중에게 모멸을 당한 친척의 유령 같은 모습, 이 모든 것이, 그리고 이 모든 장면에 담겨 있는 강한 조롱에 대한 인식이 그에게 일종의 정신적 취기 같은 것을 주었다. 그 순간 늘쩍지근하고 뭔가 즐거워하는 듯한 목소리가 들려와서 그는 본능적으로 그쪽으로 몸을 돌렸다. 교회 모퉁이 바로 뒤에 램프를 든 야경꾼이 서서 눈을 비비며 젊은이의 멍한 표정을 졸듯이 즐기고 있었다. 뒤이어 은방울을 굴리는 듯한 웃음소리가 들리며 한 여자가 그의 팔을 잡아끌었다. 그의 눈은 여자의 장난기 어린 눈과 마주쳤다. 주홍빛 페티코트의 그 여자였다. 또 날카롭고 카랑카랑하며 메마른 웃음소리가 그의 기억을 되살렸다. 머리 위로 흰 앞치마를 두르고 군중

틈에서 뒤꿈치를 들고 서 있는 예절 바른 주막집 주인의 모습이 보였다. 마지막으로 많은 사람의 머리 위로 큰 웃음소리가 내려앉았는데, 웃음 중간에 음침하게 들리는 두 번의 헛기침 소리가 이렇게 끼어들었다.

"하, 하, 하, 에헴, 에헴, 하, 하, 하!"

그 소리는 맞은편 큰 건물의 발코니에서 들려왔다. 로빈은 그쪽으로 시선을 돌렸다. 고딕풍의 창문 앞에 그 노인이 넓은 가운을 두르고, 백색 가발을 침실 모자로 바꿔 이마에서 뒤로 젖혀 쓰고 명주 양말을 다리에 걸친 채 서 있었다. 반들반들 윤이 나는 엄숙한 늙은 얼굴에 나타난 즐거워하는 모습은 마치 묘비에 새겨 넣은 재미있는 글귀 같았다. 그러자 로빈의 귀에는 이발사들의 목소리, 주막 손님들의 목소리, 그리고 그날 밤 자신을 조롱한 모든 사람의 목소리가 들려오는 것 같았다. 그 웃음소리들은 마치 전염병처럼 사람들 사이로 퍼져 나가다가 갑자기 로빈을 사로잡았다. 로빈은 큰 소리로 웃어 젖혔고, 그 소리는 길을 통해 메아리쳤다. 모두들 허리를 붙들고 웃었고 허파에 바람이 빠져라 웃어 댔지만, 로빈의 웃음소리가 그중에서 가장 크게 들렸다. 모든 사람이 즐거워서 웃는 소리가 하늘 높이 치솟아오르자, 구름의 요정들이 달빛 비치는 은빛 구름 사이로 빠끔히 내려다보았다. 그리고 달의 주인은 멀리서 들려오는 인간의 함성을 들으며 "아하, 오늘 밤 지구에서 즐거운 잔치가 벌어진 모양이로군." 하고 중얼거렸다.

폭풍우 치는 것 같던 소리가 잠깐 잠잠해지자 지휘자는 신호를 보냈고 행렬은 다시 움직이기 시작했다. 더 이상 힘은 없지만 고통 속에서도 당당함을 잃지 않으려는 죽은 제왕을 조롱하며 무리 지어 가는 악마들처럼 그들은 그렇게 나아갔다. 한 노인의 가슴을 마구 짓밟으며 거짓 위엄 속에서, 무의미한 함성 속에서, 그리고 광란의 희열 속에서, 그들은 그렇게 나아간 것이다. 격렬한 회오리가 휩쓸고 간 후 거리에는 이제 침묵만 남아 있었다.

"아니, 로빈, 꿈을 꾸고 있소?"

신사가 젊은이의 어깨에 손을 얹으며 물었다.

로빈은 깜짝 놀라며 사람들의 물결이 지나가는 동안 본능적으로 매달려 있던 돌기둥에서 팔을 풀었다. 그의 뺨은 핼쑥했고 눈도 저녁 때처럼 생기가 있어 보이지 않았다.

"저, 나루터 가는 길을 좀 가르쳐 주시겠습니까?"

잠시 후에 로빈은 이렇게 말했다.

"이제 질문의 주제를 바꾼 거요?"

신사가 웃으며 물었다.

"아뇨, 그냥요."

로빈은 다소 메마르게 대답했다.

"어르신 덕분에 그리고 다른 사람들 덕분에 결국 제 친척을 만나게 되었지만, 아마 제 얼굴을 다시 보고 싶어 하지 않으실 거예요. 도시 생활이 지겹게 느껴지기도 하고요. 저, 나루터 가는 길을 좀 일러 주시겠습니까?"

"이봐요, 로빈, 안 되오. 적어도 오늘 밤엔 안 되오."

신사가 말했다.

"며칠 있어 보고, 그래도 정 돌아가고 싶다면 그땐 빨리 돌아가도록 도와주겠소. 만일 우리화 함께 여기에 머물기로 한다면, 당신은 똑똑한 젊은이니까 아마도 당신 친척인 몰리네 소령의 도움 없이도 성공적으로 자립할 수 있을 거요."

로저 맬빈의 매장

로맨스의 달빛 조명을 받을 만한 몇몇 인디언 전쟁 가운데 하나가 1725년에 일어난 그 유명한 '러브웰 전투'[1]라는 변경 방어를 위한 원정 전쟁이었다. 다른 상황들은 묻어 두고, 적의 진지의 한가운데에서 그들 병력의 두 배나 되는 적군에게 공격을 감행한 소수 부대의 영웅적 행동만을 생각한다면, 그들의 행동에서 존경할 만한 점을 많이 찾아볼 수 있을 것이다.

---

1) 1725년 5월 존 러브웰 대위가 46명의 원정대를 이끌고 메인 주 남서부 지역에서 피코킷 인디언들과 벌인 전쟁. 그 전해에 러브웰 대위의 가족이 인디언의 습격에 희생당한 데 대한 보복과 뉴잉글랜드를 방어한다는 명분으로 벌인 이 격렬한 싸움에서 쌍방 모두 많은 희생자를 냈다. 특히 수적으로 훨씬 열세였던 러브웰 원정대는 용감히 싸웠으나 세 명의 부상자를 황야에 남긴 채 퇴각해야 했고, 이후 이 비극적인 무용담은 많은 민요와 시의 소재가 되었다.

그 싸움에서 양쪽이 보여 준 용기는 야만스럽지 않은 훌륭한 용맹스러움이어서, 기사도 정신도 한두 사람의 그런 행동을 기록하는 것을 주저함 없이 기꺼워할 것이다. 직접 선생을 치른 사람들에게는 치명적이었지만, 나라를 위해서는 그 결과가 불행한 것만은 아니었다. 왜냐하면 그 전쟁은 한 인디언 종족의 힘을 약화시켰고, 그 결과 그후 여러 해 동안 지속적인 평화를 가져올 수 있었기 때문이다. 역사적 기록이나 전해 내려오는 이야기에는 이 사건을 기리는 내용들이 아주 자세히 담겨 있다. 그래서 변경 개척민 척후대의 대장이었던 사람이 수천 대군의 지휘자로서 전쟁을 승리로 이끈 많은 유명한 장군들 못지않은 무명(武名)을 아직도 누리고 있는 것이다. 노인들의 입을 통해 '러브웰 전투' 후 퇴각해야 했던 몇몇 전사들의 운명에 관해 직접 들어 본 사람은 실명 대신 허구의 이름을 사용하고 있음에도 불구하고 다음 이야기에 담긴 사건들을 곧 알아볼 수 있을 것이다.

이른 아침 햇살이 꼭대기에서 해맑게 떠도는 어느 나무 아래에, 부상을 입고 탈진한 두 사람이 전날 밤부터 사지를 펼친 채 누워 있었다. 그 지형에 다양성을 부여하는 구릉 중 한 곳 정상 가까이에 바위 하나가 솟아 있었는데, 그들은 그 바위 아래 약간 평평하고 좁은 공간에 마른 참나무 잎들을 깔아 잠자리를 마련한 것이었다. 그들의 머리 위 15~20피트 높이로 솟은 화강암 바윗덩이는 표면이 평평하고 매끄러워서 마치 거대한 묘비 같았고, 표면의 결은 잊힌 문자로 새긴 비문처럼 보였다. 수 에이커에 이르는 바위 주변의 땅에는 이 땅에서 주로 자라던 소나무 군락에 더해 이제는 참나무와 다른 여러 종류의 활엽수들이 들어서 있어서, 그들의 잠자리 바로 옆에도 젊고 튼튼한 참나무 한 그루가 서 있었다.

두 사람 중 나이가 더 든 사람은 심한 통증 때문에 잠을 이루지 못하는 것 같았다. 그래서 첫 아침 햇살이 나무 꼭대기에 비치자 그 사람은 누워 있던 자세에서 고통스럽게 몸을 일으켜 똑바로 앉았다. 얼굴에 팬 깊은 주름과 흩어진 흰머리로 보건대, 그는 중년의 나이를 넘긴 듯했다. 그러나 근육질의 단단해 보이는 체격은 부상의 영향만 아니라면 젊었을 때처럼 피로를 쉽게 이겨 낼 수 있을 것 같았다. 그의 핼쑥한 얼굴에는 피로와 탈진이 짙게 내려앉아 있었다. 또한 앞에 있는 깊은 숲을 향해 보내는 절망적인 시선은 자신의 여로가 이제 끝에 이르렀다는 굳은 믿음을 보여 주고 있었다. 그는 옆에 누워 있는 동료에게로 시선을 돌렸다. 성년이 되었을까 말까 한 그 젊은이는 한쪽 팔에 머리를 얹은 채 상처의 고통이 언제 깨울지 모르는 불안한 잠을 자고 있었다. 오른손엔 총을 쥐고 있었는데, 얼굴의 일그러진 표정으로 미루어보아 잠 속에서 그가 간신히 살아남은 전투 장면의 환영을 떠올리고 있는 것 같았다. 아마도 꿈속에서는 크게 외쳤을 소리가 입술을 통해 알아들을 수 없는 중얼거림으로 새어 나왔다. 그는 자신의 작은 목소리에 소스라치게 놀라며 갑자기 눈을 떴다. 기억이 되살아나자 그가 제일 처음 한 행동은 부상한 동료의 상태를 걱정스럽게 묻는 것이었다. 나이 든 동료는 머리를 흔들었다.

"로이벤, 우리 위에 솟아 있는 이 바위가 이 늙은 사냥꾼의 묘비 역할을 제대로 해 줄 수 있을 것 같네. 우리 앞에는 짐승이 울부짖는 험한 숲이 아직도 한없이 남아 있네. 우리 집 굴뚝에서 나는 연기가 바로 저 구릉 너머에서 솟아오른다 해도 이젠 아무 소용이 없어. 인디언의 총알이 내가 생각했던 것보다 더 치명적인 거지."

"사흘이나 여행을 해서 지치신 거예요."

젊은이가 대답했다.

"조금만 더 쉬시면 기운이 좀 날 거예요. 제가 요깃거리가 될 만한 풀이나 뿌리 같은 것을 구해 올 동안 여기 앉아 계시죠. 그리고 요기를 한 후에 저한테 몸을 기대시고 집들 쪽을 향해 계속 가는 겁니다. 제 도움을 받으면 틀림없이 변경지 요새까지 도달하실 수 있어요."

"내 목숨이 버틸 수 있는 시간은 이틀도 안 돼, 로이벤."

그는 차분히 말했다.

"자네 몸도 지탱하기 어려운데 쓸모없는 내 몸까지 더 이상 자네의 짐이 되게 할 수는 없네. 자네의 상처도 깊어서 기력이 급속히 떨어져 가고 있어. 하지만 혼자서 서둘러 가면 자넨 살아남을 수 있어. 나는 이제 희망이 없으니 여기서 죽음을 기다리겠네."

"정 그러시다면 저도 여기 남아서 지켜보겠습니다."

로이벤이 결연히 말했다.

"안 돼, 그건 안 될 말이야. 죽어 가는 사람의 소원을 제발 들어주게나. 내 손 한번 잡아 주고 곧 떠나게. 자네의 죽음을 앞당기도록 놔두고 내가 편히 눈감을 수 있을 것 같은가? 로이벤, 난 자네를 아버지처럼 사랑하네. 이럴 땐 아버지의 권위 비슷한 걸 세워 줘야지. 내가 평화로운 마음으로 죽을 수 있도록 어서 떠나게. 이건 명령이네."

"어떻게 저에게 아버지 같으신 분을 돌아가시도록 혼자 놔두고, 그리고 숲속에 묻히시지도 못한 채 방치되도록 놔두고 저만 떠날 수 있겠습니까?"

젊은이가 외쳤다.

"그건 안 됩니다. 정말로 어르신의 임종이 가까워 온다면 옆에서 지켜보면서 남기시는 말씀을 듣겠습니다. 여기 바위 옆에 무덤을 파고, 만일 저도 힘이 쇠진하면 그 무덤에서 함께 쉬면 되죠. 하늘이 도와서 저에게 힘을 남겨 주신다면 그땐 집으로 가는 길을 찾아 떠나겠습니다."

"도시나 사람이 많이 사는 곳에선 죽은 사람을 땅에 묻지. 죽은 사람의 모습을 산 사람들의 시야에서 감추기 위해 말일세. 하지만 백 년이 지나도록 사람의 발길이 닿지 않을 이런 곳이라면 가을바람이 뿌려 주는 참나무 잎에 덮여 열린 하늘 아래 누워 쉬지 못할 이유가 어디 있겠는가? 그리고 기념비 같은 것으로는 여기 이 회색 바위가 있지 않은가? 죽어 가는 손으로 로저 맬빈이라는 이름을 새겨 놓으면 훗날 이곳을 지나는 나그네가 사냥꾼이었던 한 병사가 여기 잠들어 있음을 알게 되겠지. 그러니 어리석게 꾸물대지 말고 빨리 떠나게. 자네를 위해서가 아니라면 자네 때문에 버림받게 될 그 애를 위해서라도 말이네."

맬빈은 마지막 한마디를 머뭇거리며 말했고, 그 한마디 말은 젊은이에게 강한 효과를 발휘했다. 그 말은 결국 아무런 도움도 주지 못할 한 사람과 죽음의 운명을 같이하는 것보다 의심의 여지 없이 분명 자신이 져야 할 다른 의무를 생각나게 했다. 사실 로이벤의 마음속에 이기적인 감정이 전혀 끼어들지 않았다고 단언할 수는 없었다. 그래서 로이벤의 자의식은 죽어 가는 이 어른의 간청에 오히려 더 강력하게 저항하는 것이었다.

"이 황량한 고독 속에서 서서히 다가오는 죽음을 기다린다는 건 얼마나 끔찍한 일이겠습니까? 용감한 남자라면 전장에서 움츠러들지 않고 당당할 수 있겠지요. 여자라도 친구들이 병상에 둘러서서 지켜보는 가운데 차분하게 죽음을 맞이할 수 있겠지요. 하지만 여기서는……."

"로이벤 본, 난 여기서도 움츠러들지 않을 걸세."

맬빈이 젊은이의 말을 막으며 말했다.

"난 마음 약한 사람이 아니야. 그리고 설령 약하다 해도 인간의 도움보다 더 확실한 신의 도움이 있지 않은가. 자네는 젊어, 그래서 자네에게 생명이 소중한 거야. 자네의 마지막 순간은 나의 마지막 순간보다 훨씬 더 많은 위로가 필요해. 자네가 나를 땅에 묻고 혼자가 되면, 숲에 어둠이 내려앉을 때 지금은 피할 수 있는 죽음의 모든 고통과 쓰라림을 느끼게 될 걸세. 자네의 관대한 성품에 난 어떤 이기적인 생각도 강권할 수가 없네. 그러니 내가 자네의 안전을 위해 기도하고 속세의 슬픔에 방해받지 않고 삶을 청산할 수 있는 여유를 갖도록 제발 나를 위해 나를 놔두고 떠나 주게."

"하지만 어르신의 따님을, 그 눈을 어떻게 마주할 수 있겠습니까? 제 목숨을 걸고 보호해 드리겠다고 약속한 아버지의 운명에 대해 물을 텐데요. 그때 전쟁터에서 아버지와 함께 사흘 동안 후퇴해 오다가 결국 아버지를 황량한 숲속에서 돌아가시게 남겨 두고 왔다고 말해야겠습니까? 혼자 안전하게 집에 돌아가 도르카스에게 그런 이야기를 하느니, 여기 어르신 옆에 누워서 죽는 게 훨씬 더 마음 편하죠."

"내 딸한테 이렇게 전하게. 자네 자신이 심한 부상을 당해서 약해지고 탈진 상태가 되었는데도 내 비틀거리는 발걸음을 수십 마일이나 인도했노라고, 내가 절대로 자네를 희생시킬 수 없다고 하도 간절히, 강요하다시피 부탁해서 어쩔 도리 없이 나를 남겨 두고 떠나왔노라고. 자네는 심한 고통과 위험 속에서도 나에게 충실히 신의를 지켰노라고, 만일 자네의 피로 나를 구할 수만 있었다면 마지막 한 방울까지도 기꺼이 바쳤을 거라고 이야기하게. 또 그 애한테 아버지보다 더 소중한 사람이 되겠노라고, 그리고 내가 두 사람을 위해 축복을 내리고 두 사람이 오래도록 행복하게 살아가는 모습을 그려 보면서 눈을 감고 싶다고 말했다고 전하게."

이렇게 말하면서 맬빈은 땅에서 거의 몸을 일으켰다. 마지막 말에 담긴 힘이 그 황량하고 외로운 숲을 행복의 환영으로 채우는 듯싶었다. 그러나 그가 참나무 잎을 깐 자리 위로 무너지듯 다시 몸을 누이자 로이벤의 눈에 잠시 켜졌던 밝은 빛이 이내 사라졌다. 그런 순간에 잠시라도 행복을 생각한 것이

어리석기도 하고 죄스럽기도 하다고 느꼈다. 나이 든 동료는 젊은이의 얼굴 표정이 변하는 것을 보면서 관대한 술책으로 그를 속여서라도 돕고 싶었다.

"어쩌면 이틀도 살 수 없을 거라는 내 생각이 잘못된 건지도 모르지. 곧 도움을 받을 수만 있다면 상처가 회복될 수도 있을 거야. 제일 먼저 후퇴한 병사들이 참혹한 전쟁 소식을 변경 지역에 틀림없이 전했을 테고, 그렇다면 우리 같은 상황에 처한 부상병들을 구조하기 위해 구조대가 이미 나섰을 걸세. 그러니 혹시라도 자네가 구조대원을 만나게 되면 이리로 인도해 주게. 내가 다시 내 집 난롯가에 앉아 있게 될지 누가 알겠나?"

이런 근거 없는 희망을 그럴듯하게 꾸며 댈 때, 죽어 가는 사람의 얼굴엔 쓸쓸한 미소가 떠올랐다. 그러나 그의 말은 로이벤에게 효과가 있었다. 단순히 이기적인 동기나 도르카스의 불행에 대한 생각도 그로 하여금 그 순간에 동료를 버리고 떠나게 할 수 없었다. 그러나 맬빈이 구조될 수도 있다는 생각에 그는 강한 희망을 느꼈고, 그의 낙천적인 기질은 구조받을 희박한 가능성을 거의 확실한 가능성으로 느끼게 만들었다.

"아군이 그리 멀리 떨어져 있지 않으리라는 희망은 분명 근거가, 충분한 근거가 있습니다."

그가 외치듯이 큰 소리로 말했다.

"전투가 막 시작됐을 때, 부상도 입지 않은 한 겁쟁이가 도망을 쳤죠. 아마 변경 쪽으로 부리나케 달아났을 겁니다. 제대로 된 군인이 변경 지역에서 소식을 들었다면 총을 메고 아군을 도우러 나섰겠지요. 아직 이 숲속까지 이르진 못했겠지만 하루쯤만 행군하면 그들을 만날 수도 있을 겁니다. 하지만 저에게 진정으로 조언을 해 주십시오."

로이벤은 자신의 동기에 확신을 가질 수 없어서 맬빈을 향해 덧붙여 말했다.

"만일 어르신이 제 입장이라면, 아직 생명이 남아 있는 저를 남겨 두고 떠나실 수 있겠습니까?"

"20년 전 일이 생각나는군."

로저 맬빈은 옛날 일과 지금의 큰 차이를 속으로 인정하면서 한숨을 내쉬었다.

"몬트리올 근처에서 한 친한 친구와 함께 인디언의 포로가 되었다가 도망을 친 게 꼭 20년 전이군. 우리는 숲속으로 여러 날을 여행했는데, 마침내 친구가 굶주림과 탈진을 못 이기고 드러누워 제발 자기를 놔두고 떠나라고 간청했지. 만일 내가 함께 남아 있으면 둘 모두 죽을 거라는 걸 알고 있었기 때문이야. 그래서 나는 구조받으리라는 실낱 같은 희망으로 친구의 머리 밑에 마른 잎으로 베개를 만들어 주고 서둘러 길을 나섰다네."

"그래서 제때 돌아와 그 친구를 구하셨나요?"

맬빈의 말이 자신의 성공 여부에 대한 예언이라도 되듯 로이벤은 그의 말에 매달리며 물었다.

"그랬지. 같은 날 해가 지기 전에 수색대의 야영지를 발견한 거야. 그래서 친구가 죽음을 기다리고 있는 바로 그곳으로 그들을 인도했지. 지금 그 친구는 변경지 저 안쪽에서 농장을 경영하며 아주 건강하고 기운차게 살고 있다네. 나는 이 황량한 숲속에 부상한 몸으로 이렇게 누워 있는데 말일세."

이 예는 로이벤의 결심에 결정적인 영향을 주었다. 게다가 그 자신도 의식하지 못하는 다른 여러 동기의 은밀한 도움을 받는 데도 성공했다. 로저 맬빈은 자신의 승리가 거의 굳어 가는 것을 느낄 수 있었다.

"자, 이제 떠나게. 자넨 내 아들이나 마찬가지야. 하늘의 도움을 빌겠네! 사람들을 만나거든 가능한 대로 두세 사람을 이쪽으로 보내 나를 찾게 하고, 자넨 그 사람들과 같이 돌아와선 안 되네. 자네의 상처와 피로가 그걸 감당하지 못할 거야. 로이벤, 제발 내 말을 듣게. 자네가 집을 향해 한 걸음 한 걸음 걸어갈 때마다 내 마음은 그만큼 가벼워질 걸세."

그러나 이렇게 말할 때 로저 맬빈의 얼굴과 목소리에는 아마도 어떤 변화가 일어났을 것이다. 황량한 숲에 버려져 죽어 간다는 건 아무래도 끔찍한 일이 아닐 수 없었기 때문이다.

로이벤 본은 자신이 지금 옳게 행동하고 있는지 완전한 확신을 갖지 못한 채 결국 몸을 일으켜 떠날 준비를 했다. 그는 먼저 맬빈의 바람과 어긋나게 지난 이틀 동안 그들의 유일한 먹거리가 되었던 뿌리와 약초 같은 것들을 구해 왔다. 그 소용없는 먹거리를 죽어 가는 사람의 손이 닿을 만한 위치에 놔두고 마른 참나무 잎으로 잠자리를 새로 만들었다. 그러고는 한쪽 면이 거칠고 파인 바위의 꼭대기에 올라가 어린 참나무 한 그루를 아래로 잡아당겨 맨 위의 가지에 수건을 묶었다. 이런 배려는 맬빈을 찾아 나설 사람들에게 방향을 가르쳐 주는 데 필요한 조치였다. 왜냐하면 넓적하고 평평한 전면만 제외하고 바위의 모든 부분이 숲의 짙은 덤불에 의해 약간 떨어진 위치에 완전히 가려져 있었기 때문이다. 그 손수건은 로이벤 팔의 상처를 묶었던 것이었다. 그래서 손수건을 나무에 묶으면서 그는 동료의 생명을 구하든 아니면 시신을 무덤에 묻기 위해서라도 꼭 돌아오겠다고 손수건에 묻은 피로 맹세했다. 그런 다음 바위에서 내려와 로저 맬빈의 작별의 말을 듣기 위해 우울한 눈빛으로 그의 옆에 섰다.

로저 맬빈은 젊은이가 길도 없는 숲을 어떻게 헤치고 나가야 할 것인가에 대해 자신의 경험을 통해 자세하고 풍부하게 조언해 주었다. 이야기를 들려줄 때 그의 태도는 마치 자신은 안전하게 집에 남아 있으면서 로이벤을 전쟁터나 사냥터에 내보내는 것처럼, 그리고 그에게서 막 떠나려는 얼굴이 그가 보게 될 마지막 인간의 모습이 아닌 것처럼 차분하고 침착했다. 그러나 그의 꿋꿋함은 말을 마치기 전에 약간 흔들렸다.

"도르카스에게 내 축복을 전해 주게, 그리고 나의 마지막 기도는 그애와 자네 두 사람을 위한 것이 될 거라고 말해 주게. 자네가 나를 여기 두고 떠났다고 해서 조금이라도 좋지 않은 생각은 갖지 말라고 이르게—이 말을 들을 때 로이벤의 가슴이 아파 왔다. 자네의 목숨을 희생해서 나를 구할 수만 있었다면 자넨 자네의 목숨을 바쳤을 테니까. 도르카스는 얼마 동안 이 아비의 죽음을 애도한 후 자네와 결혼하게 되겠지. 하늘이 자네들에게 행복한 날들을 오래오래 허용해서 자네의 아이들의 아이들이 자네의 임종을 지켜볼 수 있게 되기를 바라네. 그리고 로이벤."

마침내 그가 인간의 약함을 드러내 보이며 덧붙여 말했다.

"상처가 다 낫고 자네가 기운을 되찾게 되면 이곳에, 이 바위가 있는 곳에 돌아와 내 뼈를 무덤에 묻어 주고 내 뼈 위에서 기도나 해 주게."

변경 지역의 주민들은 장례 의식에 대해 거의 미신적인 생각을 가지고 있었는데, 아마도 그것은 산 사람들과 마찬가지로 죽은 사람들과도 전쟁을 벌인다고 생각한 인디언들의 관습에서 비롯된 것 같았다. 그래서 '황야의 칼'에 의해 죽은 사람들을 매장하는 과정에서 희생이 따르는 경우도 흔히 있었다. 그렇기 때문에 로이벤은 다시 돌아와 로저 맬빈의 장례를 치르겠다는 엄숙한 약속의 중요성을 무겁게 느끼고 있었다. 맬빈이 간곡한 작별의 말을 하면서 젊은이에게 빨리 구조를 받으면 자신의 목숨을 구할 수 있으리라는 믿음을 갖게 하려고 더 이상 애쓰지 않는 것은 주목할 만한 변화였다. 사실 로이벤도 마음속으로 맬빈의 살아 있는 모습을 다시는 볼 수 없으리라 확신하고 있었다. 그의 너그러운 성품은 어떤 위험을 무릅쓰고라도 죽음의 장면이 지날 때까지 그를 붙잡아두려고 했지만, 삶에의 욕구와 행복에 대한 희망이 마음속에서 점점 강해져 그 힘에 더 이상 저항할 수가 없었다.

"그래, 그러면 됐네. 이제 어서 가게. 성공을 비네!"

로이벤의 약속을 듣고 로저 맬빈이 말했다.

젊은이는 맬빈의 손을 말없이 꼭 쥐어 본 후 몸을 돌려 그 자리를 떠났다. 그러나 머뭇거리던 느린 발걸음이 채 몇 발짝도 옮겨지기 전에 맬빈의 목소리가 그를 불러 세웠다.

"로이벤, 로이벤."

그는 희미한 목소리로 말했다. 로이벤은 다시 돌아와 죽어가는 사람의 곁에 무릎을 꿇고 앉았다.

"날 좀 일으켜 세워 바위에 기대게 해 주게나. 내 얼굴을 집 쪽으로 향하고 자네가 숲속으로 걸어가는 걸 조금이라도 더 지켜보고 싶어서 그러네."

그것이 그의 마지막 부탁이었다.

동료의 자세를 바라는 대로 고쳐 주고 나서 로이벤은 다시 혼자만의 여로를 가기 시작했다. 처음에 그는 힘에 좀 겨울 만큼 빠른 속도로 걸었다. 매우 정당한 행동을 한 사람을 때때로 괴롭히기도 하는 죄의식 같은 것이 그로 하여금 맬빈의 시야에서 빨리 사라지고 싶게 만들었기 때문이다. 그러나 바스락거리는 낙엽을 밟으며 한참을 걸은 후에 그는 자신도 알 수 없는 고통스러운 호기심에 이끌려 가던 길을 되돌아 기어가서, 버림받은 채 뿌리째 뽑힌 한 나무의 뿌리에 몸을 의지하고 있는 그 사람의 모습을 열심히 바라보았다. 아침 해가 밝게 빛나고, 나무들과 덤불은 5월의 향기로운 공기를 마시고 있었다. 하지만 자연도 인간의 고통과 슬픔에 공감하는 듯 어딘가 우울함이 깃들어 있는 듯했다. 로저 맬빈은 두 손을 들어 올리고 열렬히 기도하고 있었는데, 기도의 몇몇 구절이 숲의 정적을 뚫고 로이벤의 가슴속으로 스며 들어와 형언할 수 없는 고통으로 가슴을 아프게 했다. 그 구절들은 자기 자신과 도르카스의 행복을 기원하는 격렬한 호소를 담고 있었다. 기도 소리를 듣자 젊은이의 양심은 다시 돌아가 바위 옆에 동료와 함께 누우라고 강렬하게 호소하는 것이었다. 그는 자신이 버리고 떠난, 극한 상황에 처한 그 친절하고 관대한 사람의 운명이 얼마나 가혹한지를 뼈저리게 느꼈다. 이제 죽음이 숲을 통해 조금씩 조금씩, 가까운 나무 뒤에서 점점 더 움직임이 없는 핼쑥한 모습을 드러내며 마치 천천히 다가오는 시체처럼 그에게 엄습해 올 터였다. 그러나 만일 로이벤이 하룻밤 더 지체한다면, 그것은 바로 그 자신의 운명이 될 것이 틀림없었다. 그런 쓸모없는 희생으로부터 물러선다고 해서 누가 그를 비난할 수 있겠는가? 다시 그 자리를 떠나며 뒤돌아보니, 미풍이 어린 참나무에 매어 놓은 손수건을 흔들며 로이벤에게 자신의 언약을 상기시키는 듯했다.

변경지를 향한 부상 입은 젊은이의 발길은 여러 상황 때문에 많이 지체되었다. 둘째 날은 짙은 구름이 하늘을 뒤덮어서 해의 위치로 진로를 가늠할 수 없었다. 거의 쇠진한 힘으로 안간힘을 써 봐야 그가 찾는 집으로부터 점점 더 멀어져 가는 것 같았다. 먹을 것이라고는 장과류나 숲에 자생하는 식물 정도가 고작이었다. 이따금 사슴 떼가 그를 지나 뛰어오르거나 때때로 자고새들이 발 앞에서 튀어 날아올랐지만, 전장에서 총알을 다 써 버려서 그것들을 잡을 방도가 없었다. 그가 살아날 유일한 희망은 몸을 부지런히 움직이는 것이었는데, 그 동작은 상처를 악화시켜 기운을 소진하게 하고 간헐적으로 이성을 혼란에 빠뜨렸다. 그러나 이성이 방황하는 가운데서도 로이벤의 젊은 마음은 생존에 굳게 매달렸다. 그래서 몸을 전혀 움직일 수 없게 되었을 때에야 비로소 나무 아래 주저앉아 죽음을 기다릴 수밖에 없게 되었다.

그런 상태에서 그는 전투의 첫 소식을 접하고 생존자들을 구조하기 위해 파견된 수색대에 발견되었다. 그들은 그를 가장 가까운 부락으로 후송했는데, 우연히도 그 부락은 바로 그의 집이 있는 부락이었다.

옛날에 으레 그랬던 것처럼 도르카스는 부상입은 연인의 병상을 지키며 여성만이 타고난, 가슴과 손으로 할 수 있는 모든 위안과 편안함을 아낌없이 베풀었다. 며칠 동안 로이벤의 기억은 그가 겪어 온 위험과 고초 사이에서 혼몽히 방황했다. 그래서 많은 사람이 귀찮게 물어 대는 질문에 정확한 대답을 해 줄 수가 없었다. 전투의 세부적인 내용에 대해 아직 믿을 만한 정보가 돌고 있지 않은 상태여서 많은 어머니와 아내와 아이 들은 그들이 사랑하는 사람이 포로로 붙잡혀서 지체되고 있는지 아니면 죽음이라는 더 강력한 고리에 묶여 돌아오지 못하고 있는지 알 수가 없었던 것이다. 도르카스 역시 어느 날 오후 로이벤이 산란한 잠에서 깨어나 그 전 어느 때보다도 그녀를 잘 알아보는 것처럼 보일 때까지 걱정과 불안을 침묵 속에서 마음에 품고만 있었다. 그러나 그의 정신 상태가 안정을 찾은 것을 보자 더 이상 아버지에 대한 걱정을 억눌러 둘 수가 없었다.

"로이벤, 아버지는 어떻게 되셨죠?"

그녀는 이렇게 말을 시작했지만, 연인의 얼굴에 금방 나타나는 변화를 보고 말을 멈추었다.

젊은이는 심한 고통을 느끼기라도 하듯 몸을 움츠렸고, 핼쑥하고 푹 꺼진 뺨으로 왈칵 홍조가 퍼졌다. 그가 처음 보인 본능적인 행동은 얼굴을 가리는 것이었다. 그러나 필사적인 노력으로 몸을 반쯤 일으키며 상상 속의 어떤 비난에 대해 자신을 방어하기라도 하듯 격렬하게 말했다.

"아버지는 전장에서 심한 부상을 당하셨어, 도르카스. 그래서 나더러 제발 자신을 책임지려 애쓰지 말고 갈증이나 달래다 돌아가실 수 있도록 물가로 데려가 달라고 부탁하셨지. 하지만 그런 극한 상황에 처한 아버지를 그냥 두고 떠날 순 없었어. 그래서 나도 심한 부상을 입었지만 아버지를 부축하면서, 내 기운의 반을 아버지한테 바치면서 함께 걸었지. 그렇게 사흘간을 함께 여행했고 아버지는 예상 외로 오래 버티셨어. 하지만 나흘째 되는 날 아침에 깨어 보니 아버지는 거의 탈진하셔서 도저히 여행을 계속하실 수 없는 상태였지. 아버지의 생명이 급속히 쇠진해 갔고, 그리고……."

"돌아가셨군요!"

도르카스가 희미한 목소리로 외쳤다.

로이벤은 삶에 대한 이기적인 집착 때문에 그녀의 아버지의 운명이 확정되기 전에 그 자리를 서둘러 떠나왔다고 인정하는 것이 불가능하다는 걸 느꼈다. 그래서 아무 말도 하지 않고 고개를 떨구었다. 그러고는 수치심과 탈진이 겹쳐 쓰러지듯 자리에 누우며 얼굴을 베개에 파묻었다. 도르카스는 자신의 두려움이 그렇게 확인되자 눈물을 흘렸다. 그러나 그런 결과는 오래전부터 예상한 것이어서 그 결과가 가져온 충격은 한결 덜 격렬했다.

"그래서 그 황량한 숲속에 아버지의 무덤을 팠겠군요?"

이 질문은 그녀의 효심에서 저절로 우러나온 것이었다.

"내 팔도 쇠잔해졌지. 하지만 내가 할 수 있는 일은 다 했어."

젊은이는 숨이 막히는 듯한 어조로 말했다.

"아버지의 머리 바로 위쪽에 아주 위엄 있는 묘비 모양의 바위가 서 있어. 차라리 나도 아버지처럼 거기서 영원히 잠들었으면 좋았을걸!"

그의 마지막 말에 담긴 격정을 간파하고 도르카스는 그 자리에서 더 질문을 하지 않았다. 아버지 로저 맬빈이 그런 상황에서 받을 수 있는 장례 절차를 그런대로 받았다는 생각에 그녀는 마음의 위안을 얻을 수 있었다. 로이벤의 용기와 신의에 대한 이야기는 도르카스에 의해 그녀의 친구들에게 그대로 전해졌다. 그래서 불쌍한 젊은이는 맑은 공기를 쐬려고 병상에서 간신히 몸을 일으킬 정도의 상태에서도 모든 사람의 입에서 쏟아지는 부당한 찬사를 들으며 비참하고 자괴감 어린 고통을 경험해야 했다. 모두들 그—최후의 순간까지 그녀의 아버지에게 신의를 지킨—가 그 아리따운 아가씨에게 당연히 청혼할 만하다고 생각했다. 그러나 나의 이야기는 사랑 이야기가 아니니 그로부터 몇 달 후 로이벤이 도르카스 맬빈의 남편이 되었다는 사실을 이야기하는 것으로 만족하자. 결혼식이 진행되는 동안 신부의 얼굴은 발그레 홍조를 띠었지만 신랑의 얼굴은 내내 창백했다.

이제 로이벤 본의 가슴에는 아무에게도 전할 수 없는 생각, 그가 가장 사랑하고 가장 믿는 사람에게조차 아주 조심스럽게 숨기지 않을 수 없게 된 그런 생각이 자리를 잡았다. 그가 도르카스에게 진실을 밝히려고 하는 순간 그의 말을 제지한 도덕적 비겁함을 그는 깊이 그리고 고통스럽게 후회했다. 그러나 그의 자존심, 그녀의 사랑을 잃게 될 것 같은 두려움, 사람들의 경멸에 대한 공포심이 거짓을 바로잡는 일을 저지하고 있었다. 그는 자신이 로저 맬빈을 놔두고 떠나온 것에 대해서는 비난받아야 한다고 느끼지 않았다. 그가 계속 거기에 머물렀다면 자신의 생명을 불필요하게 희생하고 죽어 가는 사람의 마지막 순간에 오히려 쓸데없는 고통만 가중시켰을 것이기 때문이다. 그러나 무언가를 숨긴다는 건 정당화할 수 있는 행동에조차 비밀스러운 죄악의 효과를 가져왔다. 그래서 로이벤은 이성적으로는 자신의 행동이 정당했다고 생각하면서도, 숨겨진 죄악을 범한 사람을 괴롭히는 정신적 공포에 적지 않게 시달리고 있었다. 때때로 그는 어떤 생각들을 연상해 보면서 자신이 정말 살인자이기라도 한 것 같은 느낌에 빠져들곤 했다. 또한 수년 동안 해 온 생각이 이따금 불쑥 떠오르곤 했는데, 그 생각이 어리석고 허황된 것임을 알면서도 쫓아낼 힘이 없었다. 그 생각이란 그의 장인이 아직도 죽지 않은 채 바위 밑 시든 낙엽 위에 앉아 그가 약속한 구조를 기다리고 있는 환영, 고통스럽게 그를 사로잡는 환영이었다. 이런 착란 현상은 나타났다가 다시 사라지곤 해서 그 환영을 실제와 혼동하는 일은 없었다. 하지만 차분하고 맑은 정신 상태에서도 자신이 깊은 언약을 이행하지 못했음을, 그래서 땅에 묻히지 못한 그 시신이 황량한 숲에서 자신을 부르고 있음을 의식하지 않을 수 없었다. 그러나 시신 매장 절차를 우물쭈물 넘겨 버린 탓에 이제 와서 그 부름에 따를 수도 없었다. 그토록 오래 지연된 매장 절차를 치르기 위해 로저 맬빈의 친구들의 도움을 요청하기에도 이제는 너무 늦었다. 바깥 변경지 부락민들이 특히 민감하게 반응하는, 매장에 대한 미신적인 두려움 또한 로이벤이 혼자 그곳에 가는 것을 막는 한 요인이었다. 더욱이 길도 없는 광활한 숲속에서 시신이 밑에 누워 있는, 그 반들반들하고 무슨 글자가 새겨진 것 같던 바위를 어떻게 찾을 수 있을지 알 수가 없었다. 그 바위로부터의 자세한 여정에 대한 기억이 분명치 않았고, 그 여정의 후반부는 그의 마음에 아무런 인상도 남기지 못했다. 그러나 가서 언약을 이행하라고 그에게 명령하는, 자신에게만 들리는 목소리, 그 계속되는 충동을 그는 느끼고 있었다. 그리고 만일 시도만 한다면 곧장 맬빈의 유골이 있는 그곳으로 인도될 수 있을 것 같은 묘한 느낌이 들었다. 그러나 여러 해가 지나도록 귀에 들리지는 않지만 마음으로 늘 느끼고 있는 그 부름에 응하지를 못했다. 비밀스러운 생각은 하나의 고리처럼 되어 정신을 옥죄고 뱀처럼 가슴을 갉아먹어 들어왔다. 그리하여 그는 슬프고 좌절감에 빠진, 그러나 신경질적인 사람의 모습으로 변해 갔다.

결혼하고 몇 년이 지나면서 로이벤과 도르카스의 경제적 형편에는 눈에 띄는 변화가 일어나기 시작했다. 로이벤의 유일한 재산이라면 튼튼한 가슴과 강한 팔이었다. 아버지의 유일한 재산 상속인인 도르카스는 대부분의 변경지 농장보다 더 크고 가축도 더 많고 더 오래 경작을 해 온 아버지의 농장을 남편이 주인이 되어 맡게 했다. 그러나 로이벤 본은 농부로서는 신통치 않은 사람이었다. 다른 사람들의 땅에서는 수확이 매년 늘어나는데 그의 토지에서는 매년 줄어 갔다. 인디언과의 전쟁이 계속될 때 농부들은 한 손에 쟁기를 들고 다른 한 손에는 총을 들어야 했고 위험을 무릅쓴 노동의 대가로 얻은 수확이 야만인 적들에 의해 밭이나 창고에서 파괴되지 않으면 아주 운이 좋다고 생각해야 했지만, 인디언과의 전쟁이 끝난 후에는 농업을 방해하는 요인이 많이 감소했다. 그러나 로이벤은 변경지의 이런 상황 변화로부터 아무런 득도 얻지 못했고, 열심히 일을 할 때도 성공적인 수확으로 자신의 노력을 제대로 보상받지 못했다. 근래에 더 두드러지게 된 그의 신경질적인 태도 역시 경제적 형편이 기울어진 또 하나의 원인이었다. 그런 태도는 이웃 정착민들과의 불가피한 접촉에서 싸움을 일으키기 일쑤였고 그런 싸움들은 수많은 송사로 이어졌기 때문이다. 초기 정착 단계에 뉴잉글랜드 사람들은 거친 주위 환경으로 인해 가능하기만 하다면 의견 차이를 해결하는 데 법적인 방법에 의존했다. 간단히 말해, 로이벤 본에게는 세상사가 잘 풀리지 못해 결혼 후 여러 해가 지나자 결국 파산 상태에 다다른 것이다. 뒤따른 악운에 대항하는 남은 한 가지 수단은 깊은 숲속으로 햇빛을 던져 넣어 황야의 처녀지에서 생존을 구하는 길이었다.

로이벤과 도르카스 사이에는 자식이 아들 하나뿐이었는데

이제 그 아들이 열다섯이 되어 아주 잘생기고 훌륭한 남자로서의 자질을 갖추었다. 그는 변경지 삶의 야성적인 환경에 특히 잘 어울리는 자질을 갖고 있었고 이미 그런 능력을 발휘하고 있었다. 그는 발이 날쌔고, 목표가 올바르고, 이해력이 빨랐으며, 가슴은 밝고 경쾌했다. 그래서 인디언과의 전쟁이 다시 시작되리라고 예상하는 사람들은 모두 그 땅의 미래의 지도자로서 사이러스 본에 대해 이야기했다. 아버지는 자신의 성품 중 좋고 밝은 점들이 애정과 함께 아들에게 그대로 옮겨진 것처럼, 말은 하지 않아도 아들을 깊이 그리고 강렬하게 사랑했다. 그가 사랑하고 또 그를 사랑하는 도르카스조차도 아들보다는 훨씬 덜 소중했다. 왜냐하면 로이벤의 숨겨진 생각과 갇힌 감정이 그를 점점 더 이기적인 사람으로 만들어서, 이제는 자신의 마음을 반영하거나 자신의 마음과 비슷한 것을 보거나 느끼지 못할 경우에는 깊은 사랑을 베푸는 것이 불가능해져 버렸기 때문이다. 그는 사이러스에게서 과거의 자신의 모습을 확인하고, 때로는 그 아이의 기분에 함께 빠져들어 싱싱하고 행복했던 삶을 되찾는 느낌을 경험하기도 했다. 가정의 소중한 물건들을 옮기기 전에 반드시 선행되어야 할, 땅을 선정하고 나무들을 베어 태우는 일을 위한 처녀지로의 원정에 그는 아들을 데리고 갔다. 가을 두 달 동안을 그런 준비 작업으로 보낸 후 로이벤 본과 그의 젊은 사냥꾼은 마지막 겨울을 변경지 부락에서 지내기 위해 돌아왔다.

다음 해 5월 초, 그 작은 가족은 모든 물건들에 쏠리는 가녀린 애정마저도 다 끊고, 불운의 그늘 속에서도 자신들을 친구라고 부르는 몇몇 사람들게 작별의 인사를 고했다. 떠나는 순간의 슬픔을 달래는 방식은 세 사람이 각기 달랐다. 불행 때문에 인간 혐오자가 되어 버린 우울한 로이벤은 여느 때와 마찬가지로 근엄한 이마와 울적한 눈으로 성큼성큼 걸어가면서 어떤 후회도 거부했다. 단순하고 정 많은 성품의 도르카스는 모든 것과 맺었던 인연들을 끊어야 하는 아픔에 몹시 울었지만, 그녀의 마음 깊숙한 곳에 남아 있는 것들은 그녀와 함께 따라가고 그녀가 어디를 가든 필요한 것들을 다시 얻을 수 있으리라 느꼈다. 그리고 소년은 눈에서 눈물방울 하나를 털어 내고는 미지의 숲속에서 일어날 모험의 즐거움을 생각해 보고 있었다.

아, 누군들 백일몽의 들뜸 속에서 방랑자가 되어 아름답고 부드러운 연인이 자신의 팔에 가볍게 몸을 기댄 채 여름 숲속을 헤매보고 싶지 않겠는가? 사람이 젊을 때는 자유롭고 환희 넘치는 발걸음에 굽이치는 대양이나 머리에 흰 눈을 두른 높은 산 말고는 아무것도 장벽이 되지 못하리라. 자연이 풍요로움을 두 배나 더 뿌려 주는 골짜기에 아름다운 집을 마련하리라. 그처럼 순수한 삶을 오래오래 산 후 노년이 슬그머니 다가오면 한 부족의 아버지가 되고 족장이 되고 새로이 나타날 한 민족의 시조가 되리라. 그리하여 행복한 하루를 보내고 기꺼이 맞이하는 달콤한 잠처럼 죽음이 찾아오면 후손들은 그 경모하는 시신에 애도를 표하리라. 먼 훗날 후세들은 전통에 따라 신비로운 표상물을 두른 채 그를 신처럼 부를 것이고, 더 먼 훗날의 후손들은 영광스러운 희미한 모습으로 만 년이

나 된 그 계곡 저 높은 곳에 서 있는 그를 보게 되리라.

지금 내 이야기의 등장인물들이 헤매고 있는, 나뭇가지로 뒤엉킨 어두운 숲은 백일몽을 꾸는 사람의 환상의 세계와는 매우 달랐다. 그러나 그들의 삶의 방식에는 뭔가 자연과 친숙한 데가 있었다. 그러므로 세상에서 떠나오게 한 고통스러운 번민만이 지금 그들의 행복을 가로막는 모든 것이었다. 전 재산을 짊어진 튼튼하고 털이 많은 말은 도르카스의 무게가 더해져도 움츠러들지 않았다. 물론 어려움을 견디는 데 잘 단련된 도르카스는 매일 여행의 후반부는 말을 타지 않고 남편 옆에서 걸으면서 버텼다. 로이벤과 아들은 어깨에 총을 메고 도끼를 등 뒤에 끈으로 매단 채 먹거리가 될 사냥감을 사냥꾼의 눈으로 살피면서 지치지 않고 걸어갔다. 시장기가 느껴지면 그들은 가던 길을 멈추고 전혀 오염되지 않은 개울의 둑에서 식사 준비를 했다. 그들이 무릎을 꿇고 타는 입술로 물을 마시려고 하면, 개울물은 연인의 첫 키스를 받는 처녀처럼 달콤하게 약간 저항하는 듯한 소리를 냈다. 그들은 나뭇가지를 엮어 지붕 삼아 그 아래에서 자고, 동이 틀 무렵 깨어나 기운을 차리고는 또 다른 하루의 고된 여정을 계속했다. 도르카스와 소년은 줄곧 즐거워했고, 로이벤도 이따금 즐거움을 환히 드러내 보였다. 그러나 그의 마음속에는 차디찬 슬픔이 늘 자리 잡고 있었는데, 그는 그 슬픔을 위에서는 초록색 잎들이 밝게 빛나고 있는데 깊숙한 골짜기와 개울가에 아직도 깊이 묻혀 있는 차디찬 눈에 비유했다.

사이러스 본은 숲길을 걷는 데 꽤 익숙해 있어서, 아버지가 지난가을의 원정 때 둘이 같이 갔던 코스를 따라가고 있지 않다는 걸 알고 있었다. 그들은 변경지 부락에서 곧장 북쪽으로, 그리고 아직까지 짐승들과 야만인들만 사는 지역 속으로 계속 들어가고 있었다. 이따금 소년은 그들의 진로에 대한 의견을 넌지시 이야기했다. 그러면 로이벤은 그의 말을 주의 깊게 듣고는 한두 번 아들의 조언에 따라 진로의 방향을 바꾸기도 했다. 그러나 그렇게 할 때면 로이벤은 뭔가 불안해하는 것 같았다. 마치 나무 밑동 뒤에 숨어 있는 적을 탐색하기라도 하듯 여기저기를 살피며 빠른 눈길을 앞으로 보내고 거기서 아무것도 보이지 않으면 누가 뒤쫓아오지 않나 두려워하는 것처럼 시선을 뒤로 보내는 것이었다. 사이러스는 아버지가 점점 지난번의 방향으로 길을 잡아 가는 것을 느끼며 더 이상 진로에 관해 간섭을 하지 않았다. 뭔가가 마음을 무겁게 누르기 시작했지만, 모험심 많은 그의 성격은 길을 돌아가는 것이나 알 수 없는 그들의 진로에 대해 언짢게 생각하는 것을 허락하지 않았다.

닷새째 되는 날 오후, 그들은 길을 멈추고 해 지기 한 시간 전쯤 간단한 야영을 차렸다. 마지막 몇 마일 전부터 그 지역의 표면은 정지한 바다의 거대한 파도처럼 부풀어 오른 구릉들로 다양한 모습을 하고 있었다. 그들은 그 구릉들에 상응하는 한 분지 속의 거칠면서도 낭만적인 분위기가 느껴지는 곳에 잠자리를 차리고 불을 피웠다. 숨 쉬는 모든 것들로부터 차단되어 강한 사랑의 매듭으로 결속된 이 세 사람의 생각에는 뭔가 차가우면서도 가슴을 훈훈하게 하는 것이 있었다. 바람이 짙고 어두운 색깔의 소나무들 윗부분을 스치고 지나갈 때, 소나무들은 마치 그들을 동정하는 듯한 소리를 냈다. 아니면 늙은 나무들이 드디어 사람들이 그들의 뿌리를 도끼로 찍어 내려고 닥쳐든 것을 두려워하며 신음을 한 걸까? 로이벤과 그의 아들은 도르카스가 저녁을 준비하는 동안 그날 한 마리도 잡지 못한 사냥감을 찾아 주위를 잠깐 살펴보고 오겠노라 했다. 아이는 야영지 근처를 떠나지 않겠다고 약속하고는, 그가 잡기를 바라는 사슴처럼 경쾌하고 탄력 있는 발걸음으로 뛰어갔다. 아버지는 그 모습을 바라보며 잠시 행복감을 느끼고는 아이와 반대쪽 방향으로 길을 잡아 나서려 했다. 그러는 동안 도르카스는 떨어진 나뭇가지들로 피운 불과 가까운 곳, 여러 해 전에 뿌리가 뽑혔음 직한 나무의 이끼가 자란 썩은 밑동 위에 자리를 잡고 앉았다. 그녀는 불 위에서 막 끓기 시작하는 냄비에 이따금 눈길을 주면서 그해의 매사추세츠 연감을 읽고 있었다. 연감은 고딕체로 쓴 성경 책을 제외하면 그 집의 유일한 장서였다. 인간이 자의적으로 구분해 놓은 시간에 그 인간 사회로부터 배제된 사람들만큼 중요성을 부여하는 사람도 없는 법이다. 그래서 도르카스도 무슨 중요한 사실이라도 되는 것처럼 오늘이 5월 12일이라고 말했다. 그 말에 남편은 움칫 놀랐다.

"5월 12일이라! 그날을 잘 기억하지."

그는 혼자 중얼거렸다. 그러자 여러 가지 생각이 몰려와 순간적으로 정신이 혼란스러워졌다.

'내가 지금 어디 있지? 내가 지금 어디서 헤매고 있는 거

야? 그를 남겨 두고 떠난 곳이 어디지?'

도르카스는 남편의 변덕스러운 기분에 너무 익숙해져서 지금 그가 하는 행동에서도 이상함을 눈치채지 못했다. 그래서 연감을 치우고는 부드러운 마음을 가진 사람들이 오래전에 식어 사라진 슬픔에 대해 이야기할 때처럼 애조 띤 어조로 그에게 말했다.

"가련한 내 아버지가 이 세상을 버리고 더 좋은 세상으로 떠나신 게 18년 전 이맘때였죠. 그래도 아버지가 돌아가실 때 머리를 받쳐 주는 친절한 팔과 기분을 돋워 주는 친절한 목소리가 있었잖아요, 로이벤. 당신이 아버지에게 바친 정성을 생각하며 그 후로 많은 위로를 받았어요. 아, 이런 황량한 곳에서 혼자 죽음을 맞았다면 얼마나 끔찍했을까!"

"도르카스, 하늘에 기도를 해요."

로이벤이 더듬거리며 말했다.

"우리 셋 중 짐승이 울부짖는 이처럼 황량한 숲속에서 땅에 묻히지도 못하고 혼자 죽는 사람이 아무도 없도록 하늘에 기도해요!"

이렇게 말하고 그는 음울한 소나무 숲 아래에서 불을 지켜보도록 아내를 남겨 두고 서둘러 그곳을 떠났다. 도르카스가 무심코 한 말이 그의 가슴에 가한 아픔이 조금 약해지자, 로이벤의 빠른 발걸음도 서서히 늦추어졌다. 그러나 여러 가지 이상한 생각들이 몰려와서, 그는 사냥꾼이라기보다는 몽유병 환자 같은 모습으로 방황하듯 앞으로 걸어 나갔다. 그의 헤매는 발길이 야영지 근처에 계속 머물게 된 것은 그 자신의 뜻이 아니었다. 그러니까 그의 발걸음이 잘 드러나지는 않지만 거의 원을 그리고 있었던 것이다. 자신이 소나무가 아닌 다른 나무들이 빽빽이 들어찬 지역의 경계선에 이르러 있는 것도 깨닫지 못했다. 소나무가 있었음 직한 자리에는 참나무와 다른 종류의 활엽수들이 들어서 있었고 그 나무들의 뿌리 주위에는 짙은 관목과 덤불이 둘려 있었지만, 나무 사이사이에는 시든 낙엽이 두껍게 깔린 맨땅의 공간이 드러나 보였다. 숲이 잠에서 깨어나듯 나뭇가지들이 바스락대고 나무줄기가 삐걱거릴 때마다 로이벤은 본능적으로 팔에 걸친 소총을 들어 올리고는 빠르고 날카로운 눈길로 사방을 둘러보았다. 그러나 부분적인 관찰로 주위에 동물이 없음을 확인하고는 다시 이런저런 생각에 빠져들었다. 그는 자신을 미리 계획했던 코스에서 벗어나 멀리 숲속 깊숙이 들어가도록 이끈 묘한 영향력에 대해 곰곰이 생각해 보았다. 그러나 그의 동기가 숨겨져 있는 영혼의 내밀한 곳을 도저히 뚫고 들어갈 수가 없어서 그는 어떤 초자연적인 목소리가 그를 앞으로 오라고 부르고 있고 그 힘이 자신이 되돌아가는 것을 막고 있다고 믿었다. 그것이 자신에게 속죄할 기회를 주려는 하늘의 뜻이라고 생각했다. 그는 오랜 세월 동안 땅에 묻히지 못한 유골을 찾을 수 있기를 바랐고, 그 유골 위에 흙을 덮어 줌으로써 무덤 같은 그의 가슴속으로 평화가 밝은 햇빛을 비춰 주기를 바랐다. 이런 생각을 하다가 자신이 헤매고 있는 그곳으로부터 약간 떨어진 숲에서 나는 바스락거리는 소리에 얼핏 제정신으로 돌아왔다. 짙게 가려진 덤불 뒤로 어떤 물체가 움직이는 것을 본 순간 그는 사냥꾼의 본능과 숙달된 사수의 순간적인 조준으로 방아쇠를 당겼다. 그의 성공을 말해 주는, 동물들까지도 죽음의 고통을 느낄 때 표현하는 신음 소리가 들렸지만, 로이벤 본은 그 소리에 주의를 기울이지 않았다. 그때 그에게 닥쳐든 회상은 어떤 것이었을까?

로이벤이 총을 쏜 덤불은 어느 구릉의 정상 가까이에 있는 바위 밑동을 두르고 있었는데, 그 바위는 한쪽 면의 모양과 매끄러움이 마치 거대한 하나의 묘비 같았다. 그것을 보자 마치 거울에 비추듯이 그 모습이 로이벤의 기억 속에 또렷이 살아났다. 잊힌 문자로 새겨진 비문 형상을 하고 있는 표면의 결까지 그대로 알아볼 수 있었다. 모든 것이 그대로 남아 있었지만 바위의 밑부분은 짙은 덤불에 가려져서, 만일 로저 맬빈이 아직 그 자리에 앉아 있다 하더라도 그의 모습을 완전히 덮어 버렸을 것이다. 다음 순간 지금 그가 서 있는, 뿌리째 뽑힌 나무의 흙 묻은 뿌리 뒤에 옛날에 그가 마지막으로 서 있던 이후로 오랜 세월이 일으킨 또 하나의 변화가 로이벤의 눈길을 끌었다. 그가 언약의 상징으로 피 묻은 손수건을 묶었던 어린 참나무가, 물론 다 자란 것은 아니지만 상당한 크기의 튼튼한 참나무로 몰라보게 자라서 가지를 뻗쳐 넉넉한 그늘을 드리우고 있는 것이었다. 그 나무에는 한 가지 특이한 점이 있었는데, 그것이 로이벤을 떨게 만들었다. 나무 중간과 아래쪽의 가지들은 싱싱하고 무성하게 자랐고 나무의 몸통도 거의 땅에 이르기까지 지나치게 풍성한 잎들로 온몸을 두르고 있었지만, 윗부분은 심한 병이 든 듯했고 맨 꼭대기의 가지는 시들고 말라서 완전히 죽어 있는 것이었다. 로이벤은 18년 전 초록색으로 그렇게 아름답던 맨 꼭대기 가지에서 그 조그만 손수건이 팔랑대던 기억을 떠올렸다. 누구의 죄가 그 가지를 저렇게 시들어 죽게 만든 것인가?

두 사냥꾼이 떠난 후 도르카스는 저녁 준비를 계속했다. 넘어진 큰 나무의 이끼 덮인 몸통을 숲속의 식탁 삼아 제일 넓은 부분에 새하얀 식탁보를 깔고 변경지 부락에서 한때 그녀의 자랑이었던 반들반들한 백랍 그릇 중 남은 것들을 그 위에 배열했다. 황량한 자연의 한가운데에서 가정적 안락함을 나타내는 작은 공간, 그것은 참으로 미묘한 정경이었다. 약간 솟아오른 땅에서 자란 나무들의 높은 가지에서는 아직도 햇빛이 머뭇거리고 있었다. 그러나 야영을 차린 분지 속으로는 저녁의 그늘이 깊어 가고 있었고, 불빛은 큰 소나무들의 몸통을 올려 비추기도 하고 주위를 두른 짙고 무성하게 우거진 잎사귀들 위에 너울거리기도 하면서 점점 붉은빛으로 변해 가기 시작했다. 도르카스의 마음은 슬프지 않았다. 그녀에게 관심이 없는 수많은 사람들 가운데서 외롭게 지내는 것보다 그녀가 사랑하는 두 사람과 함께 황야를 여행하는 것이 더 낫다고 느꼈기 때문이다. 로이벤과 아들을 위해 나뭇잎으로 덮인 썩은 나무통 위에 앉을 자리를 마련하면서 그녀는 젊었을 때 배운 노래를 흥얼거렸다. 그녀의 목소리가 노랫가락에 맞추어 어두운 숲속에서 춤을 추는 듯했다. 약간 조잡한 멜로디의 그 노래는 무명의 한 음영 시인의 작품이었는데, 눈이 가득 쌓여 인디언의 습격을 걱정할 필요가 없는 변경지 오두막의 한 가족이 따뜻한 난롯가에서 즐겁게 보내는 겨울밤의 정경을 읊은 것이었다. 그 노래는 선체적으로 독창적인 생각 특유의 묘한 매력을 지니고 있었지만, 특히 난로의 불빛이 주는 즐거움을 예찬하며 계속 반복되는 4행의 후렴은 마치 그 불빛처럼 나머지 부분과 구분되어 환하게 빛나는 것 같았다. 시인은 4행 속에 마치 마술을 부리듯 간단히 몇 마디 말로 가정의 사랑과 가정의 행복의 진수를 불어넣어서, 그 부분에서 시와 그림이 섞여 하나를 이루고 있었다. 노래를 부르니 그녀가 버리고 떠난 집의 벽이 그녀를 둘러싸는 것 같았다. 그녀의 눈에는 음울한 소나무들이 보이지 않았고, 그녀의 귀에는 그녀가 각 절을 시작할 때 가지 사이로 무거운 한숨을 내쉬다가 후렴 부분에 이르면 낮은 신음 소리를 내며 사라져 가는 바람 소리도 들리지 않았다. 그러다가 야영지 가까운 곳에서 울리는 총소리에 퍼뜩 정신이 들었다. 갑작스러운 총성 때문이었는지 타오르는 불길 옆에서의 고독감 때문이었는지 그녀는 몸을 부르르 떨었다. 다음 순간 그녀는 어머니의 자랑스러운 가슴으로 웃었다.

"내 훌륭한 젊은 사냥꾼! 내 아이가 사슴을 사냥했잖아!"

그녀는 사이러스가 총성이 들린 방향으로 사냥감을 찾아 나섰던 사실을 떠올리며 큰 소리로 외쳤다.

그녀는 자신의 성공을 알리려고 바스락대는 나뭇잎을 밟으며 뛰어올 아들의 경쾌한 발소리를 듣기 위해 한참을 기다렸다. 그러나 아들은 나타나지 않았다. 그래서 그녀는 아들을 찾아 나무 사이로 밝은 목소리를 내보냈다.

"사이러스! 사이러스!"

그래도 아이는 나타나지 않았다. 총성이 아주 가까운 곳에서 들린 것 같았기 때문에 그녀는 직접 아이를 찾아 나서기로 마음먹었다. 아들이 잡았다고 자랑스럽게 떠들어 댈 그 사슴 고기를 가져오는 데 자신의 도움이 필요할 것 같기도 했다. 그래서 그녀는 총성이 들린 방향을 향해 나아가면서 아이가 자신이 접근해 오는 것을 알고 자신을 맞으러 오도록 계속 노래를 불렀다. 큰 나무들과 짙은 덤불 속의 숨을 만한 곳을 지날 때마다 그녀는 그 뒤에서 애정에서 우러나오는 장난기로 웃음을 터뜨리며 나타날 아들의 얼굴을 발견하기를 바랐다. 이제는 해가 지평선 아래로 넘어가서, 나무들 사이로 흘러내리는 빛은 그녀의 그런 기대 속에 여러 가지 환영을 불러일으킬 만큼 충분히 어두워져 있었다. 그녀는 여러 번 나뭇잎들 사이로 내다보고 있는 그의 얼굴을 희미하게 본 것 같았다. 한번은 삐죽삐죽 솟은 바위 밑에 서서 그녀에게 오라고 손짓하는 모습이 보이는 것 같기도 했다. 그래서 그 모습에 눈길을 주고 다가가 보았지만, 그것은 땅 있는 곳까지 잔가지를 두른, 그리고 가지 중 하나가 다른 가지들보다 더 멀리 뻗쳐 나와 미풍에 흔들리고 있는 참나무의 몸통에 불과했다. 바위 밑을 돌았을 때 그녀는 다른 방향에서 그쪽으로 다가와 있던 남편과 갑자기 마주쳤다. 그는 총구를 시든 나뭇잎에 대고 총의 개머리판에 몸을 기댄 채 그의 발치께에 있는 어떤 물건을 응시하는 데 정신이 팔려 있는 것 같았다.

"어떻게 된 거예요, 로이벤? 사슴을 잡아 놓고 그 위에서 잠이 든 거예요?"

도르카스는 그의 자세와 표정을 얼핏 보면서 슬섭게 웃으며 말했다.

그러나 그는 꿈쩍도 하지 않았고 눈길을 돌리지도 않았다. 그러자 원인이나 대상을 알 수 없는, 몸을 떨리게 하는 차가운 두려움이 그녀의 핏속으로 엄습해 오기 시작했다. 그녀는 남편의 얼굴이 시체처럼 창백한 것을 발견했다. 그의 얼굴은 그것을 그렇게 굳게 만든 강한 절망감 외에는 어떤 표정도 지을 수 없을 것처럼 완전히 굳어 있었다. 그의 표정에는 그녀가 다가오는 것을 알고 있다는 흔적이 전혀 없었다.

"제발, 로이벤. 뭐라고 말 좀 해 봐요!"

도르카스가 소리쳤다. 그러나 그렇게 외치는 자신의 이상한 목소리가 정적의 침묵보다 오히려 더 그녀를 공포로 몰아넣었다.

남편은 흠칫 놀라며 그녀의 얼굴을 빤히 바라다보더니, 그녀를 끌고 바위 앞으로 돌아가서 손가락으로 땅 위를 가리켰다.

아, 거기 떨어진 나뭇잎 위에 아들이 꿈도 없이 잠든 모습으로 누워 있었다! 곱슬머리가 이마에서 젖혀진 채 빰이 팔에 얹혀 있고 사지는 편안하게 펼쳐져 있었다. 갑작스러운 탈진이 젊은 사냥꾼을 엄습한 것인가? 어머니의 목소리로 그를 깨울 수 있을까? 그러나 그녀는 그것이 죽음이라는 걸 알고 있었다.

"이 넓은 바위가 바로 당신 아버지의 묘비요, 도르카스. 이제 당신의 눈물이 당신 아버지와 당신 아들한테 동시에 떨어지게 되었구려."

그녀의 남편이 말했다.

그러나 그녀의 귀에는 그의 말이 들리지 않았다. 그녀는 고통을 당하는 사람의 가장 내밀한 영혼으로부터 쥐어짜여 나오는 듯한 격렬한 외마디 비명을 지르며 죽은 아들의 시신 옆으로 정신을 잃고 쓰러졌다. 그 순간 참나무 맨 꼭대기의 시든 가지가 정적의 공기 속에서 꺾여 부드럽고 가벼운 조각들로 바위 위에, 나뭇잎 위에, 로이벤에게, 그의 아내와 아들에게, 그리고 로저 맬빈의 유골 위에도 내려앉는 것이었다. 그러자 로이벤의 가슴은 찢어지는 듯했고, 그의 눈에서는 바위에서 솟는 물처럼 눈물이 쏟아져 내렸다. 부상당한 젊은이가 고통 속에 죽어 가는 사람과 맺은 언약이 이루어지게 된 것이다. 이제 그는 그의 죄를 속죄했고, 그에게 내린 저주가 걷혔다. 그가 자신의 피보다 더 소중한 피를 뿌린 그 시간에, 그 오랜 시간 후의 첫 기도가 로이벤 본의 입술로부터 하늘로 올라간 것이다.

젊은 굿맨 브라운

젊은 굿맨[1] 브라운은 해 질 녘에 세일럼 마을의 길거리로 나섰다. 그러나 문간을 나서면서 젊은 아내와 작별의 키스를 나누려고 몸을 돌렸다. 페이스[2]라는 이름이 잘 어울리는 그의 아내가 예쁜 머리를 길 쪽으로 내밀며 굿맨 브라운을 부를 때 그녀의 모자에 달린 핑크빛 리본이 바람에 나부꼈다.

"여보."

그녀는 부드럽게, 그러나 약간 슬픈 어조로, 입술을 그의 귀에 바짝 대며 속삭였다.

"제발 내일 아침 해가 뜰 때까지 이번 여행을 미루고 오늘

---

1) 자작농 신분의 사람에 대한 경칭. 굿맨은 젠틀맨보다 한 단계 아래이다.

2) 페이스(faith)는 영어로 '믿음, 신앙'을 뜻하며 상징적 의미를 지니고 있다.

밤은 집에서 주무시도록 하세요. 여자가 혼자 있으면 이런저런 산란한 생각들로 자신이 두려워질 때가 있거든요. 여보, 1년 삼백예순다섯 날 밤 중에 오늘 밤만은 제발 나랑 함께 있어 줘요, 네?"

"사랑하는 나의 페이스."

굿맨 브라운이 대답했다.

"1년 삼백예순다섯 날 밤 중 오늘 밤만은 당신과 떨어져 있을 수밖에 없소. 당신이 여행이라고 했는데, 그게 지금부터 내일 아침 해가 뜰 때까지 다녀와야 하는 여행이니 말이오. 아니, 이렇게 귀엽고 사랑스러운 당신이 벌써 나를 의심한단 말인가. 결혼한 지 이제 겨우 석 달밖에 안 됐는데."

"그렇다면 하느님의 축복을 빌게요. 건강히 잘 돌아오시길 바라요."

핑크빛 리본을 바람에 나부끼며 페이스가 말했다.

"아멘!"

굿맨 브라운은 큰 소리로 외치며 말을 이었다.

"여보, 기도 잘 드리고, 어두워지면 잠자리에 들어요. 아무 일 없을 테니 걱정 말고."

그렇게 그들은 헤어졌다. 굿맨 브라운은 교회에 이르러 모퉁이를 막 돌려고 하면서 뒤를 돌아보았다. 핑크빛 리본이 여전히 바람에 나풀대고 있었지만, 그의 뒷모습을 지켜보는 그녀의 얼굴에는 우울함이 깃들어 있었다.

"가련한 페이스!"

아내를 생각하며 그는 가슴이 저미는 아픔을 느꼈다.

"이런 일로 페이스를 두고 떠나야 하다니 말도 안 되는 인간이지. 아내는 꿈 이야기도 했잖아. 그러고 보니 그 꿈이 오늘 밤 일어날 일에 대해 그녀에게 뭔가 경고라도 한 듯이 꿈 이야기를 할 때 그녀의 얼굴에 근심이 차 있었어. 안 되지, 안 돼. 그런 일을 생각만 해도 그녀는 죽고 말 거야. 그래, 페이스는 하느님의 축복을 받은 지상의 천사야. 오늘 밤 이 일만 끝나면 그녀의 옷자락에 매달려 천국까지 그녀를 따라갈 테다."

앞날에 대해 이런 훌륭한 결의를 내리자 굿맨 브라운은 한결 가벼운 마음이 되어 오늘 밤의 이 사악한 목적을 위해 발걸음을 재촉했다. 그는 음울하기 짝이 없게 버티고 선 나무들로 어두워진 황량한 숲길로 들어섰는데, 나무들이 하도 촘촘히 들어차서 마치 좁은 오솔길이 간신히 기어 나가도록 허용하고는 곧 뒤를 막아 버리는 듯했다. 정말이지 그 숲길은 너무 고독하게 느껴졌다. 그런데 그 고독함은 또한 수많은 나무 기둥과 짙게 드리운 나뭇가지 뒤에 누가 숨어 있는지 도저히 알 수 없는 미묘한 느낌을 주는 것이었다. 그래서 숲길을 걸어가는 나그네는 혼자 외롭게 걸어가면서도 보이지 않는 수많은 사람들 사이를 통과해 가는 듯한 느낌을 가질 듯싶었다.

"저 나무들 뒤마다 악마 같은 인디언들이 숨어 있을지도 모르겠군."

굿맨 브라운은 이렇게 혼자말을 하고는 두려운 시선으로 뒤돌아보며 덧붙였다.

"악마가 바싹 가까이에 나타나면 어떡하지?"

그는 머리를 돌린 채 구부러진 숲길을 통과했다. 그가 시선을 다시 앞으로 돌렸을 때 고목 밑에 앉아 있는 엄숙하고 점잖은 옷차림의 사람이 보였다. 굿맨 브라운이 다가오자 그는 자리에서 일어서더니 그와 함께 나란히 걷기 시작했다.

"자네 좀 늦었군, 굿맨 브라운. 내가 보스턴을 지나올 때 올드 사우스 교회의 종이 울렸는데 그게 족히 15분은 되었으니 말일세."[3]

그가 말을 건네자 굿맨 브라운은 예기치 않은 일은 아니지만 그 사람이 그렇게 갑자기 나타난 사실에 당황해서 약간 떨리는 목소리로 대답했다.

"페이스 때문에 좀 지체하느라 늦어졌습니다."

숲은 이제 아주 어두워져 있었고, 두 사람이 걷는 숲길은 그중에서도 가장 깊은 곳이었다. 이모저모로 살펴보건대 이 두 번째 나그네는 쉰 살 정도의 나이에 굿맨 브라운과 비슷한 지체의 사람인 듯싶었다. 그리고 얼굴보다는 표정이 더 그렇긴 하지만 굿맨 브라운과 무척 닮은 모습이어서 두 사람이 마치 아버지와 아들처럼 보일 정도였다. 그는 굿맨 브라운처럼 옷차림이 검소하고 태도도 단순해 보였지만, 뭐랄까 세상 물정을 훤히 아는 듯한, 만일 필요해서 주지사와 만찬을 같이한다거나 윌리엄 왕[4]의 궁정에 들어갈 일이 있다 해도 당황하지 않을 것 같은, 말로 표현하기 어려운 묘한 분위기가 있었다. 그러나 그의 모습에서 분명하게 눈길을 끄는 물건은 커다란 검

---

3) 보스턴에서 세일럼까지는 65리 남짓한 거리이므로, 그 거리를 15분 만에 왔다면 이 사람에게 초능력이 있음을 암시한다.

4) 영국 왕 윌리엄 3세(재위 기간 1689~1702년)를 가리킨다.

은 뱀의 형상을 한 지팡이였다. 아주 기묘하게 만들어져서 마치 살아 있는 뱀처럼 몸을 뒤틀고 꿈틀거리는 것처럼 보이는 것이었다. 물론 어슴푸레한 빛 때문에 일어나는 착시 현상이었을 것이다.

"이보게, 굿맨 브라운."

그의 동행자가 말했다.

"여행의 출발치고는 너무 느리구먼. 곧 지칠 것 같으면 이 지팡이를 쥐게."

"이보십시오."

굿맨 브라운은 느린 발걸음을 아예 멈추며 말했다.

"여기서 영감님을 만나기로 한 약속을 이행했으니 이제 저는 떠나온 곳으로 돌아가야겠습니다. 영감님도 잘 아시다시피 그 일이 영 마음에 걸립니다."

"그래?"

뱀의 형상을 한 지팡이를 쥔 노인이 미소를 거두며 말했다.

"우리 걸어가면서 한번 차분히 이야기해 보세. 그래도 납득이 가지 않는다면 돌아가도 좋네. 이제 막 숲속에 들어선 참 아닌가."

"너무 깊이, 너무 깊이 들어선 거죠!"

굿맨 브라운은 이렇게 외치면서도 자기도 모르게 다시 걷기 시작했다.

"제 아버지는 이런 일로 숲속에 가 보신 적이 없고 제 할아버지도 마찬가지였습니다. 저희 집안은 영국에서의 순교 시절 이래로 정직하고 독실한 기독교 집안이지요. 그런데 제가 브라운 가문에서 처음으로 이런 숲길을 걸으면서……."

"나 같은 사람하고 동행할 수 있나, 이렇게 말하려는 거겠지."

노인은 그가 끝맺지 못한 말을 완성해 주면서 말을 이었다.

"굿맨 브라운, 자네 말 잘했네! 나로 말하면 이곳 청교도들 그 누구보다 자네 집안에 대해 잘 알고 있지. 그리고 그 사실은 결코 사소한 것이 아니라네. 나는 경관이었던 자네 할아버지가 세일럼의 큰길을 누비며 퀘이커 교도 여인을 채찍질할 때 옆에서 거들었다네. 그리고 필립 왕 전쟁[5] 때 자네 아버지가 인디언 부락에 불을 지르도록 화로에서 광솔 마디에 불을 붙여 자네 아버지한테 갖다준 것도 나였다네. 자네 할아버지와 아버지 모두 내 친한 친구였지. 이 숲길을 따라 수없이 즐겁게 여행을 하고 자정이 넘어 함께 돌아오기도 했지. 그들을 위해서도 자네와 기꺼이 친구가 되고 싶네."

"말씀대로라면 할아버지나 아버지가 그런 일들에 대해 일언반구도 없었던 게 이상하군요."

굿맨 브라운이 대꾸했다.

"아니, 이상할 게 없죠. 만일 그 비슷한 소문만 났어도 그분들은 뉴잉글랜드에서 쫓겨났을 테니 말입니다. 우리 집안은 독실한 교인인 데다 선행을 베풀며, 그런 사악한 짓을 용인하지 않을 사람들입니다."

"글쎄, 그게 사악한 건지 아닌지 잘 모르겠네만."

---

5) 필립 왕은 식민지 개척민들이 인디언 추장에게 붙인 이름이고 필립 왕 전쟁은 영국군과 인디언 사이에 일어난 전쟁이다.

뒤틀린 지팡이를 쥔 노인이 말했다.

"난 여기 뉴잉글랜드에 아는 사람이 아주 많다네. 수많은 교회의 집사들이 나와 함께 성찬식 포도주를 마셨고, 여러 고을의 의원들이 나를 의장으로 추대했고, 매사추세츠 의회의 대다수 의원들이 나의 절대적인 지지자들이고, 주지사하고는 또…… 하지만 이건 일급비밀이어서 말할 수 없군."

"아니, 그게 사실이란 말입니까?"

굿맨 브라운은 놀라는 시선으로 조금도 동요하는 모습을 보이지 않는 이 차분한 동행자를 바라보며 물었다.

"어찌 됐건 저는 주지사니 의회니 하는 것들과는 아무 상관이 없습니다. 그 사람들이 사는 방식이 있을 테고, 그건 저 같은 일개 농부와는 상관이 없는 일이에요. 하지만 제가 만일 영감님과 동행하게 된다면 어떻게 세일럼 마을에 돌아가서 훌륭한 우리 목사님의 눈을 마주 볼 수 있겠습니까? 일요일이나 성경 공부하는 날 목사님의 목소리가 저를 얼마나 두려움에 떨게 하겠어요?"

노인은 줄곧 엄숙한 표정으로 이야기를 경청하더니, 이 대목에 이르자 우스워 죽겠다는 듯 갑자기 폭소를 터뜨리며 어찌나 몸을 흔들어 대는지 뱀 같은 지팡이가 그 기분에 맞추어 실제로 마구 꿈틀대는 것 같았다.

"하! 하! 하!"

그는 한참이나 큰 소리로 웃더니 이윽고 몸을 다시 가다듬고는 말을 이었다.

"그래, 계속하게, 굿맨 브라운. 계속하게. 하지만 제발 나를 웃겨 죽게 만들지는 말게."

"그렇다면 아예 결론을 말씀드리겠습니다."

굿맨 브라운은 상당히 화가 나서 톡 쏘듯 대답했다.

"제 아내 페이스 때문입니다. 이런 일을 알면 아마 그녀의 심장이 터져 버릴 겁니다. 그런 일이 일어나느니 차라리 제 심장이 터지는 게 낫지요."

"아니, 그게 이유라면 자네 갈 길을 그대로 가게, 굿맨 브라운."

노인이 대답한다.

"지금 우리 앞에서 절뚝거리며 걸어가는 저 노파 같은 사람들 스무 명에 어떤 해가 온다 해도 페이스에게는 해로운 일이 전혀 일어나지 않을 걸세."

이렇게 말하면서 노인은 지팡이로 숲길을 앞서 가고 있는 한 여자를 가리켰는데, 굿맨 브라운은 그 여인이 그가 어렸을 때 교리문답을 가르쳐 주었고 지금도 목사님과 구킨 집사와 함께 그의 도덕적·정신적 조언자 역할을 하고 있는 매우 신앙심 깊고 모범적인 바로 그 여자라는 것을 확인할 수 있었다.

"정말 놀라운 일이군. 구디 클로이스가 이 밤중에 숲속 깊은 곳에 와 있다니."

그는 말을 이었다.

"영감님이 허락하신다면 저 독실한 마나님을 앞지를 때까지 숲을 질러갔으면 하는데요. 저분은 영감님을 모를 테니 누구랑 동행해서 어디로 가는지 저한테 물어볼 거란 말입니다."

"그렇게 하게. 자넨 숲을 질러가고 나는 이 길을 따라 그냥

가겠네."

그렇게 해서 굿맨 브라운은 방향을 바꾸었지만 그의 동료가 길을 따라 스르르 걸어가서 노파와 지팡이 하나 거리까지 접근하는 것을 주의 깊게 지켜보았다. 한편 그 여자는 나이 든 노파로 보기엔 이상하리만치 빠른 걸음으로 바삐 걸어가면서 줄곧 분명치 않는 말을 뭐라고 중얼대고 있었는데 분명 기도인 듯싶었다. 노인이 지팡이를 내밀어 마치 뱀 꼬리처럼 보이는 지팡이 끝으로 그녀의 쭈글쭈글한 목을 건드렸다.

"이 악마야!"

독실한 노파가 소리를 질렀다.

"그렇다면 구디 클로이스가 옛 친구를 알아본다는 말이로군?"

노인은 그렇게 말하며 노파를 마주 보고는 꿈틀거리는 지팡이에 몸을 기대었다.

"아니, 어르신 아니세요?"

노파가 큰 소리로 말했다.

"저의 옛 친구 굿맨 브라운, 멍청한 젊은이 굿맨 브라운의 할아버지인 그 굿맨 브라운의 모습으로 나타나셨군요. 그런데 어르신, 믿을 수 있어요? 아니, 글쎄 제 빗자루가 묘하게 사라져 버렸다고요. 아마도 아직 목숨이 붙어 있는 마녀 구디 코리가 훔쳐 간 것 같아요. 더구나 제가 야생 셀러리 즙에, 양지꽃에, 늑대의 독즙을 섞어 바르고 있었는데도 말이에요."

"거기에 고운 밀가루와 갓난아기 비곗살을 섞어서 말이지."

굿맨 브라운의 모습을 한 노인이 말을 받았다.

"참, 어르신은 그 비법을 아시죠."

노파가 깔깔대며 큰 소리로 웃었다.

"그래서 말씀드린 대로 모임에 갈 준비는 다 됐는데 타고 갈 말은 없고, 그래서 이렇게 걸어가기로 마음먹었죠. 오늘 모임에는 근사한 젊은이 한 사람이 참석하기로 되어 있다더군요. 어르신이 저에게 팔을 좀 빌려주시면 눈 깜짝할 사이에 거기에 도착할 텐데."

"그렇게 하긴 어렵겠소. 내 팔을 빌려줄 수는 없지만 원한다면 내 지팡이가 여기 있소, 구디 클로이스."

그렇게 말하면서 노인은 지팡이를 노파의 발치께에 던졌다. 그러자 옛날에 이집트 마술사들에게 던진 막대기가 그랬던 것처럼 그 지팡이는 살아 움직이는 듯했다.[6] 하지만 굿맨 브라운은 이 사실을 알아차리지 못했다. 그가 놀라서 시선을 위로 향했다가 다시 내렸을 때는 구디 클로이스도 지팡이도 보이지 않고 동행자 노인만 혼자서 아무 일도 일어나지 않은 것처럼 차분히 그를 기다리고 있었다.

"저 마나님이 저에게 교리문답을 가르쳐 주셨죠."

굿맨 브라운의 이 간단한 한마디에는 그러나 깊은 의미가 담겨 있었다.

그들은 계속해서 걸었다. 그러는 동안 노인은 빨리 그리고 꾸준히 걷도록 그의 동행자를 계속 독려했는데, 자기 뜻을 아

---

6) 구약 성서 출애굽기 7장 9절에서 12절까지에 나오는 이야기를 빗대어 말하고 있다.

주 적절한 말로 전달해서 그것이 그가 전한 것이라기보다는 그 말을 듣는 사람의 가슴속에서 저절로 솟아 올라온 것 같았다. 그들이 걷는 동안 노인은 지팡이로 쓰려고 난풍나무 줄기 하나를 꺾어서 저녁 이슬에 젖은 잔가지들을 잘라 내기 시작했다. 그런데 그의 손가락이 젖은 가지들에 닿는 순간 그 가지들은 기묘하게 시들면서 일주일은 햇볕에 말린 것처럼 바싹 말라 버리는 것이었다. 그렇게 두 사람은 경쾌한 걸음으로 잘 걸어갔는데, 음울한 분지에 이르자 굿맨 브라운은 갑자기 나무 그루터기에 주저앉으며 더 이상 가지 않겠노라고 버텼다.

"영감님."

그는 완강하게 말했다.

"이제 결심을 했습니다. 이 일로는 한 발짝도 더 움직이지 않겠습니다. 저는 그 마나님이 천국을 향해 가고 있다고 믿었는데 빌어먹을 악마한테 가고 있으니 어찌 된 일입니까? 그게 제가 사랑하는 페이스를 버리고 그 노파를 따라가야 할 이유가 될 법이나 합니까?"

"차츰 생각이 달라질 걸세."

노인은 침착하게 말했다.

"여기 앉아서 잠시 쉬게. 그리고 다시 걷고 싶을 때 이 지팡이를 사용하게나. 도움이 될 걸세."

노인은 더 이상 말하지 않고 동행자에게 단풍나무 지팡이를 던져 주고는 짙어 가는 어둠 속으로 빨려 들어가듯 순식간에 시야에서 사라졌다. 젊은이는 잠시 길가에 앉아 이제 그가 아침 산책길에서 매우 맑은 양심으로 목사님을 대할 수 있을 것이며 구킨 집사의 시선으로부터도 전혀 움츠러들 필요가 없을 거라고 생각하면서 스스로에게 큰 박수를 보냈다. 그리고 그처럼 사악하게 보낼 뻔했지만 이제 페이스의 팔에 안겨 순결하고 달콤하게 보낼 수 있을 그날 밤의 잠이 얼마나 평온할 것인가를 생각했다. 그가 이런 즐겁고 훌륭한 명상에 잠겨 있을 때 길을 따라 말발굽 소리가 들려왔다. 그러자 지금은 행복하게도 거기서 벗어났지만 그를 이 숲까지 오게 한 그 사악한 목적을 생각하면서 그는 숲 안쪽으로 몸을 숨기는 게 좋겠다고 생각했다.

말발굽 소리와 함께 사람의 목소리도 들렸다. 나이 든 두 사람의 근엄한 목소리가 점잖게 이야기를 나누며 점점 가까워 왔다. 그 소리는 젊은이가 숨어 있는 곳과 불과 몇 미터 떨어지지 않은 거리에서 지나가는 것처럼 들렸는데, 그곳의 어둠이 워낙 짙은지라 사람도 말도 전혀 보이지 않았다. 그들이 길가의 나뭇가지들을 스치고 지나갔지만 그들이 가로질러 왔을 밝은 하늘의 한 자락으로부터 한순간이나마 희미한 빛줄기 하나 가로채지 못한 것처럼 아무것도 보이지 않았다. 굿맨 브라운은 몸을 웅크리기도 하고 발뒤꿈치를 들기도 하면서 나뭇가지들을 젖히고 머리를 있는 대로 내밀어 보기도 했지만 그들의 그림자조차도 볼 수 없었다. 그가 더욱 안달이 난 것은, 그럴 수가 있을까 싶지만 분명 그 목소리는 성직 서임식이나 성직자 회의에 참석하러 떠날 때 그들이 늘 그러듯 천천히 걸어가면서 이야기를 나누는 목사님과 구킨 집사의 목소리였기 때문이다. 아직 말소리가 들리는 거리에서 그들 중 한 사람이 나뭇가지를 꺾으려고 잠깐 멈춰 섰다.

"목사님, 성직 서임식 만찬과 오늘 밤의 이 모임 중에서 하나를 포기하라고 한다면 저는 차라리 서임식 만찬을 포기하겠습니다."

구킨 집사의 목소리였다.

"사람들이 그러는데 팔머스와 그 너머에서, 그리고 코네티컷 주와 로드아일랜드 주에서까지도 우리 교인 몇 사람이 이 모임에 오고, 게다가 인디언 주술사들도 상당수 참석한답니다. 그들은 자기들 방식대로 우리 중 제일 뛰어난 사람들 못지않게 많은 주술을 안다는군요. 더구나 아주 참한 젊은 여자 한 사람이 집회에 나온다지요."

"잘됐군요, 구킨 집사님."

목사의 엄숙하고 점잖은 목소리가 말을 받았다.

"서둘러 갑시다. 잘못하면 늦겠소. 아시다시피 내가 그곳에 도착하기 전에는 아무 일도 시작될 수 없으니까요."

말발굽 소리가 다시 덜커덕거리고, 그처럼 이상하게 허공에서 주고받던 목소리들이 숲속으로 곧 사라져 버렸다. 교회의 집회가 열린 적도 없고 기독교인 한 사람도 기도해 본 적이 없을 그런 숲속으로. 그렇다면 그 성스러운 사람들이 도대체 이교도의 황야 아주 깊숙이 어디로 여행을 할 수 있단 말인가? 젊은 굿맨 브라운은 무겁게 짓눌려 오는 가슴을 주체하기 어려워 땅바닥에 혼절해 쓰러져 버릴 것만 같아서 나무를 붙들고 몸을 의지했다. 정말 천국이 저 위쪽에 있는지 의심하며 하늘을 쳐다보았다. 그러나 하늘엔 푸른 궁륭이 펼쳐져 있고 그 속에서 별들이 밝게 빛나고 있었다.

"하늘엔 천국이 있고 땅 위엔 페이스가 있으니 악마에 대항해서 굳게 싸우리라."

굿맨 브라운은 이렇게 소리쳤다.

그가 짙은 천체의 궁륭을 올려다보며 기도하려고 두 손을 들어 올리자, 바람도 없는데 어디선가 구름이 나타나 천정을 가로질러 흐르며 밝게 빛나는 별들을 가려 버렸다. 그 검은 구름 덩이가 북쪽으로 빠르게 몰려가는 머리 바로 위쪽을 제외하고는 그래도 파란 하늘이 드러나 보였다. 머리 위쪽 허공에서 마치 구름 한가운데인 듯 알 수 없는 이상야릇한 목소리들이 들려왔다. 처음에는 분명 마을 사람들, 성찬식 식탁에서 만나고 선술집에서 떠들어 대는 것을 본 적도 있는 경건한 사람들, 불경스러운 사람들, 남자들, 여자들, 그가 잘 알고 있는 모든 마을 사람들의 목소리처럼 들렸다. 그러나 다음 순간 그 소리들이 희미해져서, 그저 바람도 없이 속삭이는 숲속의 웅얼거림을 잘못 들은 게 아닌가 생각되기도 했다. 그러자 그 귀에 익은 목소리들이, 세일럼 마을에서 밝은 대낮에 늘 듣던, 그러나 지금까지 밤의 구름 속에서는 한 번도 들어 본 적이 없는 그 목소리들이 다시 한번 더 크게 들려왔다. 그중에서도 슬픔을 호소하는 듯한 젊은 여자의 목소리가 들렸다. 무슨 일인지는 몰라도 뭔가 괴로워서 도움을 청하는 애처로운 목소리였다. 그러자 보이지 않는 많은 사람들, 성자나 죄인들 모두가 앞으로 나오도록 그녀를 격려하는 것 같았다.

"페이스!"

굿맨 브라운은 고통과 절망의 목소리로 부르짖었다. 그러자 마치 혼란에 빠진 비참한 무리가 온 황야를 누비며 그녀를 찾는 듯 숲의 메아리가 그의 목소리를 흉내 내어 "페이스! 페이스!" 하고 부르짖는 것이었다.

비탄과 분노와 공포의 외침이 밤하늘을 뚫고 나오는 동안 불행한 남편은 숨을 죽이고 그 외침에 대한 응답을 기다렸다. 어두운 구름이 몰려가고 굿맨 브라운의 머리 위로 다시 맑고 조용한 밤하늘이 드러날 때 무슨 비명 소리가 들리더니, 이내 더 큰 웅얼거리는 소리들에 묻히며 멀리서 들리는 웃음소리 속으로 사라져 갔다. 그리고 그 순간 뭔가가 하늘에서 나풀대더니 나뭇가지에 걸리는 것이었다. 젊은이는 얼른 그것을 움켜쥐었다. 그것은 핑크빛 리본이었다.

"내 페이스는 이제 떠났구나!"

그는 잠시 멍하니 있다가 소리쳤다.

"이 땅 위에 선은 없어. 온통 죄라는 이름일 뿐 이 땅에 선은 없는 거지. 악마야, 오너라. 그래, 이 세상은 모두 네 것이다."

절망감에 비져 버려 한참을 큰 소리로 웃고는 굿맨 브라운은 지팡이를 움켜쥐고 다시 길을 떠났는데, 그 속도가 어찌나 빠른지 걷거나 달린다기보다는 마치 숲길을 따라 날아가는 것처럼 보였다. 길은 점점 더 거칠고 황량해지다가 형적이 희미해지더니 마침내 사라져 버렸고, 이제 그는 어두운 황야 한가운데 홀로 남겨져 사람을 악으로 인도하는 충동의 힘으로 계속 앞으로 내달리고 있었다. 나무들이 삐걱거리는 소리, 짐승들의 울음소리, 인디언들의 외침 소리, 숲은 온통 이런 무시무시한 소리들로 가득했다. 그러다가 때로는 바람 소리가 멀리서 울리는 교회 종소리처럼 들리기도 했고, 때로는 삼라만상이 그를 조롱하듯이 그의 주위에 함성을 일으키기도 했다. 그러나 그 자신이 그 장면에서 가장 무서운 형상을 하고 있었고 주위의 다른 무서움들로부터 조금도 움츠러들지 않았다.

"하! 하! 하!"

바람이 그를 조롱할 때 굿맨 브라운은 자신도 큰 소리로 부르짖었다.

"그래, 누가 더 큰 소리로 웃는지 겨뤄 보자고. 주술 따위로 나를 겁주게 할 생각일랑 아예 마. 마녀야, 나오너라. 마술사야, 나오너라. 인디언 주술사야, 나오너라. 악마 너 자신도 나오너라. 여기 굿맨 브라운이 나가신다. 굿맨 브라운이 너를 두려워하듯 너도 그를 두려워하는 게 좋을걸."

유령들이 출몰하는 모든 숲속에서 정말이지 굿맨 브라운의 모습보다 더 끔찍한 모습은 없었다. 그는 검은 소나무들 사이로 날아가듯 돌진하며, 미친 듯한 동작으로 지팡이를 마구 휘둘러 대며 영감처럼 떠오르는 불경스럽고 끔찍한 말들을 마구 내뱉기도 하고, 숲의 메아리가 악마들이 그를 둘러싸고 웃어 대는 것처럼 들리도록 큰 소리로 마구 웃어 젖히기도 했다. 악마의 본모습은 악마가 사람의 가슴속에서 날뛸 때보다는 덜 끔찍해 보이는 것이다. 악마에 씌인 이 젊은이는 그렇게 내달리다가 나무들 사이에서 떨리듯 타오르는 붉은 불빛이 보이는 장소에 이르렀다. 그 불빛은 숲속 공터의 쓰러진 나무줄기나 가지에 불을 피워 그것이 한밤중의 밤하늘로 퍼져 올라

갈 때와 같았다. 그는 자신을 계속 몰고 온 태풍 후의 고요함 같은 상태에서 잠시 쉬면서, 많은 목소리들에 실려 멀리서 엄숙하게 밀려오는 찬송가 같은 소리가 점점 커지는 것을 느꼈다. 그가 아는 선율이었다. 마을 공회당의 찬양대가 부르는 귀에 익은 노래였던 것이다. 노랫소리가 차츰 무겁게 사라져 가고 합창의 화음이 뒤를 이었는데, 그것은 사람의 목소리로 이루어진 것이 아니라 밤의 황야의 온갖 소리들이 무시무시한 조화를 이루며 퍼지는 그런 화음이었다. 굿맨 브라운은 소리를 질렀다. 그러나 그의 외침은 황야의 그것과 섞여 하나가 되면서 그 자신의 귀에는 들리지 않는 것이었다.

침묵이 이어지는 동안 그는 불빛이 환히 비치는 곳까지 살금살금 접근했다. 숲의 어두운 벽으로 둘러싸인 공터의 한쪽 끝에 제단이나 설교단 비슷하게 생긴 바위 하나가 자연 그대로의 모습으로 솟아 있었고, 그 바위 주위로는 마치 저녁 모임 때의 촛불처럼 줄기는 그대로인 채 꼭대기 부분만 불타는 네 그루의 소나무가 둘러서 있었다. 그리고 바위 꼭대기에 드리워진 무성한 나뭇잎들이 모두 불이 붙어 밤하늘 높이 타오르며 온 공간을 너울너울 밝히고 있었고, 늘어진 가지며 길게 처진 잎들도 온통 불타고 있었다. 붉은 불빛이 오르내리며 너울댈 때마다 수많은 사람들의 모습이 환히 드러났다가는 다시 그늘로 사라지고 또다시 어둠 속으로부터 살아나면서 황량한 숲의 한복판이 금세 사람들로 가득 차곤 했다.

"근엄하고 점잖은 옷차림들을 하고 있군."

굿맨 브라운이 중얼거렸다.

그건 사실이었다. 어두워졌다 밝아졌다 하는 불빛에 드러나는 모습들에는 내일이면 지방 의회 석상에 나타날 얼굴도 보였고, 일요일마다 성스러운 설교단에 서서 경건하게 하늘을 올려다보기도 하고 자애롭게 회중을 내려다보기도 하는 사람들의 얼굴도 보였다. 누군가 주지사 부인이 거기에 와 있다고 주장하기도 했다. 적어도 주지사 부인이 잘 알 만한 귀부인들, 훌륭한 남편의 부인들, 수많은 과부들, 평판이 아주 좋은 노처녀들, 엄마한테 들키지나 않을까 몸을 떠는 아리따운 젊은 아가씨들이 많이 와 있었다. 어두컴컴한 곳을 갑작스레 확 밝히는 강한 불빛 때문에 망연해져서 헛것을 본 게 아니라면, 그는 남다른 경건함으로 소문난 세일럼 마을의 교인 스무 명 남짓의 모습을 확인하기도 했다. 구킨 집사는 이미 도착해서 그가 존경하는 성스러운 목사님 곁에서 기다리고 있었다. 그런데 불경스럽기 짝이 없게도, 그 엄숙하고 독실한 교인으로 소문난 사람들, 교회 장로들, 정숙한 부인들, 꽃다운 처녀들이 아주 방탕한 삶을 사는 남자들, 평판이 나쁜 여자들, 온갖 죄악에 물들고 끔찍한 범죄의 용의자로 의심받기까지 하는 비열한 인간들과 함께 어울려 있었다. 이상한 것은 훌륭한 사람들이 사악한 사람들을 전혀 피하지 않고 죄인들이 성인들 앞에서 조금도 부끄러워하지 않는 것이었다. 영국의 마술이 알지 못하는 끔찍한 주술로 이따금 숲을 공포로 몰아넣는 인디언 주술사들도 그들의 적인 백인들과 아무렇지도 않게 섞여 있었다.

"하지만 페이스는 어디 있단 말인가?"

굿맨 브라운은 이런 생각을 했고, 페이스에 대한 희망이 가슴에 차오르자 몸을 떨었다.

그들은 또 다른 찬송가를 불렀는데, 그것은 경건한 사랑을 노래한 느리고 애조 띤 곡이었지만 우리의 본성이 죄에 대하여 생각할 수 있는 모든 것 그리고 그 이상의 것을 어둡게 암시하는 내용이었다. 평범한 인간에게 악마의 가르침이란 참으로 알 수가 없는 것이다. 노래는 계속 이어졌고, 숲속의 합창도 웅장하고 깊은 오르간 소리처럼 사이를 두고 퍼져 나갔다. 음울한 찬송가가 마지막으로 울려 퍼지면서 요란한 소리가 들렸다. 그것은 마치 노호하는 바람 소리, 세차게 흐르는 계곡물 소리, 짐승들의 울부짖음, 그리고 변함없는 황량한 숲속의 모든 소리들이 만물의 왕에게 경배하는 죄인의 목소리와 섞이고 합쳐져서 내는 소리 같았다. 불타오르는 네 그루의 소나무에서 불꽃이 더 높이 치솟아오르면서 그 사악한 무리 위로 연기의 화환을 이루자 무시무시한 얼굴과 형상 들이 어렴풋이 드러나 보였다. 그와 동시에 바위 위의 불이 벌겋게 퍼져 나오면서 기단 위로 아치 모양의 불빛을 이루고 그 기단 쪽에서 한 사람의 모습이 나타났다. 정중히 이야기하는 바지만, 그 모습은 옷차림이나 전체적인 태도에서 뉴잉글랜드 교회의 엄숙한 목사들과 비슷한 데가 조금도 없었다.

"개종자들을 데리고 나와라!"

이렇게 외치는 목소리가 공터에 메아리치며 숲속으로 퍼져 나갔다.

그 소리에 굿맨 브라운은 나무 그늘에서 나와 회중에게 다가갔다. 그는 자신의 가슴 안에 담긴 모든 사악함으로 그들에게 공감했고, 역겹기는 하지만 형제애 같은 것을 느끼지 않을 수 없었다. 그러자 분명 돌아가신 아버지의 모습을 한 사람이 연기의 화환 쪽에서 내려다보며 그에게 앞으로 나아가라고 손짓했고, 절망적인 희미한 모습의 한 여자는 손을 내밀어 그에게 물러가도록 경고를 하는 것이었다. 그 여자가 정말 그의 어머니란 말인가? 그러나 그는 생각 속에서도 저항을 한다거나 한 걸음이라도 물러설 힘이 없었다. 그때 목사와 구킨 집사가 그의 팔을 붙들고 불타오르는 바위 쪽으로 그를 인도해 갔다. 바위 쪽으로는 베일을 쓴 한 가냘픈 여자가 경건한 교리문답 선생인 구디 클로이스와 악마로부터 지옥의 여왕이 되도록 약속받은 마사 캐리어의 인도를 받아 다가오고 있었다. 마사 캐리어는 정말이지 고약한 마귀 할멈 같은 여자였다. 그렇게 해서 개종자들은 모두 불의 아치 아래에 서게 되었다.

"나의 아이들아, 형제 자매들이 모인 이 자리에 온 것을 환영하노라."

검은 형상의 모습이 말했다.

"너희는 이토록 일찍 너희의 본성과 운명을 찾게 된 것이다. 나의 아이들아, 뒤를 돌아보아라!"

그들은 뒤돌아섰다. 그러자 불길 속에서 갑자기 환히 드러나듯 악마 숭배자들의 모습이 보였다. 그들 모두의 얼굴에는 환영의 미소가 어둡게 비치고 있었다.

"모두들 너희가 어려서부터 존경해 온 사람들이다."

검은 형상의 모습이 계속 말했다.

“너희는 그들이 너희 자신보다 더 성스럽다고 생각했고, 그들의 올바르고 천국을 향한 경건한 열망으로 이루어진 삶을 너희의 죄와 비교해 보면서 늘 움츠러들었지. 그러나 그들이 나를 숭배하는 이 모임에 모두 와 있지 않느냐. 오늘 밤 그들의 숨겨진 행동들을 너희에게 알려 주마. 백발이 성성한 교회 장로들이 집안의 하녀들에게 음탕한 말을 속삭이고, 수많은 여자들이 과부의 상복을 입고 싶어 안달이 나 잠자리에서 남편에게 약을 먹여 그들의 팔 안에서 영원히 잠들게 하고, 귀때기에 피도 마르지 않은 젊은 아이들이 서둘러 아버지의 유산을 물려받으려 탐내고, 아름다운 아가씨들이—그래, 얼굴 붉힐 것 없다—정원에 조그만 무덤을 파고 갓난아기의 장례식에 나를 유일한 조문객으로 초대했던 일들을 말이다. 너희들 인간의 마음속 죄에 대한 공감으로, 너희는 교회에서건 침실에서건 길거리에서건 들판에서건 숲속에서건 죄악이 행해지는 모든 장소를 그 냄새로 다 알아내게 될 것이고, 온 세상이 하나의 큰 죄의 얼룩, 하나의 큰 핏자국임을 깨닫고 기뻐하게 될 것이다. 그러나 그것으로 끝나는 것이 아니다. 모든 사람의 가슴속에 죄의 깊은 신비를, 인간의 힘으로, 아니, 나의 모든 힘으로도 행동으로 나타낼 수 없는 사악한 충동들을 계속 공급하는 모든 사악한 술책의 원천을 꿰뚫어보는 것이 바로 너희가 할 일인 것이다. 자, 나의 아이들아, 이제 서로 마주 보거라.”

그들은 서로 마주 보았다. 그 순간 지옥을 밝히는 듯한 횃불의 불길 옆에서, 그 불경스러운 제단 앞에서 그 비참한 젊은이는 아내 페이스를, 페이스는 그녀의 남편을 떨면서 마주 보게 되었다.

"그래, 나의 아이들아."

검은 형상의 모습은 절망적인 음울함으로 슬픔마저 느끼게 하는 깊고 엄숙한 어조로 말했다. 마치 한때는 천사였던 그의 본성이 인간의 비참함을 여전히 애도하기라도 하듯이.

"너희는 서로의 가슴에 의지해 미덕이라는 것이 아직도 꿈만은 아니라고 희망해 왔을 것이다. 그러나 이제 너희는 그 미망에서 깨어난 것이다. 악은 인간의 본성이다. 악이 너희의 유일한 행복이 될 수밖에 없는 것이다. 나의 아이들아, 같은 형제 자매들이 모인 이 자리에 온 것을 다시 한번 환영하노라."

"환영하오."

악마의 숭배자들이 절망과 승리감이 합쳐진 한목소리로 되받아 말했다.

그렇게 두 사람은 이 어두운 세계의 사악함의 경계선에 아직도 망설이는 듯한 유일한 한 쌍의 모습으로 서 있었다. 그 바위에는 움푹한 구덩이가 자연적으로 파여 있었다. 그 구덩이에 담긴 것이 불빛에 벌게진 물인가, 아니면 피인가, 그것도 아니면 액체의 불길인가? 그 검은 악의 모습은 구덩이에 손을 담그고, 그들이 행동에 있어서나 생각에 있어서나 자신의 숨겨진 죄악보다는 다른 사람들의 숨겨진 죄악을 더 의식하며 악의 신비를 공유할 수 있도록 그들의 이마에 세례의 자국을 남길 준비를 하고 있었다. 남편은 창백해진 아내에게, 아내는 남편에게 눈길을 던졌다. 다음의 눈길은 그들이 드러내 보인 것과 그들이 본 것에 모두 몸서리치며 서로에게 얼마나 비참하게 오염된 모습을 보여 줄 것인가!

"페이스! 페이스!"

남편이 외쳤다.

"하늘을 올려다봐요, 그리고 사악함을 물리쳐요!"

페이스가 그의 말을 따랐는지 어쨌는지 그는 알 수가 없었다. 그 말을 끝내자마자 고독한 밤의 정적 속에서 숲속으로 무겁게 사라져 가는 바람 소리를 듣고 있는 자신을 발견했기 때문이다. 그는 비틀거리며 바위에 몸을 의지했다. 바위는 차갑고 축축했다. 온통 불타오르던 늘어진 나뭇가지가 이제는 그의 뺨에 찬 이슬을 뿌렸다.

다음 날 아침 젊은 굿맨 브라운은 당혹한 사람처럼 주위를 살피며 세일럼 마을 거리로 천천히 걸어 들어왔다. 목사님은 아침의 식욕도 돋우고 설교 구상도 할 겸 묘지 옆을 따라 산책하다가 브라운과 마주치자 그에게 축복을 보냈다. 그러나 굿맨 브라운은 저주받은 물건을 피하듯 몸을 움츠려 그 성자로부터 피했다. 구킨 집사는 마침 심방 중이어서 그의 경건한 기도 소리가 열린 창문을 통해 들렸다.

"저 마귀가 어떤 신에게 기도를 하는 걸까?"

굿맨 브라운은 이렇게 중얼거렸다. 훌륭한 신자인 구디 클로이스는 그녀 집 창가에 서서 이른 햇살을 받으며 아침 우유 1파인트를 가져온 어린 소녀에게 교리문답을 가르치고 있었다. 굿맨 브라운은 마치 악마에게서 보호하듯 소녀를 그녀에게서 얼른 낚아챘다. 교회 모퉁이를 돌아서자 핑크빛 리본이 달린 페이스의 머리가 보였다. 그녀는 걱정스럽게 앞을 보고 있다가 그의 모습이 보이자 기쁨에 어쩔 줄 몰라 길을 따라 깡충깡충 뛰어와서 사람들이 보는 앞에서 남편에게 키스를 하려고 했다. 그러나 굿맨 브라운은 근엄하고 슬픈 시선으로 그녀를 보고는 인사도 하지 않고 지나쳐 갔다.

굿맨 브라운이 숲에서 잠이 들어 마녀 모임의 악몽을 꾼 것일까?

그래, 그렇다고 하자. 하지만 오호라! 그 꿈은 젊은 굿맨 브라운에게는 너무나 흉몽이었다. 그 끔찍한 꿈을 꾼 밤부터 그는 완전히 절망적이진 않다 하더라도, 근엄하고, 슬프고, 어두운 생각에 자주 잠기고, 모든 것을 불신하는 아주 딴사람이 되어 버렸다. 일요일 날 교회에서 사람들이 찬송가를 부를 때면 그는 그 찬송가를 들을 수가 없었다. 죄악의 찬양 노래가 귓가에 큰 소리로 덮쳐 와서 성스러운 찬송가 선율이 그 소리에 묻혀 버리는 까닭이었다. 목사가 설교대에서 펼쳐진 성경 위에 손을 얹고 힘차고 열정적인 목소리로 기독교의 신성한 진리에 대해, 성스러운 삶과 영광스러운 죽음에 대해, 그리고 미래의 축복이나 말로 표현할 수 없는 비참함에 대해 이야기할 때면, 굿맨 브라운은 금방이라도 지붕이 내려앉아 그 불경한 자와 그의 말을 듣는 사람들에게 천벌이 내리지나 않을까 두려워 얼굴빛이 창백해지곤 했다. 이따금 갑자기 한밤중에 잠이 깨면 그는 페이스의 가슴에서 흠칫 몸을 빼냈다. 그리고 아침이나 저녁에 가족들이 무릎을 꿇고 기도할 때면 그는 얼굴을 찡그리고 혼자 중얼거리며 근엄한 시선으로 아내를 바라보고는 얼굴을 돌려 버렸다. 그는 그렇게 한참을 더 산 후 백발의 노인으로 죽음을 맞아 장지로 옮겨졌는데, 이제 노파가 된 페이스, 자식들과 손자들, 그리고 적지 않은 이웃들까지 꽤 많은 사람들이 장례 행렬을 이루었지만, 그들은 비석에 희망의 글귀 하나 새겨 넣을 수가 없었다. 그는 끝내 음울함 속에서 죽어 갔으므로.

웨이크필드

오래된 잡지에선가 신문에선가 한 남자—그의 이름을 웨이크필드라고 부르자—가 아내와 오랫동안 별거한 실화가 실린 것을 본 기억이 난다. 그런 이야기는 일반적으로 말하자면 아주 드문 것도 아니고, 상황을 잘 알지 못하는 상태에서 매우 못되고 말도 안 되는 짓이라고 비난할 일도 아닐 것이다. 하지만 그 경우는 결혼 생활의 의무에 대한 최악의 태만은 아닐지라도 아마 가장 이상한 예가 될 수 있을 것이며, 더욱이 인간의 모든 기행(奇行)들의 목록에 오른 어느 기행에 못지않게 괴팍한 예가 될 수 있을 것이다. 그 부부는 런던에 살았다. 그런데 남편이 여행을 다녀온다는 핑계를 대고 자기 집 바로 옆길에 숙소를 정하고 아내와 친구들에게 소식 한번 전하지 않은 채, 그리고 그러한 자기 추방의 아무런 이유도 없이 20년이 넘는 긴 세월을 혼자서 산 것이다. 그 기간 동안 그는 자기 집을 매일 보았고 고독한 웨이크필드 부인의 모습도 자주 보았다. 그가 확실히 죽은 것으로들 생각해 재산을 처분하고, 그의 이름이 사람들의 기억에서 잊히고, 아내가 쓸쓸한 과부의 운명을 받아들인 지 이미 오래된 어느 날 저녁이었다. 행복한 결혼 생활에 그처럼 커다란 공백을 남긴 후 그는 마치 집을 비운 지 하루 만에 돌아온 것처럼 아무렇지도 않게 대문으로 들어서서 죽을 때까지 다정한 남편으로 살아갔다.

이상이 내가 기억하고 있는 이야기의 개요다. 이 사건은 아주 독특하고 그 예를 찾기가 어렵고 아마도 결코 다시 반복되지 않을 그런 사건이지만 인간성에 대한 일반적인 공감에 뭔가 호소력을 지니고 있다고 생각한다. 우리 모두 자신은 결코 그런 어리석은 일을 행하지 않으리라는 걸 알고 있지만 그러면서도 다른 사람은 그럴 수도 있으리라 느끼는 것이다. 적어도 나의 경우 가끔 이 사건을 떠올리며, 이 이야기가 틀림없이 사실일 거라고 느끼며 그 주인공의 성격을 생각해 보게 된다. 어떤 문제든 우리의 마음에 아주 강한 영향을 미칠 때 그 문제에 대해 생각해 보는 것은 결코 시간 낭비가 아니다. 그러고 싶다면 독자들 나름대로 이 이야기에 대해 생각해 보아도 좋겠고, 웨이크필드의 20년에 걸친 기행의 여정을 나와 함께 더듬어 보고 싶다면 그것도 환영한다. 그것을 찾아내서 무엇이라고 깔끔하고 분명하게 결론을 내릴 수는 없다 하더라도 그의 이야기에는 어떤 정신이나 교훈 같은 것이 담겨 있으리라고 믿으면서. 생각은 항상 그 자체의 추진력을 가지고 있고 어떤 이상한 사건에도 그 나름의 교훈이 있는 법이니까.

웨이크필드는 어떤 부류의 사람이었을까? 우리는 우리의 생각을 자유롭게 정리해 볼 수 있고 그에 대한 우리의 생각을 그의 이름으로 부를 수 있을 것이다. 그 당시 그는 인생의 절정기를 맞고 있었다. 부부간의 애정은 격렬함은 없지만 차분하고 습관적이며 정상적인 감정이었다. 그는 결코 변심하지 않을 한결같은 남편의 전형적인 모습이었다. 그에게는 뭔가 늘쩍지근한 데가 있어서 어떠한 경우에도 결코 동요하지 않고 차분할 것처럼 보였기 때문이다. 또 그에게는 지적인 데가 있었지만 아주 강하고 적극적인 것은 아니었다. 그의 마음은 별로 뚜렷한 목표가 없는 게으른 명상에 오래 머물거나 설령 그런 목표가 있다 해도 그것을 달성할 만한 강력한 힘이 없었다. 그리고 그의 생각들은 그것들을 표현할 말을 찾아내려고 노력할 만큼 활력이 있는 경우가 드물었다. 진정한 의미의 상상력은 웨이크필드의 능력과는 아무 상관이 없었다. 그러니 차갑긴 하지만 부도덕하거나 방황하지 않는 가슴과 결코 복잡한 생각으로 들뜨거나 독창적인 어떤 생각으로 혼란에 빠지지 않는 마음을 가진 우리의 이 친구가 기행을 행하는 자들의 선두에 당당히 서리라고 누가 예측이나 할 수 있었겠는가? 그를 아는 사람들에게 런던에 사는 사람으로 내일 기억될 만한 일을 오늘 행하지 않을 가장 분명한 사람이 누구냐고 묻는다면 아마 그들은 웨이크필드를 생각했을 것이다. 그러나 아내만은 아마도 망설였을 것이다. 남편의 성격을 분석해 보지는 않았지만 그녀는 소극적인 상태로 녹슬어 들어가 잘 드러나 보이지 않는 그의 이기심, 그의 가장 불안한 특질인 묘한 허영심, 폭로할 가치가 별로 없는 사소한 비밀을 지키는 정도 이상의 강한 효과는 내지 못하는 약간 간교한 성향, 그리고 마지막으로 때때로 이 좋은 사람에게 나타나는 어떤 이상한 성격 같은 것에 대해 어느 정도 알고 있었기 때문이다. 그런데 이 이상한 성격이라는 것은 뭐라고 분명히 말할 수 없는 것, 어쩌면 실재하지 않은 것인지도 몰랐다.

이제 웨이크필드가 아내에게 작별 인사를 하는 장면을 상상해 보자. 그것은 어느 10월 저녁 어스름 무렵의 일이었다. 그가 몸에 지닌 것이라고는 칙칙한 다갈색 외투, 기름 천을 씌운 모자, 긴 부츠, 한 손에 든 우산과 다른 손에 든 조그만 여행 가방이 전부였다. 그는 웨이크필드 부인에게 야간 마차를 타고 시골에 좀 다녀오겠다고 말했다. 그녀는 여행 기간, 여행의 목적, 그리고 언제쯤 돌아올 것인지 등을 묻고 싶었지만 별 악의 없이 그런 자세한 것들을 잘 밝히고 싶어 하지 않는 남편의 성미를 존중해 표정으로만 물어볼 따름이었다. 그는 귀경 마차로 꼭 돌아올 거라 기대하지 말고 사나흘쯤 지체하더라도 놀라지 말라고, 하지만 어떻게든 금요일 저녁 식사 때까지는 돌아올 테니 그리 알라고 일렀다. 웨이크필드 자신도 그의 앞에 어떤 일이 놓여 있는지 전혀 의심을 하지 않았던 것이다. 그가 손을 내밀자 아내도 마주 손을 내밀었고, 두 사람은 10년의 결혼 생활 동안 늘 그래 온 대로 일상적인 작별의 키스를 나누었다. 중년의 웨이크필드 씨는 그렇게 일주일 정도 떨어져 있음으로써 아내를 좀 놀라게 해 주려는 마음을 거의 굳히면서 집을 나선 것이다. 그가 나간 후 그녀는 문이 약간 덜 닫힌 것을 보았고 열린 틈으로 그녀에게 미소를 지으며 곧 사라져 간 남편의 얼굴도 보았다. 그 작은 사건은 그때는 별생각 없이 곧 잊혔다. 그러나 먼 훗날 그녀가 아내라기보다는 과부로서 여러 해를 살아갈 때 웨이크필드의 모습을 회상할 때마다 그 미소가 줄곧 다시 떠오르며 그 위를 퍼뜩 스쳐가는 것이었다. 수많은 명상 속에서 그녀는 그 본래의 미소에 여러 가지 환상적인 모습들을 둘러 보기도 했는데, 그 모습들은 그 미소를 이상하고 으스스하게 만들었다. 예컨대 그가 관 속에 누워 있는 모습을 상상할 때면 그 작별의 미소는 그의 창백한 얼굴에 얼어붙어 있었고, 그가 천국에 있는 꿈을 꿀 때면 축복받은 그의 영혼은 여전히 조용하면서도 간교해 보이는 미소를 머금고 있었다. 그러나 모든 사람이 그가 죽었다고 포기했을 때도 그녀는 바로 그 미소 때문에 자신이 정말 과부가 되었다는 사실을 때로 의심했다.

그러나 우리의 관심사는 그 남편이다. 그가 정체성을 잃고 거대한 런던의 삶에 녹아들어 가 버리기 전에 길을 따라 얼른 그의 뒤를 좇아가 보아야 한다. 그 거대한 런던에서 그를 찾으려 하는 건 허사일 테니까. 그러니 그의 뒤를 바짝 좇아가 보자. 그러면 쓸데없이 모퉁이를 이리저리 돌고 또 돈 뒤 결국 앞에서 말한 조그만 아파트 숙소의 난롯가에 편안히 자리 잡고 앉은 그를 발견하게 될 것이다. 그는 집 바로 옆길로 온 것이고 거기서 그의 여행은 끝났다. 한번은 불 켜진 가로등의 빛을 정면으로 받으며 사람들의 무리 때문에 지체하기도 했고,

또 한번은 주위의 수많은 발걸음 소리와 분명히 구분되는, 자신을 뒤따라오는 듯한 발걸음 소리가 들리기도 했고, 조금 후엔 멀리서 외치는 소리가 꼭 자신의 이름을 부르는 것 같았던 일들을 회상하며 그는 여기까지 남에게 들키지 않고 무사히 도착한 행운을 믿기가 어려웠다. 남의 일에 참견하기 좋아하는 여남은 명의 사람들이 틀림없이 그를 지켜보고는 모든 사실을 아내에게 이야기할 텐데 말이다. 가엾은 웨이크필드여! 이 넓은 세상에서 당신이 얼마나 하찮은 존재인가를 잘 모르는구려! 나 말고는 당신을 뒤쫓아 지켜본 사람이 아무도 없소. 그러니 이 어리석은 사람이여, 어서 조용히 잠자리에 들고, 만일 당신이 현명한 사람이라면 내일 아침에 착한 웨이크필드 부인에게 돌아가서 사실대로 이야기하시오. 단 일주일이라도 그녀의 정숙한 가슴속에 차지하고 있는 당신의 자리를 비우지 마시오. 만약 그녀가 한순간이라도 당신이 죽었다거나 실종되었다거나 오랫동안 그녀로부터 떨어져 있게 되었다고 생각하게 되면, 당신은 그 후로 영원히 당신 아내에게 일어난 변화를 애통하게 의식하며 살아가야 할 테니 말이오. 인간의 정에 틈새를 만드는 건 위험한 일이오. 그 틈새가 길고 넓게 벌어져서가 아니라, 곧 닫혀 버리기 때문이라오.

웨이크필드는 자신의 장난—아니면 그런 행동을 뭐라고 부르든 간에—을 거의 후회하면서 일찍 잠자리에 들었다. 잠깐 잠이 들었다가 퍼뜩 놀라 깨면서 그는 익숙지 않은 침대의 넓고 황량한 공간으로 양팔을 벌렸다. "안 되겠다. 혼자서 하룻밤 더 잘 생각은 하지 말아야지." 그는 침구를 옆으로 가까이 끌어당기며 생각했다.

다음 날 아침 그는 평상시보다 일찍 일어나 자신이 정말 하려고 하는 일이 무엇인지 곰곰 생각해 보았다. 그가 생각하는 방식은 이처럼 느슨하고 두서가 없어서, 지금도 어떤 목적을 의식하긴 하지만 스스로 그것에 대해 깊이 생각해 볼 만큼 분명하게 어떤 것이라고 정의를 내릴 수 없는 상태로 이런 식의 이상한 행동을 취한 것이었다. 계획의 모호함, 그러면서도 그런 계획을 실행에 옮기려는 발작적인 노력, 이런 것은 모두 정신 상태가 약한 사람들의 특징인 것이다. 하지만 웨이크필드는 자신의 생각을 아주 세밀하게 저울질해 보고는, 자신이 집을 비운 일주일 동안 집안일이 어떻게 되어 갈 것인가, 모범적인 아내가 자기가 없는 일주일을 어떻게 견디며 살아갈 것인가, 간단히 말해 그가 중심을 이루고 있는 영역의 사람과 상황이 그의 부재에 어떤 영향을 받을 것인가를 자신이 알고 싶어한다는 사실을 발견해 냈다. 그러니까 그 이상한 행동의 저변에는 어떤 병적인 허영심이 깔려 있었던 것이다. 하지만 어떻게 그의 목적을 달성할 수 있을 것인가? 비록 집 바로 옆길에서 자고 깨어났지만, 그건 마치 마차가 밤새도록 그를 태우고 빙빙 돌아다닌 것처럼 집을 나와 돌아다닌 효과를 준 셈인 이 편안한 숙소에 계속 머물러 있어서는 분명 불가능한 일이었다. 하지만 그가 다시 나타나 버리면 그의 계획은 수포로 돌아가는 셈이었다. 그의 가엾은 머리는 이런 딜레마에 부딪혀 무력해질 수밖에 없었다. 그러다가 그는 길을 건너가 자신이 버리고 떠나온 그 집을 얼핏 살펴보기로 거의 마음을 정하고 숙소를 나서는 모험을 감행했다. 습관이 그의 손을 붙들고 안내를 해서—그는 습관적으로 살아온 사람이었으니까—그는 자신도 모르게 집 대문 앞에 이르렀다가, 바로 그 결정적인 순간에 계단을 스치는 자신의 발소리에 퍼뜩 정신이 들었다. 웨이크필드여! 어디로 갈 것인가?

바로 그 순간 그의 운명은 결정적인 갈림길에 놓인 것이었다. 첫 뒷걸음질이 어떤 파멸의 운명을 가져올지 꿈에도 생각하지 못하고 그는 황급히 그 자리에서 물러났다. 여태까지 느껴 보지 못했던 마음의 동요로 숨이 막힐 지경이었고, 멀리 모퉁이에 이르러서도 감히 뒤를 돌아볼 수가 없었다. 그를 아무도 보지 못했을까? 온 집안사람들—점잖은 웨이크필드 부인, 똑똑한 하녀, 그리고 지저분한 꼬마 사동 모두—이 런던 거리를 헤치며, 저 사람 붙잡으라고 소리치며 도망자인 그들의 주인을 쫓아오지는 않을까? 참 멋있게 잘 빠져나왔군. 그는 용기를 내어 숨을 고르고는 집 쪽을 돌아보았다. 그러나 그 친숙한 집의 모습이 변한 것 같아 어리둥절했다. 그 느낌은 우리가 옛날에 익숙했던 언덕이나 호수나 예술품 같은 것을 여러 달 또는 여러 해 동안 떨어져 있다가 다시 볼 때 우리에게 느껴지는 그런 변화였다. 보통의 경우 뭐라고 표현하기 어려운 그 느낌은 우리의 정확하지 않은 회상과 실재 사이의 비교와 대조 때문에 일어난다. 그러나 웨이크필드의 경우는 단 하룻밤 동안 마술이 일어나듯 그런 변화의 느낌을 받은 것인데, 그것은 짧은 기간에 아주 커다란 도덕적 변화가 그에게 일어난 때문이었다. 하지만 그 자신은 이러한 사실을 모르고 있었다. 그 자리를 떠나기 전 그가 집 앞 창문을 가로질러 갈 때 얼굴을 길 입구 쪽으로 돌리는 아내의 모습이 멀리서 잠깐 보였다. 그러자 그 간교한 얼간이 남편은 그녀의 눈이 수많은 사람 가운데서 틀림없이 자신을 찾아냈을 거라는 생각에 겁이 나서 도망치듯 그 자리를 빠져나왔다. 숙소 난롯가로 돌아오니 머리가 약간 어지러운 듯하긴 했지만 마음은 아주 즐거웠다.

오랫동안 지속된 이 변덕스러운 장난의 시작에 대해서는 이 정도로 이야기해 두자. 이런 생각이 시작되고 그의 늘쩍지근한 기질이 일단 그 생각을 실천에 옮기도록 자극을 받게 되면 그다음부터는 모든 일이 자연스럽게 진행되어 가게 마련이었다. 우리는 그가 심사숙고 끝에 붉은색의 새 가발을 사고 유대인 헌 옷 장수의 짐 보따리에서 나온 듯한, 늘 입는 칙칙한 갈색 옷 대신 다양한 색깔의 옷을 선택하는 모습을 상상해 볼 수 있을 것이다. 그렇게 해서 변화의 진행은 제 궤도에 올라섰고 웨이크필드는 딴사람이 된 것이다. 이후 새로운 삶이 제자리를 잡게 되어서, 옛날의 체계로 돌아간다는 건 이처럼 전례가 없는 상황에 처하게 만든 그 과정 못지않게 어려웠을 것이다. 더구나 때때로 그의 기질에 나타나는 실쭉함——지금 웨이크필드 부인의 가슴속에서 일어나고 있을 그에 대한 감정을 자기 마음대로 섭섭하게 생각하는 데서 오는 실쭉함——때문에 그의 태도는 매우 완고해져 있었다. 그는 놀라움과 두려움 때문에 아내가 거의 죽게 될 상태에 이르기 전까지는 결코 돌아가지 않을 작정이었다. 사실 그는 아내가 지나

가는 모습을 두세 번 보았는데, 그때마다 아내의 걸음걸이가 점점 더 무거워지고, 뺨은 더 창백해지고, 이마에는 근심이 짙어 갔다. 그가 나타나지 않은 지 3주째 되는 어느 날 그는 약제사가 집 안으로 들어가는 불길한 조짐을 목격했다. 그다음 날은 아예 대문의 노커를 막아 놓은 모습이었다. 그날 해 질녘, 마차가 나타나 큰 가발을 쓴 엄숙한 모습의 의사를 그의 집 대문 앞에 내려놓았고 한 15분쯤 후에 죽음의 전령일지도 모를 그 의사가 대문에서 나오는 모습이 보였다. 아, 나의 여인이여! 그대가 죽을 것인가? 그때쯤은 웨이크필드도 감정의 격정 같은 것을 느끼고 있었지만 여전히 아내의 임종 자리에서 떨어져 머뭇거리며 이런 중요한 시기에 아내가 방해를 받아서는 안 된다고 자신의 양심에게 간청을 했다. 양심이 아닌 다른 어떤 것이 그를 그렇게 붙잡아 두었다 해도 그는 그 사실을 알지 못했을 것이다. 이후 몇 주일이 지나는 동안 그녀는 차츰 건강을 회복했고 그래서 그 위기는 지나갔다. 아마도 그녀의 마음은 슬프긴 하지만 한결 차분해졌을 것이다. 그리고 그가 빨리 돌아가든 늦게 돌아가든 그녀의 마음은 결코 그에 대해 다시 열정적이 되지 못할 것이다. 이런 생각들이 웨이크필드의 뿌연 마음속에서 가물거렸고, 그로 하여금 분명치는 않지만 숙소와 옛날 집 사이에 거의 통과할 수 없는 어떤 심연이 가로놓여 있다고 의식하게 만들었다. "바로 옆길인데 말이야." 이따금 그는 이렇게 말하곤 했다. 바보 같으니라고! 그곳은 옆길이 아니라 다른 세상이라오. 지금까지 그는 자신의 귀환을 하루하루 미뤄 온 것이었다. 이제 그는 정확한 귀환 시간을 미정의 상태로 남겨 두었다. 내일 말고 어쩌면 다음 주쯤, 아니, 곧, 이런 식으로. 가엾은 인간! 스스로를 추방한 웨이크필드는 죽은 사람과 마찬가지로 그의 집을 다시 찾아갈 가망이 거의 없게 되었다.

여남은 장의 짧은 글이 아니라 두꺼운 책 한 권에 쓸 수 있다면! 그러면 어떤 영향력이 우리의 통제를 벗어나 우리가 하는 모든 행동을 어떻게 완전히 장악하고 그 행동의 결과를 강철같이 단단한 필연의 직물로 짜 내는가를 예시할 수도 있을 것이다. 웨이크필드는 주술에 걸린 것이다. 이제 그가 10년 정도 문지방을 한 번도 넘어서지 못하면서도 집 주위를 계속 떠돌고, 아내의 가슴은 그를 서서히 잊어 가고 있지만 그의 가슴은 여전히 가능한 애정을 지닌 채 아내에게 변함없는 생각을 가지며 살아가도록 내버려두자. 여기서 밝혀 둬야 할 것은 그가 이미 오래전부터 자신의 행동이 이상하다는 것을 깨닫지 못하게 되었다는 사실이다.

자, 이제 이런 장면을 생각해 보자. 런던 시의 그 많은 사람들 속에서 우리는 이제 나이가 꽤 든, 관심 없는 사람들의 주의를 끌 만한 이렇다 할 특징은 보이지 않지만 그것을 읽을 수 있는 능력을 가진 사람에게는 온통 평범하지 않은 운명의 기록을 지니고 있는 한 사람을 눈여겨보게 된다. 그의 모습은 빈약하다. 낮고 좁은 이마에는 깊은 주름이 패어 있고, 광채를 잃은 조그만 눈은 때때로 걱정스럽게 주위를 헤매지만 그의 내면을 더 자주 들여다보고 있는 듯하다. 그는 마치 자신의 모습을 정면으로 세상에 내보이는 것을 꺼리는 듯 머리를 숙이고 뭐라고 표현하기 어려운, 뭔가 비뚤어진 듯한 자세로 걷는다. 그를 관찰하면서 위에서 우리가 묘사한 것들을 자세히 살펴보아라. 그러면 여러분은 자연의 평범한 작품으로부터 간혹 독특한 사람을 만들어 내는 환경이라는 것이 이 경우에도 그런 인물을 만들어 내고 있음을 인정하게 될 것이다. 자, 이제 그가 보도를 조심스럽게 걸어가도록 내버려두고 여러분의 시선을 반대 방향으로 돌려 나이가 꽤 들어 보이는 한 뚱뚱한 여자가 손에 기도서를 들고 저쪽 교회로 향하는 모습을 살펴보도록 하자. 그녀의 태도에서는 오래된 과부 생활의 차분함이 느껴진다. 그녀의 슬픔은 이제는 사라졌거나 아니면 가슴에서 떼어 낼 수 없는 한 부분이 돼 버려서 좀처럼 즐거움으로 바뀔 수 없는 것처럼 보인다. 그 빈약한 모습의 남자와 이 건장한 여자가 스쳐 지나가는 바로 그 순간, 사소한 어떤 방해가 일어나 이 두 사람을 직접 접촉하게 만든다. 사람들이 미는 바람에 그들의 손이 서로 닿으며 그녀의 가슴이 그의 어깨에 부딪힌 것이다. 그들은 서로 마주 보고 서서 상대방의 눈을 빤히 들여다본다. 서로 떨어져 산 지 10년이 넘어서 웨이크필드가 그렇게 아내를 만나게 된 것이다.

사람들의 무리가 소용돌이치듯 밀려가고, 그들도 따로 떨어진다. 그 차분한 과부는 전처럼 교회를 향해 다시 걸어가다가, 교회 입구에 이르러 잠시 멈춰 서서 길을 따라 혼란스러워진 시선을 던진다. 그러나 그녀는 곧 교회로 들어가 기도서를 펼친다. 한편 그 남자는 어떤가? 바쁘고 이기적인 런던 사람들이 길을 멈춰 서서 그의 모습을 지켜볼 정도로 혼란스럽고 광기 어린 표정이 된 채 황급히 숙소로 돌아와 문에 빗장을 걸고는 침대 위에 몸을 내던진다. 수년 동안 잠복해 있던 감정들이 터져 나온 것이다. 그의 약한 정신이 그 감정들의 힘으로부터 활력을 얻어 그의 삶의 비정상적인 비참함을 한눈에 드러내 보인다. 그리고 그는 격렬하게 외친다. "웨이크필드! 웨이크필드! 넌 미친 거야!"

아마도 그는 미쳤을 것이다. 그의 이상한 상황이 틀림없이 그를 그 상황에 그렇게 꿰맞춰서, 그는 주위 사람들과의 관계나 일상적인 삶의 관점에서 볼 때 제정신이라고 할 수 없었던 것이다. 그는 세상과 절연해 사라져 버리고 죽은 사람들 틈에 끼지도 못하면서 산 사람들과의 관계에서 그의 위치나 그가 누릴 수 있는 특권을 모두 포기해 버리려 한 것이다. 아니, 어떻게 하다 보니 그렇게 된 것이다. 그의 삶은 은둔자의 삶과 비교조차 할 수 없었다. 그는 전과 마찬가지로 법석대는 시내 한복판에 있었지만 사람들은 그를 보지 않은 채 지나쳐 갔고, 비유적으로 말하자면 그는 항상 아내 곁에 그리고 따뜻한 난롯가에 있으면서도 아내의 애정이나 난로의 따뜻함을 느껴서는 안 되었다. 원래 가지고 있던 인간의 동정심을 그대로 지니고 있고 여전히 인간의 관심사에 매여 있으면서도 그런 것들에 대한 상호 호환적인 영향력을 상실했다는 것이 웨이크필드의 전례 없는 희한한 운명이었다. 그런 환경이 그의 가슴과 정신에 각각 그리고 동시에 미치는 영향을 추적해 보는 일은 우리의 호기심을 자극하는 매우 흥미로운 일이 될 것이다. 하지만 웨이크필드는 자신이 변했으면서도 그런 사실을 거의 의식하지 못했고 자신을 전과 같은 사람으로 생각했다. 가끔 진실을 깨닫긴 했지만 그저 순간에 불과했다. 그래서 "곧 돌아가야지."라고 줄곧 말하면서도 그 말을 20년 동안 해 왔다는 생각은 별로 해 보지 않았다.

돌이켜보면 이 20년이라는 시간이 웨이크필드가 애초에 떠나 있기로 했던 일주일보다 별로 긴 것이 아니라는 생각이 들기도 한다. 그는 그 사건을 주된 인생사 중 하나의 간주곡에 불과한 것으로 생각했을 것이다. 시간이 좀 더 지난 후 그가 그의 응접실로 다시 돌아갈 때가 되었다고 생각할 때 아내도 이제 중년이 된 웨이크필드 씨를 보면서 기쁨의 박수를 보낼 거라고 생각한 것이다. 그러나 아, 그것은 얼마나 잘못된 생각인가! 시간이 우리가 즐겨 하는 어리석은 짓들이 끝날 때까지 기다려 주기만 한다면 우리 모두가 이 세상이 끝나는 날까지 늘 젊은이가 아니겠는가.

그가 사라진 지 스무 해가 되는 어느 날 저녁, 웨이크필드는 그가 아직도 자기 집이라고 부르는 그 집을 향해 여느 때와 마찬가지로 산책길에 나섰다. 가끔 빗줄기가 보도 위에 후두둑 쏟아지다가 우산을 펴 들 만하면 다시 멈추는, 광풍이 이는 가을밤이었다. 웨이크필드는 집 근처에 멈춰 서서 2층 응접실의 창문을 통해 새어 나오는 아늑한 난로의 불그레한 불빛과 희미하게 파들대는 불꽃의 움직임을 보았다. 천장에는 웨이크필드 부인의 그림자가 기괴한 형상으로 비치고 있었다. 그녀가 쓴 모자, 코와 턱, 두툼한 허리 모양이 그럴듯한 하나의 희화적인 형상을 이루며 오르내리는 불꽃의 움직임에 맞추어 춤을 추고 있었는데, 그 모습은 나이 든 과부의 그림자로서는 너무 명랑해 보일 정도였다. 바로 그 순간, 빗줄기가 쏟아지면서 무자비한 광풍을 받아 웨이크필드의 얼굴과 가슴을 정통으로 후려갈겼다. 가을의 한기에 온몸이 꿰뚫리는 느낌이었다. 집 난로에는 그의 몸을 훈훈하게 해 줄 따뜻한 불이 있고 아내는 틀림없이 침실 옷장에 잘 보관하고 있을 그의 회색 저고리와 바지를 뛰어가서 가지고 올 텐데, 이렇게 비에 젖어 떨면서 여기에 서 있어야 한단 말인가? 아니지! 웨이크필드는 그런 바보가 아니지. 그는 계단을 오르기 시작했다, 무거운 걸음으로. 왜냐하면 그가 그 계단을 내려온 이후 20년이라는 긴 세월이 그의 다리를 뻣뻣하게 만들어 버린 때문이었다. 그러나 그는 그런 사실을 알지 못했다. 잠깐, 웨이크필드여! 이제 당신에게 남겨진 유일한 집으로 가려는 거요? 그렇다면 당신의 무덤으로 들어서야지! 문이 열렸다. 그가 문 안으로 들어갈 때 우리는 마지막 작별의 눈길을 그의 얼굴에 보낸다. 그리고 아내를 희생양으로 삼아 지금까지 계속해 온 그 작은 장난의 전조인 간교한 미소를 확인하게 된다. 그는 그 가엾은 여자를 얼마나 무자비하게 농락한 것인가? 그렇다, 웨이크필드여, 이제 평안한 밤을 맞으시라!

이 행복한 사건—우리가 그렇게 부를 수 있다면—은 사전에 전혀 계획되지 않았을 때만 일어날 수 있는 그런 사건이었다. 우리의 친구를 문지방 너머까지 따라가진 말자. 그는 우리에게 생각할 거리를 많이 남겨 주었다. 그중 한 부분은 교훈에 지혜를 제공하고 구체적인 어떤 형상을 이룰 수 있을 것이다. 혼란스러워 보이는 알 수 없는 세상 속에서도 개인들은 어떤 체계에 아주 잘 적응하고, 또 각각의 체계들은 서로 그리고 체계 전체에 아주 잘 적응해서, 한순간이라도 거기서 벗어나면 인간은 자신의 자리를 영원히 잃는 끔찍한 위험에 스스로를 노출하게 되는 것이다. 말하자면 웨이크필드처럼 우주의 방랑자가 될 수도 있는 것이다.

야망이 큰 손님

9월의 어느 날 밤, 한 가족이 난롯가에 둘러앉아 계곡에서 떠내려온 나무들, 마른 솔방울들, 그리고 절벽 아래로 무너져 내린 큰 나무의 쪼개진 가지들을 난로에 잔뜩 얹고 불을 피우고 있었다. 굴뚝 위로는 불길이 윙윙 타오르면서 방 안을 넉넉히 밝혀 주었다. 아버지와 어머니의 얼굴에는 차분한 즐거움이 담겨 있고 아이들은 즐겁게 웃고 있었으며, 열일곱 살 난 큰딸의 얼굴이 행복 그 자체의 이미지라면 가장 따뜻한 곳에 자리 잡고 앉아 뜨개질을 하고 있는 나이 든 할머니의 모습은 바로 늙은 행복의 이미지였다. 그들은 뉴잉글랜드의 가장 황량한 곳에서 마음의 평화를 누리고 있는 것이다. 그들의 집은 화이트 힐스 골짜기에 자리 잡고 있었는데, 그곳은 1년 내내, 특히 겨울철에는 무자비할 정도로 바람이 매섭게 불면서 사코 계곡 쪽으로 치닫기 전에 그들의 집을 다시 한번 혹독하게 휩쓸어 가는 곳이었다. 그들이 사는 곳은 춥기도 했지만 또 위험하기도 했다. 집 바로 위에 산이 아주 가파르게 치솟아 있어서 이따금 한밤중에 바위들이 집 옆으로 굴러 내려 그들을 놀라서 깨게 만들기 때문이었다.

딸아이가 막 어떤 재미있는 농담을 해서 모두들 즐겁게 웃고 있는데, 골짜기를 휩쓸어 오던 바람이 집 앞에 잠깐 멈춰 서서 울음 같기도 하고 탄식 같기도 한 소리로 문을 흔들고는 계곡 아래로 빠져나갔다. 바람 소리에 여느 때와 다른 이상한 점은 없었지만 그 소리는 한순간 그들을 우울하게 만들었다. 그러나 그들이 다시 즐거운 기분으로 돌아왔을 때 그들은 누군가 문의 빗장을 들어 올리는 걸 보았다. 황량한 바람 소리 때문에 나그네의 발걸음 소리가 들리진 않았지만, 바람은 그가 다가오는 것을 알리고 그가 집에 들어설 때 울음 같은 소리를 낸 뒤 탄식하듯 문에서 빠져나간 것이었다.

그들은 이처럼 고독한 환경에서 살았지만 매일 세상 사람들과 이야기를 나눌 수 있었다. 화이트 힐스 골짜기의 낭만적인 산길은 한쪽으로는 메인 주, 다른 한쪽으로는 그린 산맥과 세인트 로렌스 해안 사이를 이으며 내부 교역의 혈류를 활발히 유지해 주는 대동맥 같은 통로였다. 그래서 그 집 앞에는 항상 승합 마차가 멈춰 섰고, 지팡이 외에 아무 동행자도 없는 나그네는 산의 협곡을 통과하거나 계곡의 첫 집에 이르기 전에 고독감에 완전히 압도되지 않기 위해서라도 이곳에 잠시 머물며 이야기를 나누곤 했다. 또한 마차꾼들은 포틀랜드 시장에 가는 길에 이 집에서 하루를 묵었는데, 총각일 경우 보통 잠자리에 드는 시간보다 한 시간쯤 더 앉아 있다가 그 산골 처녀로부터 작별의 키스를 슬쩍 훔치기도 했다. 그러니까 이 집은 나그네가 식비와 숙박비만으로 얻을 수 없는 가정적이고 따뜻한 친절까지 제공받는 아주 옛날식의 주막이었다. 그래서 바깥문과 안쪽 문 사이에서 발걸음 소리가 들렸을 때, 할머니와 아이들까지 온 가족이 마치 그들의 친척이나 그들과 운명을 같이할 사람을 맞으려는 듯 자리에서 일어섰다.

문을 열고 들어서는 나그네는 한 젊은이였다. 처음 그의 얼굴은 해 질 녘에 거칠고 황량한 길을 혼자 걸어온 사람의 우울하고 의기소침한 표정이었으나, 따뜻하게 맞아 주는 그들의 환대에 금방 환하게 밝아졌다. 앞치마로 의자를 닦는 할머니부터 그에게 팔을 내뻗는 어린아이에 이르기까지 그들 모두의 환대를 마주하고 그는 심장이 뛰쳐나오려는 것을 느꼈다. 또한 한 번의 눈길과 미소를 주고받음으로써 큰딸과 곧 순수하게 친한 사이가 될 수 있었다.

"야, 이 불 정말 근사하네요. 더구나 이렇게 즐겁게들 둘러앉아 있으니 말입니다!"

젊은이가 큰 소리로 말했다.

"이 골짜기가 거대한 한 쌍의 풀무통 같아서 정말 완전히 마비가 됐거든요. 발레트에서부터 줄곧 매서운 바람을 얼굴 정면에 받으면서 왔습니다."

"그렇다면 버몬트 쪽으로 가시는 거요?"

젊은이가 어깨에서 가벼운 배낭을 내리는 걸 거들어 주며 이 집 주인이 말했다.

"네, 벌링톤으로 해서 훨씬 더 멀리 갑니다."

젊은이가 대답했다.

"사실 오늘 밤 에탄 크로퍼드까진 가려고 했지만, 걷다 보면 이런 험한 길에서는 좀 지체되기도 하죠. 하지만 문제 될 건 전혀 없습니다. 이 훈훈한 불과 여러분의 즐거운 얼굴을 보니까 마치 여러분이 저를 위해 일부러 불을 피우고 제가 도착하기를 기다리신 것 같은 생각이 드는군요. 그러니 오늘 밤은 저도 여러분 틈에 이렇게 앉아서 집에 온 것처럼 편한 마음이 되고 싶습니다."

이렇게 말하면서 그 구김살 없는 젊은이가 불 가까이로 의자를 끌어당기는 순간, 밖에서 무거운 발걸음 같은 소리가 들리더니 가파른 산자락을 따라 길고 빠른 걸음걸이로 우르르 내달아 집을 훌쩍 건너뛰고 반대편 절벽에 부딪히는 것 같았다. 가족들은 그것이 무슨 소리인지 알기 때문에 숨을 죽였고, 손님 또한 본능적으로 숨을 죽였다.

"저 산이 우리가 자기의 존재를 잊어버릴까 봐 우리한테 돌을 던지는 거라오."

주인이 기분을 추스르며 말했다.

"때때로 머리를 끄덕거리면서 내려오겠다고 위협하기도 하지요. 그래도 우린 이제 아주 오랜 이웃이 되어서 대체로 서로 잘 지내는 편입니다. 게다가 굳이 꼭 내려오겠다고 할 경우에 대비해 가까운 곳에 안전한 대피소를 마련해 놓고 있으니 걱정할 것 없어요."

이제 이 나그네가 곰고기로 저녁 식사를 마치고 본래의 쾌활한 태도로 가족 모두와 아주 친한 사이가 되어서 마치 자신도 산골 사람인 것처럼 허물없이 이야기하는 모습을 상상해 보자. 그는 자부심이 강하면서도 부드러운 마음을 가진 젊은이여서, 부자나 권세 있는 사람들 앞에서는 거만하고 말도 잘 안 하는 것처럼 보이지만 낮은 오두막집 문 앞에서 기꺼이 머리를 숙이고 가난한 사람들의 난롯가에서도 형제나 자식처럼 친하게 어울려 이야기할 사람이었다. 그는 이 화이트 힐스 골짜기의 가정에서 따뜻하고 소박한 감정과 뉴잉글랜드 사람들 특유의 지성을, 그리고 기암괴석의 산봉우리들과 협곡에서, 위험하면서도 낭만적인 집 문지방에서 그들이 거의 무의식적으로 거두어 모은, 그 토양에서 자라난 한 편의 시를 느낄 수 있었다. 그는 지금까지 혼자서 멀리 여행을 해 왔다. 사실 그의 삶은 온통 혼자만의 고독한 여정인 셈이었다. 왜냐하면 고아하고 신중한 성격 때문에 친구가 될 수도 있었을 사람들로부터 자신을 고립시켜 왔기 때문이다. 이 가족들 역시 그처럼 친절하긴 하지만, 가정의 울타리 안에 낯선 사람이 침입하지 못하는 성스러운 장소를 유지해야 할 그들만의 일체감과 세상 사람들로부터의 고립 의식을 갖고 있었다. 그러나 이날 밤 어떤 예언적인 동질감이 그 세련되고 지적인 젊은이로 하여금 소박한 산골 사람들 앞에서 그의 마음을 다 털어놓도록 만들었고, 그들 또한 마찬가지의 허심탄회한 믿음으로 젊은이의 이야기에 응하도록 만들었다. 그래야만 했을 것이다. 같은 운명을 공유하는 사람들 사이의 유대감이 단순한 혈육의 그것보다 더 강한 것 아니겠는가?

그 젊은이의 성격의 비밀은 바로 높고 추상적인 야망이었다. 그는 남의 눈에 띄지 않는 삶을 살아가는 것은 참을 수 있었지만, 무덤 속에서 잊히고 말 삶은 참을 수가 없었다. 그런 간절한 욕구가 희망으로 변하고, 오래 간직해 온 그 희망은 하나의 확신—즉 지금은 그가 이처럼 눈에 띄지 않게 여행을 하고 있지만, 비록 그가 걷고 있는 동안에는 아니라도 결국 그의 모든 여로에 영광의 빛이 환히 비치리라는 확신—으로 바뀌었다. 즉 후세 사람들이 과거의 어둠을 되돌아볼 때, 그들의 하찮은 영광들이 사라져 갈 때 더욱 빛나는 자신의 밝은 발자취를 추적해 결국 한 재능 있는 인간이 아무도 알아봐 주는 일 없이 요람에서 무덤까지 자신의 여로를 훌륭하게 마치고 갔음을 밝혀 주게 될 거라고 믿었다.

"하지만."

젊은이는 외치듯 말했다. 그의 뺨이 달아오르고, 눈은 열정으로 빛나고 있었다.

"하지만 전 아직 아무것도 한 일이 없습니다. 만일 내일 제가 이 세상에서 사라진다면, 여러분만큼 저에 대해 잘 아는 사람도 없을 겁니다. 한 이름 모를 청년이 해 질 녘에 사코 계곡에서 나타나 저녁에 여러분에게 자기 마음을 다 열어 보이고 다음 날 해 뜰 무렵 화이트 힐스 골짜기를 지나 사라져 갔다는 식으로요. '그 젊은이가 누구였지? 그 방랑자가 어디로 갔지?' 이렇게 묻는 사람은 아무도 없겠지요. 하지만 저는 제 운명을 이룰 때까지는 죽을 수가 없습니다. 제 운명을 이룬 후에는 죽어도 좋습니다. 제 자신의 기념비를 세운 셈이 될 테니까요."

그들 사이엔 추상적인 몽상에서 흘러나오는 듯한 감정의 자연스러운 흐름이 계속되고 있었다. 바로 그 흐름이 비록 그들 자신의 감정과는 매우 다르지만 그들로 하여금 이 젊은이의 감정을 이해하게 해 준 것이다. 젊은이는 곧 쑥스러움을 느끼며 자신도 모르게 드러낸 그 열정에 얼굴이 붉어졌다.

"절 비웃으시겠죠."

그는 큰딸의 손을 잡고 웃으며 말했다.

"마치 주위 시골 사람들의 시선을 끌기 위해 마운트 워싱턴의 정상에 올라 얼어 죽기라도 하려는 것처럼 제 야망을 말 같지도 않다고 생각하시겠죠. 하지만 사실 그런 것도 사람의 조상(彫像)을 세울 초석(礎石)으로 그럴듯한 것이랍니다!"

"아무도 우리에 대해 생각하지 않더라도 여기 이렇게 난롯가에 앉아서 마음 편히 만족하면 그게 더 좋은 거 아닌가요."

큰딸이 얼굴을 붉히며 대꾸했다.

"저 젊은이가 하는 이야기엔 뭔가 자연스러운 데가 있어."

그녀의 아버지가 잠시 생각에 잠겼다가 말했다.

"만일 내 마음이 그런 방향으로 움직였다면 아마 나도 똑같은 느낌이었을 거야. 여보, 거 이상하지. 저 젊은이의 말을 들으면서 내 머리도 도저히 실현이 불가능한 것들을 생각해 보게 되니 말이오."

"실현 가능할 수도 있겠죠. 남자는 홀아비가 되었을 때 무엇을 할 것인가를 생각하지 않아요?"

아내가 말했다.

"아니, 그런 뜻이 아니오!"

그는 친절하게, 그러나 꾸짖음이 담긴 어조로 아내의 그런 생각을 일축하며 큰 소리로 말했다.

"에스더, 난 당신의 죽음을 생각할 때 내 죽음도 똑같이 생각하오. 하지만 나는 좋은 농장 하나를 갖고 싶었소. 바틀렛이나 베들레헴이나 리틀턴, 아니면 화이트 마운틴스 주변의 어느 마을에라도. 그 산이 우리 머리 위로 굴러떨어질 수 있는 곳만 아니라면 말이오. 나는 또 이웃 사람들과 사이좋게 지내면서 존칭을 받고 싶기도 하고, 한두 임기쯤 주의원을 하고 싶기도 했지. 솔직하고 정직한 사람이라면 주의회에서도 입법관으로서 일을 잘 해낼 수 있을 테니까. 그러고 나서 내가 많이 늙고, 서로 오래 떨어져 있지 않도록 당신도 늙게 될 때, 당신이 내 곁에서 울고 있는 가운데 자리에 누워 행복하게 죽기를 바랐소. 그런 다음엔 대리석이든 석판이든 묘비에 내 이름과 나이, 찬송가 한 구절, 그리고 내가 정직하게 살다가 믿음을 가지고 죽었다는 사실을 사람들에게 알릴 수 있는 글귀만 새겨 넣으면 되는 것 아닌가, 그렇게 생각했지."

"그것 보십시오!"

젊은이가 소리쳤다.

"석판이건 대리석이건 화강암 기둥이건, 사람들 마음속의 영광스러운 기억이건, 어떤 기념비 같은 것을 바라는 게 인간의 본성이죠."

"오늘 밤은 좀 이상하네요."

아내가 눈물을 글썽이며 말했다.

"사람들의 마음이 이처럼 떠돌면 그건 어떤 징조라고들 하잖아요. 저 애들 이야기하는 것 좀 들어 보세요."

그들은 아이들이 있는 쪽으로 귀를 기울였다. 어린아이들은 다른 방에서 이미 잠자리에 들었는데, 샛문이 열려 있어서 뭐라고들 부지런히 서로 이야기하는 소리가 들렸다. 모두 난롯가의 분위기에 영향을 받은 듯, 자기들이 어른이 되면 무엇을 할 것인가에 대해 어린애다운 계획이나 허황된 희망을 앞다투어 이야기하는 것이었다. 마침내 막내 아이가 형이나 누나에게 말하는 대신 엄마를 향해 큰 소리로 외쳤다.

"엄마, 내가 원하는 게 뭔지 말해 줄게. 엄마, 아빠, 할머니, 우리 모두 그리고 저 아저씨까지 지금 같이 나가서 플륨 분지 개울에 가서 물을 마시고 오는 거야!"

따뜻한 잠자리를 떠나 훈훈한 난롯가로부터 그들을 끌어내 벼랑 너머 골짜기 깊숙이 흘러 들어가는 플륨 분지의 개울까지 갔다 오겠다는 아이의 엉뚱한 생각에 모두들 웃지 않을 수 없었다. 아이의 말이 끝나자마자 마차가 덜커덩거리며 오다가 문 앞에 잠깐 멈추는 소리가 들렸다. 마차 안에는 두세 사람이 탄 듯했고, 그들은 서툰 곡조로 노래를 합창하며 마음을 달래고 있는 것 같았다. 합창 소리가 절벽 사이에서 끊겼다 이어졌다 하며 메아리쳐 가는 동안, 그들은 여행을 계속할 것인지 아니면 여기서 하룻밤 묵고 갈 것인지 망설이는 듯했다.

"아버지, 사람들이 아버지 이름을 부르는데요."

큰딸이 말했다.

그러나 주인은 정말 자기 이름을 부르는 소리가 들렸는지 의심스럽기도 하고 사람들에게 자기 집에 묵도록 권유함으로써 너무 잇속을 밝히는 것처럼 보이고 싶지도 않아서 서두르지 않고 천천히 문께로 다가갔다. 그러자 채찍 휘두르는 소리가 들리더니, 그 사람들은 계속 노래를 부르고 웃고 떠들면서 골짜기를 향해 내려갔다. 그들의 노래와 웃음소리가 산속 깊숙한 곳에서 음울하게 메아리쳐 오는 것이었다.

"거봐, 엄마!"

아이가 다시 소리쳤다.

"저 사람들이 플륨까지 우릴 태워다 줄 수 있었을 텐데."

밤나들이에 대한 아이의 집념에 그들은 다시 한번 웃었다. 그러나 딸의 마음 위로는 엷은 구름이 흘러가는 것 같았다. 그녀는 무거운 표정으로 불 속을 들여다보면서 거의 한숨처럼 길게 숨을 내쉬었다. 억제하려고 약간 노력했지만, 자신도 모르게 그렇게 숨을 내쉬고 만 것이다. 그래서 그녀는 놀라서 얼굴이 붉어지면서 그들이 자신의 가슴속을 들여다보기라도 한 것처럼 얼른 난로 주위를 돌아보았다. 젊은이가 무슨 생각을 하고 있었냐고 그녀에게 물었다.

"아무것도 아니에요. 그저 잠깐 외로움 같은 걸 느낀 거죠."

그녀는 미소 띤 얼굴을 숙이며 대답했다.

"저에겐 말입니다. 사람들의 가슴속에 무슨 생각이 들어 있는지 느낄 줄 아는 재능이 있어요."

젊은이가 반쯤 진지하게 말했다.

"아가씨의 비밀이 뭔지 알아맞혀 볼까요? 젊은 아가씨가 따뜻한 난롯가에서 떨고 어머니 곁에서 외로움을 호소한다면 그게 뭘 뜻하는지 전 알고 있으니까요. 그 느낌을 말로 표현해 볼까요?"

"말로 표현할 수 있는 거라면 그건 이미 소녀의 느낌이 아니겠지요."

산의 요정 같은 그 아가씨는 웃으면서 그러나 그의 눈길을 피하면서 대답했다.

이 모든 말은 두 사람 사이에만 오간 것이었다. 아마도 사랑의 싹이 그들의 가슴속에서 솟아오르고 있었을 것이다. 그 싹은 너무도 순수해서 이 세상에서는 온전히 자랄 수 없고 천국에서나 활짝 꽃필 그런 사랑의 싹이었다. 여자들은 젊은이가 지닌 그런 부드러운 위엄을 우러러보게 마련이고, 자존심 강하고 사색적이면서도 친절한 마음을 가진 남자는 젊은 여자가 지닌 그런 소박함에 사로잡히게 마련이니까. 그러나 두 사람이 부드럽게 이야기를 나누는 동안, 그리고 그가 행복한 슬픔과 밝은 그늘과 소녀의 수줍은 열망을 지켜보고 있는 동안, 골짜기를 빠져나가는 바람 소리는 점점 더 깊고 음울해지고 있었다. 그 소리는 상상력 풍부한 젊은이의 말처럼, 옛날 인디언이 살던 시절에 이 산에 거처를 정하고 높은 산봉우리들과 깊은 협곡을 그들의 성역으로 삼았다는 광풍의 정령들이 부르는 합창의 선율 같았다. 길을 따라 마치 장례 행렬이 지나가듯 오열하는 바람 소리가 휩쓸고 지나갔다. 그 음울함을 쫓아 버리려고 가족들은 불 위에 소나무 가지들을 더 많이 얹었고, 마른 솔잎들이 톡톡 소리를 내며 불길이 환히 피어오르자 그들은 다시 한번 평화로움과 조촐한 행복감을 되찾을 수 있었다. 불빛이 주위를 감싸듯 떠돌며 그들 모두를 쓰다듬어 주는 것 같았다. 저쪽에서는 아이들이 잠자리에서 빠끔히 내다보고 있었고, 이쪽에는 건장한 체격의 아버지, 차분하고 신중한 모습의 어머니, 이마가 넓고 교양 있는 젊은이, 꽃봉오리처럼 피어나는 소녀, 그리고 가장 따뜻한 자리에서 여전히 뜨개질을 하는 착한 할머니가 불가에 둘러앉아 있었다.

할머니가 손가락을 계속 부지런히 움직이면서 잠시 얼굴을 들고 말했다.

"늙은 사람들도 젊은 사람들처럼 그들 나름의 생각이 있는 거란다. 너희들이 이런저런 걸 바라고 계획하고, 이런저런 걸 생각하고 상상하는 걸 보니 내 마음까지 들뜨는 것 같구나. 이제 한두 발짝만 더 가면 무덤에 이를 나 같은 늙은 여자가 바라는 게 뭐 있겠니? 하지만 얘들아, 내가 너희에게 이 이야기를 할 때까진 그 생각이 밤이나 낮이나 내 머리에서 떠나지 않을 거야."

"어머니, 그게 뭔데요?"

남편과 아내가 곧 물었다.

그러자 할머니는 그들을 난롯가로 더 가까이 다가오게 만드는 알 수 없는 표정을 짓더니, 사실은 여러 해 전에 자신의 수의를 준비해 놓았노라고, 좋은 아마천 수의에 무명 주름 깃을 단 모자까지, 결혼식 이후 그녀가 입어 온 어떤 옷보다도 더 좋은 재료로 모든 걸 갖추어 놓았노라고 그들에게 일러 주었다. 그러나 이날 밤 오랜 미신이 이상하게도 그녀의 머리에 자꾸 떠올랐다. 그녀가 젊었을 때 들은 이야기인데, 만일 시신에 뭔가 흐트러지면, 예컨대 주름 깃이 똑바로 펴지지 않았거나 모자가 제대로 안 씌워졌거나 하기만 해도 시신이 흙 밑의 관 속에서 싸늘한 손을 뻗쳐 제대로 매무새를 갖추려 애쓴다는 것이었다. 그 생각만으로도 그녀는 신경이 곤두서는 것 같았다.

"그런 말씀 하지 마세요, 할머니!"

딸아이가 이렇게 말하며 몸을 떨었다.

"이제 너희 중 누구라도 말이다."

할머니는 이상할 정도로 진지한 태도로, 그러면서도 자신의 어리석은 행동에 야릇한 미소를 지으며 계속 말했다.

"내가 수의를 다 차려입고 관 속에 누워 있을 때 내 얼굴 위로 거울을 들고 비춰 주기 바란다. 내가 자신의 모습을 살펴보고 모든 게 다 잘됐는지 확인하려고 할지 누가 아니?"

"늙은 사람이건 젊은 사람이건 우리는 모두 무덤과 기념비 같은 걸 늘 생각하지요."

젊은이가 혼잣말처럼 중얼거렸다.

"저는 말이죠, 배가 가라앉기 시작하고 아무도 모르게, 흔적도 없이, 이름도 없는 광활한 무덤인 바다에 묻히게 될 때 뱃사람들의 느낌이 어떨지 늘 궁금합니다."

모골을 송연케 하는 할머니의 생각이 그 이야기를 듣는 사람들의 마음을 잠시 사로잡고 있었기 때문에, 어둠 속에서 광풍처럼 으르렁거리는 바람 소리가 점점 더 넓고 깊고 무시무시하게 퍼져 나가는 것을 이 불운한 사람들은 의식하지 못하고 있었다. 집과 집 안에 있는 모든 것이 떨리며 흔들렸다. 마치 그 끔찍한 소리가 최후의 심판의 나팔 소리이기라도 한 것처럼 지반 자체가 흔들리는 것 같았다. 젊은 사람들과 나이 든 사람들 모두 경악의 눈길을 서로 주고받으며 한순간 아무 말도 못 하고 꿈쩍하지도 못한 채 공포에 질려 핼쑥하게 굳어 있었다. 다음 순간 그들 모두의 입에서 같은 비명이 동시에 튀어나왔다.

"산사태다! 산사태다!"

그 짧은 한마디가 뭐라고 표현할 수 없는 그 재앙의 공포를 묘사하지는 못한다 해도 전달할 수는 있었을 것이다. 희생자들은 집에서 뛰쳐나와, 그런 위기에 대비해 일종의 방벽을 세워 놓은, 더 안전하다고 생각되는 대피소를 찾았다. 오호라! 그러나 그들은 안전한 곳을 버리고 파멸의 길로 곧장 뛰어 들어간 것이었다. 산허리가 온통 무너져 내리며 돌과 흙을 폭포처럼 쏟아부었다. 그러나 그 폭포 더미는 집에 이르기 직전에 두 갈래로 갈라지면서 집의 창문 하나 건드리지 않은 채 집 주변을 온통 덮치며 길을 막아 버리고 그것이 휩쓸고 간 자리에 있던 모든 것을 함몰시켜 버렸다. 그 무시무시한 산사태의 천둥소리가 그치고 그 소리가 골짜기 골짜기로 메아리쳐 가기 오래전에 죽음의 고통은 이미 끝나고 희생자들은 평온한 상태에 있었다. 그들의 시신은 영원히 발견되지 않았다.

다음 날 아침, 가느다란 연기가 집의 굴뚝에서 빠져나와 산허리께로 피어 올라가는 것이 보였다. 집 안의 난로에서는 아직도 불씨가 남아 연기를 내며 타고 있었고 난롯가에 의자가 빙 둘려 있어서, 마치 집 안에 있던 사람들이 산사태의 참상을 살펴보려고 잠깐 나갔다가 기적같이 화를 면한 것에 하느님께 감사드리며 곧 다시 돌아올 것처럼 보이는 것이었다. 가족 모두가 각각 뭔가 기억할 만한 기념물을 남겨서, 그 가족을 아는 사람들은 그 기념물들을 보며 각자를 위해 눈물을 흘렸다. 그들의 이름을 들어 보지 못한 사람이 어디 있는가? 이 이야기는 멀리 그리고 넓게 퍼져 나가서 이제 이 산의 전설로 영원히 남게 될 것이다. 시인들도 그들의 운명을 노래하고 있다. 어떤 사람들은 그 끔찍한 날 밤 한 나그네가 그 집에 묵었다가 가족들과 함께 재앙을 당했다고 추정할 만한 정황 근거가 있다고 생각하기도 했다. 또 다른 사람들은 그런 추측을 뒷받침할 만한 충분한 근거가 없다고 말하기도 했다. 아, 슬프도다, 지상의 불멸을 꿈꾸던 고매한 정신의 젊은이여! 그의 이름과 존재는 영원히 알려지지 않았고, 그가 살아온 길, 그가 살아가는 방식, 그의 계획들은 영원히 알아낼 수 없는 수수께끼로 남았다. 그리고 그의 죽음, 그의 실존까지도 영원한 의문으로 남은 것이다. 그렇다면 죽음의 순간 그 고통은 누구의 것이었을까?

메리 마운트의 5월제 기둥

마운트 월러스톤 혹은 메리 마운트 정착 초기의 기묘한 역사에는 철학적 이야기의 훌륭한 기초를 이룰 만한 무언가가 담겨 있다. 여기서 시도하려는 작은 소묘에는 뉴잉글랜드의 엄숙한 연대기에 기록된 역사적 사실들이 자연스럽게, 일종의 우화적인 내용으로 섞여 들어 있다. 이 글에 묘사된 가면 무도회, 무언 익살극, 축제의 풍속들은 그 당시의 관습을 그대로 따른 것이다. 이런 사실들에 대한 권위적인 기록은 스트라트의 영국 유희와 오락에 관한 책에서 찾아볼 수 있을 것이다.

5월제 기둥[1]을 그 명랑한 식민지 부락의 깃봉으로 삼았을

1) 영국에는 5월제(메이 데이)를 축하하기 위해 기둥을 세우고 그 주위를 돌

때 메리 마운트의 시절은 참으로 즐겁고 아름다웠다. 그 기둥을 세운 사람들은 그들의 깃발이 당당히 펄럭인다면 뉴잉글랜드의 험준한 산들에 밝은 햇빛이 쏟아지고 온 땅에는 아름다운 꽃씨들이 뿌려질 거라고 굳게 믿었던 것이다. 즐거움과 우울함이 지배권을 얻으려고 서로 다투던 시절이었으니까. 미드서머 이브[2]에 이르면 숲은 짙은 녹색으로 가득 차고 봄날의 연한 꽃봉오리보다 더 싱싱한 색깔의 장미들이 가득 피어났다. 그러나 5월은, 아니, 5월의 즐거운 요정은 여름날과 장난질하고 가을과 즐겁게 어울리고 겨울의 화롯불에 몸을 녹이며 1년 내내 메리 마운트를 떠나지 않았다. 5월의 요정은 근심 많고 수고로운 세상에 꿈 같은 미소를 머금고 훨훨 날아와 메리 마운트의 명랑한 사람들과 함께 살려고 이곳으로 온 것이었다.

5월제 기둥이 미드서머 이브의 황혼 녘처럼 화려하게 장식된 적은 없었다. 이 영광의 상징물이 된 것은 한 소나무였는데, 그 나무는 아직도 젊음의 우아한 날씬함을 간직하고 있으면서도 그 오래된 숲의 제왕들 누구 못지않게 키가 컸다. 꼭대기에서는 무지개 같은 여러 가지 화려한 색깔의 명주 깃발이 흘러내리고 있었고, 땅에 가까운 기둥의 아래쪽을 장식하고 있는 자작나무 가지들, 싱싱한 초록색의 다른 나뭇가지들, 은

며 춤을 추는 풍습이 있었는데, 1627년 토머스 모튼이 마운트 월러스톤의 이름을 메리 마운트로 바꾸고 5월제 기둥을 그 부락의 상징물로 삼았다.

2) 미드서머 데이인 6월 24일 전날 저녁. 영국에서는 연인들을 위한 축제의 날이었다.

빛 잎사귀가 달린 가지들은 수많은 밝고 화려한 색깔의 환상적인 매듭으로 펄럭이는 리본들에 묶여 있었다. 정원에서 자라는 꽃과 들꽃 들이 한데 섞여 초록 잎 속에서 즐겁게 웃고 있었는데, 그 초록 잎들은 이슬까지 머금은 채 어찌나 싱싱해 보이는지 마치 무슨 마술에 의해 그 행복한 소나무에서 실제로 자라난 것처럼 보였다. 이 초록 잎과 꽃 들의 화려함이 끝나는 곳에는 5월제 기둥의 몸통이 꼭대기에 매달린 깃발의 일곱 가지 무지개 색과 같은 화려한 색으로 칠해져 있었다. 맨 아래 초록색들은 숲의 양지바른 곳에서 따 온 것이고, 좀 더 짙은 붉은색의 다른 장미들은 이 부락 주민들이 영국에서 가져온 씨로 기른 것이었다. 아, 황금시대의 주민들이여, 그대들의 주된 경작은 꽃을 기르는 일이 아니던가!

하지만 5월제 기둥 주위로 손에 손 잡고 서 있는 이 무리는 도대체 누구인가? 반인반수의 목신과 요정 들이 그들의 오랜 우화의 집과 옛 숲에서 추방당해, 모든 박해받은 자들이 그러하듯 피난처를 찾아 이 신대륙의 신선한 숲속으로 왔을 리는 없을 텐데 말이다. 그리스의 후손인지는 몰라도, 그들은 분명 기괴한 괴물들의 무리였다. 한 아름다운 젊은이의 양어깨 위로는 사슴의 머리와 뿔이 솟아올라 있고, 다른 부분은 모두 사람 형상인데 얼굴만은 사나운 늑대 모습을 한 괴물도 있었으며, 사람의 몸통과 팔다리에 늙은 염소의 수염과 뿔을 가진 형상도 보였다. 또 핑크빛 명주 양말로 장식한 뒷다리만 빼고는 거친 곰의 모습으로 일어선 형상도 있었고, 놀랍게도 숲속의 진짜 곰 한 마리가 앞발을 내밀어 사람의 손을 붙들고는,

원을 이루고 있는 그 무리의 누구 못지않게 열심히 춤추려는 자세를 취하고 있기도 했다. 그 짐승은 사람들이 몸을 낮춰 구부리면 그들을 맞으려고 엉거주춤 일어서는 것이었다. 다른 얼굴들은 사람의 남녀 비슷한 모습을 하고 있었지만 괴상하게 뒤틀려 있었고, 계속 웃음을 터뜨리느라 이쪽 귀에서 저쪽 귀까지 뻗친 길고도 무척 깊어 보이는 입 앞에는 빨간 코가 건들거리고 있었다. 또 성성이처럼 온몸에 털이 나고 허리에 푸른 잎사귀를 두른, 문장(紋章) 같은 데 많이 등장하는 바로 그 야만인 같은 모습도 보였다. 그 옆에는 깃털 모자와 조개구슬 허리띠로 장식한 점잖은 모습의 가짜 인디언 사냥꾼이 서 있었다. 이 이상한 무리는 대부분 방울 달린 뿔 모자와 조그만 방울들을 붙인 옷을 입고 있어서, 그들의 즐거운 기분을 돋우는 들리지 않는 음악에 장단을 맞추듯 짤랑대는 은방울 소리를 내고 있었다. 젊은 청년이나 처녀 들은 더 점잖은 옷차림을 하고 있었지만 즐거운 축제의 표정은 이 광란의 무리 틈에서 잘 어울리는 모습이었다. 널리 퍼져 가는 황혼 빛의 미소 속에서 그 영광스러운 5월제 기둥 주위에 모여든 메리 마운트 주민들의 모습은 그처럼 환상적이었다.

만일 음울한 숲속에서 방황하던 한 나그네가 그 즐거운 소리를 듣고 두려움 섞인 시선으로 그 모습을 훔쳐보았다면, 그들 중 몇몇은 이미 짐승으로 변했고 몇몇은 인간에서 짐승으로 변해 가고 있고 또 다른 인간들은 짐승으로 변하기 전 흥청대는 즐거운 잔치를 즐기고 있는 코머스[3]의 무리로 착각했을 것이다. 그러나 몸을 숨긴 채 그 광경을 지켜보고 있는 한 무리의 청교도들은 그 가면들을 이 검은 숲속에서 살고 있다고 믿는 바로 그 악마와 파멸한 영혼들에 비유하고 있었다.

괴물들이 둘러싸고 있는 원 안으로, 보랏빛과 황금빛 구름보다 더 단단한 것을 밟아 본 적이 있을까 싶은 아주 여린 두 모습이 나타났다. 그중 하나는 번쩍거리는 옷차림에 가슴에는 무지개 모양의 스카프를 두른 한 젊은이였다. 그의 오른손은 축제의 무리 중에서 그의 높은 위엄을 상징하는 황금으로 도금한 단장(短杖)을 들고 있었고, 왼손은 그에 못지않게 화려하게 장식한 아름다운 처녀의 가냘픈 손가락을 붙들고 있었다. 화사한 장미꽃들이 그들의 검고 윤기나는 곱슬머리와 대조를 이루어 밝게 빛나며 그들의 발 주위로 흩어져 있었는데, 마치 그 자리에서 저절로 피어난 것만 같았다.

이 우아하고 화려한 한 쌍의 남녀 뒤에, 나뭇가지가 그의 즐거운 얼굴을 가릴 만큼 5월제 기둥 아주 가까이에 한 영국인 목사가 서 있었다. 그는 성직자의 옷을 입긴 했지만 이교도식의 꽃 장식을 하고 머리에는 넝쿨 잎사귀로 만든 화관을 두르고 있었다. 이리저리 굴리는 들뜬 눈빛과 성스러운 옷의 그 이교도적인 장식 때문에 그는 그들 중에서 가장 괴상한 괴물처럼, 마치 그 무리의 수괴(首魁)인 코머스처럼 보였다.

"5월제 기둥의 숭배자들이여."

꽃 장식을 한 목사가 큰 소리로 말했다.

---

3) 존 밀턴의 가면극 「코머스」의 주인공. 코머스는 마술사로, 숲을 지나는 나그네들에게 음식을 주어 괴물로 만든 후 자신의 무리로 삼는다.

“그대들은 오늘 하루 종일 온 숲이 그대들의 즐거움에 메아리로 화답하는 소리를 즐겁게 들었소. 그러나 이제 이 순간을 가장 즐거운 시간으로 만들도록 합시다. 보시오, 여기 5월의 왕과 왕비가 서 있소. 옥스퍼드의 사제이며 메리 마운트의 목사인 나는 이제 이 두 사람을 성스러운 혼례식으로 결합시키려고 하오. 그러니 무용수들, 나뭇잎 장식을 한 사람들, 소녀 합창단원들, 그리고 곰이며 늑대며 뿔 달린 짐승 형상을 한 사람들, 모두 즐겁고 쾌활하게 기분을 돋웁시다. 자, 영국의 옛 즐거움과 이 신세계의 신선한 숲이 더 경쾌한 즐거움으로 넘치도록 풍요로운 합창을 부릅시다! 그리고 이 한 쌍의 젊은이들에게 삶이란 어떤 것인가, 어떻게 즐겁게 살아야 할 것인가를 보여 줄 경쾌한 춤을 춥시다! 5월제 기둥을 사랑하는 모든 이들이여, 5월의 왕과 왕비를 위해 혼례의 노래를 함께 부릅시다!”

익살과 속임수와 장난과 환상으로 사육제의 분위기가 지속되는 메리 마운트의 대부분의 행사에 비해 그래도 이 결혼식은 훨씬 더 진지했다. 해가 지면 그 칭호를 돌려줘야 하지만, 이 5월의 왕과 왕비는 바로 그 즐거운 저녁에 첫 율동을 시작해 일생 동안 계속할 춤의 진정한 파트너가 되어야 하는 것이었다. 5월제 기둥의 맨 아래 초록색 가지에 걸려 있는 장미 화환들은 그들을 위해 엮어 만든 것이었고 그들의 꽃 같은 결합의 상징으로 그들 머리 위에 던져지게 되어 있었다. 그래서 목사가 그렇게 말했을 때 그 홍청대는 괴물들의 형상으로부터 요란한 함성이 터져 나왔다.

"목사님이 먼저 시작하시죠!"

그들은 한목소리로 외쳤다.

"5월제 기둥을 사랑하는 우리가 부를 즐거운 노랫가락을 일찍이 이 숲이 울려 퍼지게 한 적은 없을 겁니다!"

그러자 곧 노련한 악사들이 연주하는 파이프와 기타와 비올라의 서곡이 이웃의 덤불숲 속에서 울려 퍼지기 시작했는데, 그 가락이 하도 흥겨워서 5월제 기둥의 가지들이 그 소리에 맞추어 몸을 떠는 것 같았다. 그러나 황금빛 단장을 든 5월의 왕은 우연히 왕비의 눈을 들여다보다가 마주 보는 그녀의 눈길에 담긴 조심스러운 표정을 보고 깜짝 놀랐다.

"5월의 왕비인 그대 이디스여."

그는 꾸짖듯 속삭였다.

"그런 슬픈 표정을 짓다니, 저기 걸린 장미 화환이 우리 무덤 위에 걸린 조화(弔花)라도 된단 말이오? 이디스, 지금은 우리에게 황금처럼 귀한 시간이오! 마음에 드리워진 어떤 근심의 그늘로도 이 귀한 시간을 흐리게 하지 말아요. 미래의 어떤 것도 지금 이 순간에 대한 단순한 회상보다 더 아름답지 못할 테니까."

"그게 바로 저를 슬프게 하는 생각이에요! 어쩌면 당신도 같은 생각을 했지요?"

이디스는 그보다 더 낮은 소리로 가만히 말했다. 메리 마운트에서 슬픈 모습을 보인다는 건 중대한 배신행위인 까닭이었다.

"그래서 이 즐거운 축제의 음악을 들으면서 한숨을 짓는 거예요. 게다가 에드가, 마치 악몽을 꾸듯 흥겨운 우리 친구들의 모습이 환영처럼 느껴지고, 그들의 즐거움도 실제가 아니고, 우리도 5월의 왕과 왕비가 아니라는 생각이 자꾸 들어요. 제 마음속에 들어 있는 이 알 수 없는 생각은 대관절 무엇일까요?"

바로 그때, 그들을 사로잡고 있던 마술이 풀린 듯 5월제 기둥으로부터 시든 장미꽃 잎사귀들이 후두둑 떨어져 내렸다. 오호라, 젊은 연인들이여! 그들의 가슴이 진짜 정열로 타오르는 순간부터 그들은 이 세상의 근심과 슬픔과 불안스러운 기쁨의 운명을 받아들이게 되고 더 이상 메리 마운트의 주민일 수 없게 된 것이다. 이것이 바로 이디스의 마음속에 들어 있는, 무엇인지 알 수 없는 생각이었다. 그러면 이제 목사가 그들의 결혼식을 진행하도록, 그리고 마지막 햇살이 5월제 기둥의 꼭대기에서 물러나고 숲의 그늘이 춤 속으로 음울하게 섞여 들 때까지 가면 쓴 사람들이 기둥 주위를 돌며 즐기도록 내버려두자. 그동안 우리는 이 즐거운 무리의 사람들이 어떤 사람들인지 잠시 그 역사를 살펴보기로 하자.

200년 전, 아니, 그보다 더 오래전에 구대륙과 그 주민들은 서로 싫증을 느끼기 시작했다. 사람들은 수천 명씩 신대륙을 향해 서쪽으로 항해를 해 왔다. 어떤 사람들은 유리구슬 같은 보석과 인디언 사냥꾼의 모피를 교환하기 위해, 어떤 사람들은 처녀지를 정복하기 위해, 그리고 한 엄숙한 집단의 사람들은 기도를 하기 위해 이 신대륙에 온 것이다. 그러나 메리 마운트 주민들은 이러한 동기들에 별로 관심이 없었다. 그들의 지도자들은 매우 오랜 세월 동안 인생을 유희처럼 살아왔기 때문에 후에 '사려'와 '지혜'가 찾아왔을 때도 그들을 불청객으로 생각했고 그들이 쫓아 버렸어야 할 갖가지 허영이 오히려 '사려'와 '지혜'를 못된 길로 인도했던 것이다. 그리하여 길을 잘못 든 사려와 지혜는 가면을 쓰고 광대 짓을 하게 된 것이다. 지금 우리가 이야기하고 있는 그 지도자들은 마음의 싱싱한 즐거움을 잃은 후 엉뚱한 쾌락의 철학을 생각해 내서 그들의 새로운 백일몽을 실현하기 위해 이곳에 온 것이었다. 그들은 일생을 줄곧 축제처럼 보내 온 온갖 들뜬 부류의 사람들로부터 추종자를 모았다. 그 추종자들 중에는 런던 거리에 어지간히 알려진 음유 시인들, 귀족들의 홀을 무대로 삼는 떠돌이 배우들, 헌당 기념 축제나 교회의 맥주 축제나 장터를 무대로 삼았던 무언극 배우들, 줄타기 광대들, 야바위꾼들이 끼어 있었다. 한마디로 당시에는 아주 많았던, 그러나 청교주의가 급속히 신장되면서 이제는 배척받기 시작한 온갖 종류의 이른바 딴따라패였다. 지상에서 그들의 발걸음이 가벼웠듯이, 그들은 바다도 그렇게 가볍게 건너왔다. 많은 사람이 그전의 고통에서 즐거운 절망 상태로 광적으로 빠져들었고, 또 어떤 사람들은 5월의 왕과 왕비처럼 젊음의 열정에 도취하기도 했다. 그러나 그들의 즐거움의 질이 어떻든 간에 메리 마운트에서는 젊은이나 늙은이 모두 즐겁게 살아가고 있었다. 젊은이들은 스스로 행복하다고 생각했고, 나이가 든 사람들은 그 즐거움이 가짜 행복에 지나지 않는다는 걸 안다 해도 최소한 그 빛나는 화려함 때문에라도 거짓 행복의 그림자를 기꺼이 따르는 것이었다. 인생을 그렇게 유희처럼 보낸 사람들은 진정으로 축복받기 위해서라 해도 진지한 삶의 진실에 끼어들 모험을 시도하지 않는 법이다.

옛 영국의 전통 놀이와 오락이 이곳에 모두 옮겨져 왔다. 크리스마스 왕[4]의 대관식이 열리고 크리스마스 통제관의 권력도 막강했다. 미드서머 이브인 세인트 존 이브에는 몇 에이커나 되는 숲의 나무들을 잘라 횃불을 만들고 머리에 화관을 두른 채 불꽃 속에 꽃을 던지며 타오르는 불꽃 옆에서 밤새도록 춤을 추었다. 수확은 신통치 않았지만 그래도 가을 수확철에는 인디언 옥수수 다발로 사람 형상을 만들어 가을꽃 화환으로 장식하고는 그 형상을 들쳐 메고 의기양양하게 집으로 향하는 것이었다. 그러나 메리 마운트 주민들의 가장 두드러진 특징은 5월제 기둥에 대한 신봉이었다. 그리고 바로 이 점이 시인들로 하여금 그들의 진정한 역사를 노래의 소재로 삼게 만들었다. 봄은 그 신성한 상징물을 여린 꽃과 싱싱한 연둣빛 가지들로 장식했고, 여름은 짙은 붉은색의 장미꽃과 무성한 숲의 나뭇잎들을 가져왔고, 가을은 나뭇잎 하나하나를 색칠한 꽃으로 바꾸어 놓는 빨갛고 노란 화려한 단풍으로 기둥을 호화롭게 꾸몄으며, 겨울은 눈으로 그 기둥을 은색으로 바꾸면서 주위에 고드름을 드리웠고 그 고드름은 차가운 햇빛을 받아 반짝이다가 그 자체가 얼어붙은 햇빛이 되는 것이

---

4) 왕가나 귀족의 집에서 11월부터 12월까지 모든 크리스마스 행사를 주관하는 관리.

었다. 이렇게 각 계절마다 5월제 기둥에 경의를 표하며 그들의 가장 풍요로운 화려함을 제물로 바쳤다. 그 기둥의 신봉자들은 적어도 한 달에 한 번씩은 기둥 주위를 돌며 춤을 추었다. 때때로 그들은 그것을 종교라고도 제단이라고도 불렀으며, 그것은 늘 메리 마운트의 깃봉으로 군림하고 있었다.

그런데 불행하게도 신세계에는 이 5월제 기둥의 신봉자들보다 더 엄격한 믿음을 가진 사람들이 있었다. 메리 마운트에서 멀리 떨어지지 않은 곳에 아주 음울하고 불행한 모습으로 살아가는 청교도들의 부락이 있었는데, 그들은 동트기 전에 기도를 올리고는 낮 동안 숲이나 옥수수 밭에서 종일 일하고 저녁에 돌아와 다시 기도를 올리는 것이었다. 그들은 혼자 헤매는 야만인을 거꾸러뜨리기 위해 늘 무기를 몸에 지니고 다녔다. 그들이 함께 모일 때면 그것은 옛 영국의 즐거움을 지속하기 위해서가 아니라 세 시간이나 계속되는 설교를 듣거나 늑대 머리와 인디언들의 두피에 대한 분배를 분명히 하기 위해서였다. 그들의 축제라는 것은 금식일이었고 그들의 가장 중요한 오락은 찬송가를 부르는 일이었다. 춤 같은 것을 꿈이라도 꾸는 젊은이나 처녀는 재앙을 면치 못했다. 행정관이 순경에게 고개를 끄덕이면 그 들뜨고 타락한 젊은이는 차꼬를 차게 되어 있었다. 만일 그가 춤을 춘다면 그것은 청교도의 5월제 기둥이라고 부름 직한 태형 기둥 주위를 매질을 당하며 도는 춤이었을 것이다.

이 음울한 청교도들의 무리가 그들의 발걸음을 무겁게 하는 철제 무기들을 잔뜩 메고 험한 숲길을 힘들여 올라오다가

때로 메리 마운트의 양지바른 경내에 접근하기도 했다. 그럴 때면 경내에서는 명주옷 차림의 주민들이 5월제 기둥 주위를 돌며 놀고 있는 모습이 보였다. 어쩌면 곰에게 춤을 가르치는지도, 근엄한 인디언들에게 그들의 즐거움을 전달하려고 하는지도 모를 일이었다. 또 그들은 바로 그 목적으로 사냥해 온 사슴이나 늑대들의 껍질을 두르고 가면무도회를 벌이기도 했다. 이따금 주민들이 모두 모여 장님 놀이를 즐기기도 했는데, 희생양의 탈을 쓴 한 사람만 빼고 행정관까지 모두 눈을 가리고 옷에 단 방울 소리를 따라 그 희생양을 좇는 놀이였다. 전하는 말에 의하면, 한번은 꽃으로 장식한 시신을 무덤으로 운반하며 축제 음악으로 떠들썩하게 즐기는 모습을 보기도 했다는 것이었다. 글쎄, 그 죽은 사람도 그때 웃었을까? 그들이 조용하게 지낼 때도 있었는데, 그럴 때 그들은 경건한 방문객들을 교화하기 위해 민요를 부르거나 이야기를 들려주기도 했고, 요술 같은 것을 보여 줌으로써 그들을 어리둥절하게 만들기도 했으며, 이를 드러내고 눈싸움하는 놀이를 제안하기도 했다. 놀이가 시들해지면 그들은 스스로의 바보 같음을 노리개 삼아 하품 시합을 벌이기도 했다. 그런데 철의 인간인 청교도들은 모든 놀이 중 가장 사소한 것에도 머리를 절레절레 흔들고 이마를 어찌나 어둡게 찌푸렸던지 이 흥청대는 주민들은 항상 그들 위에 있어야 할 햇빛을 구름이 잠시 가린 것이 아닌가 살피기라도 하듯 하늘을 올려다보는 것이었다. 한편 청교도들은 그들의 예배당에서 찬송가가 울려 퍼질 때 숲에 메아리쳐 돌아오는 그 소리가 이따금 웃음 터뜨리는 소리로 끝나는 즐거운 윤창처럼 들린다고 확신했다. 그들을 방해하는 자가 악마와 그 악마의 충성스러운 노예인 메리 마운트 패거리가 아니고 누구란 말인가! 그러는 동안 두 집단 사이에는 불화와 반목이 일어나기 시작했다. 한쪽은 엄격하고 냉혹했으며 다른 한쪽은 진지했지만, 그 진지함은 5월제 기둥에 충성을 맹세한 쾌활한 마음을 가진 사람들이 최대한으로 보일 수 있는 진지함에 지나지 않았다. 뉴잉글랜드의 미래의 모습이 두 집단 간의 이 중요한 싸움에 달려 있었다. 만일 그 무서운 성자들이 그 쾌활한 죄인들을 통제할 수 있게 된다면 그들의 음울한 정신이 고장 전체를 어둡게 만들고 영원히 그늘진 얼굴과 힘든 노동과 설교와 찬송의 땅으로 만들 터였다. 그러나 메리 마운트의 깃봉이 운 좋게 계속 건재하게 된다면 언덕에 햇빛이 쏟아져 내리고, 꽃들이 숲을 아름답게 장식하고, 후세 사람들은 그 5월제 기둥에 경의를 표하게 될 터였다.

이제 역사적 사실을 이 정도로 살펴보았으니 다시 5월의 왕과 왕비의 결혼식 장면으로 돌아가기로 하자. 하지만 오호라, 우리가 너무 오래 지체해서 이야기를 갑자기 어둡게 만들 수밖에 없게 되었다. 이제 눈길을 다시 5월제 기둥으로 돌려 보면 한 가닥 햇살이 꼭대기에서 사라져 가면서 무지개 깃발 색깔과 섞여 희미한 황금빛 흔적만을 남기고 있다. 그 희미한 빛마저 점차 물러가면서 메리 마운트의 온 영역이 주위의 검은 숲에서 금세 몰려오는 저녁의 어둠속으로 빨려 들어간다. 그러나 이 검은 그림자의 일부는 사람의 모습으로 몰려오고 있었던 것이다.

그렇다. 지는 해와 함께 환락의 마지막 날이 메리 마운트에서 사라져 간 것이다. 원을 이루어 즐거운 가면무도회를 벌이던 사람들은 혼란에 빠져들었다. 사슴은 낙담해서 뿔을 내리고, 늑대는 양보다 더 약해졌으며, 무용수들의 방울은 공포에 떨려 딸랑거렸다. 청교도들은 5월제 기둥의 무언극에서 그들의 독특한 역할을 맡고 있었던 것이다. 그들의 어두운 모습이 그들 적의 환상적인 모습과 뒤섞인 기묘한 장면은 꿈의 흩어진 환영들 가운데서 생시의 생각들이 갑자기 솟아나는 순간을 한 폭의 그림으로 옮겨 놓은 것 같았다. 적의를 지닌 그 무리의 지도자가 원의 한가운데로 들어서자, 괴물 형상을 한 무리는 악의 정령들이 두려운 마술사 앞에서 그러듯이 그의 주위에서 모두들 움츠러들었다. 어떤 환상적인 장난기로도 그를 정면으로 마주 볼 수가 없었다. 그의 모습에 담긴 힘은 강하고 아주 가혹해 보여서 그의 모든 것, 즉 얼굴이며 골격이며 영혼까지도 쇠로 만들어진 것 같았고, 그의 투구와 갑옷과 같은 재료로 이루어진 생명과 생각이 그에게 부여된 듯싶었다. 그 모습은 청교도 중의 청교도의 모습, 바로 엔디코트[5] 자신의 모습이었다.

"물러서라, 바알[6]의 사제여!"

그는 목사가 걸친 성직자의 옷을 전혀 존중하지 않은 채 얼굴을 험악하게 찌푸리며 소리쳤다.

---

5) 매사추세츠 베이 식민 부락의 우두머리. 토머스 모튼이 없는 동안 메리 마운트에 원정 와서 5월제 기둥을 베었다.

6) 풍요의 신. 구약 성서에 따르면 우상 숭배자들의 신이다.

"나는 그대 블랙스톤[7]을 잘 안다! 그대는 그대 자신의 타락한 교회의 율법조차 지키지 못하고 이 땅에 건너와 악과 부정을 설교하고 그 사악함을 몸소 실천해 보이는 자가 아닌가. 이제 주님께서 그분이 선택한 선민을 위해 이 황야를 성스러운 땅으로 정화하셨음을 보게 되리라. 이 땅을 더럽히는 자 화를 면치 못하리라. 우선 그대의 숭배의 제단인 이 꽃 장식한 흉물부터 없애리라!"

이렇게 말하면서 엔디코트는 날카로운 칼로 그 신성한 5월제 기둥을 내리쳤다. 기둥은 그의 강한 팔에 오래 견디지 못하고 음산한 신음 소리를 냈다. 잎사귀와 장미 봉오리들이 미친 듯 칼을 휘두르는 냉혹한 그의 모습 위로 쏟아져 내리더니, 마침내 떠나가는 쾌락을 상징하는 듯한 모든 초록빛 가지들, 리본들, 꽃들과 함께 메리 마운트의 깃봉이 무너져 내리는 것이었다. 전설에 의하면 기둥이 무너져 내릴 때 저녁 하늘이 더 어두워졌고 숲은 더 음울한 그늘을 드리웠다고 한다.

"자, 여기 뉴잉글랜드의 유일한 5월제 기둥이 누워 있다!"

자신이 해낸 일을 승리감에 도취해 바라보며 엔디코트가 소리쳤다.

"이 기둥이 무너짐으로써 경박하고 게으른 환락의 추종자들의 운명이 우리와 우리 후손들 가운데서 사라져 가리라 확신한다. 존 엔디코트가 이르노라, 아멘!"

---

7) 괴짜 목사로 알려진 실존 인물로, 메리 마운트에서 직접 목회 활동을 하지는 않았지만 매사추세츠 베이 식민 부락의 청교도들과 사이가 나빴다고 한다.

"아멘!"

그의 추종자들이 되받았다.

그러나 5월제 기둥의 신봉자들은 그들의 우상을 애도하는 신음 소리를 냈다. 그 소리를 듣자 청교도 지도자는 코머스의 무리를 향해 눈길을 돌렸다. 그들은 원래 모두 쾌활한 모습이었지만, 이 순간만은 슬픔과 경악이 섞인 기묘한 표정을 하고 있었다.

"용맹스러운 대장님. 이 죄인들에겐 무슨 명령을 내리시려는지요?"

기수인 피터 팰프리가 물었다.

"5월제 기둥을 잘라 버린 걸 후회하는 건 결코 아니지만, 이제 그 기둥을 다시 세워 이 짐승 형상의 이교도들로 하여금 그들의 우상 주위를 돌며 다른 종류의 춤을 추게 하는 장면을 상상해 보게 되는구나. 태형 기둥으로 안성맞춤이었을 텐데 말이다."

"하지만 소나무야 얼마든지 있지 않습니까?"

기수가 거들며 말했다.

"네 말이 맞다. 이 이교도 무리를 소나무에 묶고 앞으로 우리의 법 집행 시범으로 각각 몇 대씩 매질을 하라. 몇몇 못된 악당들에게는 주님의 인도로 우리가 안정된 우리 부락에 도착하는 대로 차꼬를 채우도록 하라. 거기선 차꼬를 구할 수 있을 테니까. 인두질이나 귀를 자르는 형벌 같은 것은 차후에 생각해 보기로 하자."

"저 목사에게는 매질을 몇 대나 할까요?"

기수 팰프리가 물었다.

"아직 놔두어라."

엔디코트는 쇠처럼 단단히 굳은 찌푸린 얼굴로 죄인을 굽어보며 대답했다.

"그의 위법 행위에 매질이 적절할지 장기 투옥이 적절할지 아니면 다른 중벌이 적절할지는 대법원이 결정할 문제다. 자신이 한 일을 잘 생각해 보게 하라. 사회 질서를 어기는 자들에게는 자비를 허용할 수 있지만, 우리의 종교를 혼란에 빠뜨리는 사악한 자들은 화를 면하지 못할 것이다!"

"그리고 이 춤추는 곰은 어떻게 할까요, 함께 매질을 할까요?"

"머리를 쏘아 죽여 버려! 아마 그 짐승도 마술에 걸렸을 테니까."

"여기 번쩍이는 옷을 입은 남녀 한 쌍도 있는데요."

피터 팰프리는 총 끝으로 5월의 왕과 왕비를 가리키며 계속 말했다.

"이 죄인들 중에선 그래도 지위가 높아 보입니다. 지위를 고려해서 적어도 매질을 두 배는 더 해야 하지 않을까요?"

엔디코트는 칼에 몸을 기대고는 그 불운한 남녀의 모습과 옷차림을 찬찬히 훑어보았다. 그들은 창백해진 얼굴에 눈을 내리깐 채 불안한 모습으로 서 있었다. 그러나 그들에게는 서로를 받쳐 주는, 서로 도움을 구하고 주는 순수한 애정의 모습이 담겨 있었다. 그런 모습은 그들이 그들의 사랑에 대해 사제의 허락을 받은 남편과 아내임을 잘 보여 주었다. 젊은이는 이 위기의 순간에 대한 두려움으로 황금 도금을 한 단장을 떨어뜨리고 5월의 왕비를 보호하듯 한 팔로 안았고, 그녀는 그에게 짐이 되지 않을 정도로 가볍게, 그러나 행복하건 불행하건 그들의 운명은 하나로 엉켜 있음을 표현할 만큼은 무겁게 그의 가슴에 몸을 기대었다. 그들은 서로를 마주 보다가 그 무시무시한 대장의 얼굴로 시선을 돌렸다. 그들의 동료로 상징되는 나태한 쾌락이 어두운 청교도들의 모습으로 체현되는 혹독한 시련의 삶에 자리를 내주는 동안, 그들은 그들 결혼의 첫 시간을 그런 모습으로 거기에 서 있었다. 그러나 그들의 젊은 아름다움은 그 빛이 그렇게 역경의 시련을 겪고 있을 때처럼 순수하고 고아해 보인 적이 없었다.

"젊은이여."

엔디코트가 말문을 열었다.

"너와 너의 아내는 지금 매우 불행한 운명에 처해 있다. 각오를 단단히 하거라. 너희의 결혼식 날을 영원히 잊지 않도록 해 줄 테니."

"가혹한 이여, 내가 어찌 그대의 마음을 움직일 수 있겠소?"

5월의 왕이 말했다.

"나에게 그럴 수단과 방법이 있다면 죽을 때까지 저항할 것이오만, 지금 내겐 아무 힘이 없으니 한 가지만 간청하겠소. 나는 그대 마음대로 처분해도 좋소만, 이디스만은 제발 그대로 놔두길 바라오!"

"그건 안 되지."

엄격한 청교도가 대답했다.

"우리는 오히려 더 엄격한 단련이 필요한 여자에게 그런 허튼 예절 같은 걸 보이지 않는다. 신부의 생각은 어떤가? 그대의 비단결처럼 고운 신랑이 자기 몫만이 아니라 신부 몫의 형벌까지 다 받아야 하겠는가?"

"그 형벌이 죽음이라 할지라도 제발 저에게만 내려 주세요!"

이디스가 호소하듯 대답했다.

엔디코트가 말한 것처럼 가련한 두 연인은 분명 불행한 운명에 처해 있었다. 그들의 적은 승리감에 도취해 있고, 친구들은 포로가 되어 굴욕을 당하고 있고, 그들의 집은 이제 폐허나 다름이 없고, 주위에는 어두운 황무지만 둘려 있고, 청교도 지도자의 손안에 든 혹독한 운명만이 그들의 유일한 안내자였던 것이다. 그러나 어두워 가는 황혼 빛도 그 철인의 누그러진 모습을 완전히 감출 수는 없었다. 그는 그 젊은 사랑의 아름다운 정경에 미소를 지었다. 그러나 그 젊은 희망이 불가피하게 시들 수밖에 없는 운명을 생각하며 한숨 같은 것을 내쉬기도 했다.

"삶의 시련이 이 젊은 부부에게 너무 갑작스레 닥친 것 같구나."

엔디코트가 말했다.

"이들에게 더 큰 시련을 안겨 주기 전에 그들이 지금의 이 시련을 어떻게 겪어 내는지 좀 더 두고 보기로 하자. 노획물 중에 좀 더 점잖은 옷이 있으면 이 5월의 왕과 왕비에게 번쩍거리는 허영의 옷 대신 입히도록 하라. 너희 중 누가 좀 거들어 주어라."

"그리고 저 젊은이의 머리도 좀 잘라야 되지 않을까요?"

젊은이의 느릅 머리와 윤이 나는 긴 곱슬머리를 혐오의 눈길로 바라보며 피터 팰프리가 물었다.

"곧 자르도록 하라. 제대로 호박형[8]으로 말이다. 그리고 우리와 함께 데려가도록 하라. 다른 친구들보다는 더 점잖게 다루고. 저 젊은이에게는 용감히 싸우고 진지하게 일하고 경건하게 기도할 자질이 있어 보인다. 그리고 저 처녀에게도 우리의 새로운 이스라엘의 어머니로서 자신의 경우보다 더 훌륭하게 자식들을 양육할 소양이 있어 보인다. 젊은이들이여, 우리가 순간처럼 짧은 인생을 살더라도 5월제 기둥 주위를 춤추고 돌면서 인생을 허송하는 사람들이 가장 행복한 사람들이라고 결코 생각하지 마라!"

뉴잉글랜드의 단단한 기초를 세운 청교도들 중 가장 엄격한 청교도인 엔디코트는 이렇게 말하면서 5월제 기둥의 잔해로부터 장미 화환을 집어 들어 장갑 낀 손으로 5월의 왕과 왕비의 머리 위로 던졌다. 그것은 하나의 예언적인 행동이었다. 이 세상의 도덕적 어두움이 의도적인 모든 환락을 제압하듯이, 그들의 허황한 즐거움의 집도 그 슬픈 숲속에 황량하게 버려졌다. 그들은 다시는 그 집으로 돌아가지 않았던 것이다. 그러나 그들의 화환이 그곳에서 자란 가장 아름다운 장미로 엮이었듯이, 그들을 결합한 매듭도 그 전의 그들의 즐거움 중 가장 순수하고 깨끗한 즐거움으로 엮인 것이었다. 그들은 가야

---

8) 짧고 둥글게 자른 청교도식 머리. 이런 머리 모양 때문에 청교도들을 '호박머리'라고 불렀다.

만 할 운명의 험난한 길을 따라 서로 의지하고 부축하며 천국으로 올라갔다. 메리 마운트의 화려한 허영에 대한 미련과 아쉬움이라는 헛된 생각에 결코 빠져들지 않은 채.

목사의 검은 베일

교회지기는 밀퍼드 교회의 입구에 서서 기운차게 종 끈을 잡아당겼다. 마을의 노인들이 구부정한 걸음걸이로 길을 따라 걸어오고 있었고, 아이들은 밝은 표정으로 부모 옆에서 즐겁게 깡충거리며 뛰기도 하고 주일 복장의 권위를 의식해 점잖은 걸음걸이를 흉내 내며 걷기도 했다. 날씬한 몸매의 총각들은 어여쁜 처녀들을 곁눈질로 훔쳐보며 안식일의 햇빛이 보통날보다 아가씨들을 더 아름답게 보이게 한다고 생각했다. 사람들의 무리가 대부분 교회 입구로 들어섰을 때 교회지기는 후퍼 목사의 집 대문을 지켜보며 종을 치기 시작했다. 목사의 모습이 나타나면 종 치기를 그쳐야 한다는 신호인 까닭이었다.

"아니, 후퍼 목사님이 얼굴에 뭘 쓰고 계시지?"

교회지기가 놀라서 외쳤다.

그 말을 들은 주위 사람들이 즉시 몸을 돌려 사색에 잠긴 걸음걸이로 교회를 향해 천천히 다가오고 있는 후퍼 씨처럼 생긴 사람의 모습을 바라보았다. 그들은 하나같이 모두 놀랐다. 낯선 목사가 후퍼 씨의 설교단에 대신 올라가려고 다가오고 있다 해도 그처럼 놀란 표정을 짓지는 않았을 것이다.

"저분이 우리 목사님이란 말입니까?"

그레이 씨가 교회지기에게 물었다.

"분명 목사님이죠. 원래 오늘 웨스트베리의 슈트 목사님과 설교를 바꿔서 하기로 되어 있었는데, 슈트 목사님이 갑자기 장례식에서 설교를 하게 되는 바람에 못 오게 되었다고 어제 연락이 왔어요."

교회지기가 대답했다.

이렇듯 모든 사람을 놀라게 한 원인은 아주 사소한 것처럼 보일지도 모른다. 서른쯤의 나이에 신사다운 풍모를 지닌 후퍼 씨는 비록 총각이긴 하지만 마치 꼼꼼한 아내가 밴드에 풀을 먹이고 주일날 입는 옷에서 일주일 내내 묵은 먼지를 깨끗하게 털어 낸 것처럼 늘 성직자다운 깔끔한 옷차림을 하고 있었다. 그런데 그날 그의 모습에는 유별나게 눈에 띄는 점이 하나 있었다. 그것은 후퍼 씨가 쓰고 있는 검은 베일이었는데, 그 베일은 그의 이마를 두르고 얼굴 위로 낮게 드리워져 그의 숨결에 흔들리고 있었다. 좀 더 가까이에서 보면 두 겹의 천으로 이루어진 베일이 입과 턱을 제외한 얼굴의 모든 부분을 가리고 있는 것처럼 보였지만, 아마도 그의 시야를 완전히 차단하지는 않고 모든 생물과 무생물 들에 어두운 빛을 드리우고 있었을 것이다. 그 어두운 베일 뒤에서 후퍼 씨는 깊은 생각에 잠긴 사람들이 으레 그러듯이 몸을 약간 구부린 자세로 발밑을 내려다보며 천천히 그리고 조용히 걸어오면서 교회 계단에서 기다리고 있는 교구민들에게 친절히 목례를 했다. 그러나 그들은 너무 놀란 나머지 목사의 인사에 제대로 답례조차 하지 못했다.

"저 천 조각 뒤에 후퍼 목사님의 얼굴이 있을 것 같지가 않은데요."

교회지기가 말했다.

"아이고, 흉해라. 얼굴을 가린 것뿐인데 목사님이 뭔가 무서운 존재로 바뀌어 버린 것 같네."

"목사님이 도셨군."

교회 입구를 가로질러 후퍼 씨를 뒤따라가면서 그레이 씨가 말했다.

후퍼 씨가 교회 안으로 들어서기도 전에 알 수 없는 이상한 일이 일어났다는 소문이 이미 퍼져서 교회 안에 모인 사람들을 술렁이게 만들었다. 문 쪽을 향해 고개를 돌리지 않는 사람이 드물었고, 많은 사람이 아예 일어서서 문 쪽을 정면으로 바라보고 있었다. 어린아이들은 의자 위로 기어올랐다가 다시 내려오며 소란을 피웠다. 목사가 입장할 때 깔려야 할 침묵의 정적과는 정반대로 교회 안은 여자들의 옷 스치는 소리, 남자들의 발 끄는 소리로 온통 술렁대고 있었다. 그러나 후퍼 씨는 교인들의 이런 술렁댐을 깨닫지 못하는 듯했다. 그는 조용한 발걸음으로 교회 안에 들어서서 양쪽 걸상 쪽으로 가볍게 목례를 했고, 통로 한가운데 안락의자에 앉아 있는 나이가 가장 많은 흰머리의 교인 옆을 지날 때는 머리 숙여 인사를 했다. 그 노인이 목사의 모습에서 뭔가 이상한 점을 한참 시간을 들여 의식하는 것은 보기에 참으로 이상스러웠다. 그는 후퍼 씨가 계단을 올라 설교단에 들어서서 검은 베일을 사이에 두고 회중과 얼굴을 마주할 때까지도 모든 사람이 느끼고 있는 놀라움을 제대로 의식하지 못하는 듯했던 것이다. 목사와 회중 사이에 걸쳐진 그 신비스러운 상징물은 끝내 걷히지 않았다. 그것은 후퍼 씨가 찬송가를 부를 때 숨결의 박자에 맞춰 흔들렸고, 성경을 읽을 때 그와 성스러운 말씀 사이에 모호함을 드리웠으며, 그가 기도를 하는 동안 치켜든 얼굴 위에 무겁게 얹혀 있었다. 그가 기도를 드리는 그 두려운 존재로부터 얼굴을 감추려고 한 걸까?

이 한 조각의 천이 일으킨 효과는 엄청나서, 마음 약한 몇몇 여자 교인은 교회를 떠나지 않을 수 없을 정도였다. 하지만 목사의 검은 베일이 회중에게 무서운 모습이듯, 창백한 얼굴의 회중 역시 아마도 목사에게는 무서운 모습으로 느껴졌을 것이다.

후퍼 씨는 훌륭한 목사로서 명성을 얻고 있긴 했지만 열정적이고 정력적인 목사로 알려지지는 않았다. 그는 요란스러운 말로 회중을 천국으로 몰고 가기보다는 차분히 설득함으로써 천국으로 인도하려고 했다. 지금의 설교도 일련의 그의 설교와 같은 스타일과 방식으로 진행되고 있었다. 그러나 강론 자체에 담긴 느낌이나 청중의 상상적 반응에서 그들이 여태까지 목사로부터 들은 설교 중 가장 강력한 호소력을 지닌 것으로 느끼게 하는 무언가가 있었다. 그 설교는 보통 때보다 좀 더 어둡게 후퍼 씨 특유의 온화한 우울함에 물들어 있었다. 설교의 내용은 숨겨진 죄 그리고 전능하신 하느님이 다 아신다는 사실조차 잊은 채 우리의 가장 가깝고 소중한 사람들에게 숨기고 심지어 우리 자신의 의식에서도 감추려 드는 슬픈 죄의 비밀에 관한 것이었다. 그의 말에는 미묘한 힘이 실려 있었다. 가장 순진무구한 소녀와 굳은 가슴의 남자에 이르기까지 모든 회중이 마치 목사가 무서운 베일을 걸친 채 그들에게 다가와 그들의 행동과 생각의 숨겨진 사악함을 찾아내는 것처럼 느꼈다. 많은 사람이 양손을 꼭 쥐고 그들의 가슴을 가렸다. 후퍼 씨가 말하는 내용에는 무서운, 적어도 격렬한 표현이 전혀 담겨 있지 않음에도 그의 말을 듣는 사람들은 우울한 목소리가 떨릴 때마다 함께 몸을 떨었다. 그들이 바라지 않은 어떤 비장함이 두려움과 손을 마주 잡고 다가오는 듯했다. 청중은 목사로부터 평소와는 매우 다른 어떤 특질을 강하게 느꼈기 때문에 한 줄기 바람이 그 베일을 젖혀 목사의 모습을 확인하게 해 주었으면 하고 바랐다. 전체적인 형상과 몸의 동작과 목소리가 후퍼 씨라 해도 얼굴은 낯선 사람일 거라고 그들은 거의 믿고 있었던 것이다.

예배가 끝나자 사람들은 입 밖에 내지 못하고 있던 놀라움을 얼른 전하고 싶어 체면도 없이 혼란스럽게 교회에서 서둘러 빠져나갔다. 검은 베일이 시야에서 사라지는 순간 그들은 기분이 한결 가벼워지는 것을 느꼈다. 어떤 사람들은 끼리끼리 머리를 맞댄 채 조그만 원을 그리고 서서 계속 뭐라고 수군댔고, 어떤 사람들은 침묵의 명상에 잠긴 채 혼자 집으로 발걸음을 옮겼다. 또 어떤 사람들은 큰 소리로 떠들어 대면서 허세 부리는 웃음소리로 안식일의 고요함을 모독하기도 했다. 몇몇 사람은 그 비밀을 꿰뚫어볼 수 있다는 듯이 의미 깊게 머리를 흔들기도 했고, 한두 사람은 아무것도 이상할 게 없다고, 밤에 등불 밑에서 책을 보느라 후퍼 씨의 시력이 약해져서 차양이 필요했을 뿐이라고 단언하기도 했다. 잠시 후 후퍼 씨도 신도들을 뒤따라 밖으로 나왔다. 그는 베일로 가린 얼굴을 이리저리 돌리면서 머리가 허연 노인들에게 깍듯이 예의를 차렸고, 중년의 신도들에게는 친구이자 정신적 안내자로서 친절하면서도 위엄을 갖춘 인사를 보냈다. 또한 위엄과 사랑이 섞인 태도로 젊은이들을 맞았고, 어린아이들에게는 머리를 쓰다듬으며 축복을 내렸다. 안식일에 그는 늘 그렇게 했던 것이다. 그러나 지금은 사람들이 그의 그러한 인사를 이상하고 당황한 표정으로 대했다. 전처럼 목사 옆에서 함께 걷는 영광을 바라는 사람은 아무도 없었다. 손더스 영감도 후퍼 씨를 그의 식탁에 초대하는 일을 깜빡 잊어버린 게 틀림없었다. 후퍼 목사는 이 교회에 취임한 이래 거의 매 주일 손더스 영감의 식탁에 초대를 받아서 음식에 축복의 기도를 내려 왔던 것이다. 그날은 식사에 초대받지 못했기 때문에 그는 목사관으로 돌아갔다. 문을 닫는 순간 후퍼 씨는 자신에게 시선을 고정하고 있는 사람들을 돌아보았다. 검은 베일 아래로부터 슬픈 미소가 희미하게 비치다가, 그가 사라질 때 입가에서 가물대며 흐려져 갔다.

"참 이상도 하네요. 어떤 여자라도 아무렇지 않게 모자에 드리울 수 있는 평범한 검은 베일이 후퍼 목사님의 얼굴에서는 저처럼 끔찍한 물건이 되다니 말이에요."

한 부인이 말했다.

"목사님의 정신이 이상해진 게 틀림없어."

동네 의사인 그녀의 남편이 말을 받았다.

"하지만 참으로 이상한 것은 이런 기이한 행위가 나처럼 정신이 말짱한 사람에게 미치는 그 영향이란 말이오. 검은 베일이 목사님의 얼굴만 가렸는데도 목사님의 몸 전체로 영향력이 퍼져서 머리에서 발끝까지 완전히 유령처럼 보이게 만든단 말이야. 당신은 그렇게 느끼지 않소?"

"정말 그래요. 도저히 목사님과 단둘이는 함께 있지 못할 것 같아요. 아마 목사님도 누군가와 단둘이 있는 게 두려울 거예요!"

"사람은 때로 그런 법이지."

그날 오후 예배도 비슷한 상황에서 진행되었다. 예배가 끝나자 한 젊은 아가씨의 장례식을 알리는 종이 울렸다. 친척과 친구 들이 집 안에 모였고 좀 더 먼 친지들은 문 근처에 서서 죽은 사람의 훌륭한 점들에 대해 이야기를 나누고 있었는데, 아직도 검은 베일을 쓰고 있는 후퍼 씨가 나타나는 바람에 그들의 이야기는 중단되었다. 검은 베일은 그 자리에서는 아주 잘 어울리는 상징물이었다. 후퍼 목사는 시체가 안치된 방으로 들어가 세상을 떠난 그의 신도에게 마지막 작별을 고하기 위해 관 위로 몸을 구부렸다. 그가 몸을 구부리자 베일이 이마에서 아래를 향해 수직으로 드리워져서, 만일 죽은 아가씨의 눈꺼풀이 영원히 감겨 있지 않았다면 그녀는 그의 얼굴을 볼 수 있었을 것이다. 후퍼 씨가 검은 베일을 황급히 손으로 붙든 것은 죽은 아가씨의 눈길이 두려워서였을까? 죽은 사람과 산 사람과의 대면을 목격한 어떤 사람은 목사의 얼굴이 드러난 순간 시체가 비록 얼굴은 죽음의 평온함을 유지하고 있었지만 몸을 약간 떨면서 수의와 무명 모자가 바스락거렸다고 주저 없이 주장했다. 그러나 이 이상한 현상을 목격한 유일한 증인은 미신을 잘 믿는 한 노파뿐이었다. 후퍼 씨는 관 있는 곳에서 나와 조문객들이 모여 있는 방으로 가서 장례 기도를 하기 위해 계단 위쪽으로 올라갔다. 목사의 기도는 부드럽고 슬픔에 가득 차서 가슴을 녹이면서도 천국의 희망으로 물들어 있어서, 마치 죽은 이의 손가락이 튕기는 천국의 하프 선율이 목사의 슬픈 어조에 섞여 희미하게 들려오는 듯했다. 목사가 그들과 그 자신과 모든 인간들이 이 젊은 아가씨가 그랬으리라 믿어 의심치 않듯이 그들의 얼굴로부터 베일을 걷어 갈 그 두려운 시간에 예비하고 있을 거라고 기도할 때, 사람들은 모두 그 말의 뜻을 제대로 이해하지 못하면서도 몸을 떨었다. 죽은 이의 관을 든 사람들이 무거운 발걸음으로 앞서 가고 조문객들과 검은 베일을 쓴 목사가 뒤따르면서 온 거리를 슬픔으로 물들였다.

"왜 뒤를 돌아보오?"

장례 행렬에 섞여 걸어가면서 한 사람이 아내에게 물었다.
"목사님과 죽은 아가씨의 영혼이 손을 마주 잡고 걷고 있는 것만 같아서 그래요."
아내가 대답했다.
"나도 방금 그런 생각을 했소."
남편이 아내의 말을 받았다.
그날 밤 밀퍼드 마을에서는 아주 아름다운 한 쌍의 젊은 남녀가 혼례식을 올리기로 되어 있었다. 후퍼 씨는 우울한 사람으로 알려지긴 했지만 그런 경우에는 평온한 명랑함을 보여주어서 더 쾌활한 명랑함이 일으킬 수 없는 차분한 공감의 미소를 자아내곤 했다. 그의 특성 중에서 이것보다 더 그를 사랑받게 만든 것도 없었다. 그래서 결혼식에 모인 사람들은 낮동안 그에게 드리워졌던 이상한 경외감이 이제 걷혔으리라 믿으면서 그가 도착하기를 고대하고 있었다. 그러나 결과는 그렇지가 못했다. 후퍼 씨가 들어섰을 때 사람들의 시선이 제일 먼저 머문 곳은 여전히 걸치고 있는 그 끔찍한 검은 베일이었는데, 그것은 장례식에 짙은 어둠을 더해 주었지만 결혼식에는 불길함의 전조를 드리울 수밖에 없었다. 실제로 그 영향은 즉각 손님들에게 나타나서, 마치 검은 천 뒤에서 구름이 어둡게 퍼져 나와 촛불 빛을 희미하게 가려 버리는 듯했다. 신랑과 신부는 목사 앞에 섰다. 그러나 신부의 싸늘한 손가락이 신랑의 떨리는 손안에서 파들거렸고 얼굴은 시체처럼 창백해져서, 누군가는 몇 시간 전 무덤에 묻힌 그 아가씨가 혼례를 올리려고 무덤에서 나온 거라고 수군거렸다. 그처럼 음산한 결혼식이 또 있다면 그것은 혼례의 조종(弔鐘)을 알린 그 유명한 결혼식일 것이다.[1] 혼례식이 끝난 후 후퍼 씨는 난로의 훈훈한 불빛처럼 손님들의 모습을 밝혀 줄 수 있었을 부드럽고 즐거운 기분으로 막 혼례를 치른 신랑 신부의 행복을 축원하기 위해 포도주 잔을 들어 올려 입으로 가져갔다. 그러나 그 순간 그는 거울에 비친 자신의 모습을 흘끗 보았고, 그 검은 베일은 다른 모든 사람을 압도한 공포로 그 자신의 영혼을 감싸 버렸다. 그의 몸이 부들부들 떨렸고 입술은 하얗게 질렸다. 그는 채 마시지 못한 포도주를 카펫 위에 엎지르고는 어둠 속으로 쏜살같이 사라졌다. 대지조차 검은 베일을 쓰고 있었다.

다음 날 밀퍼드 마을의 화제는 온통 후퍼 목사의 검은 베일에 관한 것이었다. 검은 베일과 그 뒤에 숨겨진 신비로움이 거리에서 만난 아는 사람들 사이에, 그리고 창문 너머로 서로 이야기를 주고받는 부인들 사이에 토론의 주제를 제공한 것이다. 검은 베일에 관한 이야기는 주막 주인이 손님들에게 들려주는 마을의 첫 소식이었다. 아이들도 학교 가는 길에 검은 베일에 대해 재잘거렸다. 흉내 내기를 좋아하는 한 장난꾸러기가 검은 손수건으로 얼굴을 가려서 친구들을 어찌나 공포에 떨게 했던지, 자신도 공포에 사로잡혀 스스로 혼쭐이 나기도 했다.

그 교구에서 주제넘고 남의 일에 참견하기 좋아하는 모든

---

1) 호손의 『다시 듣는 이야기(Twice-Told Tales)』(1837)에 수록된 단편 「혼례의 조종(The Wedding-Knell)」을 암시한 것.

사람들 가운데 단 한 사람도 후퍼 씨에게 왜 그런 행동을 하는 건지 물으려 하지 않는 것은 이상한 일이었다. 지금까지는 참견할 만한 일이 조금만 있어 보여도 그에게 조언하는 사람들이 늘 있었고, 후퍼 목사도 그들의 판단을 따르기 꺼리는 태도를 보인 적이 없었다. 만일 그가 잘못하는 일이 있다면 그것은 지나친 자기 불신에서 비롯된 것이었고, 따라서 남이 자신을 조금만 비판해도 아무것도 아닌 사소한 일까지 죄악으로 생각할 정도였던 것이다. 그의 이런 사랑스러운 약점을 잘 알면서도 교구민 중에 검은 베일을 우정 어린 충고의 대상으로 삼으려는 사람은 아무도 없었다. 솔직히 고백할 수도 없고 잘 감출 수도 없는 어떤 두려움이 그 의무를 서로 떠넘기고 있었던 것이다. 마침내 그들은 그 문제가 더 물의를 일으키기 전에 검은 베일의 신비에 관해 후퍼 목사와 담판을 하기 위해 교회의 대표단을 파견하는 것이 좋겠다고 생각했다. 그러나 그처럼 임무 수행에 실패한 대표단은 일찍이 그 예가 없을 것이다. 목사는 예를 갖추어 그들을 친절히 맞아들였지만, 그들이 자리에 앉은 후에는 계속 침묵을 지켜서 중요한 임무에 대해 말하는 모든 부담을 방문객들에게 떠넘겨 버렸다. 사실 그들의 문제는 분명했다. 그들은 후퍼 씨가 이마에 두른 검은 베일이 그의 평온한 입 위의 얼굴을 모두 가리고 때로 입에 우울한 미소가 어른거리는 것을 볼 수 있었던 것이다. 그러나 그들의 상상 세계에서 그 천 조각은 그의 가슴 앞에 드리워져 그와 그들 사이에 놓인 어떤 무서운 비밀의 상징처럼 느껴지는 것이었다. 베일만 걷힌다면 그 베일에 대해 자유롭게 이야기할 수 있을 것 같았지만 베일이 걷히지 않는 한 그것은 불가능해 보였다. 그래서 그들은 보이지 않는 시선으로 그들을 응시하는 것처럼 느껴지는 후퍼 씨의 눈으로부터 불안스럽게 움츠러든 채 혼란스러운 기분으로 말없이 한참을 그렇게 앉아 있었다. 마침내 대표단은 무안한 모습으로 교구민들에게 돌아와 사안이 너무 중하기 때문에 종교 회의까지는 아니더라도 적어도 교회 위원회에서 다뤄야 할 것 같다고 선언할 수밖에 없었다.

그러나 그 마을에는 검은 베일이 모든 사람에게 주는 무서운 느낌에 오싹해하지 않는 사람이 한 명 있었다. 대표단이 아무런 설명 없이, 오히려 설명을 요구하며 돌아왔을 때, 그녀는 차분한 용기와 힘으로 후퍼 씨 주위에 시시각각 점점 더 어둡게 몰려드는 이상한 구름을 쫓아 버리기로 결심했다. 검은 베일이 감추고 있는 것이 무엇인지 알아내는 것은 후퍼 씨의 약혼녀로서 그녀의 특권이기도 했다. 그래서 후퍼 목사가 처음으로 그녀를 방문했을 때 그녀는 목사와 그녀 모두를 편하게 만드는 단도직입적인 솔직한 태도로 그 문제를 화제로 꺼냈다. 목사가 자리에 앉은 후 그녀는 베일을 뚫어지게 바라보았지만, 그 많은 사람을 공포로 몰아넣은 무서운 어둠 같은 것을 전혀 느낄 수 없었다. 그것은 그의 이마에서 입까지 드리워진 채 숨결에 따라 가늘게 흔들리는 두 겹의 천에 불과했다.

"맞아요. 이 천 조각에는 제가 항상 보고 싶어 하는 얼굴을 가리고 있다는 것 외에는 두려워해야 할 것이 아무것도 없네요. 자, 어서 구름 뒤에서 해가 비치게 하세요. 먼저 검은 베일을 걷고 왜 그걸 쓰고 다니는지 저에게 말씀해 주세요."

그녀는 미소를 지으며 큰 소리로 말했다.

후퍼 씨의 미소가 희미하게 어른거렸다.

"우리 모두가 베일을 걷어 버릴 시간이 올 거요. 그때까지는 내가 이 천 조각을 두르고 있어도 나쁘게 생각하지 말아 주시오."

"그 말씀 자체도 뭔가 알쏭달쏭하네요. 최소한 그 말씀에서라도 베일을 걷으시죠."

젊은 여인이 대꾸했다.

"나의 서약이 허락하는 한 그렇게 하리다, 엘리자베스. 하지만 이 베일은 하나의 상징이자 표상으로서 밝은 빛에서나 어둠 속에서나, 혼자 있을 때나 많은 사람의 시선 앞에서나, 낯선 사람들과 함께일 때나 친한 친구들과 함께일 때나 항상 쓰고 있어야 한다는 걸 알아주시오. 사람의 눈으로 이 베일이 걷히는 걸 보지는 못할 거요. 이 음산한 베일이 나와 이 세계를 떼어 놓아야만 하오. 엘리자베스 당신마저도 이 베일 뒤로 올 수는 없소!"

"대체 무슨 가혹한 불행이 닥쳤기에 당신의 눈을 영원토록 어둡게 가려야 하는 건가요?"

그녀는 진정으로 물었다.

"만일 그것이 애도의 상징이라면, 아마 나도 다른 사람들과 마찬가지로 검은 베일로 표상될 만큼 어두운 슬픔을 가지고 있을 거요."

후퍼 씨가 대답했다.

"하지만 세상 사람들이 그것을 순수한 슬픔의 표상으로 믿으려 들지 않으면 어떡하실 거예요?"

엘리자베스는 집요하게 다그쳤다.

"지금은 사람들로부터 사랑과 존경을 받고 있지만, 곧 당신이 뭔가 숨겨진 죄를 의식해서 얼굴을 가리고 있다는 소문이 날 거예요. 당신의 성스러운 목사직을 위해서라도 제발 그런 불명예는 피하셔야죠!"

마을에 이미 떠돌고 있는 소문에 대해 완곡하게 이야기할 때 그녀의 뺨은 붉게 달아올랐다. 그러나 후퍼 씨의 온화한 모습은 변함이 없었다. 심지어 그는 베일 아래의 어둠으로부터 늘 희미한 불빛처럼 어른거리며 나타나는 그 슬픈 미소를 머금기까지 하는 것이었다.

"내가 슬픔 때문에 얼굴을 가린다면 그럴 만한 충분한 이유가 있는 것이고, 만일 죄 때문에 얼굴을 가린다면 어떤 인간이 그러지 않을 수 있겠소?"

그는 이렇게 대답할 뿐이었다.

이렇듯 부드러운, 그러나 굴복되지 않는 집요함으로 그는 그녀의 모든 간청에 저항했다. 결국 엘리자베스는 말없이 앉아 있을 수밖에 없었다. 잠시 동안 그녀는 다른 의미가 없다면 아마도 정신 질환의 한 징후일 그 어두운 환각 상태로부터 연인을 구해 내기 위해 어떤 새로운 방법을 시도해 볼 수 있을까 생각하면서 깊은 상념에 빠져 있는 듯했다. 그녀는 그보다 더 강한 성격의 소유자였지만 그녀의 뺨 위에 눈물이 흘러내렸다. 그러나 다음 순간 슬픔의 감정 대신 새로운 어떤 느낌이 엄습했다. 그녀의 눈이 별생각 없이 검은 베일에 머물러 있던 순간, 하늘에 갑작스레 퍼지는 황혼 빛처럼 그 베일에 대한 공포가 그녀 주위로 엄습해 온 것이다. 그녀는 일어서서 떨리는 몸으로 그 앞에 섰다.

"드디어 당신도 그걸 느낀 거요?"

그가 슬픔에 잠긴 어조로 물었다.

그녀는 아무 대답도 하지 않고 한 손으로 눈을 가리고는 방에서 나가려고 몸을 돌렸다. 그러자 그가 황급히 앞으로 와서 그녀의 팔을 붙들었다.

"엘리자베스, 인내심을 가지고 나를 대해 줘요!"

그는 격렬하게 소리쳤다.

"이 세상에서는 이 베일이 우리 사이를 가로막을 수밖에 없다 하더라도 제발 나를 떠나지 말아 줘요. 내 사람이 되어 줘요. 그 후로는 내 얼굴 위의 베일도 없어지고 우리 두 사람의 영혼 사이에 아무런 어둠도 없게 될 거요! 이것은 이승의 베일일 뿐 영원한 베일이 아니오! 아, 이 검은 베일 뒤에서 내가 홀로 얼마나 외롭고 얼마나 두려움에 떨고 있는지 당신은 알지 못하오. 나를 이 비참한 어둠 속에 영원히 남겨 두고 떠나지 말아요!"

"한 번만이라도 그 베일을 들어 올리고 제 얼굴을 보세요."

그녀가 말했다.

"안 돼! 그건 안 되오!"

"그렇다면 안녕히 가세요!"

그녀는 그에게서 팔을 빼낸 뒤 천천히 발걸음을 옮겼다. 문께에 이르러 그녀는 걸음을 멈추고 검은 베일의 비밀을 거의 꿰뚫어보는 듯한 몸서리쳐지는 눈길로 그를 오랫동안 바라보았다. 그러나 후퍼 씨는 슬픔 속에서도 자신을 행복으로부터 떼어 놓은 것이 단지 물질적인 하나의 표상에 지나지 않는다고 자위하며 미소 지었다. 하지만 그것은 가장 사랑하는 사람들 사이에도 어두운 공포감을 불러일으킬 수밖에 없는 것이었다.

그 시간 이후로 후퍼 씨의 검은 베일을 벗기려 하거나 그에게 직접 호소함으로써 그것이 숨기고 있다고 생각되는 죄를 발견해 내려 하는 노력은 시도되지 않았다. 보통 사람들이 갖고 있는 편견을 초월했다고 자처하는 사람들은 그것을 단순히 괴팍스러운 행동으로, 다른 점은 다 멀쩡한 사람들의 정상적인 행동과 섞여 그런 정상적인 행동을 비정상적인 것처럼 보이게 하는 변덕스러운 행동으로 생각했다. 그러나 대부분의 사람들에게 후퍼 씨는 유령처럼 무서운 존재가 되고 말았다. 성격이 부드럽고 겁이 많은 사람들은 그를 피하려고 비켜서고 다른 사람들은 그와 맞닥뜨리는 것을 용기 있는 행동으로 생각하는 것이 늘 신경 쓰여서 그는 평화로운 마음으로 거리를 다닐 수가 없었다. 후자의 부류에 속하는 사람들의 무례함 때문에 후퍼 씨는 황혼 녘에 하는 공동묘지로의 일상적인 산책을 포기해야만 했다. 그가 묘지 문에 기대어 상념에 잠겨 있을 때면 묘비 뒤쪽 여기저기서 그의 검은 베일을 훔쳐보는 얼굴들이 늘 있었기 때문이다. 그러나 죽은 사람들의 눈초리가 그를 묘지로부터 몰아냈다는 그럴듯한 소문이 퍼졌다. 특히 자신의 우울한 모습이 멀리서 보이기만 해도 아이들이 즐겁게 놀다 말고 도망치는 것을 보면 그는 가슴이 몹시 아팠다. 검은 베일에 대한 아이들의 본능적인 두려움은 그로 하여금 무엇보다도 검은 천의 실 자체에 어떤 초자연적인 공포가 얽혀 있는 게 아닌가 하는 느낌을 강하게 갖게 했다. 사실상 그 베일에 대한 그 자신의 거부감도 매우 강해서 그는 거울 앞을 지나가는 것을 늘 꺼렸고 잔잔한 샘물 위에 머리를 숙이고 물을 마시는 일도 없었다. 평화로운 샘물에 비친 자기 자신의 모습에 놀라 몸서리를 치고 싶지 않았기 때문이다. 이러한 후퍼 씨의 태도는 그의 양심이 완전히 숨기기에는 너무 끔찍한, 혹은 그처럼 모호하지 않은 다른 어떤 방법으로도 속죄할 수 없는 큰 죄악 때문에 스스로에게 고통을 주고 있는 거라는 소문을 그럴듯하게 만드는 것이었다. 그렇게 해서 검은 베일 밑으로부터 죄 같기도 하고 슬픔 같기도 한 어떤 모호한 것이 밝은 햇빛 속으로 마치 구름처럼 퍼져 나와 그 가련한 목사를 감싸 버렸기 때문에 사랑이나 동정심이 그에게 다다를 수 없었다. 사람들은 후퍼 씨가 베일 속에서 유령과 악마와 어울리고 있다고들 말했다. 안으로는 스스로 두려움에 떨고 밖으로는 두려움을 불러일으키면서 그는 어두운 그늘 속을 계속 걸었다. 어둠 속에서 자신의 영혼을 더듬기도 하고 온 세상을 슬프게 만드는 베일을 통해 시선을 보내기도 하면서. 그러나 후퍼 씨는 사람들의 무리를 지날 때 그들의 창백한 얼굴을 보며 여전히 슬픈 미소를 지었다.

검은 베일의 나쁜 영향 중에도 한 가지 바람직한 사실은 그 베일이 그것을 쓴 사람을 유능한 성직자로 만든 것이었다. 그 알 수 없는 신비스러운 표상의 도움으로—이것 말고는 다른 분명한 이유가 없었다—후퍼 씨는 죄악으로 고뇌에 빠진 사람들에게 무서운 힘을 가진 존재가 된 것이다. 그가 개종시킨 사람들은 후퍼 목사가 자신들을 천국의 밝은 빛으로 인도하기 전에 검은 베일 뒤에 함께 있었노라고—물론 비유적인 말이지만—주장하면서 늘 그들만의 어떤 경외감을 가지고 후퍼 목사를 대했다. 사실 그는 베일의 어두움 때문에 모든 어두운 사랑의 감정에 공감할 수 있었던 것이다. 죽어 가는 죄인들은 큰 소리로 후퍼 씨를 불렀고, 그가 나타나기 전에는 생명을 포기하지 않으려 했다. 그러나 후퍼 씨가 위로의 말을 속삭이려고 몸을 숙일 때면 그들은 베일을 쓴 얼굴이 그처럼 가까이 다가오는 것에 부르르 몸을 떨었다. 죽음이 얼굴을 드러내는 순간에도 검은 베일의 공포는 그토록 컸던 것이다! 후퍼 씨의 얼굴을 볼 수 없었기 때문에 오직 그의 모습이라도 보려는 목적으로 여기저기 먼 곳에서 낯선 사람들이 그의 예배에 참석하기 위해 찾아왔다. 그러나 많은 사람들이 떠나기 전에 몸을 떨어야만 했다. 벨처 주지사 시절에 한번은 후퍼 목사가 선거 설교를 하도록 임명받은 적이 있었다. 그는 검은 베일을 쓴 채 주지사와 행정 위원과 의회 의원들 앞에 서서 설교를 했는데, 그들에게 아주 깊은 인상을 남겨서 그해의 법안들은 우리 조상들의 초기 통치 시절의 모든 음울함과 경건함의 특징을 지닐 정도였다.

이렇게 후퍼 씨는 외부적인 행동에 있어서는 흠잡을 데 없이, 그러나 음산한 의혹에 싸인 채 긴 세월을 보냈다. 친절하게 사랑을 베풀면서도 사랑을 받지는 못하는 두려움의 대상으로, 사람들로부터 소외되어 그들이 건강하고 행복할 때는 기피를 당하면서도 그들이 절망적인 고통에 빠져 있을 때는 도와 달라는 요청을 받으며 오랜 세월을 살아온 것이다. 세월이 흐르면서 검은 베일 위로 백발이 내리고, 이제 그의 명성이 뉴잉글랜드의 모든 교회에 널리 알려져서 사람들은 그를 후퍼 교부(敎父)라고 불렀다. 그가 교회에 취임할 때 성인이었던 교구민들은 대부분 세상을 떠났다. 그러니 그는 교회 안에 회중을 가지고 있을 뿐만 아니라 오히려 묘지에 더 많이 붐비는 회중을 거느리고 있는 셈이었다. 이처럼 만년에 이르기까지 목사로서의 의무를 훌륭히 수행한 뒤 이제 후퍼 교부가 쉴 차례가 되었다.

노목사의 임종 자리, 갓을 씌운 촛불 옆에는 몇 사람의 모습이 보였다. 그에게는 친척이 없었다. 그러나 구할 수 없는 환자의 마지막 고통을 덜어 주려 힘쓰는, 냉정해 보이지만 품위 있는 엄숙함을 지닌 의사가 있었다. 집사들과 교회의 독실한 신자들도 있었다. 그리고 죽어 가는 목사의 임종 자리에서 기도하기 위해 급히 말을 타고 온 젊고 아주 경건한 웨스트베리의 클라크 목사도 있었다. 또한 임종을 위해 고용된 하녀가 아닌 간호사도 있었는데, 그처럼 오랫동안 남몰래 고독 속에서 그리고 노령의 싸늘함 속에서 조용히 사랑을 지켜 왔고 마지막 죽는 순간까지도 그 사랑을 잃지 않은 여인은 다름 아닌 엘리자베스였다! 이제 후퍼 교부의 하얀 머리는 여전히 이마에 검은 베일을 두른 채 임종의 베개 위에 놓여 있었고, 검은 베일은 얼굴 위로 늘어뜨려져 점점 더 힘들어지는 희미한 호흡에 따라 흔들거리고 있었다. 일생 동안 그 천 조각은 그와 세상 사이에 걸쳐져 친구 간의 밝은 우애와 여자의 사랑으로부터 그를 격리했고 가장 슬픈 감옥인 자신의 가슴속에 그를 가두었다. 그의 어두운 방의 우울함을 더욱 짙게 하고 영원의 햇빛으로부터 그를 가리려고나 하는 듯이 천 조각은 여전히 그의 얼굴 위에 놓여 있었다.

얼마 전부터 그의 정신은 혼란에 빠져 과거와 현재 사이를 불안스럽게 오가며 때때로 불분명한 미래의 세계를 방황하고 있었다. 열병 같은 발작에 그는 이리저리 몸을 뒤척였고, 얼마 남지 않은 기운마저 소진해 갔다. 그러나 가장 고통스러운 발작 상태에서도, 그리고 정신이 가장 심하게 오락가락해서 모든 생각들이 정상적인 힘을 상실한 상태에서도 그는 혹시라도 검은 베일이 미끄러져 벗겨지지 않을까 몹시 신경을 썼다. 그러나 혼란에 빠진 정신이 비록 잊어버릴 수 있었을지 몰라도 그의 머리맡에는 한 충실한 여인이 있어서, 그녀가 젊은 시절의 아름다운 모습을 마지막으로 본 사람의 지금의 늙은 얼굴을 고개를 돌린 채 덮어 주었을 것이다. 마침내 죽음이 임박한 노인은 정신적으로 그리고 육체적으로 탈진된 마비 상태로 조용히 누워 있었다. 맥박이 거의 느껴지지 않았고, 숨결은 점점 더 희미해져 갔으며, 길고 깊고 불규칙한 호흡 소리만이 그의 정신이 떠나가고 있음을 예고하는 듯했다.

웨스트베리의 목사가 침대 곁으로 다가왔다.

"경애하는 후퍼 교부님, 이제 임종의 순간이 다가왔습니다. 이제 영원으로부터 시간을 차단해 가두어 버린 그 베일을 걷어 올리실 준비가 되었습니까?"

처음에 후퍼 교부는 희미한 손동작만으로 응대했다. 그러나 다음 순간 상대방이 자신의 뜻을 잘 모르지 않을까 염려되어서인지 말을 하려고 애를 썼다.

"그렇소, 내 영혼은 베일이 거둬질 때까지 이렇게 지치며 참아 온 것이오."

그는 희미한 어조로 말했다.

"그렇다면 인간이 판단할 수 있는 한 행동이나 생각에 있어서 그처럼 성스럽고 허물 없는 삶의 표본을 몸소 보여 주면서 오직 기도에 전념해 오신, 교부로서 추앙받아 오신 분께서 그처럼 순수한 삶을 욕되게 할 수도 있는 어두운 그림자를 기억에 남기고 떠나가시는 게 합당한 일이겠습니까?"

클라크 목사가 그의 말을 받아 말했다.

"경애하는 형제여, 제발 그런 일이 일어나지 않도록 해 주십시오! 교부님께서 이제 보상을 받으러 떠나시는 이 자리에 교부님의 승리의 모습을 보고 저희가 기쁨을 누리도록 허락해 주십시오. 영원의 베일이 거두어지기 전에 이 검은 베일을 교부님의 얼굴에서 벗기도록 해 주십시오!"

이렇게 말하면서 클라크 목사는 그 오랜 세월의 신비를 드러내기 위해 몸을 앞으로 구부렸다. 그러나 후퍼 교부는 지켜보고 있는 모든 사람을 경악하게 하는 갑작스러운 힘을 발휘해 갑자기 이불 밑에서 양손을 내뻗어 검은 베일 위를 꽉 누르면서 만일 웨스트베리의 목사가 죽어 가는 자신과 겨루려 든다면 끝까지 싸우겠다는 듯한 결연한 태도를 보였다.

"안 되오! 이 세상에서는 절대 안 되오!"

베일을 쓴 목사는 이렇게 소리쳤다.

"참으로 불행한 분이군요! 교부님은 지금 자신의 영혼에 무슨 끔찍한 죄를 씌워 하느님의 심판대로 향하시는 겁니까?"

클라크 목사가 놀라며 외치듯 말했다.

후퍼 교부가 숨을 헐떡거렸고, 목에서 가래 끓는 소리가 났다. 그러나 그는 온 힘을 다해 양손을 앞으로 내뻗어 삶을 붙잡고 그가 말을 마칠 때까지 계속 붙들고 있으려는 듯했다. 침대에서 몸을 일으키기까지 했다. 그가 침대에 앉아 죽음의 팔에 안겨 떨고 있는 동안, 검은 베일은 일생 동안 쌓여 온 공포를 마지막 순간에 농축해서 보여 주기라도 하듯 끔찍한 모습으로 그의 얼굴 위에 늘어뜨려져 있었다. 그러나 입가에 자주 떠돌던 희미한 슬픈 미소가 베일의 그 어둠 속으로부터 어른거리며 후퍼 교부의 입술 위에서 머뭇거리는 것 같았다.

"당신들은 왜 나만 보면 두려워서 몸을 떱니까?"

베일에 가린 얼굴로 창백해진 주위 사람들을 둘러보며 그가 외치듯 말했다.

"서로를 보고 두려움에 떠십시오! 오직 나의 검은 베일 때문에 남자들이 나를 피하고 여자들이 동정심을 보이지 않고 아이들은 소리를 지르며 달아난 겁니까? 이 천 조각을 그토록 무섭게 만든 것은 그것이 막연히 상징하는 알 수 없는 신비가 아니고 무엇입니까? 친구가 친구에게, 연인이 그가 가장 사랑하는 연인에게 속마음을 다 보여 줄 수 있을 때, 사람들이 가증스럽게 남몰래 죄를 쌓아 가며 창조주의 눈앞에서 움츠러들지 않을 수 있을 때, 그때 내가 그 밑에서 살아오고 죽어 간 이 상징물을 보고 나를 괴물이라고 생각하십시오! 지금 내 주위를 둘러보시오! 모든 사람의 얼굴에 검은 베일이 씌워져 있지 않습니까!"

그의 말을 들은 사람들이 서로 겁을 먹고 두려움에 떠는 동안, 후퍼 교부는 베개 위로 넘어져 베일을 쓴 채 입가에 희미한 미소를 띠며 이 세상을 떠났다. 사람들은 베일로 얼굴을 가린 채 그를 관에 눕혔고, 베일에 가려진 시신을 그대로 무덤으로 옮겨 갔다. 오랜 세월 동안 그 무덤 위에는 풀들이 자라났다 시들었고, 묘비에는 이끼가 자라났으며, 후퍼 씨의 얼굴은 흙으로 돌아갔다. 그러나 그 얼굴이 검은 베일 밑에서 썩어갔을 것을 생각하면 지금도 오싹해진다.

반점

지난 17세기 후반에 자연 철학의 모든 분야에 탁월한 지식을 가진 한 유명한 과학자가 살았는데, 그 사람은 우리의 이야기가 시작되기 조금 전에 어떠한 화학적 친화력보다도 끄는 힘이 더 강한 정신적 친화력을 몸소 경험한 바 있었다. 그래서 그 사람은 자신의 실험실을 조수에게 맡기고, 실험용 화로 연기에 그은 얼굴을 깨끗이 씻고, 손가락에 묻은 산성 물질의 얼룩을 모두 씻어 없애고는 한 아름다운 여인을 아내로 맞아 행복하게 산 것이다. 전기라든가 그와 유사한 다른 자연의 신비에 대한 비교적 최신의 과학적 발견들이 기적의 세계로의 새로운 길을 열어 보이는 것 같던 그 당시에는, 과학에 대한 사랑이 그 깊이나 끄는 힘에서 여자에 대한 사랑과 경쟁을 벌이는 일이 흔히 있었다. 보다 높은 차원의 이성, 상상력, 정신력, 심지어 가슴의 정서까지도 새로운 것에 대한 추구로 같은 성질의 열병을 앓았는데, 열렬한 신봉자들이 굳게 믿듯이 그러한 추구는 강력한 지력(知力)의 단계를 계속 높여 줌으로써 결국은 창조력의 비밀을 파악하고 어쩌면 새로운 세계를 스스로 창조해 낼 수도 있으리라는 믿음을 주었던 것이다. 우리는 에일머가 자연에 대한 인간의 궁극적인 통제에 그 정도의 신념을 가지고 있었는지 어땠는지 알지 못한다. 그러나 다른 어떤 열정으로도 떼어 놓을 수 없을 만큼 그는 과학적 연구에 깊이 몰두해 있었다. 아마도 젊은 아내에 대한 그의 사랑이 더 강하긴 했을 것이다. 그러나 그것은 오직 아내에 대한 사랑을 과학에 대한 사랑과 한데 엮고 과학에 대한 사랑의 힘을 자신의 힘에 결합시킬 때만 가능했을 것이다.

그래서 그러한 결합이 실제로 일어났고, 그것은 진정 주목할 만한 결과와 감명 깊은 교훈을 남겼다. 그들이 결혼한 지 얼마 안 된 어느 날, 에일머는 걱정이 담긴 표정으로 아내를 바라보며 앉아 있었다. 걱정스러운 표정이 점점 짙어지다가 이윽고 그는 말문을 열었다.

"조지아나, 당신 뺨에 있는 그 점을 없앨 수 있다는 생각을 해 본 적이 있소?"

"아뇨."

그녀는 미소를 지으며 대답했다. 그러나 남편의 진지한 태도를 보자 얼굴이 붉게 달아올랐다.

"사실을 말하자면, 사람들이 이 점이 매력이라고들 해서 그저 그런 줄만 알고 별로 신경을 안 썼어요."

"글쎄, 다른 사람의 얼굴에서는 그럴지도 모르지만, 당신 얼굴에서는 안 그렇소. 사랑하는 조지아나, 당신은 자연의 손으로 거의 완벽하게 빚어져서 그 조그만 흠이, 글쎄 그걸 흠이라고 해야 할지 아름다움이라고 해야 할지는 잘 모르겠소만, 하여튼 그것이 지상의 불완전성의 상징처럼 나에게 충격을 주는구려."

"아니, 충격을 주다니요!"

조지아나는 몹시 마음이 상했다. 처음에는 순간적인 분노로 얼굴이 달아올랐지만 이내 울음을 터뜨리고 말았다.

"그렇다면 왜 저와 결혼하셨어요! 충격을 주는 사람을 어떻게 사랑할 수 있겠어요!"

두 사람이 주고받은 이 대화를 설명하기 위해서는, 조지아나의 왼쪽 뺨 한가운데에 얼굴의 표피와 속살 깊이 새겨진 것처럼 보이는 이상한 반점이 있다는 사실을 먼저 이야기해야 할 것 같다. 연하긴 하지만 건강한 홍조를 띤 그녀의 평소 얼굴에서 그 반점은 주위의 장밋빛 홍조 때문에 분명히 드러나지는 않으며 얼굴색보다 좀 더 짙은 진홍색을 띤다. 그러나 그녀의 얼굴이 달아오르면 반점은 더 불분명해져서 마침내 뺨 전체를 환하게 물들이는 의기양양한 피의 흐름 속에서 완전히 사라져 버린다. 하지만 어떤 충동적인 변화가 얼굴을 창백하게 만들면 그 반점이 흰 눈 위의 진홍빛 얼룩처럼 다시 선명하게 나타나서 에일머는 때로 그것을 끔찍한 선명함이라고 생각했던 것이다. 반점은 아주 조그맣긴 하지만 형태가 사람 손의 형상과 매우 비슷했다. 그래서 조지아나를 사랑하는 사람들은 그녀가 태어났을 때 한 요정이 나타나 아기의 뺨에 그 조그만 손을 얹고는 모든 사람의 마음을 사로잡는 마력을 부여했다는 표시로 손 모양의 흔적을 남긴 거라고들 말했다. 조지아나 때문에 상사병을 앓은 수많은 총각들은 그 신비스러운 조그만 손에 키스할 수 있는 특권을 위해서라면 목숨이라도 바쳤을 것이다. 그러나 요정의 손 모양이 주는 인상은 그것을 보는 사람의 기분이나 기질에 따라 판이했다는 점도 아울러 밝혀야 할 것 같다. 예컨대 성격이 까다롭고 결벽한 어떤 사람들—모두 여자이긴 했지만—은 그들이 즐겨 그렇게 부르는 대로 그 '핏빛 손'이 조지아나의 아름다움을 완전히 파괴해서 그녀의 얼굴을 심지어 끔찍하게 보이게 한다고 주장하는 것이었다. 그러나 아주 순수한 대리석 조각품에도 때때로 나타나는 아주 조그만 푸른 오점이 파워스의 「이브」[1] 같은 아름다운 모습을 괴물로 바꿔 버릴 수도 있다고 말하는 것이 아마도 온당할 것이다. 남자들의 경우는 비록 그 반점이 조지아나에 대한 그들의 선망을 더 고조시키지는 않더라도, 이 세상이 흠이 전혀 없는 이상적인 아름다움의 살아 있는 표본을 보여 줄 수 있도록 그 반점이 없어지기를 바라는 정도였다. 결혼 후—그 전에는 그 문제에 대해 거의 생각해 본 적이 없으니까—에일머는 자신이 바로 그런 경우라는 것을 깨달았다.

만일 그녀가 덜 아름다웠다면—그래서 질투 자신이 조롱

1) 미국 조각가 하이럼 파워스(1805~1873)의 이브 조상(彫像).

할 다른 대상을 찾을 수 있었다면―아마도 그는 그녀의 가슴 안에서 감정의 맥박이 뛸 때마다 희미한 모습으로 보이다가 사라지기도 하고 또다시 슬그머니 나타나서 어른거리는, 그 손처럼 생긴 아름다운 모양의 반점에 애정이 고양되는 것을 느낄 수 있었을 것이다. 그러나 그 반점만 아니라면 그녀의 아름다움이 완벽할 거라고 생각했기 때문에 그는 결혼 생활을 이어 가는 순간순간 이 하나의 흠이 점점 더 견디기 어려워지는 것을 느꼈다. 그것은 자연이 어떤 형태로든 자신의 모든 창조물에 지울 수 없게 찍어서 그것들이 일시적이고 유한한 것임을 알리거나 그것들의 완전함은 오직 고통스러운 수고에 의해서만 가능한 것임을 암시하는, 낙인 같고 치명적인 흠이었던 것이다. 에일머에게 그 진홍빛 손은 인간의 유한성이 지상에서 빚은 가장 고귀하고 순수한 것들을 꼭 붙들고 그것들을 가장 저열한, 심지어 짐승 같은 비열한 것들로 타락시켜 결국 흙으로 돌아가게 만들고 마는, 피할 수 없는 인간의 한계를 상징했다. 이처럼 그 반점을 아내의 죄와 슬픔과 쇠락과 죽음에의 성향의 상징으로 인식함으로써, 에일머의 음울한 상상력은 얼마 가지 않아 그 반점을 두려움의 대상으로, 영적인 것이든 감성적인 것이든 이제 조지아나의 아름다움이 그에게 주었던 기쁨보다는 불안과 공포를 더 많이 느끼게 하는 끔찍한 것으로 만들어 버렸다.

그리하여 가장 행복한 시간이어야 할 때마다 그는 번번이, 결코 의도하지 않았는데도, 아니, 오히려 그 반대의 노력에도 불구하고, 그 불행한 생각으로 돌아오고 마는 것이었다. 처음엔 사소한 일처럼 보였지만, 여러 가지 생각과 느낌에 연결됨으로써 이제 그것은 모든 일 중에서 가장 중요한 일이 되어 버렸다. 희무끄레한 새벽빛에 눈을 뜨자마자 그는 아내의 얼굴에 시선을 보내 그 불완전의 상징을 확인했으며, 저녁에 난롯가에 함께 앉아 있을 때면 그의 눈길은 몰래 그녀의 뺨을 향해 떠돌며 난로의 불빛에 명멸하는, 그가 기꺼이 흠모했을 그 얼굴에 죽음의 운명을 써넣고 있는 그 끔찍한 손의 모습을 보는 것이었다. 조지아나도 곧 남편의 그런 눈길에 몸을 떨게 되었다. 간혹 그가 이상한 표정으로 보기만 해도 그녀 뺨의 장밋빛은 백지장처럼 창백하게 변했고, 그럴 때면 그 진홍빛 손은 새하얀 대리석에 루비로 양각을 한 조각품처럼 매우 두드러지게 드러나 보였다.

어느 날 늦은 밤 시간에, 불빛이 몹시 희미해져서 그 가련한 아내의 뺨 위의 얼룩이 잘 보이지 않게 되었을 때, 처음으로 그녀 자신이 자진해서 그 이야기를 화제에 올렸다.

"당신 생각나요? 어젯밤에 꾼 이 흉한 손에 대한 꿈. 뭐 생각나는 거 없어요?"

그녀는 미소를 지어 보이려 약간 애쓰며 물었다.

"아니, 전혀."

에일머는 깜짝 놀라며 대답했다. 그러나 곧 진짜 감정을 숨기기 위해 짐짓 태연한 어조로 덧붙여 말했다.

"하기야 꿈을 꾸었을지도 모르지. 잠들기 전에 그 손이 내 생각을 사로잡고 있었으니까."

"그러면 정말로 꿈을 꾸신 거군요?"

조지아나는 얼른 말했다. 갑자기 울음이 터져 나와 해야 할 말을 중단시켜 버리지나 않을까 두려웠기 때문이다.

"끔찍한 꿈이었죠? 당신도 잊어버릴 수 없을 거예요. 당신이 한 '이게 그녀의 심장 안에 들어 있군. 우린 이걸 꺼내야 해!'라는 말을 어떻게 잊을 수 있겠어요? 잘 생각해 보세요. 어떻게 해서든 당신이 그 꿈을 생각해 내게 하고야 말겠어요."

모든 것을 감싸는 잠이 망령들을 자신의 몽롱한 영역에 가둬 두지 못하고 밖으로 풀려나오도록 허용해서 그것들이 어쩌면 보다 더 깊은 삶의 비밀로 실제 세상의 삶을 놀라게 할 때 사람들의 마음은 비탄에 잠기게 되는 것이다. 이제 에일머는 꿈 생각이 났다. 하인인 아미나다브와 함께 아내의 반점을 제거하는 수술을 시도하는 광경을 상상해 본 것이다. 하지만 칼이 깊이 들어갈수록 손 모양의 반점도 더 깊이 가라앉아 들어가 마침내 그 조그만 손이 조지아나의 심장을 붙들고 있는 것처럼 보이는 곳까지 이르렀다. 그러나 에일머는 그것을 잘라 내거나 잡아 떼어 버리기로 무자비하게 결심했던 것이다.

그 꿈이 기억 속에서 완전한 모양을 갖추어 가자 에일머는 아내와 함께 앉아 있으면서 죄의식을 느꼈다. 진실은 때로 잠의 옷에 싸여 갇힌 우리의 마음에서 통로를 찾아 우리가 깨어 있는 동안은 무의식적인 자기기만으로 호도하는 것들에 대해 사실대로 정직하게 이야기해 주는 법이다. 지금까지 그는 어떤 생각이 마음에 얼마나 강력한 영향을 미칠 수 있는가에 대해, 그리고 마음의 평화를 얻기 위해 얼마만큼의 노력을 기울여야 하는지에 대해 잘 알지 못했다.

"에일머."

조지아나가 엄숙하게 다시 말을 꺼냈다.

"저는 이 치명적인 반점을 없애는 데 우리 둘이 바쳐야 할 대가가 어떤 것일지 잘 몰라요. 어쩌면 그것을 제거하려다가 치유 불능의 불구가 될지도 모르죠. 아니면 그 반점이 생명체처럼 깊이 뿌리를 내리고 있을지도 모르고요. 하지만 다시 묻는데, 제가 이 세상에 나오기 전에 이미 제 몸에 생긴 이 꼭 쥐고 있는 손을 펼 가능성이 조금이라도 있긴 한가요?"

"사랑하는 조지아나, 그 문제에 대해 많이 생각해 보았소."

에일머가 서둘러 말을 받았다.

"난 그걸 완전히 제거할 수 있다고 확신하고 있소."

"만일 조금이라도 가능성이 있다면 위험을 무릅쓰고라도 시도해 보도록 하세요. 위험 따위는 저에게 아무 문제도 안 돼요. 이 흉한 얼룩이 당신에게 공포와 증오의 대상이 되는 한 삶은 저에겐 기꺼이 내던져 버리고 싶은 짐에 불과한 것이니까요. 이 흉측한 손을 제거해 버리든지 제 비참한 삶을 빼앗아 가 버리든지 하세요! 당신은 과학에 깊은 지식을 갖고 계시잖아요? 세상 모든 사람들이 증인이지요. 당신은 기적처럼 위대한 일들을 이룬 분이에요. 그런 당신이 제 두 손가락 끝으로 가려 버릴 수 있는 이 조그만 얼룩 하나 없애지 못하겠어요? 당신 자신의 마음의 평화를 위해, 그리고 당신의 불쌍한 아내를 광증에서 구해 내기 위해 그런 일 하나 못 해내시겠어요?"

"아, 사랑스럽고 소중하고 고귀한 나의 아내여, 내 능력을 의

심하지 마시오."

에일머는 흥분에 들떠 어쩔 줄 모르며 소리쳤다.

"난 이 일에 대해 이미 깊이 생각했소. 당신에 버금가는 존재를 만들어 낼 능력을 가질 수 있을 정도로 말이오. 조지아나, 당신은 그 어느 때보다 더 깊숙이 나를 과학의 심장부로 인도했소. 이 귀여운 뺨을 다른 쪽 뺨과 마찬가지로 흠 없이 완전하게 만들 자신이 있소. 그리고 여보, 자연이 자신의 가장 아름다운 작품에 남긴 불완전함을 내가 바로잡았을 때, 그때 내가 느낄 승리감이 어떻겠소! 자신이 조각한 여인이 생명체로 살아났을 때 피그말리온[2]이 느꼈을 황홀감도 나의 황홀감만큼 크지는 않았을 거요."

"그러면 이제 결정 난 거예요."

조지아나가 희미한 미소를 띠며 말했다.

"그리고 에일머, 만일 그 반점이 결국 나의 심장을 피난처로 삼고 있다는 걸 알아낸다 해도 그 일을 중단하지 마세요."

남편은 진홍빛 손의 낙인이 찍히지 않은 그녀의 오른쪽 뺨에 다정하게 입을 맞추었다.

다음 날 에일머는 아내에게 자신이 세운 계획의 일정을 알려 주었다. 그는 그 일정에 따라 수술에 필요한 철저한 검토와 지속적 관찰의 기회를 가질 예정이었고, 조지아나 역시 그동안 수술의 성공에 필수인 절대적 안정을 취하기로 했다. 그들

---

2) 그리스 신화에 나오는 전설적인 조각가로, 자신이 상아로 조각한 처녀상과 사랑에 빠졌는데 아프로디테 여신에게 기도를 드려 그 처녀상이 생명체로 살아나게 했다고 한다.

은 에일머가 실험실로 사용하는 아파트를 거처로 삼아 수술이 끝날 때까지 그곳에 칩거하기로 했다. 그곳은 에일머가 연구에 몰두하던 젊은 시절 자연력에 관한 놀라운 발견들을 발표해서 유럽의 모든 학술 단체나 학회의 경탄을 자아내게 한 산실이었다. 이 창백한 철학자는 그 실험실에 조용히 앉아 가장 높은 구름층과 가장 깊은 광맥의 비밀을 조사했고, 화산 작용을 촉발하고 지속시키는 원인들을 밝혀내 만족을 얻기도 했다. 또한 어찌해서 어떤 샘들은 맑고 순수하게, 어떤 샘들은 풍부한 약효를 지닌 채 깊은 땅속으로부터 솟아오르는가 등 샘의 신비를 설명하기도 했다. 그리고 좀 더 젊은 시절에는 이곳에서 인간 체격의 신비를 연구하며 자연이 그의 최대 걸작인 인간을 창조하고 가꾸기 위해 어떤 절차를 거쳐 흙과 공기와 정신 세계로부터의 값진 영향력을 융합하는가를 밝혀 보려고 시도하기도 했다. 그러나 에일머는 그 시도를 오래전에 그만두었다. 자연의 신비를 탐구하는 모든 사람들이 조만간 부닥치게 마련인 진리, 즉 우리의 위대한 조물주가 밝은 햇빛 속에서 작업하면서 우리를 즐겁게 해 주는 듯하면서도, 자신의 비밀을 지키기 위해 몹시 신경 쓰며 밖으로 다 내보이는 척하면서도 우리에게는 오직 결과만을 보여 준다는 진리를 어쩔 수 없이 깨달았기 때문이다. 정말이지 조물주는 우리에게 망가뜨리는 것은 쉽게 허용하면서도 고치는 것은 좀처럼 허용하지 않는 것이다. 질투심 많은 특허권자처럼 이렇다 할 분명한 이유도 없이. 그러나 에일머는 반쯤 잊어버리고 있던 이 연구를 다시 시작했다. 물론 처음에 그 연구를 시도하게 한 그런 희망을 가지고는 아니었다. 그런 연구들은 생리학적 진리를 많이 포함하고 있어서 조지아나의 치료에 대한 그의 계획과 궤를 같이하기 때문이었다.

에일머가 그녀를 실험실 입구로 안내했을 때 조지아나는 한기를 느끼며 몸을 떨었다. 에일머는 그녀를 안심시키려고 짐짓 명랑한 표정으로 그녀의 얼굴을 바라보았다. 그러나 그녀의 하얀 뺨에 불붙듯 달아오른 그 반점의 강렬한 색깔에 어찌나 놀랐던지 그는 억제하지 못하고 발작처럼 몸서리를 쳤다. 그러자 아내가 기절을 했다.

"아미나다브! 아미나다브!"

에일머는 격렬하게 발을 구르며 소리쳤다.

그러자 아파트 안쪽에서 키가 작달막하지만 몸집은 큰 한 남자가 화로의 증기에 더러워진 얼굴 위로 텁수룩한 머리칼을 내려뜨린 채 나타났다. 이 사람으로 말하자면 과학자로서 에일머의 생애를 줄곧 보필해 온 하인으로, 기계를 다루는 뛰어난 재주와 원리 자체는 전혀 이해하지 못하면서도 주인의 실험의 세부 사항을 탁월한 솜씨로 실행하는, 조수 일에 아주 걸맞은 사람이었다. 막강한 힘과 텁수룩한 머리칼, 그을린 얼굴, 그리고 그를 에워싸고 있는 뭐라 표현하기 어려운 어떤 세속적 분위기로 그는 인간의 육체적 본질의 화신처럼 보였다. 반면 에일머의 가녀린 체격과 창백하고 지적인 얼굴은 그에 못지않게 에일머를 인간의 정신적 요소의 한 전형처럼 보이게 만들었다.

"아미나다브, 얼른 내실 문을 열어라. 그리고 선향을 태우도록 해라."

에일머가 말했다.

"네, 주인님."

아미나다브는 기절한 조지아나의 모습을 지켜보면서 대답했다. 그러고는 혼자 속으로 중얼거렸다.

"만일 저 여자가 내 아내라면 난 절대로 저 반점을 없애려 들지 않을 거야."

의식을 회복했을 때 조지아나는 자신이 마시는 공기에 향기가 스며 있음을 느꼈다. 그 향기의 부드러운 효능이 그녀를 죽음 같은 혼절의 상태에서 일깨운 것이다. 그녀 주변의 모습은 뭔가 마술에 씌어 있는 듯했다. 에일머는 자신이 심오한 과학적 탐구의 가장 화려한 시절을 보냈던, 연기에 찌든 더럽고 어두운 방을 아름다운 여자가 은거할 거처로서 손색이 없는 아름다운 방으로 바꾸어 놓은 것이다. 벽에는 화려한 커튼이 드리워져서 다른 종류의 장식으로는 이룰 수 없는 장려함과 우아함이 결합된 분위기를 풍기고 있었다. 커튼이 천장에서 마루로 내려오면서 그 풍요롭고 육중한 주름들이 벽의 모든 각진 부분과 직선 부분을 감추어서 마치 무한한 공간으로부터 그 장면을 가리고 있는 것 같았다. 조지아나의 눈에는 아무래도 그것이 구름 사이에 떠 있는 정자 같기만 했다. 또한 에일머는 화학 처리 과정을 방해할 수도 있는 햇빛을 차단하고 그 대신 여러 색깔의 불꽃을 피우면서도 자주색의 부드러운 불빛으로 합쳐지는 향불 램프를 설치해 놓았다. 이제 그는 아내 옆에 무릎을 꿇고 앉아 심각하게 그러나 차분히 그녀를 관찰하고 있었다. 왜냐하면 그는 자신의 과학에 대한 확실한 믿음을 가지고 있었고, 그래서 그녀 주위에 어떤 악도 그 안으로 침범할 수 없는 마술적인 원을 그려 놓을 수 있나고 느꼈기 때문이다.

"제가 지금 어디 있는 거죠? 아, 이제 생각이 나네요."

조지아나가 희미한 목소리로 말했다. 그러고는 남편의 눈으로부터 그 끔찍한 반점을 감추기 위해 손으로 뺨을 가렸다.

"여보, 두려워하지 말아요! 그렇게 나를 피하려고 하지 말아요!"

그는 소리쳤다.

"나를 믿어요, 조지아나. 이 불완전한 흠은 나에게 즐거움을 주기까지 하오. 이 점을 없애는 일이 얼마나 큰 기쁨을 줄까를 생각하면 말이오."

"오, 제발, 제발 그걸 다시 보지 말아 줘요! 당신이 경련하듯 몸서리치던 그 모습을 난 영원히 잊을 수 없을 거예요."

아내는 슬픈 목소리로 대답했다.

조지아나의 마음을 달래 주기 위해, 그리고 현실의 부담으로부터 그녀의 마음을 해방해 주기 위해 이제 에일머는 과학의 심오한 지식 중에서 그가 배운 가볍고 장난삼아 즐길 만한 비법 몇 가지를 시행해 보였다. 공기처럼 가벼운 형태들이, 형체가 없는 생각들이, 그리고 실체가 없는 미의 형상들이 그녀 앞으로 날아와 춤을 추며 빛줄기 위에 그들의 덧없는 발자취를 남겼다. 그녀는 그런 시각 현상의 이론에 대해 어렴풋이 알고 있었지만, 그 환영은 남편이 정신 세계에 대한 통제력을 가지고 있다는 믿음을 보증해 줄 만큼 거의 완벽했다. 그래서 다시 그녀가 은둔 장소에서 밖을 내다보고 싶다고 느꼈을 때, 그녀의 생각에 답이라도 하듯 즉시 외적 존재의 행렬이 스크린 위를 퍼뜩 스쳐 지나가는 것이었다. 그러나 그것은 실제 세계의 광경과 형체 들이 완벽하게 재현되어 보이긴 했지만, 항상 본래의 모양보다 훨씬 더 근사한 그림이나 이미지나 환영을 만들어 내는, 뭐라고 표현하기 어려운 마술적인 특성을 띠고 있었다. 이 놀이에 싫증이 나자 에일머는 흙이 담긴 그릇 하나를 가리키며 조지아나에게 그것을 보라고 일렀다. 처음에 그녀는 별 관심 없이 시키는 대로 그릇에 눈길을 보냈다. 그러나 흙에서 싹 하나가 솟아 나오는 것을 보고 그녀는 곧 깜짝 놀랐다. 그러더니 이어서 가는 줄기가 나오고 잎사귀가 점점 펼쳐지면서 그 한가운데에서 완벽한 모습의 아름다운 꽃 한 송이가 피어나는 것이었다.

"이건 마술이네요! 저 꽃엔 감히 손을 대지 못하겠어요."

조지아나가 소리쳤다.

"아니, 괜찮아요. 꺾어 봐요."

에일머가 대답했다.

"꺾어서 그 향기를 맘껏 들이마셔 봐요. 꽃은 곧 시들고 갈색 씨방만 남을 거요. 하지만 그처럼 덧없는 하루살이 종자도 그 씨방에서 계속 이어지는 거라오."

조지아나가 그 꽃을 만지는 순간 나무 전체가 갑자기 시들면서 잎사귀들이 불에 탄 듯 새까맣게 변했다.

"자극이 너무 강했던 모양이군."

에일머는 생각에 잠겨 말했다.

이 실험의 실패를 보상하기 위해, 그는 자신이 고안한 과학적 방법으로 그녀의 초상화를 만들어 보겠노라고 제안했다. 그것은 반들반들한 금속판에 빛의 방사선을 강력하게 쏘는 방법을 이용한 것이었다. 조지아나는 남편의 제안을 따랐다. 그러나 그 결과를 보고 소스라치게 놀랐다. 초상화의 모습은 뿌옇고 불분명한데 뺨이 있어야 할 자리에 조그만 손 모양만 나타나 있었기 때문이다. 에일머는 금속판을 얼른 낚아채서 부식제가 담긴 통 속에 던져 버렸다.

그러나 그는 이 굴욕적인 실패들을 곧 잊어버렸다. 연구와 화학적 실험을 계속하는 틈틈이 그는 상기되고 지친 모습으로 그녀에게 오곤 했으며, 그녀와 함께 있음으로써 곧 기운을 되찾는 것 같았다. 그는 자신의 과학적 기술의 자원에 대해 열심히 이야기했다. 모든 열등하고 하찮은 물질들로부터 황금의 원리를 끌어낼 수 있는 만능 용매(溶媒)를 찾아 그토록 오랜 세월을 바친 역대 연금술사들의 긴 역사에 대해 이야기하기도 했다. 에일머는 그처럼 오랜 세월 동안 추구해 온 용매를 찾아내는 일이 아주 간단한 과학적 논리에 의해 충분히 가능하다고 믿는 것 같았다.

"하지만."

그는 덧붙여 말했다.

"그 힘을 획득할 만큼 깊은 경지에 들어간 철학자는 그 힘을 구사하려고 몸을 굽히기에는 너무 높은 경지의 지혜에 도달해 있을 거요."

불로불사의 영약(靈藥)이라는 것에 대해서도 그의 의견은 마찬가지로 남다른 데가 있었다. 몇 년씩, 어쩌면 영원히 삶을 연장할 수 있는 용액을 제조해 내는 일은 자신의 선택에 달린 문제라고, 그러나 그렇게 되면 자연에 어떤 부조화가, 온 세상 사람들, 특히 그 불멸의 만병통치약을 마신 사람들이 당연히 저주할 만한 부조화가 야기될 거라고 공언하다시피 하는 것이었다.

"에일머, 당신 지금 진정으로 하는 이야기예요?"

조지아나는 놀라움과 두려움이 담긴 표정으로 그를 바라보며 물었다.

"그런 힘을 가진다는 건, 아니, 그런 힘을 가질 꿈을 꾸는 것만도 끔찍해요."

"여보, 두려워할 것 없어요."

남편이 대꾸했다.

"우리의 삶에 그런 부조화의 힘을 발휘해 당신이나 나 자신을 해롭게 할 생각은 조금도 없소. 다만 이 조그만 손을 제거하는 데 필요한 기술이 그런 힘과 비교하면 대단찮은 것이라는 걸 당신이 이해하게 하려는 것뿐이지."

반점에 대한 언급에 조지아나는 여느 때와 마찬가지로 벌겋게 단 인두가 뺨에 닿기라도 한 듯 몸을 움츠렸다.

에일머는 다시 자신의 일에 몰두했다. 화로가 있는 멀리 떨어진 방에서 아미나다브에게 지시를 내리는 에일머의 목소리와 그 지시에 대답하는, 사람의 목소리라기보다는 짐승의 신음이나 으르렁거리는 소리에 더 가까운 아미나다브의 거칠고 투박하고 듣기 흉한 말소리가 조지아나의 귀에 들려왔다. 몇 시간이 지난 후 에일머가 다시 나타나 조지아나에게 화학 약품들과 귀중한 천연 물질들이 들어 있는 자신의 진열장을 살펴보지 않겠느냐고 권했다. 에일머는 화학 약품들 중에서 조그만 약병 하나를 그녀에게 보여 주었다. 그 약병 속에는 한 왕국을 가로질러 부는 모든 바람에 스며들게 할 수 있는, 부드럽지만 매우 강한 방향 물질이 들어 있다고 그는 말했다. 그 조그만 약병에 들어 있는 내용물은 값을 매길 수 없을 만큼 귀한 것이라고 말하면서 그는 그 물질 약간을 공중에 뿌렸다. 그러자 방 안은 금방 산뜻하고 상쾌한 유쾌함으로 가득 차는 듯했다.

"이건 뭐예요?"

조지아나는 황금 색깔의 용액이 들어 있는 공 모양의 조그만 크리스털 병을 가리키며 물었다.

"보기에 하도 아름다워서 생명의 영약이 아닌가 생각되네요."

"어떤 의미에서는 그렇지. 하지만 불멸의 영약이라고 부르는 것이 더 옳을 거요."

에일머가 대답했다.

"그건 이 세상에서 지금까지 만들어진 것 중 가장 귀한 독약이오. 그 약의 도움으로 나는 당신이 손가락으로 가리키는 어떤 사람의 수명도 조절할 수가 있소. 투약의 강도에 따라 몇 년 더 버틸 것인가 혹은 호흡 도중에 갑자기 죽을 것인가가 결정되니 말이오. 아무리 잘 호위받는 옥좌 위의 왕이라도, 내가 만일 이 실험실에서 수백만 백성의 복지를 위해 그의 목숨을 빼앗는 것이 정당화될 수 있다고 생각하면 그 왕은 생명을 부지할 수가 없게 되는 거지."

"그런 끔찍한 약을 왜 갖고 계시는 거예요?"

조지아나가 공포에 질려 물었다.

"여보, 나를 그렇게 의심하지 말아요."

남편은 웃으며 대답했다.

"그 약은 해로운 효과보다는 이로운 효험이 훨씬 더 크다오. 봐요! 여기 강력한 화장수도 있는데, 물병에 이걸 한두 방울만 섞으면 주근깨 같은 것은 손을 씻듯이 쉽게 지워져 버린다오. 강도를 좀 더 높여 주입하면 뺨에서 피를 제거해 장밋빛 아름다움을 창백한 유령의 모습으로 바꿔 버릴 수도 있지."

"그럼 이 화장수로 제 뺨을 적시려는 건가요?"

조지아나가 걱정스러운 표정으로 물었다.

"아, 아니오."

남편이 서둘러 대답했다.

"이건 초보적인 것에 지나지 않아요. 당신의 경우는 좀 더 본격적인 치료법이 필요하지."

조지아나와 이야기를 나누면서 에일머는 그녀의 감각 상태, 방의 밀폐 상태와 공기의 온도가 적절한가 등 일반적 사항에 관한 세부적인 질문을 했다. 그 질문들은 어떤 특정한 방향을 따르고 있는 듯해서, 조지아나는 자신이 향기로운 공기나 음식을 통해 이미 육체적으로 어떤 영향을 받고 있다고 추측하기 시작했다. 또한 자신의 신체적 체계를 휘젓는 어떤 변화가 일어나고 있다고, 뭔가 분명치 않은 이상한 감각이 혈관을 타고 흘러 들어와 반쯤은 고통스럽게, 반쯤은 쾌감을 주며 그녀의 심장을 따끔거리게 하고 있다고 상상하기도 했다. 그것은 완전히 환상이었는지도 모를 일이었다. 그러나 그녀가 감히 거울 속을 들여다볼 때마다 거기에는 여전히 흰 장미처럼 창백한 자신의 모습과 뺨에 찍힌 진홍빛 반점이 있었다. 이제는 에일머도 그 반점을 그녀 자신처럼 증오하지 않았다.

남편이 실험실에서 배합과 분석의 과정에 바치는 긴 시간 동안 조지아나는 지루함을 쫓기 위해 남편의 과학 서적들을 뒤적였다. 수많은 칙칙한 고서들 속에서 그녀는 로맨스와 시가 가득 담긴 부분들을 우연히 발견하기도 했다. 그것들은 알베르투스 마그누스, 코넬리우스 아그리파, 파라셀수스, 그리고 예언하는 놋쇠 머리를 만들어 낸 그 유명한 수도사[3] 같은 중세 철학자들의 작품이었다. 이 고대 철학자들은 모두 시대에 앞서 있었지만 뭔가를 쉽게 믿는 경향을 지녀서, 사람들은 그들이 자연에 대한 탐구로부터 자연을 초월하는 힘을, 그리고 물질 세계로부터 정신적 세계에 대한 통제력을 얻은 것으로 믿었고, 그들 또한 그렇게 생각한 것 같았다. 영국 왕립 과학원의 초기 보고서들에도 그에 못지않은 호기심과 상상력이 담겨 있었는데, 과학원 회원들은 그 보고서에 자연의 가능성의 한계를 거의 의식하지 않고 경이적인 발견이나 실험 결과를 계속 기록하거나 그런 것을 가능하게 하는 방법들을 제시

---

3) 영국의 과학자이자 연금술사이자 신학자인 로저 베이컨(1214~1294)을 가리킨다. 베이컨은 신묘한 예언을 하는 놋쇠 머리를 만들었다고 전해진다.

하고 있었다.

그러나 조지아나의 관심을 가장 끄는 것은 남편이 손수 쓴 큰 2절판 책이었다. 그는 거기에 자신이 시행한 모든 실험들의 본래 목표, 실험 진행을 위해 채택한 방법들, 실험의 성공과 실패, 그리고 성공과 실패의 원인이 된 여러 상황들을 모두 기록해 놓았다. 사실 그 책은 열정적이고 야심 차고 상상력 넘치는, 그러면서도 현실적이고 근면으로 이루어진 그의 삶의 역사이자 상징이었다. 그는 자연 세계의 세부 사항들을 그 이상의 것이 전혀 존재하지 않는 것처럼 그 자체만으로 다루면서도 그 모든 사항들에 정신적 의미를 부여하고 무한의 세계를 향한 강하고 진지한 열망을 지님으로써 물질주의로부터 자신을 구해 낼 수 있었다. 그의 손아귀 안에서는 한 덩이 흙도 영혼을 지니게 되는 것이었다. 그 책을 읽으면서 조지아나는 그 어느 때보다 에일머에 대해 깊은 존경과 사랑을 느꼈지만, 그의 판단에 대해서는 이전처럼 전적으로 의존할 수 없을 것 같았다. 그가 이룩한 일은 많았지만, 그의 가장 화려한 성공이라는 것들은 그가 내세운 이상적인 목표와 비교해 보면 거의 예외 없이 실패작이라고 느끼지 않을 수 없었기 때문이다. 예컨대 그의 가장 화려한 다이아몬드라는 것은 그의 팔이 닿지 않는 곳에 숨겨져 있는 고귀한 보석들과 비교해 보면 자갈에 지나지 않았고, 그 자신도 그렇게 느끼고 있었던 것이다. 또한 저자에게 명성을 가져다준 여러 업적들을 풍부하게 담고 있는 그 책도 사실 인간이 쓴 가장 우울한 기록일 뿐이었다. 그 책은 정신이 육체의 짐을 지고 물질 속에서 일해야 하는 복합적인 상황에 처한 인간의 약점에 대한, 그리고 속세적인 것에 비참하게 좌절당하는 고아한 본성을 신랄하게 비판하는 절망감에 대한 슬픈 고백이자 끊임없는 예증인 셈이었다. 어떤 분야에서든 천재성을 지닌 모든 사람들은 아마도 에일머의 기록에서 자신의 경험과 유사한 이미지를 확인할 수 있을 것이다.

이런 생각들이 조지아나에게 깊은 감명을 주어서 그녀는 그 열린 책장에 얼굴을 묻고 울음을 터뜨렸다. 바로 그런 상황에서 남편이 돌아왔다.

"마술사의 책만 읽는 건 위험해요."

남편이 말했다.

"이걸 읽고 어느 때보다 더 당신을 존경하게 됐어요."

"아니, 이번 일이 성공할 때까지 기다려요. 그때 가서 존경하고 싶으면 하구려. 그땐 나 자신도 존경받을 만하다고 생각하게 될지 모르지. 그건 그렇고, 당신의 아름다운 목소리를 듣고 싶었소. 자, 나에게 노래를 좀 불러 주구려."

그래서 조지아나는 그의 정신의 갈증을 해소해 주기 위해 맑은 목소리로 음악의 물을 쏟아 냈다. 노래가 끝나자 그는 어린애처럼 아주 즐거운 기분이 되어 자리를 뜨면서 이제 조금만 더 참으면 된다고, 결과는 이미 확실하다고 그녀를 안심시켰다. 그가 떠나자마자 조지아나는 그를 따라가고 싶은 강한 충동을 느꼈다. 두세 시간 전부터 그녀의 주의를 자극하는 어떤 증상을 에일머에게 알리려다가 잊어버린 것이다. 그것은 반점에서 느껴지는 이상한 감각이었는데, 고통스러운 것은 아니지만 몸 전체에 어떤 불안감을 일으키고 있었다. 황급히 남편 뒤를 쫓아가다가 그녀는 처음으로 실험실 안으로 들어섰다.

맨 처음 그녀의 눈길을 강하게 끈 것은 강렬한 불빛을 발하며 격렬하게 작동하고 있는 화로였다. 위쪽에 검댕이 잔뜩 끼어서 그것은 아주 오랜 세월 동안 그렇게 계속 타오르고 있는 것처럼 보였다. 증류 장치가 완전 가동 중이었고 방 주위에는 증류기, 시험관, 실린더, 도가니, 그리고 다른 화학 실험 기구들이 널려 있었으며, 전기 기구도 곧 사용할 상태로 준비되어 있었다. 방 안의 공기가 답답하게 밀폐된 것처럼 느껴졌고 여러 실험 과정에서 발생한 가스 냄새 같은 것으로 오염되어 있었다. 자신이 묵고 있는 내실의 환상적이고 우아한 분위기에 익숙해진 조지아나에게 벽도 바르지 않고 바닥도 벽돌을 깐 그 방의 수수하고 조야한 단순함은 이상하게 보였다. 그러나 그녀의 관심을 가장 끈 것은, 아니, 그녀가 거의 유일하게 관심을 가진 것은 에일머 자신의 모습이었다.

그는 시체처럼 창백해진 얼굴로 걱정스럽게, 온 정신을 기울여 화로를 지켜보고 있었다. 마치 화로가 증류해 내고 있는 액체가 영원한 행복의 액체가 될지 불행의 액체가 될지가 그의 철저한 감시 여하에 달려 있다는 듯이. 조지아나의 기운을 돋워 주기 위해 취했던 그 쾌활하고 즐거운 태도와는 얼마나 다른지!

"자, 조심스럽게, 아미나다브, 조심스럽게. 흙으로 빚은 인간 기계 아미나다브여."

에일머는 조수에게라기보다는 자기 자신에게 혼잣말처럼

중얼댔다.

"자, 이제 생각이 너무 많이 담겨도, 너무 적게 담겨도 모든 것이 끝장이다."

"오호! 보세요, 주인님! 저길 보세요!"

아미나다브가 중얼거렸다.

에일머는 얼른 시선을 들어 올렸다. 조지아나를 보자 처음에는 그의 얼굴이 벌게지더니 이윽고 백지장처럼 창백해졌다. 그는 조지아나에게 우르르 달려와 손가락 자국이 날 만큼 그녀의 팔을 세게 움켜쥐었다.

"여길 왜 왔소? 남편을 그렇게 못 믿는단 말이오?"

그는 격렬하게 소리쳤다.

"그 치명적인 반점의 어두운 그늘을 나의 작업에 씌우려는 거요? 이건 아주 잘못하는 짓이오. 돌아가시오! 몰래 엿보다니! 어서 돌아가시오!"

"아니, 에일머."

조지아나는 천성으로 타고난 차분한 태도로 대꾸했다.

"불평할 사람은 당신이 아니에요. 당신은 당신의 아내를 불신하고 있어요. 당신은 이 실험의 진행을 불안스럽게 지켜보면서도 그걸 숨겨 왔어요. 여보, 나를 그처럼 하찮게 생각하지 말아요. 우리가 각오해야 할 모든 위험에 대해 저에게 이야기해 주세요. 제가 물러설까 봐 두려워하지 마시고요. 그 위험에서 제 몫은 당신 몫보다 훨씬 적으니까요."

"아니오, 조지아나! 그렇지 않아요."

에일머가 초조하게 말했다.

"전 각오가 되어 있어요."

그녀는 침착하게 말을 받았다.

"에일머, 당신이 저에게 가져오는 것이면 저는 뭐든지 마실 거예요. 당신이 주는 것이면 독약이라도 마시겠다는 신념에서 그렇게 할 거예요."

"당신은 정말 훌륭하오."

에일머는 깊은 감동을 느끼며 말했다.

"지금까지 난 당신의 그 높고 깊은 성품을 잘 알지 못했소. 이제 아무것도 숨기지 않으리다. 사실 이 진홍빛 손은 보기엔 대단치 않은 것 같지만 내가 생각했던 것보다 훨씬 더 강한 힘으로 당신의 몸을 움켜쥐고 있소. 그래서 당신의 육체적 체계 전체를 바꾸는 일만 제외하고 무슨 작용이라도 일으킬 수 있을 정도의 강력한 약제를 이미 투여했다오. 이제 시험해 볼 것이 딱 하나 남아 있소. 만일 그게 실패하면 우린 끝장이오."

"왜 그런 이야기를 저한테 하는 걸 주저하셨어요?"

조지아나가 물었다.

"그건, 위험이 따르기 때문이었소, 조지아나."

에일머가 낮은 목소리로 대답했다.

"위험이라고요? 딱 하나의 위험이 있을 뿐이지요. 이 끔찍한 낙인이 제 뺨에 계속 남아 있을 위험 말이에요!"

조지아나가 소리쳤다.

"그 대가가 무엇이든 간에 제발, 제발 이 낙인을 없애 주세요! 그러지 않으면 우리 둘 다 미치고 말 거예요!"

"그래요, 구구절절 다 옳은 말이오."

에일머는 슬픈 어조로 말했다.

"자, 이제 내실로 돌아가요, 조지아나. 조금만 있으면 모든 시험이 다 끝난다오."

그는 조지아나를 내실로 인도한 후 엄숙하면서도 부드러운 표정으로 그녀와 다시 작별했다. 그 표정은 이제 그 일의 성패에 얼마나 많은 것이 걸려 있는가를 몇 마디 말보다 훨씬 더 잘 전하는 것이었다. 그가 떠난 후 조지아나는 깊은 생각에 잠겼다. 그녀는 에일머의 성격에 대해 곰곰 생각해 보면서 어느 때보다 그의 성격을 더 정당하게 평가하고 있었다. 그의 고아한 사랑을 생각하며 한편으로는 가슴이 떨리면서도 다른 한편으로는 희열을 느꼈다. 그의 사랑은 완벽함에 이르지 못한 어떤 것도 받아들이지 않고 자신이 꿈꾸었던 것보다 더 세속적인 것에 결코 초라하게 만족하지 않을 만큼 높고 순수한 것이었다. 그녀는 그러한 사랑의 감정이 그녀를 위해 불완전한 것을 그대로 참고 완전한 이상을 현실의 수준으로 격하함으로써 성스러운 사랑을 배반하는 죄를 범하는 하찮은 사랑의 감정보다 훨씬 더 고귀한 것이라고 느꼈다. 자신이 단 한순간이라도 그의 그러한 높고 깊은 사랑의 감정을 충족해 줄 수 있기를 온 정신을 모아 기도드렸다. 그런 충족의 상태가 한순간 이상 더 오래 지속될 수 없으리라는 것을 그녀는 잘 알고 있었다. 왜냐하면 그의 정신은 계속 앞으로 나아가고 계속 위로 오름으로써 매 순간 이전의 상태를 넘어서는 어떤 것을 요구하고 있었기 때문이다.

남편의 발소리에 그녀는 명상에서 깨어났다. 그는 물처럼 투명한, 그러나 불멸의 생수에 어울릴 만큼 맑고 밝은 액체가 담긴 크리스털 잔을 들고 있었다. 에일머의 얼굴은 창백했다. 그러나 그 창백함은 두려움이나 의심에서 온 것이기보다는 고도로 빚어진 마음과 정신의 긴장 상태에서 비롯된 것 같았다.

"이 용액은 완벽하게 제조되었소."

조지아나의 눈길에 대한 답으로 그는 이렇게 말했다.

"나의 모든 과학이 나를 배반하지 않는다면 이 약은 실패할 수가 없소."

"사랑하는 에일머, 당신 때문만 아니면 전 다른 방법보다 필멸의 운명 자체를 받아들여 이 필멸의 반점을 없애 버리고 싶어요. 지금의 저처럼 어중간한 정신적 성숙 단계에 이른 사람에게 삶이란 슬픈 소유물에 지나지 않아요. 차라리 제가 더 약하거나 더 맹목적이라면 삶은 행복일 수 있겠죠. 제가 더 강하다면 삶을 희망적으로 견뎌 낼 수 있을 거고요. 하지만 지금 저의 상태를 보면 죽기에 가장 알맞은 것 같아요."

"당신은 죽음을 맛볼 필요가 없는 천국에나 어울리는 사람이오!"

그녀의 남편이 대답했다.

"그런데 왜 우리가 죽음 이야기를 하고 있지? 이 약은 결코 실패할 리 없어요. 이 식물에 미치는 효과를 봐요."

창문 앞 오목한 공간에 병이 들어 잎사귀 전체에 누런 얼룩이 퍼진 제라늄 화분 하나가 놓여 있었는데, 에일머는 그 제라늄이 자라고 있는 흙 위에 그 용액을 약간 부었다. 잠시 후 그 식물의 뿌리가 용액의 수분을 흡수하자 보기 흉하던 누런 얼룩들이 다 없어지고 싱싱한 초록색으로 되살아나는 것이었다.

"증명해 보일 필요 없어요."

조지아나가 침착하게 말했다.

"그 잔을 주세요. 당신에게 기꺼이 모든 걸 맡기겠어요."

"자, 그럼 마셔요. 당신은 정말 훌륭하오!"

에일머는 진정으로 감탄하며 외치듯 말했다.

"당신의 정신에는 불완전한 흠이 전혀 없어요. 그리고 이제 당신의 육체도 완전해질 거요."

그녀는 약을 단숨에 마시고 남편의 손에 잔을 돌려주었다.

"기분이 아주 좋군요."

그녀는 차분한 미소를 띠며 말했다.

"천국의 샘에서 떠 온 물 같아요. 알 수 없는 역하지 않은 향기와 상큼한 맛이 담겨 있군요. 오랫동안 목 타게 했던 뜨거운 갈증을 가라앉혀 주네요. 여보, 이제 잠 좀 자야겠어요. 해질 녘에 꽃잎들이 장미꽃 한가운데로 오므라지듯이 육체적인 감각들이 제 정신 위로 오므라져 덮이는 것 같아요."

그녀는 발음하는 것도 힘겨운 듯 힘들게 마지막 몇 마디를 희미하게 우물거리며 간신히 말했다. 그 몇 마디 말이 그녀의 입술 속에서 우물우물 사라져 가자마자 그녀는 잠에 빠져들었다. 에일머는 아내 옆에 앉아서, 자기 삶의 모든 가치가 지금 진행 중인 시험의 과정에 달려 있는 사람이 당연히 느낄 절박한 심정으로 그녀의 모습을 지켜보았다. 그러나 그 감정에는 과학자 특유의 철학적 탐구 정신이 섞여 있었다. 그래서 아주 미세한 증상까지 놓치지 않고 관찰했다. 고조되는 뺨의 홍조, 약간 불규칙적인 호흡, 눈꺼풀의 경련, 몸 전체의 미세한 떨림, 이런 자세한 내용을 그는 그 순간이 지날 때마다 그의 2절판 책에 기록했다. 책의 페이지마다 이미 깊은 생각의 표적이 잘 나타나 있었지만, 오랜 세월에 걸친 그의 모든 생각은 바로 이 마지막 페이지에 집중되었다.

관찰과 기록을 계속하면서도 그는 이따금 그 치명적인 반점을 응시하며 몸을 떨었다. 한번은 뭐라고 설명할 수 없는 이상한 충동으로 그 반점에 입술을 갖다 댔다. 그러나 바로 그의 정신이 그 행동에 움찔하고 뒤로 물러났다. 그러자 조지아나는 깊은 잠 속에서도 불편한 듯 몸을 뒤척이며 항의하듯 뭐라고 중얼거렸다. 에일머는 다시 관찰을 계속했다. 그리고 그 관찰은 보람이 있었다. 처음에는 대리석처럼 창백한 조지아나의 뺨에서 그 진홍빛 손이 진하게 보였지만, 이제 그 윤곽이 점점 더 흐려지고 있었던 것이다. 그녀의 얼굴은 여전히 창백했다. 그러나 반점은 호흡이 계속될 때마다 이전의 분명한 모습을 점점 잃어 가고 있었다. 뺨 위의 반점은 끔찍했지만 반점이 사라져 가는 모습은 더욱 끔찍했다. 무지개의 흔적이 하늘에서 사라져 가는 것을 지켜본 사람은 그 신비스러운 상징물이 어떻게 사라져 없어지는지 알 것이다.

"아! 거의 사라졌구나!"

에일머는 억누르기 어려운 희열을 느끼며 혼잣말을 했다.

"이제 그 모습을 추적하기가 거의 불가능하군. 성공이다! 성공이야! 이제 아주 연한 장밋빛 같구나. 뺨이 조금만이라도 홍조를 띠면 완전히 감춰지겠군. 하지만 얼굴이 왜 저리 창백하지?"

그는 창문 커튼을 열어젖히고 낮의 밝은 빛이 방 안으로 들어와 그녀의 뺨에 머물도록 했다. 바로 그 순간 천박하고 거친 웃음소리가 들려왔다. 하인인 아미나다브가 즐거움을 표할 때 터뜨리는, 그가 오랫동안 익히 알고 있는 웃음소리였다.

"아, 저 흙덩이! 온통 흙으로 빚어진 인간! 그래, 너도 참 수고가 많았다! 물질과 정신이, 땅과 하늘이 이 일에 다 한몫을 한 거지. 감각 덩어리 아미나다브야, 그래, 웃어라! 충분히 웃을 권리가 있지."

에일머 자신도 열정에 들떠 웃어 대며 소리쳤다.

이 소란스러운 소리가 조지아나의 잠을 깨웠다. 그녀는 천천히 눈을 뜨고는 남편이 보라고 들고 있는 거울 속을 찬찬히 들여다보았다. 한때 파멸의 붉은빛으로 타오르며 그들의 모든 행복을 겁주어 쫓아 버렸던 진홍빛 손이 거의 보이지 않게 된 것을 확인했을 때, 그녀의 입술 위로 희미한 미소가 스쳐 갔다. 그러나 그녀의 눈은 에일머가 도저히 설명할 수 없는 불안과 고통스러움을 띠고 그를 찾고 있었다.

"아, 불쌍한 에일머!"

그녀가 중얼거렸다.

"불쌍하다고? 아니, 이제 나는 가장 행복하고 가장 부유한 행운아가 되지 않았소? 비길 데 없는 나의 신부여! 성공했다고! 이제 당신은 완전해진 거요!"

그가 소리쳤다.

“아, 불쌍한 에일머.”

그녀는 인간의 부드러움 이상의 것이 담긴 어조로 반복해서 말했다.

“당신의 목표는 높았고, 당신은 그 목표를 훌륭히 이루었어요. 그러니 그런 고아하고 순수한 감정으로, 이 땅이 당신에게 제공할 수 있는 최상의 것을 거부했다고 해서 결코 후회하지 마세요. 에일머, 사랑하는 에일머, 난 지금 죽어 가고 있어요!”

오호라, 그건 사실이었다! 그 숙명적인 진홍빛 손은 삶의 신비를 풀어 보려고 몸부림쳤고, 결국 천사의 정신과 인간의 육체를 하나로 묶는 결속의 역할을 한 것이다. 인간의 불완전함의 상징인 그 반점의 마지막 진홍빛이 그녀의 뺨에서 사라졌을 때, 이제 완전해진 그 여자의 마지막 숨결도 공기 속으로 사라져 갔다. 그녀의 영혼은 남편 곁에서 잠깐 머뭇거리다가 하늘을 향해 날아갔다.

그때 껄껄대는 거친 웃음소리가 다시 들려왔다! 완전히 성숙하지 못한 이 희미한 인간 세계에서 보다 높은 상태의 완전함을 요구하는 불멸의 요소는 이 거친 지상의 숙명에 번번이 패배하고, 거친 지상의 숙명은 저렇게 승리의 웃음을 터뜨리는 것이다. 하지만 에일머가 좀 더 깊은 지혜에 도달했다면 지상의 삶과 천상의 삶을 같은 천으로 얽어 짤 수 있었을 그 행복을 그렇게 내던져 버릴 필요가 없었을 것이다. 이 덧없는 환경은 그에겐 너무 힘겨웠다. 그래서 그는 시간의 그늘진 부분 너머를 보지 못했고, 오직 영원 속에서만 삶으로써 현재 속에서 완전한 미래를 보아 내는 일에 실패한 것이다.

천국행 철도[1)]

얼마 전 나는 꿈의 대문을 지나 그 유명한 '파멸의 도시'가 있는 지역을 방문한 적이 있다. 일부 시민들의 공공심에 의해 사람들로 북적대고 번창하는 이 도시와 '천국의 도시' 사이에 최근 철도가 개설되었다는 소식은 무척 흥미로웠다. 시간 여유도 있고 해서, 나는 자유로운 호기심을 충족하기 위해 '천국의 도시'로의 기차 여행을 시도해 보기로 마음먹었다. 그래서 어느 쾌청한 날 아침 호텔 숙박비를 지불하고 벨보이에게 뒤쪽에 짐을 싣게 한 후, 승합 마차를 타고 기차역으로 향했다.

---

1) 이 작품은 19세기의 미국과 영국 독자들에게 매우 친숙했던 존 버니언의 『천로역정(Pilgrim's Progress)』의 플롯을 거의 그대로 모방해서 당시의 종교적·사회적 세태를 풍자한 글로, 작품에 나오는 대부분의 인명과 지명이 『천로역정』의 그것과 일치한다.

운 좋게도 '수월하게 하기' 씨라는 신사와 동행을 하게 되었는데, 그 양반으로 말하자면 이 도시 태생으로 '천국의 도시'에 직접 가 보진 않았지만 그곳의 법률, 관습, 정책 및 여러 가지 통계 자료들을 '파멸의 도시'의 그것들 못지않게 잘 알고 있었다. 더구나 그는 철도 회사의 이사인 데다 그 회사의 주식을 가장 많이 소유한 주주 중 한 사람이어서, 그 훌륭한 사업에 필요한 모든 정보를 나에게 제공해 줄 수 있는 위치였다.

우리가 탄 승합 마차는 덜컹거리며 도시를 벗어났고, 교외를 조금 지나서 보기엔 우아하지만 무거운 중량을 지탱하기에는 너무 약해 보이는 다리 하나를 건넜다. 다리 양쪽으로는 수렁이 길게 뻗쳐 있었는데, 지상의 모든 하수구가 오염 물질을 그곳에 쏟아부었다 해도 그처럼 보기 흉하고 더러운 냄새가 나지는 않을 것 같았다.

"이게 그 유명한 '절망의 구렁텅이'입니다."

'수월하게 하기' 씨가 말했다.

"인근 지역의 치욕이지요. 단단한 땅으로 쉽게 바꿀 수도 있는데 이 모양이니 더 치욕적입니다."

"아주 먼 태곳적부터 그런 노력을 해 온 것으로 아는데요."

내가 대꾸했다.

"마차 2만 대분 이상의 건전한 교훈을 이곳에 쏟아부었는데도 아무런 효과가 없었다고 버니언이 이야기하고 있지 않습니까."

"당연히 그럴 만하지요! 그런 실속 없는 것으로부터 어떤 효과를 기대할 수 있겠습니까?"

'수월하게 하기' 씨가 큰 소리로 말했다.

"이 편안한 다리를 보십시오. 우리는 수렁에 도덕에 관한 책들, 프랑스 철학과 독일 합리주의에 관한 책들, 종교 책자, 설교문, 현대 성직자들의 글, 플라톤, 공자, 여러 힌두 현인의 발췌문들, 그리고 성서에 대한 기발한 논평들을 쏟아부어 다리에 충분한 기초를 다졌는데, 그 모든 재료들이 어떤 과학적 과정을 거쳐 화강암 덩어리 같은 것으로 바뀌었지요. 이 수렁 전체가 그 비슷한 물질들로 채워질 수 있을 겁니다."

하지만 그 다리는 아주 위태롭게 흔들리고 오르내리는 것처럼 느껴져서, 다리의 기초가 튼튼하다는 '수월하게 하기' 씨의 증언에도 불구하고 사람들이 꽉 들어찬 승합 마차를 타고, 더욱이 모든 승객이 그 신사나 나처럼 무거운 짐을 싣고 가는 상태에서 그 다리를 건너는 것이 마음 내키지 않았다. 그러나 어쨌든 우리는 사고 없이 다리를 건너서 곧 기차역에 도착했다. 깨끗하고 널찍한 역사는 조그만 '쪽문'이 있던 자리에 세워져 있었는데, 옛날의 순례자들은 모두 기억하겠지만 그 쪽문은 예전엔 큰길 바로 건너편에 있었고 그 불편한 좁음 때문에 자유로운 마음의 여행자들이나 배가 뚱뚱한 여행자들에게 큰 장애가 되었다. 존 버니언의 글을 읽은 사람들은 모든 순례자에게 신비한 두루마리를 나눠 주던 그 '기독교인'의 옛 친구인 '복음 선교자'가 이제 매표소 일을 맡아보고 있다는 사실을 알면 반가워할 것이다. 그러나 악의적인 몇몇 사람들은 이 점잖은 사람이 옛날의 그 '복음 선교자'와 같은 사람이 아니라고 주장하면서, 심지어 그것이 사기라는 확실한 증거를 댈 수 있을 것처럼 행동하기도 했다. 나는 그 논쟁에 끼어들 생각은 없고, 다만 내 경험에 비추어 보건대 지금 승객들에게 나눠 주는 사각의 두꺼운 종잇조각이 옛날의 그 양피지 두루마리보다 여행하는 데 훨씬 더 편리하고 유용하다는 말만 하겠다. 이 종잇조각들이 '천국의 도시'의 대문에서 아무 일 없이 잘 받아들여질지에 대해서는 나의 의견을 말하고 싶지 않다.

기차역에는 이미 많은 승객들이 도착해서 기차가 출발하기를 기다리고 있었다. 그 사람들의 모습과 행동을 보건대 천국 순례에 대한 이곳 주민들의 감정이 매우 호의적으로 바뀌었음을 쉽게 알 수 있었다. 버니언이 이 모습을 보았다면 아주 기분 좋아했을 것이다. 온 시민의 야유를 들으며 등에 무거운 짐을 잔뜩 지고 슬픔에 잠겨 터덜터덜 걸어가던 남루한 차림의 그 외로운 '기독교인' 대신 이제 인근의 부유하고 점잖은 상류 계층 사람들이 무리를 지어 마치 그 순례가 여름날의 소풍이나 되듯 즐거운 기분으로 '천국의 도시'를 향하고 있는 것이었다. 순례자들 중에는 훌륭한 명사들, 치안 판사, 정치가, 재벌 들이 포함되어 있어서 그들보다 못한 하류 계층 형제들에게 종교를 강력히 권장하는 표본 역할을 하는 셈이었다. 여성 칸에서 '천국의 도시'의 가장 높은 사교계를 장식하기에 아주 적절한, 이 도시 사교계의 꽃이라 할 만한 여인들의 모습을 볼 수 있는 것도 큰 즐거움이었다. 종교가 가장 핵심적인 문제임은 의심의 여지가 없었지만, 그들은 종교 문제를 품위 있게 잠시 뒷전으로 미뤄 놓고 그날의 새로운 소식과 사업, 정치, 또는 가벼운 오락에 관한 이야기를 화제 삼아 즐거운 대화를 나누고 있었다. 그러나 이교도들은 이 대화에서 그들의 감성에 충격을 줄 만한 아무런 내용도 들을 수 없었을 것이다.

이런 새로운 순례 방법의 아주 편한 점 하나를 잊지 말고 이야기해야겠다. 그것은 우리의 무거운 짐을 옛날의 관습처럼 어깨에 메는 대신 화물칸 안에 편안히 보관했다가 여행이 끝나면 각자 돌려받게 되어 있다는 점이다. 자애로운 독자라면 기꺼워할 또 하나의 좋은 점이 있다. 기억하다시피 빌제법 왕자[2]와 '쪽문' 관리인은 오래전부터 불화 상태여서 정직한 순례자들이 쪽문을 두드릴 때면 왕자의 추종자들이 으레 그들을 향해 치명적인 화살을 쏘아 댔다. 그런데 이러한 분쟁이 위에서 언급한 유명한 군주인 빌제법 왕자와 철도 회사의 훌륭한 이사들의 공로로 상호 타협의 원칙하에 평화롭게 조정된 것이다. 이제는 왕자의 부하들 상당수가 역사 주변에 고용되어 화물 관리라든가 연료 운반이라든가 기관차의 연료 공급이라든가 하는 일에 종사하고 있었다. 사실대로 말하거니와, 어떤 철도 회사에서도 그들만큼 열심히 일하고, 여행객들의 편의를 기꺼이 도모해 주려 하고, 전체적으로 여행객들에게 그토록 상냥하게 대하는 직원들을 찾아보기는 쉽지 않을 것이다. 그리고 선량한 마음을 가진 사람이라면 누구나 그처럼 오래된 어려움을 그토록 만족스럽게 조정한 사실에 대해 기쁨을 느끼지 않을 수 없을 것이다.

"'큰 도량' 씨[3]는 어디 있죠?"

---

2) 악마를 가리킨다.

내가 물었다.

"철도 회사 이사분들이 그 유명한 전사를 틀림없이 주 기관사로 고용했을 텐데 말입니다."

"아닙니다. 그게 그렇게 되지 않았어요."

'수월하게 하기' 씨는 마른기침을 하며 대답했다.

"그 양반한테 제동수 자리를 부탁했죠. 하지만 사실 말이지 '큰 도량' 씨는 늙어 가면서 굉장히 딱딱하고 편협해졌어요. 그 양반은 주로 순례자들을 길 너머로 도보 안내를 해 왔기 때문에 다른 방법으로 여행하는 것은 죄악이라고 생각하고 있지요. 게다가 빌제법 왕자와의 그 오랜 불화 상태에서 전혀 벗어나지 않고 왕자의 부하들과 계속 주먹다짐을 하거나 욕지거리를 주고받으려 해서 우리를 새로운 분쟁에 휘말리게 했어요. 결국 '큰 도량' 씨가 발끈해서 '천국의 도시'로 떠나 버리고 우리 마음대로 더 적절하고 협조적인 사람을 선택하게 되었을 때 우리는 별로 유감스럽게 생각하지 않았습니다. 저기 기관사가 오는군요. 아마 금방 알아볼 수 있는 사람일 겁니다."

바로 그 순간 기관차가 객차들 앞에 자리를 잡았는데, 고백건대 그 모습은 우리를 '천국의 도시'로 매끈하게 안내할 찬양할 만한 고안품이라기보다는 우리를 지옥으로 휘몰아 갈 악마의 기계에 훨씬 더 가까워 보였다. 기관차 꼭대기에 한 사람

---

3) 『천로역정』에서 '큰 도량' 씨는 '천국의 도시'로 여행하는 '기독교인'의 아내를 인도하고 보호한다.

이 연기와 불길에 거의 감싸인 채 앉아 있었다. 그런데 그 연기와 불길은 ── 독자들을 놀라게 하려는 게 아니다 ── 기관차의 놋쇠로 된 복부에서만이 아니라 그 사람 자신의 입과 배로부터 쏟아져 나오는 것 같았다.

"아니, 제가 뭔가를 잘못 본 겁니까?"

나는 놀라서 소리를 질렀다.

"도대체 이게 뭔가요? 살아 있는 생명체입니까? 만일 그렇다면 바로 저 사람이 기관차의 형제로군요!"

"허, 허, 꽤나 둔하십니다!"

'수월하게 하기' 씨는 맘껏 웃으면서 말했다.

"'기독교인'이 '굴욕의 계곡'에서 격렬한 싸움을 벌였던, '기독교인'의 옛 적인 아폴리온을 모르신단 말입니까? 기관차를 운전하는 사람이 바로 그 아폴리온입니다. 우리가 중재해서 그로 하여금 순례의 관습을 따르게 하고 그를 주 기관사로 고용했지요."

"거참 잘했습니다!"

나는 억누를 수 없는 열정을 느끼며 외쳤다.

"이 시대의 관대함을 잘 보여 주는 일이로군요. 모든 케케묵은 편견들이 차츰 없어져 갈 가능성을 잘 보여 주는 거지요. 옛날 일의 이런 행복한 변신 소식을 들으면 '기독교인'이 얼마나 기뻐하겠습니까! '천국의 도시'에 도착하면 그에게 이 소식을 알리는 큰 기쁨을 누려야겠습니다."

승객들이 모두 편안히 자리를 잡자 기차는 곧 덜커덩거리며 즐겁게 달려갔다. 기차는 불과 10분 만에 '기독교인'이 터덕터덕 걸어서 아마도 하루가 걸렸을 거리보다 더 멀리 달렸다. 우리는 마치 번개의 꼬리 같은 열차를 따라 눈길을 주다가 먼지를 뒤집어쓴 채 걸어오는 두 명의 도보 여행자를 보았다. 옛날 순례자의 옷차림에 조가비를 두른 모자를 쓰고, 지팡이를 들고,[4] 손에는 신비스러운 양피지 두루마리를 쥐고 어깨에는 견디기 힘들 만큼 무거워 보이는 짐을 진 그들의 모습을 재미있게 구경했다. 발전한 현대 문명을 거부한 채 신음하고 넘어지면서도 힘든 흙길을 걷기를 고수하는 그 정직한 사람들의 어리석기 짝이 없는 고집이 보다 현명한 우리 형제들에게 큰 웃음거리를 제공하는 것이었다. 그래서 우리는 악의 없는 조롱과 폭소로 두 순례자에게 인사를 대신했다. 그러자 그들은 매우 슬픈, 그리고 어울리지 않게 매우 동정하는 얼굴로 우리를 빤히 바라보았는데, 그 모습에 우리는 더욱더 재미있어하며 법석을 떨었다. 아폴리온도 우리의 놀이에 열심히 끼어들어 기관차의 연기와 화염을 순례자들의 얼굴에 내뿜는 장난질을 하면서 그들을 뜨거운 수증기로 감싸 버리는 것이었다. 약간 심한 이 장난들은 우리를 무척 즐겁게 했고, 순례자들에게는 의심의 여지 없이 스스로를 순교자로 생각하게 하는 만족감을 주었을 것이다.

'수월하게 하기' 씨는 철로에서 약간 떨어진 곳에 서 있는 커다란 옛날 건물을 가리켰다. 그 건물은 오래된 여인숙으로,

---

4) 순례자들은 전통적으로 조가비를 두른 모자를 쓰고 나무 지팡이를 들고 다녔다.

옛날에는 순례자들이 묵어 가던 유명한 곳이라고 했다. 버니언의 도로 안내서에는 그 건물이 '해설자의 집'으로 언급되어 있다.

"오래전부터 저 옛날 건물을 방문해 보고 싶은 호기심을 가지고 있었습니다."

내가 말했다.

"보시다시피 그곳엔 정거장이 없습니다."

나의 여행 친구가 말을 받았다.

"주인이 철도 회사 측에 강력하게 반대했어요. 당연히 그럴 만했지요. 철로가 그 집을 한쪽으로 비껴가서 점잖은 손님들이 다 발길을 끊을 게 뻔했으니까요. 하지만 아직도 길이 그 집 앞을 지나고 있어서 늙은 주인은 이따금 일반 여행객을 손님으로 받고 자신처럼 옛날 식의 음식을 손님들에게 대접하고 있지요."

이 화제에 대한 우리의 이야기가 채 끝나기 전에 우리는 옛날에 '기독교인'이 십자가를 보고 어깨에서 짐을 떨어뜨렸던 곳을 획 지나갔다. 그러자 '수월하게 하기' 씨, '세상 위해 살기' 씨, '가슴속에 죄 감추기' 씨, '더러운 양심' 씨, 그리고 '후회 안 하기' 시에서 온 한 무리의 사람들이 화제를 바꾸어 우리의 짐을 이처럼 안전하게 보관할 수 있는 것의 엄청난 이점에 대해 이야기를 나누었다. 나 그리고 다른 모든 승객들도 그들의 말에 전적으로 동감을 표했다. 왜냐하면 우리의 짐 속에는 세상에서 값지다고 할 만한 갖가지 물건이 잔뜩 들어 있었고, 특히 모두들 '천국의 도시'의 점잖은 사교계에서도 결코 유행에 뒤지지 않으리라 생각되는 다양한 옷들을 그 속에 가지고 있었기 때문이다. 그런 갖가지 값진 물건들이 바위 아래 무덤으로 굴러떨어지는 것을 본다면 그건 정말 가슴 아픈 광경이었을 것이다. 과거의 순례자들 그리고 오늘날에도 좁은 소견을 가진 순례자들의 처지와 비교해 볼 때 우리는 얼마나 편하고 순조롭게 여행을 하고 있는가에 대해 즐겁게 이야기를 나누는 동안, 우리는 어느새 '난관의 언덕' 기슭에 이르러 있었다. 그 바위산의 한가운데로 터널이 뚫려 있었는데, 그 터널은 높은 아치와 넓은 복선 철로를 갖춘 아주 훌륭한 건조물이어서, 흙이나 바위가 무너져 내리지만 않는다면 시공자의 기술과 업적의 영원한 기념비로 남을 만했다. '난관의 언덕' 한가운데서 파낸 흙과 돌들로 '굴욕의 골짜기'를 메운 것은 부수적으로 얻은 것이긴 하지만 대단한 이득이었다. 그렇게 해서 기분 나쁘고 몸에 해로운 그 분지로 내려가야 하는 수고를 덜어 주었기 때문이다.

"정말 대단한 발전이군요."

내가 말했다.

"하지만 '아름다운 궁전'[5]을 방문해서 그곳에서 순례자들을 친절하게 맞아 주는 '신중' 양, '경건' 양, '자애' 양 등 아름다운 젊은 아가씨들을 만나 볼 수 있는 기회가 없어 아쉽습니다."

---

5) 『천로역정』에서 순례자들이 휴식과 음식을 취하기 위해 멈춘, '난관의 언덕' 위에 있는 집.

"젊은 아가씨들이라고요!"

'수월하게 하기' 씨는 이 말을 듣고 한참 웃다가 가까스로 웃음을 멈추며 큰 소리로 말했다.

"그리고 아름다운 아가씨들이라고요! 이제 말입니다, 모두 늙은 노처녀가 되어 버렸어요. 새침하고 딱딱하고 메마르고 앙상하게 말입니다. 한마디 더 하자면 '기독교인'의 그 순례 시절 이후로 지금까지 그들 중 아무도 가운 모양 하나 바꾸지 않았답니다."

"아, 그렇게 됐나요. 그렇다면 만나 보지 않아도 괜찮습니다."

나는 적이 위안을 느끼며 대답했다.

아폴리온은 자신이 불운하게 '기독교인'과 조우했던 그 장소와 연관된 불쾌한 기억을 떨구어 버리기라도 하듯, 이제 기관차를 전속력으로 몰아가고 있었다. 버니언 씨의 안내서를 참고하면서 나는 우리가 '죽음의 그늘 계곡' 아주 가까이에 접근하고 있는 것을 알 수 있었는데, 그 속도라면 그 침울한 곳으로 너무 빨리 빠져들어 가고 있는 게 아닌가 하는 느낌이 들었다. 사실 나는 한쪽으로는 시궁창 그리고 다른 한쪽으로는 수렁 사이를 빠져나가야 할 것으로 각오하고 있었다. 그러나 나의 그런 걱정을 '수월하게 하기' 씨에게 이야기하자, 그는 이 지역을 통과하기가 어렵다는 이야기들—아무리 최악의 상태라 하더라도—은 무척 과장되어 있다고, 그리고 지금의 개선된 상태에서는 기독교 국가의 어느 철도를 탈 때에 못지않게 안전하다고 생각해도 좋다고 안심을 시키는 것이었다.

우리가 이야기를 나누는 동안에도 기차는 그 두려움의 계곡 속으로 계속 쏜살같이 빠져들고 있었다. 계곡에 건조된 두둥 길 위로 기차가 마구 내달릴 때 내 가슴은 어리석게도 줄곧 두근거렸지만, 그렇다고 두덩 길 건조의 과감하고 독창적인 발상과 그것을 실현한 정교함에 대한 찬사를 유보한다는 건 온당치 않은 일이었다. 또한 그 계곡의 영원한 음울함을 걷어 내고 한 줄기 햇빛도 스며들지 않는, 밝은 햇빛이 완전히 차단된 그 계곡의 어둠을 벌충하기 위해 얼마나 많은 노력을 기울였는가를 눈여겨보는 것은 참으로 흐뭇한 일이었다. 이 목적을 위해 땅에서 풍부하게 스며 나오는 가연성 가스를 파이프에 모아, 계곡을 통과하는 철로 전체에 설치한 네 줄의 램프로 보내고 있는 것이었다. 그리하여 심지어 그 계곡 위에 영원히 내려앉아 있는 유황 불길의 저주로부터도 어떤 광휘가 피어오르는 것 같았다. 그러나 그 광휘는 눈에 해로웠고, 승객들의 얼굴에 일어나는 변화로 보건대 뭔가 사람을 당혹스럽게 하는 것이 있었다. 그리고 이런 점에 비추어 그 광휘를 자연의 햇빛과 비교해 보면, 거기에는 진실과 허위를 비교해 볼 때와 같은 차이가 있었다. 하지만 만약 독자들이 그 '어둠의 계곡'을 여행해 본 적이 있다면, 하늘 위에서가 아니라 메마른 땅 밑으로부터라도 어떤 불빛을 볼 수만 있으면 그것만으로도 고마움을 느낄 수 있었을 것이다. 이 램프들의 붉은 광휘는 매우 밝아서 마치 램프들이 철로 양쪽에 불의 벽을 세운 듯했고, 우리는 그 사이로 번갯불처럼 내달리면서 천둥 같은 소리로 온 계곡을 메아리치게 했다. 만일 기관차가 선로를 벗어난다면—충분히 일어날 수 있는 재앙이라고들 수군댔다—그

끝없는 지옥의 나락이(정말 그런 곳이 있다면) 틀림없이 우리를 몽땅 삼켜 버렸을 것이다. 이런 무시무시하고 엉뚱한 생각에 내 마음이 떨리고 있을 때, 천 명이나 되는 악마들이 한꺼번에 내지르는 것 같은 엄청난 고함 소리가 계곡을 따라 퍼져 나갔다. 그러나 그 소리는 다음 정거장에 도착한다는 것을 알리는 기관차의 기적 소리에 지나지 않는 것으로 드러났다.

우리가 잠시 멈춰 선 곳은 우리의 친구 버니언—진실하긴 하지만 다분히 환상적인 생각에 젖어 있는—이 나라도 그렇게 쓰고 싶지 않은 평범한 표현으로 '지옥의 입구'라고 이름 지은 곳이었다. 그러나 '수월하게 하기' 씨의 말을 따르면 그건 잘못된 것이 틀림없었다. 연기가 솟고 무시무시한 붉은빛이 도는 동굴에 우리가 멈춰 있는 동안 '수월하게 하기' 씨는 지옥을 가리키는 '토펫'이라는 곳은 비유적으로도 존재하지 않는 곳이라고 분명히 말했다. 그러고는 이곳은 반쯤 죽은 화산의 분화구에 지나지 않는 곳으로 철로용 철을 제조하기 위해 철도 회사의 이사들이 이곳에 괴철로를 건조하게 한 거라고 우리에게 확신시키는 것이었다. 또한 이곳에서는 기관차에 필요한 연료를 충분히 구할 수 있다고 했다. 이따금 칙칙한 불길의 검은 혀가 널름대는 넓은 동굴 입구의 으스스한 어둠을 들여다본 사람들, 연기가 안으로 휘감겨 들어간 듯한 이상한 모양의 괴물 같은 형상과 끔찍스럽게 기괴한 얼굴들의 환영을 지켜본 사람들, 그리고 무시무시한 중얼거림과 비명 같은 소리, 때때로 알아들을 수 있는 말처럼 들리는 거센 바람의 깊게 떨리는 속삭임을 들어본 사람들, 그런 사람들은 누구나 마치 우리 모두가 그랬듯이 '수월하게 하기' 씨의 설명에 매달려 위로를 얻고 싶었을 것이다. 더욱이 이 동굴의 주민들은 연기에 그을린 칙칙하고 보기 흉한 얼굴과 뒤틀린 다리에 대체로 불구의 모습을 하고 있었으며, 그들의 눈에는 마치 그들의 가슴에 불이 붙어 위쪽 창문으로 불길이 스며 나오듯이 어두운 붉은색의 광채가 담겨 있었다. 괴철로에서 일하는 일꾼들과 기관차에 연료를 공급하는 인부들이 짧은 숨을 내쉴 때 그들의 입과 콧구멍에서 실제로 연기가 나오는 괴상한 모습은 나에게 강한 인상을 남겼다.

기차 주변에서 빈둥거리며 대부분 분화구의 불길에 불을 붙인 여송연을 피우고 있는 사람들 가운데 분명 '천국의 도시'로 이미 기차 여행을 떠났다고 알고 있는 사람들이 끼어 있는 것을 보고 나는 어리둥절했다. 그들은 정말이지 이곳의 원주민들과 묘하게 닮아서 어둡고 조야하고 연기에 그을린 것처럼 보였다. 또한 원주민들처럼 악의적인 조롱과 조소를 즐기는 기분 나쁜 버릇이 있었는데, 그런 버릇이 그들의 얼굴에 뒤틀린 표정을 굳혀 놓고 있었다. 그들 중 한 사람으로 별로 쓸모가 없는 게으름뱅이인 '만사 태평'이라는 사람과는 서로 이야기를 하고 지내는 사이여서, 나는 그를 불러 여기서 무얼 하고 있느냐고 물어보았다.

"'천국의 도시'로 떠나지 않으셨던가요?"

내가 물었다.

"그랬었죠."

'만사 태평' 씨는 조심성 없이 내 눈으로 담배 연기를 내뿜으며 대답했다.

"하지만 듣자 하니 영 좋지 않은 이야기뿐이어서 그 도시가 있다는 높은 언덕을 아예 오르지 않았죠. 할 일도 없고, 재미있는 일도 없고, 마실 것도 없고, 담배도 못 피우게 하고, 아침부터 밤까지 교회 음악만 연주한다지 뭡니까! 숙식을 무료로 제공한다 해도 그런 곳에서는 살 수가 없지요."

"하지만 '만사 태평' 선생, 다른 곳을 다 놔두고 왜 하필이면 이곳에 자리를 잡으셨습니까?"

"아, 그건 우선 이곳은 무척 따뜻하고, 옛날 친구들도 많이 만날 수 있고, 전체적으로 나에게 잘 맞아서지요."

그 게으름뱅이는 히쭉 웃으며 대답했다.

"다시 돌아와 여기서 만나길 바랍니다. 여행 잘 다녀오십시오!"

그가 말하는 동안 기관차의 종이 울렸고, 몇몇 승객만 내리고 새 승객은 전혀 오르지 않은 채 우리는 계속 내달렸다. 계곡 사이로 덜커덩거리며 돌진해 가는 동안, 강렬하게 비치는 가스 램프의 불빛 때문에 전처럼 눈이 부셨다. 그러나 때때로 강렬한 불빛 뒤쪽의 어둠 속에서 각자의 죄와 사악한 열정의 표정을 띤 음험한 얼굴들이 우리를 노려보면서, 불빛 베일을 통해 그 모습을 드러내면서 마치 우리의 진로를 방해하려는 듯 커다란 검은 손을 내뻗고 있는 것 같았다. 그 모습들은 나를 오싹하게 만드는 나 자신의 죄의 모습처럼 느껴졌다. 물론 이런 생각이나 느낌은 스스로 부끄럽게 생각해야 할 망상에 지나지 않고 상상의 변덕스러운 장난 이상의 아무것도 아닌 게 분명했다. 그럼에도 '어둠의 계곡'을 통과하는 동안 나는 같은 종류의 백일몽으로 고통과 괴로움과 슬픈 당혹감을 줄곧 느껴야 했다. 아마도 그 지역의 악취를 풍기는 여러 가지 가스들이 뇌를 마비시킨 탓이었을 것이다. 그러나 자연의 여명이 램프의 등불과 경쟁을 벌이기 시작하면서 이런 망상 같은 것들은 점점 생기를 잃어 갔고, '죽음의 그늘 계곡'으로부터의 우리의 도피를 환영하는 첫 햇살이 비치자 완전히 사라져 버렸다. 1마일을 채 못 가서 나는 그 음울했던 '어둠의 계곡'의 여행이 한낱 꿈에 지나지 않는 것이었다고 단언할 수 있을 것 같았다.

계곡 끝에는 존 버니언이 말한 대로 동굴이 하나 있는데, 버니언의 시대에는 두 잔혹한 거인인 '교황'과 '이교도'가 그곳에 살면서 동굴 주변의 땅에 학살당한 순례자들의 뼈를 잔뜩 뿌려 놓았다고 했다. 이 고약한 두 늙은 은자(隱者)는 이제 없어졌지만, 그들이 떠난 동굴에 다른 끔찍한 거인이 비집고 들어와 정직한 여행객들을 붙잡아서 연기와 안개와 달빛과 생감자와 톱밥으로 된 푸짐한 음식으로 그들을 살찌우는 일을 하고 있었다. 그는 독일 태생으로, 이름은 '초절주의자 거인'이라고 했다. 그러나 그의 형체나 얼굴 모습이나 실체나 일반적인 본성에 대해 말하자면, 그가 자신에 대해, 또는 다른 사람들이 그에 대해 도무지 묘사할 수 없다는 것, 바로 이것이 이 거인 악당의 가장 중요한 특징이라고 했다. 동굴 입구를 지나 돌진해 갈 때, 우리는 뭐랄까, 균형이 잘 잡히지 않은 사람 모습 같기도 하고 그보다는 무슨 안개나 땅거미에 더 가까워 보이는 그의 모습을 흘낏 바라보았다. 우리를 보더니 그는 무슨 뜻인지 알 수 없는, 우리를 격려하는 것인지 겁주는 것인지조차 알 수 없는 이상한 말로 뭐라고 소리를 질렀다.

기차가 천둥치는 소리를 내며 옛 '허영의 도시'로 들어선 것은 오후 늦은 시간이었다. 그곳에서는 '허영의 시장'이 아직도 한창으로, 이 세상의 빛나고 화려하고 황홀한 모든 것의 축도를 전시하고 있었다. 나는 이곳에서 상당 기간을 머무를 예정이었기 때문에, 옛날에 이곳 주민들로 하여금 '기독교인'의 박해와 '독신자'의 순교 같은 매우 잘못된 조치를 취하지 않을 수 없게 했던, 순례자들과 이곳 주민들 사이의 불화가 이제 사라졌다는 사실을 알고 무척 기뻤다. 새 철도가 개통되면서 오히려 이제는 교역이 활발히 이루어지고 사람들이 끊임없이 밀려들어서 '허영의 시장'의 영주 자신이 철도를 가장 애용하는 후원자가 되었고, 철도 회사의 가장 큰 주주 가운데에는 그 도시의 자본가들이 많이 끼어 있었다. 많은 승객들이 '천국의 도시'로 계속 여행하는 대신 즐거운 시간을 보내려고 혹은 '허영의 시장'에서 이득을 보려고 이곳에 멈추는 것이 보통이었다. 사실 이 도시의 매력은 대단해서, 사람들은 이따금 이 도시가 진정한 그리고 유일한 천국이라고 단언하면서 다른 천국은 없다고, 이제 천국을 찾는 사람들은 몽상가일 뿐이라고, 그리고 전설 같은 '천국의 도시'의 밝은 빛이 '허영의 도시' 문 밖에서 1마일밖에 떨어져 있지 않다 해도 그들은 그곳을 찾아갈 바보들이 아니라고 강력하게 주장하는 것이었다. 아마도 지나치게 과장되었을 이런 찬사에 동의하는 것은 아니지만,

솔직히 말해서 이 도시는 살기에 기분 좋은 곳이었고 이곳 주민들과의 어울림은 즐겁고 유익했다.

나는 근본적으로 진지한 기질을 타고난 편이어서 이곳을 찾는 대부분의 방문객들의 주요 목적인 말초적인 즐거움보다는 이곳에 거주함으로써 얻을 수 있는 보다 실속 있는 이득에 더 관심이 쏠려 있었다. 버니언 시대 이후 이 도시에 관한 기록을 본 적이 없는 기독교도 독자들은 이 도시의 거의 모든 거리마다 교회가 들어서고 '허영의 시장'보다 성직자들이 더 존경받는 곳이 없다는 사실을 알면 놀랄 것이다. 사실 그들은 그런 높은 평가와 존경을 받을 만했다. 왜냐하면 그들의 입에서 나오는 지혜와 미덕에 관한 금언들은 옛날의 현명한 철학자들의 경우처럼 깊은 정신적 원천으로부터 나온 것이고 우리를 높은 종교적 목표로 향하게 했기 때문이다. 이 높은 칭송을 정당화하기 위해서는 몇몇 목사들, 즉 '얕은 깊음' 목사, '진리에 걸려 비트적거리기' 목사, 아주 훌륭한 노목사로서 곧 그의 설교단을 '내일 저것' 목사에게 물려주기로 되어 있는 '오늘 이것' 목사, 또한 '당황' 목사와 '정신 막기' 목사, 마지막으로 가장 위대한 목사인 '교리 바람' 박사, 이들의 이름을 언급하는 것으로 족할 것이다. 이 탁월한 성직자들의 노고는 수많은 순회 연사들의 도움을 받았다. 이 연사들은 인간계와 천계의 모든 과학적 주제에 관해 아주 넓고 깊은 지식을 공급해 주었기 때문에, 누구라도 글 읽기를 배우는 수고조차 할 필요 없이 종합생산적인 학식을 얻을 수 있었던 것이다. 그리하여 문학은 인간의 음성을 매체로 택함으로써 영성화(靈性化)

되고, 지식은 모든 무거운 성분들을 침전시키며—물론 그것의 금 성분은 제외하고—소리로 발산되어 그 소리가 곧 사람들의 항상 열려 있는 귓속으로 스며드는 것이었다. 그리고 이런 기발한 방법들은 일종의 기계 장치처럼 되어서, 그런 장치에 의해 누구든지 아무런 불편을 겪지 않고 수월하게 생각도 하고 연구도 할 수 있게 된 것이다. 또한 개인 도덕의 대량생산을 위한 다른 종류의 기계 장치도 있었다. 이런 놀랄 만한 결과는 온갖 도덕적 목적을 위해 설립된 여러 단체들에 의해 이룩된 것인데, 사람들은 이런 단체들과 관련을 맺고, 말하자면 자기에게 할당된 몫의 미덕만을 공동 주식에 투자하면 되는 것이었다. 그러면 단체의 장(長)과 이사 들이 그렇게 모인 총자산의 관리를 맡아 잘 활용했다. 이러한 발전들, 그리고 윤리·종교·문학 분야에서의 다른 놀랄 만한 진보에 대해 재간 있는 '수월하게 하기' 씨는 아주 이해하기 쉽게 설명해 주었고, 그 결과 나는 '허영의 시장'에 대한 깊은 경탄의 염을 금할 수 없게 되었다.

소책자들이 넘쳐나는 이 시대에, 인간의 사업과 쾌락의 이 위대한 수도에서 내가 관찰한 모든 것을 기록하려고 한다면 아마도 책 한 권은 충분히 채우고도 남을 것이다. 이곳은 사회 각계각층의 사람들, 예를 들면 왕자·회장·시인·장군·예술가·배우·박애주의자 같은 각계의 권력자들, 현자들, 재기 넘치는 사람들, 명사들을 고루 갖추고 있었는데, 이들은 모두 '허영의 시장'에서 그들 나름의 시장을 형성하고 있었고, 자기들의 마음에 드는 상품에 대해서는 어떤 가격도 터무니없다고 생각하는 일이 없었다. 물건을 사거나 팔 생각이 없다 하더라도, 시장 여기저기를 거닐면서 그곳에서 이루어지는 여러 가지 다양한 거래를 지켜보는 것은 아주 흥미롭고 보람 있는 일이었다.

내 생각에 어떤 구매자들은 거래를 매우 잘못하는 것 같았다. 예컨대 아주 많은 재산을 물려받은 한 젊은이는 재산의 상당 부분을 병(病)들을 구입하는 데 사용하고 무거운 후회와 넝마 한 벌의 대가로 나머지 돈을 다 써 버리는 것이었다. 한 아름다운 아가씨는 수정처럼 맑고 그녀의 가장 귀한 자산처럼 보이는 그녀의 가슴을 같은 수정이긴 하지만 전혀 가치가 없어 보일 만큼 낡고 파손된 다른 보석과 맞바꾸기도 했다. 또 어느 상점에서는 잔뜩 쌓여 있는 월계관을 군인들과 작가들, 정치가들, 또 다른 다양한 계층의 사람들이 서로 먼저 사려고 떼밀며 아우성을 치기도 했다. 어떤 사람들은 그 하찮은 화관을 목숨을 바쳐 사고, 또 어떤 사람들은 수년에 걸친 고된 노예 생활을 대가로 치러 구입하고, 많은 사람들은 가장 값진 것을 다 희생하고도 결국은 구하지 못한 채 도망치듯 슬금슬금 사라져 버리는 것이었다. 그곳에서는 '양심'이라는 이름의 일종의 증권이랄까 증서랄까 하는 것으로 거의 모든 물건을 살 수가 있어서 많은 사람이 그것을 필요로 하는 것 같았다. 실제로 이 특정 증권에 많은 금액을 지불하지 않고 귀한 상품들을 구입하는 건 거의 불가능했다. 그리고 비축한 '양심' 증권을 정확히 언제 어떤 방식으로 시장에 투입하는지 알지 못하면 사업에서 이득을 보기가 어려웠다. 그러나 이 증권만이 영원한 가치를 지니는 유일한 것이기에 이 증권이 다 떨어진 사람은 결국 손해를 볼 수밖에 없었다. 이곳에서 볼 수 있는 투기나 거래들 중에는 문제가 될 만한 성질의 것들이 꽤 있었다. 때때로 국회의원이 선거구민을 팔아서 자신의 호주머니를 보충하기도 했고, 공직자들이 가끔 아주 저렴한 가격으로 나라를 파는 것 같기도 했다. 많은 사람들은 일시적인 기분을 위해 그들의 행복을 팔았다. 또 도금한 목걸이의 수요가 아주 많아서 어떤 희생을 치르고라도 그것을 구입하려고들 했다. 정말이지 옛날의 격언대로, 노래 한 가락 듣기 위해 값진 것을 전부 다 팔려고 하는 사람들은 '허영의 시장' 어디에서나 거래 상대를 찾을 수 있었다. 또한 장자 상속권을 팔아 그것들을 사려고 마음먹은 사람들을 위해 그곳에는 뜨끈뜨끈한 팥죽이 무수히 널려 있었다.[6] 그러나 '허영의 시장'에서 몇몇 상품은 진짜를 찾을 수 없었다. 만일 고객이 젊음의 자산을 갱신하기를 바랄 경우 상인은 의치 한 벌이나 적갈색 가발을 내놓고, 마음의 평화를 요구할 경우 아편이나 브랜디를 권하는 것이었다.

'천국의 도시'에 있는 광활한 땅과 훌륭한 저택이 가끔 아주 불리한 조건으로 '허영의 시장'의 조그맣고 음침하고 불편한 셋집의 이삼 년 임대와 교환 거래될 때도 있었다. 빌제법 왕자 자신이 이런 종류의 거래에서 큰 이익을 챙겼고, 때때로

---

6) 에서는 장자 상속권을 팥죽 한 그릇과 바꾸어 동생 야곱에게 넘겨주었다(창세기 25장 27절~34절).

생색을 내며 더 사소한 거래에도 끼어들었다. 한번은 운 좋게도 그가 어느 수전노와 영혼을 가지고 거래하는 것을 보았는데, 서로 머리를 써 가며 한참을 실랑이한 끝에 결국 빌제법 왕자가 6펜스 정도의 값으로 그 수전노의 영혼을 구입하는 데 성공했다. 그러나 왕자는 미소를 띤 채 그 거래에서는 자기가 손해를 보았다고 말하는 것이었다.

여러 날 '허영의 도시'의 이 거리 저 거리를 걸어다니는 동안 나의 태도와 거동은 그곳 주민들의 그것과 점점 더 닮아 갔다. 그곳이 고향처럼 느껴지기 시작했고, '천국의 도시'로 여행을 계속해야 한다는 생각은 머리에서 거의 잊혀 가고 있었다. 그러다가 우리가 여행을 시작할 무렵 아폴리온이 그들의 얼굴에 연기와 수증기를 덮어씌워서 모두가 즐겁게 웃었던 검소한 차림의 두 순례자의 모습을 보고서야 천국행 여행 생각이 되살아났다. 상인들이 그들에게 자줏빛의 고운 아마천과 보석들을 사라고 권하고, 재치와 유머가 풍부한 사람들이 그들을 놀려 대고, 아름다운 두 아가씨가 그들에게 곁눈질로 추파를 던지고, 자애로운 '수월하게 하기' 씨가 그들에게 바싹 다가가 지혜로운 말들을 속삭이는 '허영의 시장'의 북새통 한가운데에 그들은 서 있었다. 그러나 그 훌륭한 바보들은 '허영의 시장'의 모든 상거래와 쾌락에 참여하기를 완강히 거부하는 것만으로도 그 모습을 황량하고 기괴해 보이게 만드는 것이었다.

그들 중의 한 사람—이름이 '옳은 일 고수하기'였다—이 실용적인 그 두 사람에 대해 내가 어쩔 수 없이 느끼면서 나 자신도 몹시 놀라워한 공감이랄까 존경이랄까 하는 감정을 아마도 내 얼굴에서 읽어 낸 것 같았다. 그가 나에게 말을 걸어 왔다.

"저, 선생께서는 자신을 순례자라고 부릅니까?"

그는 슬픈 어조, 그러나 온화하고 친절한 목소리로 물었다.

"그렇습니다."

나는 대답했다.

"당연히 그렇게 불릴 만한 권리가 있다고 생각하죠. 새 철도를 이용해 '천국의 도시'로 가는 길에 이곳 '허영의 시장'에 잠시 묵고 있을 따름입니다."

"아하, 친구여."

'옳은 일 고수하기' 씨가 말을 받았다.

"그 모든 생각은 한낱 물거품 같은 것일 따름이라고 분명히 말씀드리고 싶습니다. 제발 제 말의 진실을 믿어 주십시오. 수천 년을 살면서 평생 동안 그 여행을 계속하실 수는 있겠지요. 그러나 결코 이 '허영의 시장' 밖으로 나가지는 못할 것입니다! 그렇습니다. 선생께서 '축복받은 도시'의 문에 들어섰다고 스스로 생각하시더라도 그것은 가련한 상상에 지나지 않는 것입니다."

"'천국의 도시'의 주인께서는 이 철도 법인 조직의 법안 인준을 거부하셨고 또 영원히 거부하실 겁니다."

이름이 '천국 향해 걷기' 씨인 다른 순례자가 거들며 말했다.

"그 인준을 얻지 못하면 어떤 승객도 그의 영역에 들어가기를 바랄 수 없습니다. 따라서 기차표를 산 모든 사람들은 자신의 영혼 값이라고 할 수 있는 그 구입 대금을 잃은 것으로 생각해야 할 겁니다."

"허어, 말도 안 되는 소리!"

'수월하게 하기' 씨가 내 팔을 붙잡고 그들로부터 나를 떼어 놓으며 말했다.

"저 친구들은 명예 훼손 죄로 고발해야 할 사람들입니다. '허영의 시장' 옛날 법에 따르면 감옥의 쇠창살 사이로 이를 드러내고 있는 저 친구들의 모습을 볼 수 있을 텐데 말입니다."

이 사건은 내 마음에 상당히 강한 인상을 남겨서, 물론 다른 여건의 작용도 없지 않았지만 나로 하여금 '허영의 도시'에서 영원히 살기를 꺼리게 하는 데 적지 않은 기여를 했다. 그렇다고 해서 기차로 안락하고 편리하게 여행하려는 본래의 계획을 포기할 만큼 나의 생각이 단순한 것은 물론 아니었다. 그럼에도 이곳을 떠나고 싶은 생각이 점점 강해져 갔다. 이곳에 머무는 동안 나에게 불안감을 느끼게 하는 이상한 사실이 하나 있었다. 그것은 '허영의 시장'의 일상적인 여러 가지 일이나 놀이 들 그 어느 것 못지않게 흔히 경험할 수 있는 것으로, 연회나 극장이나 교회에서, 또는 부와 명예를 위한 거래를 하다가, 아니면 무슨 일을 하든 상관없이, 또한 아무리 시기적으로 적절치 않아 보일 때에도, 갑자기 사람이 마치 비누 거품처럼 사라져 버리고 다시는 사람들 앞에 모습을 보이지 않는 것이었다. 사람들도 그런 작은 사건들에 매우 익숙해져서 마치 아무 일도 일어나지 않은 것처럼 차분히 그들의 일을 계속할 따름이었다.

그렇게 '허영의 시장'에서 한참을 머무른 후 드디어 나는 '수월하게 하기' 씨와 여전히 옆자리를 함께하며 '천국의 도시'로의 여행을 계속했다. '허영의 도시'의 교외를 지나 얼마 가시 않아서 우리는 디머스가 처음 발견했다는, 그리고 지금은 세계의 거의 모든 주화에 원료를 공급하며 아주 건실하게 경영되고 있는 오래된 은광산을 지나쳤다. 그곳에서 좀 더 나아가자 롯의 아내가 소금 기둥 모양으로 오랜 세월 서 있던 장소가 나타났다. 그러나 호기심 많은 여행객들이 조금씩 뜯어 가서 그 형체는 오래전에 사라지고 없었다. 만일 모든 후회의 생각과 행동이 이 불쌍한 여자의 경우처럼 엄하게 처벌을 받았다면, '허영의 시장'의 즐거움을 떠나온 데 대한 나의 아쉬움과 즐거움에 대한 그리움 역시 나의 육체에 그와 비슷한 변화를 일으켜 미래의 순례자들을 향한 하나의 경고로서 나의 변화한 모습을 그대로 남겨 두었을 것이다.

다음으로 나타난 주목할 만한 볼거리는 이끼 덮인 돌로 지은, 그러나 현대적인 날렵한 건축 양식의 큰 건물이었다. 기관차는 건물 가까이 이르러 예의 엄청난 고함 소리 같은 기적을 울리며 잠시 멈춰 섰다.

"이 건물이 옛날에 그 무시무시한 거인 '절망'이 살던 성이지요."

'수월하게 하기' 씨가 말했다.

"하지만 그 거인이 죽은 후로 '약한 믿음' 씨가 집을 수리해 지금은 아주 훌륭한 접대소로 운영하고 있답니다. 우리 기차가 정거하는 곳 중 한 곳이지요."

"건물이 아주 엉성하게 짜맞춰진 것 같군요."

약하면서도 무거워 보이는 벽들을 보며 내가 말했다.

"저는 '약한 믿음' 씨의 저 집이 전혀 부럽지 않네요. 언젠가는 사람들 머리 위로 폭삭 내려앉을 것만 같군요."

"어쨌든 우리는 그 위험을 피할 수 있게 되어 다행입니다. 아폴리온이 기관차를 다시 움직이기 시작했으니 말입니다."

'수월하게 하기' 씨가 대꾸했다.

철로는 이제 '경치 좋은 산'의 협곡 속으로 빠져들었다가 옛날에 맹인들이 길을 헤매다 무덤에 걸려 넘어졌다는 그 들판을 가로질러 갔다. 어떤 못된 사람이 이 옛날 묘비들 중 하나를 철로에 가로질러 쑤셔 넣어서 기차가 그 위를 지날 때 심하게 요동을 쳤다. 산의 삐죽삐죽한 능선 저 위로 녹슨 철문이 하나 보였는데, 그 철문은 덤불숲과 포복 식물로 반쯤 가려져 있고 문틈으로는 연기가 새어 나오고 있었다.

"저 산허리에 있는 문이 양치기들이 '기독교인'에게 지옥에 이르는 샛길의 입구라고 일러 준 바로 그 문인가요?"

내가 물었다.

"양치기들이 장난으로 한 말이었죠."

'수월하게 하기' 씨가 미소를 띠며 대답했다.

"사실 그 문은 어느 동굴의 입구일 뿐입니다. 사람들이 그곳을 양고기 햄을 만드는 훈제소로 사용하고 있지요."

여행에 대한 기억이 잠시 흐릿하고 혼란스러워졌다. 공기가 잠을 유발하는 '마법의 땅'을 지나온 탓에 이상야릇한 졸음이 엄습해 왔기 때문일 것이다. 그러나 쾌적한 뷸라 땅의 경계를 건너자 나는 곧 졸음에서 깨어났다. 승객들은 모두 눈을 비비며 서로 시계를 맞춰 보고, 여행이 이토록 순조롭게 끝나 가는 것에 대해 서로 축하의 말을 나누고 있었다. 그 쾌적한 땅의 향기로운 미풍이 우리의 코에 싱그럽게 스며들었다. 은빛 샘물이 가물가물 솟아오르는 것이 보였고, 그 위로는 천국의 동산에서 접목해 번식된 나무들이 아름다운 잎과 맛있는 과일들을 드리우고 있었다. 한번은 우리가 태풍처럼 내달려 가는데 날개를 퍼덕이는 소리가 들리더니 하늘에서 한 천사가 눈부시게 나타나 천국의 무슨 임무를 수행하는 것인지 재빠르게 날아가는 것이 보였다. 기관차는 마지막으로 끔찍한 비명 같은 기적을 한 번 울림으로써 이제 종착역에 가까이 이르렀음을 알렸는데, 그 기적 소리에는 온갖 비탄과 슬픔의 울부짖음과 격렬한 분노의 외침이 따로따로 분명히 들리면서도 악마나 미치광이의 거친 웃음소리와 마구 뒤섞여 있는 듯했다. 아폴리온은 여행하는 내내 정거장에 멈출 때마다 교묘한 재주를 부려 기적으로부터 매우 불쾌한 소리를 쥐어짜 냈다. 그러나 이 마지막 기회에 그는 그 어느 때보다 더 교묘한 재주를 발휘해 뷸라 주민들의 평화로움을 깨뜨릴 뿐만 아니라 틀림없이 천국의 문에까지도 그 불협화음을 이르게 했을 흉악한 소리를 만들어 내는 것이었다.

끔찍한 기적 소리가 아직도 우리 귓가에 울리는 동안 어디선가 기쁨에 넘쳐 터져 나오는 듯한 음악 소리가 들려왔다. 그 소리는 높고 깊고 달콤한, 그러면서도 동시에 부드럽고 씩씩한 음조의 수많은 악기들이 조화롭게 울려 퍼지며 마치 훌륭한 싸움을 치러 영광스러운 승리를 쟁취하고 이제 격전에 찌그러진 무기를 영원히 치워 버리고 돌아온 훌륭한 영웅을 영접하려는 것처럼 들렸다. 차에서 내리며 이 즐겁고 조화로운 음악 소리가 어디서 들려오는지 확인하려고 시선을 돌리다가, 나는 강 건너편 저쪽에 지금 막 강 아래쪽에서 나타나는 두 사람의 초라한 순례자를 맞이하기 위해 '빛나는 사람들' 한 무리가 모여 있는 광경을 보았다. 그 두 사람은 여행 초기에 아폴리온과 우리가 비웃고 조롱하며 수증기를 씌웠던, 그리고 '허영의 시장'의 방종한 사람들 가운데서 세속에 물들지 않은 모습과 인상적인 말로 나의 양심을 동요하게 했던 바로 그 순례자들이었다.

"저 사람들 정말로 훌륭하게 해냈군요! 우리도 저 사람들처럼 환대를 받을 수 있다면 얼마나 좋을까요."

나는 '수월하게 하기' 씨에게 외치듯 말했다.

"걱정 마십시오! 걱정하지 마세요! 자! 서두르십시오! 나룻배가 곧 떠납니다. 3분 후면 강 저쪽에 도착해요. 틀림없이 도시 문까지 태워다 줄 마차가 있을 겁니다."

'수월하게 하기' 씨가 대답했다.

이 중요한 여행의 마지막을 장식하는 신식 증기 나룻배가 출발이 임박했음을 알리는 온갖 불쾌한 소리를 푹푹 씩씩 내뱉으며 강변 선착장에 떠 있었다. 나는 다른 승객들과 함께 서둘러 배에 올랐다. 승객들은 대부분 당황하며 혼란에 빠져들었다. 어떤 사람들은 짐을 찾느라 아우성이고, 어떤 사람들은 머리를 쥐어뜯으며 배가 곧 폭발하거나 가라앉아 버릴 것 같다고 소리를 지르고, 어떤 사람들은 물결의 흔들림에 벌써 얼굴이 핼쑥해지고, 어떤 사람들은 키잡이의 흉한 모습을 겁에 질린 표정으로 바라보고 있고, 또 어떤 사람들은 아직도 '마법의 땅'의 졸음의 영향에서 벗어나지 못한 채 몽롱한 얼굴을 하고 있었다. 강변 쪽을 돌아보다가 나는 '수월하게 하기' 씨가 작별의 표시로 손을 흔드는 모습을 확인하고 깜짝 놀랐다!

"아니, '천국의 도시'까지 함께 가시는 게 아닙니까?"

내가 소리쳐 물었다.

"아, 아닙니다."

그는 야릇한 미소에 '어둠의 계곡' 주민들에게서 두드러지던 그 기분 나쁘게 얼굴을 찡그리는 표정을 함께 지으며 대답했다.

"난 안 갑니다. 오직 여행 벗이 되어 드리려고 여기까지 온 겁니다. 자, 잘 가시오! 다시 만납시다."

말을 마치더니 나의 훌륭한 친구인 '수월하게 하기' 씨는 마구 웃음을 터뜨렸다. 그가 껄껄대며 웃자 입과 콧구멍에서 연기가 소용돌이쳐 나오고 번쩍거리는 붉은 화염이 그의 두 눈에서 뿜어져 나왔다. 그의 가슴이 온통 벌겋게 타오르고 있음이 틀림없었다. 저런 뻔뻔스러운 악마 같으니라고! 지옥의 뜨거운 고통이 가슴속에서 저렇게 광란을 하는데도 지옥의 존재를 부인하다니! 나는 강기슭으로 몸을 던지려고 뱃전으로 뛰어갔다. 그러자 배의 타륜이 돌기 시작하면서 내 온몸에 차디찬 물보라를 끼얹었다. 그 물이 '죽음'이 자신의 강에 빠져 죽을 때까지는 가시지 않을 것 같은 그런 냉기로 어찌나 차갑던지 나는 심장이 요동치듯 온몸을 마구 떨며 퍼뜩 깨어났다. 아, 고마워라, 그것은 꿈이었던 것이다.

미를 추구하는 예술가

늙수그레한 한 노인이 아름다운 딸의 팔을 끼고 길을 따라 걷고 있었다. 그들은 구름이 덮여 어두워진 저녁의 거리로부터 걸어 나와, 불빛이 조그만 가게의 창문에서 보도를 가로질러 비치고 있는 밝은 곳에 이르렀다. 가게의 창문은 밖으로 약간 튀어나와 있었고, 창문 안쪽에는 황동, 은, 금으로 만든 갖가지 시계들이 몇 시쯤 되었는지 알고 싶어 하는 나그네에게 인색하게 굴기나 하듯 모두 가게 안쪽을 향해 걸려 있었다. 가게 안 창문 옆쪽으로는 한 젊은이가 앉아 있는 모습이 보였다. 창백한 얼굴의 젊은이는 고개를 숙인 채, 갓을 씌운 램프의 불빛이 한곳으로 모이는 밝은 곳에 매우 섬세해 보이는 기계 조각 같은 물건을 놓고 정신을 쏟고 있었다.

"오웬 워랜드가 뭘 하고 있는 거지?"

그 자신이 은퇴한 시계 제조공으로, 지금 무슨 일을 하고 있는지 궁금해하는 바로 그 젊은이의 옛 주인이기도 한 피터 호벤든 영감이 중얼거렸다.

"저 친구가 도대체 뭘 하는 걸까? 지난 반년 동안 이 가게 앞을 지날 때면 항상 저 일에 몰두해 있단 말이야. 영원히 움직이는 어떤 것을 만들어 보겠다는 바보짓에서 한술 더 뜨는 것 같은데. 내 지식과 경험으로 미루어 보아 저 친구가 지금 열심히 하고 있는 일이 시계 장치와는 상관없는 일이 분명한데 말이야."

"새로운 종류의 시계를 고안해 내는 중인가 보죠, 아버지. 저 사람에겐 그만한 창의력이 있잖아요?"

애니가 그 일에는 별 관심이 없다는 듯 말했다.

"허어, 얘야. 저 친구의 창의력이라는 건 장난감이나 만들어 내는 게 고작일 게다."

오웬 워랜드의 비정상적인 묘한 재능 때문에 속을 많이 태웠던 그녀의 아버지가 대답했다.

"그런 창의력은 골칫거리일 뿐이지! 그 창의력의 결과가 뭐였니? 내 가게의 제일 좋은 시계들을 다 망쳐 놓은 것이었잖아. 조금 전에 말한 대로 만일 저 친구의 창의력이 아이들 장난감보다 더 나은 어떤 것을 만들어 낼 수 있다면 저 친구는 태양을 궤도에서 이탈시켜 시간의 흐름을 뒤죽박죽으로 만들어 놓으려고 할 거다!"

"쉿, 조용히 하세요, 아버지. 다 듣겠어요!"

애니가 아버지의 팔을 누르며 속삭였다.

"오웬의 귀는 그의 감정만큼이나 예민하잖아요. 조그만 소리에도 방해를 받는 걸 아버지도 잘 아시면서 그래요. 자 어서 가요, 아버지."

그렇게 해서 피터 호벤든과 그의 딸 애니는 더 이상 이야기하지 않고 터덕터덕 걸어갔다. 그러다가 그들의 발길은 뒷골목 대장간의 열린 문 앞에 이르렀다. 대장간 안의 철로에서는 풀무의 큰 가죽 주머니가 바람을 들이마셨다 내뿜었다 할 때마다 불길이 벌겋게 치솟으며 어둡고 높은 지붕을 환히 비추기도 하고 불길이 다시 잦아들면서 석탄이 뿌려진 바닥의 좁은 공간만 비추기도 했다. 불이 환히 비치는 동안에는 대장간 구석구석에 있는 물건들이며 벽에 걸린 편자들이 다 드러나 보였지만, 불길이 잦아들 때면 불빛은 광막한 공간 한가운데에서 가물대는 것처럼 보였다. 이런 벌건 불빛과 어둠이 교차하는 사이로 움직이는 대장장이의 모습이 보였는데, 그것은 밝은 불빛과 어두운 밤이 서로에게서 당당한 힘을 빼앗아 내려는 듯 싸우고 있는, 빛과 어둠이 얽힌 그 한 폭의 그림을 매우 돋보이게 하는 모습이었다. 이윽고 대장장이는 하얗게 달아오른 쇠 막대기를 석탄불에서 끄집어내어 모루 위에 놓고 힘센 팔뚝을 들어 올려 망치로 내리쳤다. 그러자 불똥들이 그의 몸을 감싸는 것이었다.

"자, 봐라. 얼마나 보기 좋은 모습이냐."

늙은 시계 제조공이 말했다.

"금을 가지고 하는 일은 내가 잘 알지. 하지만 다 해 보고 나면 결국 쇠를 가지고 하는 일이 더 좋은 거야. 대장장이는 현실에, 실체에 힘을 쏟는 것이니까. 애니, 네 생각은 어떠냐?"

"제발 그렇게 큰 소리로 이야기하지 마세요, 아버지. 로버트 댄포스가 듣겠어요."

애니가 속삭였다.

"들으면 어떠냐? 다시 말하거니와, 자신의 힘과 현실에 의존하는 건 아주 건강하고 좋은 일이지. 대장장이처럼 튼튼한 맨팔로 벌어먹고 사는 것이 얼마나 좋으냐. 시계 제조공은 시계 태엽 안에 휘말리듯 머리가 혼란스러워지고, 내 경우처럼 건강과 그 좋던 시력을 잃어 중년만 좀 지나도 일을 못 하는 무용지물이 되고, 그렇다고 편안히 먹고살 만큼 벌어 놓지도 못하는데 말이다. 그래서 또 이야기하는 건데, 자기 힘으로 벌어먹고 사는 게 좋다는 거지. 그러면 쓸데없는 생각 같은 건 다 사라지고 말 테니까! 대장장이가 저 오웬 워랜드처럼 이상한 바보짓을 한다는 말 들어 본 적 있니?"

"말씀 잘하셨습니다, 호벤든 아저씨!"

로버트 댄포스가 지붕을 쩌렁쩌렁 울리게 하는 크고 깊고 명랑한 소리로 철로 앞에서 소리쳤다.

"그 말씀에 대해 애니 양은 어떻게 생각하나요? 편자나 석쇠를 달구어 만드는 일보다 숙녀용 시계를 만들어 내는 일을 더 점잖게 생각할 텐데요."

애니는 대답할 시간을 내지 않고 아버지를 끌어당겨 그 자리를 떠났다.

그러나 우리는 오웬 워랜드의 가게로 돌아가, 피터 호벤든이나 오웬의 옛 동창생인 로버트 댄포스, 어쩌면 호벤든 영감의 딸인 애니까지도 그런 사소한 문제에 할애하기에 적당하다고 생각하는 것보다 좀 더 오랜 시간 동안 오웬의 과거와 성격에 대해 생각해 봐야 할 것 같다. 오웬은 조그만 손가락으로 가까스로 주머니칼을 쥘 수 있게 된 아주 어린 시절부터 놀랄 만큼 섬세한 재능을 발휘해 때로는 꽃이나 새 모양의 아름다운 목각품을 만들어 내기도 하고, 때로는 알 수 없는 어떤 신비로운 기계 장치를 만들어 내려고 애쓰기도 했다. 그러나 유용한 물건을 흉내 내어 만들려고 한 적은 한 번도 없었고, 항상 우아한 아름다움 자체를 목표로 삼는 듯했다. 그는 다른 아이들처럼 창고 모퉁이에 조그만 풍차를 짓거나 물레방아를 만들어 동네 개울을 가로질러 세우지 않았다. 그 아이의 독특한 재능을 발견하고 그를 유심히 관찰해 본 사람들은 그 아이가 새들이 나는 모양이나 조그만 동물들의 동작에 나타나는 자연의 아름다운 움직임을 모방하려고 애쓴다는 사실을 알 수 있었다. 사실 그것은 아름다움에 대한 사랑의 새로운 표현의 시도라 할 만한 것으로, 그를 시인이나 화가나 조각가로 만들 수 있을 특성이었다. 또한 그것은 그림이나 조각에서 가능한, 모든 실용적인 조야함으로부터 완전히 정련된 순수한 것이었다. 그는 일반적인 기계 장치의 딱딱하고 규칙적인 동작에 대해 이상한 혐오감을 가지고 있었다. 한번은 사람들이 기계의 원리에 대한 그의 직관적인 이해력을 충족해 줄 수 있으리라 생각하고 그를 데리고 가서 기관차를 보여 준 적이 있었는데, 그때 그는 마치 흉악한 괴물을 보기라고 한 것처럼 얼굴이 창백해지고 구역질을 일으켰다. 그때 그가 느낀 공포는 쇳

덩어리 기관차의 엄청난 크기와 힘 때문이기도 했을 것이다. 왜냐하면 오웬의 정신적 특성은 그의 조그만 체구와 조그만 손의 섬세한 힘에 걸맞게 세세한 것에 대한 강력한 성향을 지닌 미시적인 것인 까닭이었다. 그렇다고 해서 그의 미적 감각이 예쁜 것에 대한 감각으로 축소된 것은 결코 아니었다. 미의식이란 크기와는 상관이 없는 것으로, 무지개의 원호로 측정해야 할 광활한 수평선에서나 현미경으로 들여다보아야 할 아주 작은 공간에서나 마찬가지로 완전하게 표현될 수 있는 것이다. 그러나 어쨌든 목표나 성취에 있어서 그 특유의 세세함은 그렇지 않을 경우 충분히 인정받을 수 있었을 그의 천재성을 정당하게 인정받지 못하게 만들었다. 그리하여 그 아이의 친척들은 그의 이상한 창의성이 통제되어 실용적인 목적에 활용되기를 바라며 그를 시계 제조공의 도제로 보내는 것이 가장 좋은 방법이라고 생각했다—아마도 그건 사실이었을 것이다.

이 도제에 대한 피터 호벤든의 생각은 앞에서 이미 이야기한 바 있다. 그는 그 아이를 어떻게 해 볼 수가 없었다. 시계 제조의 비밀에 대한 오웬의 이해력은 상상할 수 없을 정도로 빠른 것이 사실이었다. 그러나 그는 시계 제조라는 직업의 가장 중요한 목적을 완전히 잊어버리거나 무시했고, 시간이 영겁으로 합쳐져 버리기라도 한 것처럼 시간의 측정에 대해 무관심했다. 하지만 오웬은 강한 기질이 아니어서, 늙은 선생의 지도를 받는 동안에는 엄격한 지시와 철저한 감독 하에 그의 괴팍한 창의력을 일정한 한계 안에 머물게 할 수 있었다. 그러나 도제 기간이 끝나고 피터 호벤든이 나빠진 시력 때문에 인계할 수밖에 없게 된 그 조그만 가게를 물려받았을 때, 사람들은 '시간'이라는 '눈먼 아버지'를 매일매일 인도해 가기에 오웬 워랜드가 얼마나 부적절한 인물인가를 깨닫게 되었다. 그의 가장 합리적인 계획 중 하나는 삶의 모든 거친 불협화음이 음악적인 것이 되고 덧없이 지나가는 한순간 한순간이 아름다운 화음 방울이 되어 과거라는 심연으로 떨어져 내릴 수 있도록 음악적 조작과 시계의 기계 장치를 연결하는 것이었다. 가정용 시계—여러 세대에 걸쳐 수많은 사람들의 인생을 측정함으로써 인간의 본성과 거의 유사해진 아주 오래된 큰 시계 같은—를 고쳐 달라고 그에게 맡기면, 그는 그 엄숙한 시계판에 열두 개의 경쾌한 모양으로 즐거운 무도회장을 차리거나 열두 개의 우울한 모양으로 음울한 장례 행렬을 마련하는 것이었다. 그런 엉뚱한 행위가 거듭됨에 따라, 오웬은 시간을 이 세상에서의 번영과 발전의 매체로 보든 내세에 대한 준비로 보든 결코 가볍게 다뤄서는 안 된다고 굳게 믿는 한결같이 사무적인 사람들에게 시계 제조공으로서의 신용을 완전히 잃게 되었다. 그렇게 해서 그의 고객은 급격히 줄어들었다. 그러나 아마도 오웬 워랜드는 그런 불행을 다행스러운 불행이라고 생각했을 것이다. 왜냐하면 그렇게 됨으로써 자신의 모든 과학적 지식과 손재주를 끌어들인 비밀스러운 작업에 더욱더 몰두하고 특유의 천재적인 성향을 최대한으로 발휘할 수 있게 되었기 때문이다. 그런 작업이 벌써 여러 달째 계속되었다.

늙은 시계 제조공과 그의 아름다운 딸이 거리의 어둠 속에서 그를 지켜보다 사라진 후, 오웬 워랜드는 가슴이 뛰고 온 신경이 펄떡거려서 일을 계속할 수가 없었다. 그가 하고 있는 섬세한 작업을 계속하기에는 손이 너무 심하게 떨렸던 것이다.

"애니였잖아!"

그는 중얼거렸다.

"그녀 아버지의 목소리를 듣기 전이라도 이 뛰는 가슴으로 그녀라는 걸 알 수 있었을 거야. 아, 가슴이 너무 뛰는구나! 오늘 밤엔 이 일을 계속할 수가 없을 것 같군. 애니! 사랑하는 애니! 당신은 내 가슴과 손을 꼭 붙들어 줘야 해요, 이렇게 마구 흔들지 말고. 내가 아름다움의 정신을 형태로 만들어 움직이게 하려는 건 오직 당신을 위해서라오. 오, 뛰는 가슴아, 진정해 다오! 내 작업이 이렇게 어긋나면 오늘 밤 몽롱하고 어수선한 꿈을 꾸게 될 것이고, 그러면 내일 정신을 가눌 수가 없을 테니까."

그가 애써 마음을 가다듬고 다시 일을 시작하려 했을 때, 가게 문이 열리더니 건장한 체구의 한 사나이가 들어섰다. 대장간의 빛과 어둠 속에서 움직이는 모습을 보고 피터 호벤든이 탄복해 마지않던 바로 그 대장장이 로버트 댄포스였다. 최근에 오웬이 제작을 의뢰해서 그가 직접 만든 기묘한 모양의 조그만 모루를 가져온 것이다. 오웬은 그 물건을 찬찬히 살펴보더니 자신이 원한 대로 잘 만들어졌다고 말했다.

"그렇겠지. 나는 대장장이로서는 무슨 일이든 해낼 수 있다고 자부하고 있네. 자네가 이런 손을 가지고 하는 그런 일엔 젬병이겠지만 말이야."

로버트 댄포스가 마치 베이스 비올라 같은 강력한 목소리로 가게를 가득 채우며 말했다. 그는 자신의 커다란 손을 오웬의 섬세하고 조그만 손 옆에 나란히 놓아 보고는 웃으며 덧붙였다.

“하지만 그러면 어떤가? 자네가 도제 시절 이후 쏟아부은 모든 힘보다 내가 망치로 한 번 내리칠 때 쓰는 힘이 더 클 텐데 말이야, 안 그런가?”

“아마 그렇겠지.”

오웬이 여린 목소리로 나직이 대꾸했다.

“힘이란 세속적인 괴물 같은 거지. 난 힘 있는 체하고 싶지 않아. 만일 나에게 힘이 있다면 그건 완전히 정신적인 거지.”

“그런데 오웬, 자네 뭘 하고 있는 건가?”

그의 옛 동창생인 댄포스가 여전히 기운찬 목소리로 물었다. 그 목소리가 너무 기운차서, 더욱이 그 질문이 그의 상상력을 사로잡고 있는 꿈과 같은 신성한 문제에 관한 것이어서 오웬을 움찔하게 했다.

“사람들이 그러는데 영원한 움직임인가 뭔가를 발견해 내려고 한다며?”

“영원한 움직임이라고? 말도 안 되는 소리!”

오웬 워랜드는 혐오감을 표하듯 몸을 움츠리며 대답했다. 그는 감정을 아주 민감하게 표현하는 편이었다.

“그런 건 결코 발견할 수 없어. 그건 물질에 정신이 혼미해진 사람들을 현혹하는 하나의 꿈일 뿐이야. 난 그런 꿈에 현혹되지 않아. 게다가 그런 발견이 가능하다 해도 그 비밀을 증기니 수력이니 하는 것들에 의해 달성되고 있는 실용적 목적을 위해 활용하려고 한다면 그런 발견은 시도할 가치가 없는 거지. 난 새로운 방적 기계를 만들어 낸 아버지로 존경받고 싶은 야망이 없는 사람이네."

"자네가 그렇게 되면 정말 재미있겠군!"

대장장이가 이렇게 말하면서 어찌나 큰 소리로 웃음을 터뜨렸는지, 오웬 자신과 작업대 위에 놓여 있는 종 모양의 유리 그릇들이 함께 몸을 떨 정도였다.

"하지만 걱정 말게, 오웬! 자네의 아이들이 쇠 관절과 쇠 근육을 타고나지는 않을 테니까. 자, 이제 자네를 더는 방해하고 싶지 않네. 잘 있게, 오웬, 성공을 비네. 만일 모루를 망치로 내리치는 도움이 필요하거든 언제든지 부탁하게. 기꺼이 돕겠네."

힘센 사나이는 이렇게 말하고는 다시 한번 웃으며 가게를 떠났다.

"참으로 이상하군."

오웬 워랜드는 손으로 머리를 괴고는 혼자 중얼거렸다.

"내 모든 생각들, 내 목적들, 아름다움에 대한 나의 열정, 아름다움을 창조할 수 있는 힘, 저 속세의 거인은 이해하지 못할 더 섬세하고 영묘한 그 힘에 대한 나의 의식, 이 모든 것이 로버트 댄포스와 마주치기만 하면 공허하고 하찮게 보이니 말이야. 댄포스를 자주 만나야 한다면 난 미쳐 버릴지도 모르지. 그의 강하고 무자비한 힘이 내 안에 있는 정신적 요소를 어둡게 하고 혼란스럽게 만드는 거야. 하지만 나도 내 나름대로 강해져야지. 결코 댄포스에게 굴복하지 않을 거야."

그는 유리판 아래에서 아주 조그만 기계 장치를 꺼내 램프 불빛을 한곳으로 모은 곳에 놓았다. 그런 다음 확대경을 통해 그 기계 장치를 자세히 들여다보면서 섬세한 강철 도구를 사용해 작업을 계속했다. 그러나 다음 순간 그는 의자에 털썩 주저앉으며 양손을 꽉 쥐었다. 그의 조그만 얼굴을 거인 못지않게 인상적으로 보이게 하는 공포의 표정이 그의 얼굴에 확 번졌다.

"맙소사! 내가 무슨 짓을 한 거지?"

그는 외쳤다.

"그 부질없는 공상, 그 무자비한 힘의 영향이, 로버트 댄포스의 영향이 나를 혼란에 빠뜨려서 내 지각을 흐려 놓은 거야. 처음부터 내가 두려워했던 일격, 그 치명적인 일격을 당한 거야. 이젠 다 끝났어. 몇 달에 걸친 노고도 내 삶의 목표도 모두 끝났어. 아, 이젠 파멸이구나!"

램프의 불빛이 차츰 가물거리다가 그를 어둠 속에 남겨 둘 때까지 미를 추구하는 그 예술가는 이상한 절망감에 빠진 채 그렇게 앉아 있었다.

그렇게, 상상의 세계에서 자라나 그토록 아름다워 보이고 이 세상의 그 무엇보다 값져 보이던 생각들이 현실에 노출되고 부딪혀 산산조각이 난 것이다. 생각의 표현을 추구하는 예술가는 그 섬세함과는 양립되기 어려워 보이는 강한 힘을 소유해야 한다. 세상 사람들이 좀처럼 믿으려 들지 않으며 철저한 불신을 무기로 공격해 올 때 그는 자신에 대한 확고한 믿음을 지켜야 하며, 스스로 자신의 재능과 그 재능이 지향하는 목표의 철저한 추종자가 되어 인류 전체에 맞서 대항해야 하는 것이다.

얼마 동안 오웬 워랜드는 이런 가혹한, 그러나 불가피한 시련에 굴복했다. 손으로 턱을 받친 채 몇 주일을 실의에 빠져 있어서 마을 사람들은 그의 얼굴조차 보기 힘들었다. 마침내 그의 얼굴이 밝은 햇빛을 향해 다시 들렸을 때 그 얼굴에는 뭐라고 표현하기 어려운 차갑고 둔감한 변화가 나타나 있었다. 그러나 피터 호벤든의 의견으로는, 그리고 인생이란 시계처럼 무거운 추의 움직임으로 통제되어야 한다고 생각하는 현명한 사람들의 의견으로는 그 변화는 전적으로 바람직했다. 실제로 오웬은 이제 시계 제조에 열심히 몰두했다. 그가 무감각하고 엄숙한 표정으로 커다란 낡은 은시계의 톱니바퀴들을 열심히 들여다보고 있는 모습은 보기에 참으로 이상했다. 그러나 그렇게 함으로써, 그 시계를 자기 삶의 한 부분처럼 주머니에 넣고 다니며 아껴서 남에게 맡기는 것조차 꺼리는 시계 주인의 마음을 흐뭇하게 할 수 있었다. 이처럼 좋은 평판을 얻게 된 덕분에 오웬 워랜드는 마을 교회의 첨탑 시계를 손질해 달라는 부탁까지 받게 되었다. 그는 모든 사람의 공익을 위한 이 일을 아주 훌륭히 해내서 상인들은 퉁명스럽게나마 자기들의 거래에 도움을 주는 그의 공을 인정하게 되었고, 간호사들은 병실에서 환자에게 정확한 시간에 약을 먹이며 그를 칭찬했고, 연인들은 정확한 시간에 만날 수 있어서 그를 축복했으며, 마을 사람들은 저녁 식사 시간을 정확히 지킬 수 있어서 그에게 감사했다. 한마디로 말해 그의 영혼을 누르고 있는 커다란 무게가 자기 자신의 체계에서만이 아니라 교회 시계의 쇠종 소리가 들리는 모든 곳에서 모든 것에 질서를 부여한 것이다. 은수저에 이름이나 머리글자를 새겨 달라는 부탁을 받으면 그는 여태까지 그런 경우에 그의 두드러진 특징이었던 다양한 환상적인 장식을 일체 생략하고 필요한 글자만을 가장 평범한 스타일로 새겨 넣었는데, 이런 변화는 사소해 보이지만 그의 현재 상태를 가장 특징적으로 보여 주었다.

이런 다행스러운 변화가 계속되고 있던 어느 날 피터 호벤든 영감이 그의 옛 도제를 찾아왔다.

"오웬, 사방에서 자네를 칭찬하는 소리를 들으니 기쁘네. 특히 자네를 칭찬하며 매 시간 하루에 스물네 번 울리는 마을의 저 시계 소리를 들으면 기분이 아주 좋아."

그가 말했다.

"나뿐만 아니라 누구라도, 심지어 자네 자신까지도 이해하지 못하는, 아름다움에 대한 그 엉뚱하고 바보 같은 생각만 없애 버리면, 그 생각에서 자네 자신을 해방할 수만 있으면, 자네의 인생은 저 대낮의 햇빛처럼 성공이 보장된 거지. 이런 식으로만 계속해 나간다면 내 귀한 이 옛날 시계를, 내 딸 애니를 빼놓고 이 세상에서 나에게 가장 값진 물건인 이 시계를 손질해 달라고 자네한테 부탁할 수도 있네."

"제가 감히 그 시계에 손을 댈 수 있겠습니까, 선생님?"

오웬은 의기소침한 목소리로 대답했다. 옛 스승과 다시 이렇게 함께 있는 것이 몹시 부담스러웠기 때문이다.

"아니, 곧, 이제 곧 그렇게 될 수 있을 걸세."

옛 스승이 말했다.

늙은 시계 제조공은 옛 스승으로서 자연스러운 태도로 오웬이 지금 하고 있는 일이며 진행 중인 다른 일들을 자유롭게 살펴보았고, 그러는 동안 젊은 예술가는 고개를 거의 숙이고 있었다. 차갑고 상상력이 결여된 이 노인의 현실적 지혜만큼 그의 성격과 맞지 않는 것은 없었다. 그 지혜와 마주치기만 하면 물리적 세계의 매우 견고한 물질만을 제외하고 모든 것이 한낱 꿈으로 변하고 마는 것이었다. 오웬의 정신은 신음하며 그에게서 해방되기만을 간절히 바라고 있었다.

"아니, 이게 뭐지?"

피터 호벤든이 먼지 낀 종 모양의 유리그릇을 들어 올리며 갑자기 소리쳤다. 유리그릇 아래로는 나비의 해부도 모형처럼 매우 조그맣고 섬세한 기계 같은 것이 보였다.

"여기 있는 게 뭔가? 오, 오웬! 이 조그만 고리와 바퀴와 주걱 들에는 마술이 담겨 있는 것 아닌가. 이보게! 내 손가락으로 이것들을 으깨서 자네를 마술의 위험으로부터 구해야겠네."

"제발, 저를 미치게 하고 싶지 않다면 그걸 건드리지 마십시오!"

오웬 워랜드가 놀랄 만큼 힘차게 벌떡 일어서며 고함을 질렀다.

"손가락으로 조금이라도 누르시면 전 영원히 파멸입니다."

"오호, 젊은이! 그게 정말인가?"

늙은 시계 제조공은 세속적인 통렬한 비판으로 오웬의 영혼에 고통을 가할, 꿰뚫는 듯한 날카로운 시선으로 그를 바라보며 말했다.

"그렇다면 자네 마음대로 하게나. 하지만 다시 한번 경고하는데 이 조그만 기계 조작 속에는 자네의 악령이 살아 있네. 그 악령을 내가 쫓아내 주면 안 되겠나?"

"제 악령은 바로 당신입니다."

오웬이 몹시 흥분해서 대답했다.

"당신 그리고 이 거칠고 가혹한 세상 말입니다! 당신이 나에게 씌운 무거운 생각들과 절망감이 바로 나의 장애물이었습니다. 그 장애물만 아니었다면 내가 해야 할 일을 오래전에 성취할 수 있었을 겁니다."

피터 호벤든은 경멸과 분노가 섞인 표정으로 고개를 흔들었다. 사람들은 큰길을 따라 널려 있는 평범한 것들이 아닌 색다른 목표를 추구하는 사람들을 바보라고 부르며 그들에게 경멸과 분노를 느끼는 것을 당연하다고 생각하는 것 같았는데 피터 호벤든도 예외가 아니었다. 그는 도리가 없다는 듯 손가락을 치켜들어 보이고는 얼굴에 조소를 띠며 가게에서 나갔다. 그리고 그 조소는 그 후 여러 날 동안 밤마다 오웬의 꿈에 악몽처럼 나타나는 것이었다.

옛 스승이 찾아왔을 때 오웬은 아마도 그동안 포기하고 있던 자신의 작업을 막 다시 시작하려던 참이었을 것이다. 그러나 이 상서롭지 못한 사건으로 인해 그는 서서히 벗어나기 시작했던 그 전의 상태로 다시 주저앉아 버리고 말았다.

하지만 겉으로는 의기소침해 보이면서도 그의 타고난 정신적 성향은 새로운 힘을 서서히 쌓아 올렸다. 여름이 깊어 가면서 그는 일을 완전히 포기하다시피 했고, 회중시계나 벽시계로 표시되는 '시간'이라는 노신사가 인간의 삶 속에서 이리저리 방황하며 어리둥절한 시간의 흐름 속에서 계속 혼란을 일으키도록 내버려두었다. 그는 숲과 들과 개울둑을 따라 헤매며, 사람들 말을 따르자면 햇빛을 낭비하고 다녔다. 자연 속에서 아이처럼 나비를 쫓거나 물벌레들의 움직임을 지켜보면서 즐거움을 느꼈다. 그 살아 있는 생물들이 실바람에 유희하는 모습을 응시하거나 자신이 잡은 화려한 곤충의 구조를 살필 때, 그 일에 철저히 몰두하는 그의 진지한 모습에는 진정 알 수 없는 무언가가 담겨 있었다. 나비를 쫓는 일은 그 많은 소중한 시간을 쏟은 그의 이상에의 추구를 적절히 나타내 주는 하나의 상징적 행위였다. 그러나 그 아름다운 이상이 그것을 상징하는 나비처럼 그의 손안에 결국 들어올 수 있을까? 이런 나날은 분명 달콤했고 그 예술가의 영혼을 편안하게 해 주었을 것이다. 그 나날은 마치 나비가 하늘에서 반짝거리며 날듯 그의 지적인 세계를 반짝거리며 나는 밝은 생각들로 채워 주었다. 그리고 그 순간은 그런 생각들이 그것들을 감각적인 눈에 보이도록 만들려는 노고와 그런 시도에 따르는 당혹감이나 좌절감 없이도 아주 생생하게 현실처럼 느껴지는 것이었다. 시인이든 다른 매체를 사용하는 예술가든 아름다움을 내면적으로 즐기는 것에 만족하지 못하고 후딱 사라져 가는 그 가녀린 신비를 영적 영역의 경계 너머까지 쫓아가서 육체적인 힘으로 움켜쥐어 결국 찌그러뜨려야만 한다는 것은 얼마나 슬픈 일인가!

자신의 풍요로운 환영을 만족스럽게 재현하지 못해 더 흐리고 더 희미한 아름다움 속에 이 세계를 장식할 수밖에 없었던 많은 시인과 화가 들이 그랬듯이, 오웬 워랜드도 그의 생각을 외적인 실체로 표현하고 싶은 충동을 억제할 수가 없었다. 밤은 이제 그의 모든 지적 활동이 추구하는 그 하나의 생각을 재창조해 내는 점진적인 작업의 시간이었다. 땅거미가 질 무렵이면 그는 언제나 마을로 몰래 나와 가게 안에 틀어박힌 채 몇 시간이고 그 섬세한 작업을 참을성 있게 계속했다. 때때로 그는 야경꾼이 문을 두드리는 소리에 깜짝 놀라곤 했다. 야경꾼은 마을 사람들이 모두 잠든 시간에 오웬 워랜드의 가게 가리개문 틈으로 램프 불빛이 희미하게 새어 나오는 것을 이상하게 여겨 문을 두드린 것이다. 오웬의 지나치게 민감한 정신 상태에 낮의 일광은 그의 작업을 방해하는 장애물처럼 느껴졌다. 그래서 구름이 덮이고 날씨가 궂은 날은 손으로 턱을 괴고 앉아 예민한 머릿속을 뿌옇고 불분명한 여러 가지 명상으로 채우며 보냈다. 그렇게 하면 밤의 고된 작업 시간 동안 생각들을 정확하고 분명하게 가다듬어야 하는 부담으로부터 잠시 벗어나는 데 적지 않은 도움이 되었기 때문이다.

어느 날 애니 호벤든이 방문하는 바람에 오웬은 이런 멍한 상태에서 깨어났다. 그녀는 손님으로서 자유롭게, 그리고 어릴 적부터의 친구라는 친근감을 가지고 가게를 찾아온 것이다. 그녀는 자신의 은 골무가 닳아서 구멍이 났다며 손질을 해 달라고 했다.

"이런 일도 해 줄 수 있을지 모르겠네요. 기계에 영혼을 불어넣는 일로 바쁜 모양인데."

애니가 웃으며 말했다.

"아니, 어떻게 기계에 영혼을 불어넣는다는 생각을 하게 되었어요, 애니?"

오웬은 깜짝 놀라며 물었다.

"그냥 그런 생각이 들어서요."

애니가 대답했다.

"오래전 오웬 씨가 어린 소년이었고 나는 어린 소녀였을 때 오웬 씨가 그 비슷한 말을 했던 기억이 나기도 하고요. 그건 그렇고, 이 골무 고쳐 줄 수 있겠어요?"

"애니를 위해서라면 뭐든지 하지요. 로버트 댄포스의 철로에서 해야 할 일이라도 말이에요."

오웬 워랜드가 말했다.

"그 광경 참 멋있겠네요."

애니는 이렇게 대꾸하면서 그 예술가의 조그맣고 가녀린 체구를 약간 얕잡아보는 것 같기도 한 시선으로 힐끗 바라보았다.

"자, 골무 여기 있어요."

"하지만 물질에 영혼을 불어넣는다는 당신의 그 생각은 아주 묘하군요."

오웬의 마음속에는 이 젊은 아가씨가 세상의 어느 누구보다 자신을 잘 이해할 수 있을 것 같다는 생각이 밀려왔다. 그가 사랑하는 유일한 사람의 공감과 이해를 얻을 수 있다면 외롭고 힘겨운 추구로 점철된 그의 삶에 얼마나 큰 도움과 힘이 될 것인가! 일상적인 삶으로부터 격리된 어떤 목표를 추구하는 사람들, 인류를 앞서 가는 선각자나 인류로부터 소외된 사람들, 이들은 때로 얼어붙은 고독한 극지(極地)에서처럼 그들의 정신을 떨게 만드는 도덕적 냉기를 느끼는 법이다. 예언자·시인·개혁가·범죄자 또는 인간적인 열망을 지니고 있지만 야릇한 운명에 의해 다른 사람들과 고립된 사람들이 느끼는 그런 소외의 감정을 지금 오웬 워랜드는 느끼고 있는 것이다.

"애니."

이런 생각에 백지장처럼 창백해진 얼굴로 오웬이 외치듯 말했다.

"내가 하고 있는 일의 비밀을 당신에게는 기꺼이 이야기할 수 있어요! 당신은 제대로 이해해 줄 수 있을 것 같아. 당신이 이 거친 물질적인 세상으로부터는 기대할 수 없는 진지한 태도로 내 이야기를 들어 줄 수 있으리라 믿어요."

"그럼요. 그렇게 할게요!"

애니 호벤든이 가볍게 웃으며 대꾸했다.

"어서 설명해 줘요, 요정 여왕 맵의 장난감으로나 어울릴, 정교하게 만든 이 조그만 회전목마가 뭘 뜻하는지. 봐요! 내가 이걸 움직여 볼게요."

"안 돼! 멈춰요!"

오웬이 소리를 질렀다.

앞에서 여러 번 언급한 그 복잡하고 정교한 기계 장치의 한 부분을 애니가 바늘 끝으로 약간 건드리자, 오웬은 애니가 비명을 지를 정도의 강한 힘으로 그녀의 팔을 와락 붙들었다. 그녀는 그의 얼굴에 꿈틀거리는 짙은 분노와 고뇌의 일그러진 표정에 두려움을 느꼈다. 다음 순간 그가 양손에 얼굴을 파묻었다.

"가요, 애니."

오웬이 중얼거렸다.

"내가 망상에 빠진 거예요. 벌 받아 마땅하지. 나는 누군가의 이해와 공감을 간절히 바랐어요. 그래서 당신로부터 그걸 얻을 수 있으리라 생각하고, 상상하고, 또 꿈꾸었던 거지. 하지만 당신은 나의 비밀을 공유할 만한 영감이랄까 하는 걸 가지고 있지 못해요. 그걸 잠깐 건드림으로써 몇 달 동안의 나의 노고와 일생에 걸친 나의 생각이 허사가 되고 말았어요! 그건 당신 잘못이 아니지. 하지만 당신은 나를 파멸시킨 거예요!"

아, 가련한 오웬 워랜드! 분명 그는 잘못 생각한 것이었다. 그러나 그의 생각은 충분히 이해할 만했다. 왜냐하면 그가 그토록 신성하게 생각하는 작업의 과정을 진정으로 존중하는 인간의 정신이 가능하다면 그것은 분명 여자의 정신이었을 테니까. 애니 호벤든도 만일 사랑의 깊은 힘에 감화되었다면 오웬을 그렇게 실망시키지 않았을지도 모를 일이었다.

그 예술가는 그해 겨울을 사실상 그가 세상에서 쓸모가 없고 불운한 사람으로 어쩔 수 없이 운명 지어졌다고 생각하는 사람들을 만족시켜 주듯 방탕한 삶으로 보냈다. 한 친척의 죽음으로 약간의 유산을 물려받아 힘든 시계방 일로부터 해방된 데다 적어도 그 자신에게는 아주 중요했던 목적의 집요한 영향도 이제 상실된 상태여서, 사람들이 가녀린 체격 때문에 아마도 그가 깊이 빠져들지는 않을 거라고 생각했을 나쁜 습관에 자신을 내던져 버린 것이다. 그러나 천재적인 인간에게 영적인 부분이 흐려지면 세속적인 부분이 더욱더 걷잡을 수 없게 영향력을 발휘하는 법이다. 왜냐하면 그의 인격이 평범한 사람들의 경우와는 달리 신이 특별히 아주 정교하게 조정해 놓은 예민한 균형 상태로부터 와르르 무너져 내리는 까닭이다. 오웬 워랜드는 방탕함 속에서 찾을 수 있는 모든 즐거움을 시험해 보았다. 술이라는 황금의 매체를 통해 세상을 보고, 술잔 가득 유쾌하게 넘쳐 오르며 즐거운 광란의 모습으로 공기를 채우는 환영들을 눈여겨보기도 했다. 그러나 그 즐거운 광란의 모습들은 곧 유령처럼 고독한 모습으로 변하고 마는 것이었다. 그런 불가피하고 음울한 변화가 일어난다 해도, 그리고 그 환상이 삶을 어둠으로 감싸 버리고 그 어둠을 자신을 조롱하는 유령들로 가득 채운다 해도, 이 젊은이는 여전히 매혹의 술잔을 계속 마셔 댔을 것이다. 그러는 중에도 그는 매우 역겨운 어떤 정신 상태를 강하게 의식하고 있었는데, 그 역겨움의 상태는 현실이었기 때문에 술이 불러일으킬 수 있는 환상적인 공포나 절망감보다 더 견디기 어려웠다. 술에 취해 있을 때는 고통 속에서도 모든 것이 하나의 환상일 뿐이라는 것을 느낄 수 있지만, 그 역겨운 정신 상태에서는 무거운 고뇌가 바로 실재의 삶이었기 때문이다.

그러던 중 한 조그만 사건이 이런 위태로운 상태로부터 그를 구해 주었는데, 여러 사람이 그 사건을 목격했지만 가장 똑똑하다는 사람들도 그 사건이 오웬 워랜드의 마음에 어떤 작용을 일으켰는지 설명하거나 짐작할 수는 없었다. 그 사건은 아주 단순했다. 어느 따뜻한 봄날 오후 오웬이 술 친구들과 함께 술잔을 나누고 있을 때, 열린 창문으로 화려한 나비 한 마리가 날아 들어와 그의 머리 주위에서 훨훨 날았다.

"오, 너 태양의 아이, 여름 미풍의 놀이 친구."

술에 거나해진 오웬이 소리쳤다.

"네가 겨울의 음산한 잠에서 깨어나 다시 살아났구나. 그렇다면 나도 일을 시작할 때가 되었지."

그는 이렇게 말하면서 채 비우지 않은 술잔을 식탁 위에 그대로 놓아둔 채 그 자리를 떠났다. 그리고 다시는 술을 한 방울도 마시지 않았다.

그는 다시 숲과 들을 헤매며 돌아다니기 시작했다. 오웬이 천박한 술꾼들과 어울려 앉아 있을 때 창문으로 마치 정령처럼 날아 들어온 그 화려한 나비는 오웬을 영적인 사람으로 만들었던 순수하고 이상적인 삶으로 그를 다시 불러들이려고 찾아온 진짜 정령인지도 몰랐다. 그리고 오웬은 바로 그 정령을 찾아 햇빛 속을 헤매고 다니는지도 모를 일이었다. 전해 여름에 그랬던 것처럼, 그는 나비가 내려앉는 곳이면 어디든지 조심스럽게 다가가 정신없이 들여다보았다. 나비가 날아오를 때면, 그 방향이 마치 천국에 이르는 길을 보여 주기라도 하듯 그의 시선은 나비의 날갯짓을 뒤쫓았다. 그렇게 해서 야경꾼은 오웬 워랜드의 가게 가리개문 틈으로 새어 나오는 램프 불빛을 다시 볼 수 있게 되었다. 그러나 다시 시작된 이 때아닌 노고의 목적은 도대체 무엇이었을까? 마을 사람들은 이 모든 괴팍한 행동을 한마디로 종합해서 설명했다. 즉 오웬 워랜드가 돌았다는 것이었다! 이 세계의 평범한 한계를 벗어나는 모든 것에 대한 설명으로서 이 방법은 얼마나 쉽고 효과적이며, 또 편협함과 아둔함으로 상처받은 감정에 얼마나 만족스러운 위안을 주는가! 사도 바울 시절부터 우리의 가련한 '미를 추구하는 예술가'의 이 시대에 이르기까지, 너무나 현명하고 너무나 훌륭하게 말하고 행동한 사람들의 말과 행동에 담긴 모든 신비를 설명하는 데 바로 이 부적 같은 방법이 적용되어 온 것이다. 오웬 워랜드의 경우 마을 사람들의 판단이 옳은지도 몰랐다. 어쩌면 오웬은 미쳐 있었을지도 모른다. 이해와 공감의 부족, 규범을 파기한 그 자신과 이웃 사람들 간의 괴리는 그를 미치게 하기에 충분했을 것이다. 아니면 그가 영혼의 빛나는 광채를 너무 많이 받아서 그것이 보통의 햇빛과 섞임으로써 그를 세속적 의미로 혼란에 빠지게 했는지도 모를 일이었다.

어느 날 저녁, 여느 때와 같은 헤맴에서 돌아와 그토록 자주 중단되었지만 마치 자신의 운명이 그 기계 장치에 체현된 것처럼 또다시 계속할 수밖에 없게 된 그 작업을 위해 램프 불빛을 그 섬세한 기계 조각에 막 비추고 있는데 피터 호벤든 영감이 가게 안으로 들어서는 바람에 오웬은 몹시 놀랐다. 그는 피터 호벤든만 보면 가슴이 오그라드는 것이었다. 보이는 것은 분명하게 보고 보이지 않는 것은 철저하게 불신하는 호벤든의 날카로운 지력 때문에 이 세상의 모든 사람들 중에서 그가 가장 두려웠다. 그러나 이번에 그는 자비로운 말 몇 마디를 전하러 온 것이었다.

"여보게, 오웬. 내일 밤 우리 집에 놀러 오게나."

그가 말했다.

오웬은 뭔가 핑계를 대려고 더듬거렸다.

"꼭 와 줘야 하네. 우리가 가족처럼 지내던 때를 생각해서라도 말이네."

피터 호벤든이 계속 말했다.

"자네 내 딸 애니가 로버트 댄포스와 약혼한 걸 모르고 있나? 그 일 때문에 간단히 축하 자리를 마련하려는 걸세."

"오!"

오웬이 말했다.

이 한 음절이 그가 말한 모든 것이었다. 피터 호벤든 같은 사람의 귀에는 이런 어조가 차갑고 무관심한 것처럼 들렸을 것이다. 그러나 그 한 음절에는 그 가련한 예술가의 가슴에서 터져 나오는 억눌린 울부짖음이 담겨 있었다. 그는 사람들이 악령을 누르듯 그 울부짖음을 가슴속에 억누르고 있었던 것이다. 늙은 시계 제조공은 눈치채지 못했지만 그는 잠깐 자신의 감정이 터져 나가는 것을 허용하고 말았다. 작업을 시작하려고 막 들어 올리던 도구를 그 조그만 기계 장치 위로 떨어뜨린 것이다. 여러 달 동안 생각과 노고를 공들여 바친 그 기계 장치는 그렇게 해서 또다시 산산조각이 나 버렸다.

그를 방해하는 여러 영향력 가운데 사랑이 그의 손으로부터 재주를 훔쳐 가는 방해를 하지 않았다면 오웬 워랜드의 이야기는 미를 창조하려는 예술가들의 고통스러운 삶에 대한 그럴듯한 상징적인 이야기가 될 수 없었을 것이다. 겉으로 볼 때 그는 열정적이거나 적극적인 연인이 못 되었다. 그의 열정적인 삶은 그 격동과 변전무상함을 상상의 세계 속에 전적으로 가두고 있었기 때문에, 애니조차도 그의 사랑을 여자의 직관적인 본능으로 어렴풋이 느낄 수 있을 뿐이었다. 그러나 오웬 자신의 생각으로는 그녀에 대한 사랑이 그의 모든 삶을 지배하고 있었다. 그녀가 깊은 이해와 공감을 그에게 줄 수 없음을 보여 준 사실도 잊어버리고, 그는 줄곧 자신의 예술적 성공에 대한 모든 꿈을 애니의 이미지와 연결지었다. 그녀는 그가 숭배하는, 그리고 그 제단에 값진 공물을 바치기를 원하는, 그 정신적 힘이 그에게 분명하게 드러나는, 눈에 보이는 하나의 실체였던 것이다. 물론 그는 미망에 빠져 있었다. 사실 애니 호벤든은 그의 상상력이 그녀에게 부여하는 그런 귀한 속성을 가지고 있지 않았으니까. 그의 내적 환영에 나타나는 그녀의 모습은 그 신비로운 기계 장치가 완성될 경우 그렇게 되듯이 그 스스로가 만들어 낸 하나의 창조물이었다. 만일 그가 사랑의 성공을 통해 자신의 미망을 확인하게 되었다면—그가 애니를 가슴에 품는 데 성공해서 그녀가 천사에서 보통 여자로 바뀌어 가는 것을 보게 되었다면—그 실망감은 오히려 그로 하여금 이제 유일하게 남은 목표물에 모든 힘을 쏟아붓게 했을 것이다. 반대로 애니가 그가 상상한 대로의 여자라는 걸 확인하게 되었다면 그의 운명은 아름다움으로 풍요해져서 그 풍요로움으로부터 그가 추구해 온 것보다 더 가치 있는 여러 형태의 미를 창조해 낼 수 있었을 것이다. 그러나 이렇게 갑작스레 닥쳐든 슬픔의 충격, 그리고 그의 인생의 천사를 그 귀한 도움을 필요로 하지도 않고 고맙게 여길 줄도 모를 흙과 쇳덩어리로 만들어진 상스러운 남자가 낚아채 갔다는 느낌은 그로 하여금 인간의 삶이 희망이나 두려움의 무대가 되기에는 너무 어리석고 모순된 것이라는 운명의 심술을 절감하게 했다. 오웬 워랜드는 얼빠진 사람처럼 멍하니 앉아 있을 수밖에 없었다.

그는 몹시 앓았다. 그러나 건강이 회복된 후 그의 조그맣고 가녀린 체구에는 둔해 보일 정도로 살이 오르기 시작했다. 그가 그토록 살이 쪄 보기는 처음이었다. 홀쭉했던 뺨이 동그래지고, 요정의 일이나 하도록 타고난 듯한 조그맣고 섬세한 손도 무럭무럭 자라나는 아이의 손처럼 포동포동해졌다. 그의 모습은 전체적으로 어린애 같아져서, 만약 낯선 사람이 그를 보았다면 참 이상한 아이도 있구나 하고 의아해하면서도 그의 머리를 쓰다듬어 주고 싶어 했을 것이다. 마치 정신이 그의 몸에서 빠져나가 버리고 육체만 남아서 식물처럼 무성히 자라고 있는 듯했다. 그렇다고 오웬 워랜드가 바보처럼 된 것은 아니었다. 말도 조리 있고 분명하게 했다. 정말이지 사람들이 그를 수다쟁이로 생각하기 시작할 정도였다. 그는 여러 책에서 읽은, 그러나 나중에 완전히 황당한 것임을 알게 된, 기계에 관한 여러 가지 놀랄 만한 이야기들을 지루할 만큼 길게 늘어놓는 것이었다. 그중에는 알베르투스 마그누스가 만든 놋쇠 인간이라든가, 베이컨 수도사가 만들었다는 예언하는 놋쇠 머리라든가, 더 근년으로 와서는 프랑스 황태자를 위해 만든 것으로 되어 있는 조그만 마차와 자동 말 인형이라든가, 마치 살아 있는 파리처럼 귀 주위에서 윙윙거리지만 사실은 조그만 쇠 용수철로 만든 곤충에 관한 이야기들이 포함되어 있었다. 한번은 실제로 어기적어기적 걷고 꽥꽥거리고 먹이도 먹는, 그러나 만일 저녁거리로 쓰려고 샀다면 오리 모양으로 만든 기계에 속았다는 사실을 알게 되었을 오리에 관한 이야기도 들려주었다.

"하지만 이제 와서 생각해 보면 이 모든 이야기는 다 속임수에 지나지 않지요."

오웬 워랜드는 말했다.

그러고는 아주 이상한 태도로, 한때는 그렇지 않다고 생각했노라고 고백하는 것이었다. 게으르게 몽상에 잠겨 있던 시절, 그는 어떤 의미에선 기계에 영혼을 불어넣는 일이 가능하다고, 그렇게 해서 생겨난 새로운 종류의 생명과 움직임을 자연이 모든 창조물에게 가능성은 부여했지만 실현하려고 애쓰지는 않은 이상적 상태의 아름다움과 결합시키는 것이 가능하다고 생각했다는 것이다. 그러나 그는 그런 목적을 성취하는 과정이나 계획 자체에 대해 분명한 인식을 갖고 있는 것처럼 보이지는 않았다.

"이제 그런 생각은 다 집어치워 버렸습니다."

그는 이렇게 말하는 것이었다.

"젊은 사람들이 항상 미혹되는 그런 꿈이지요. 철이 들어서 생각하니 우습군요."

아, 전락해 버린 가련한 오웬 워랜드여! 이런 태도는 이제 그가 우리 주위에 보이지 않게 존재하고 있는 보다 훌륭한 세계의 주민이 아니라는 것을 보여 주는 징후였다. 그는 보이지 않는 것들에 대한 신념을 잃어버린 채 그런 불행한 사람들이 으레 그렇듯이 눈으로 볼 수 있는 많은 것들까지도 거부해 버리는 지혜를 자랑스럽게 생각하고 오직 그의 손으로 확인할 수 있는 것만 철저히 믿게 되었다. 이런 것은 정신적인 고귀한 부분이 사라져 버리고 천박한 이해에 의해 인식할 수 있는 것에만 점점 더 동화되는 사람들의 불행인 것이다. 그러나 오웬 워랜드에게 정신은 완전히 죽거나 사라지지는 않았고 오직 잠들어 있을 뿐이었다.

그 정신이 어떻게 다시 깨어났는지는 정확히 알 수가 없다. 어쩌면 발작적인 고통에 의해 몽롱한 동면의 상태가 깨어진 것인지도 모른다. 아니면 지난번의 경우처럼 나비가 날아와 그의 머리 주위를 떠돌면서—정말이지 이 햇빛의 정령은 항상 예술가를 위한 어떤 신비로운 임무를 띠고 있으니까—그의 이전의 목적을 다시 일깨웠는지도 모른다. 그의 혈관으로 짜릿하게 퍼져 온 것이 고통이었든 행복감이었든 간에, 그가 처음으로 충동처럼 느낀 것은 자신을 생각과 상상력과 예민한 감수성을 지닌 인간으로 다시 돌아오게 해 준 것에 대해 하늘에 감사드리고 싶은 마음이었다.

"내가 할 일에 대해 지금처럼 강한 의욕을 느낀 적이 없어."

그는 혼자 생각했다.

그러나 스스로 건강하다고 느끼기는 하면서도 한창 일하는 도중에 갑자기 죽음이 닥쳐들지나 않을까 하는 불안감 때문에 그는 더욱더 열심히 일에 몰두하게 되었다. 아마도 이런 불안감은 자신의 생각에 아주 높은 목표를 세우고 오직 그 목표의 달성 여부에 인생의 중요성이 달려 있다고 생각하는 모든 사람에게 공통되는 느낌일 것이다. 인생을 그 자체로서 사랑하는 한 우리는 인생을 잃어버릴까 별로 두려워하지 않는다. 반면 어떤 목적의 달성을 위해 삶을 희구할 때 우리는 삶의 결이 아주 연약하다는 것을 깨닫게 된다. 그러나 신의 섭리에 의해 우리에게 지정된 것 같은, 그 일을 성취하지 않으면 세상이 비탄 속에 빠질 것 같은 일에 몰두할 때 우리는 이런 불안감과 함께 죽음의 화살이 우리를 공격하지 못하리라는 강한 신념을 동시에 느끼게 된다. 인류를 개혁할 수 있는 중요한 생각에 대한 영감으로 고취된 철학자가 광명의 말을 전하려고 막 숨을 모으고 있는 바로 그 순간에 자신이 이 중요한 삶으로부터 불려 가게 되리라고 생각할 수 있겠는가? 만일 그렇게 죽는다면, 다른 현인이 나타나 그때 설파할 수 있었을 그 진리의 말을 다시 찾아내게 될 때까지 오랜 세월이 지루하게 흘러가야 될지 모른다——세상의 모든 삶이 모래처럼 한 줌 한 줌 다 떨어져 내릴 만큼. 그러나 역사는 아주 고귀한 정신이 어떤 시기에 인간의 형태로 나타났다가 인간의 판단으로 볼 때 이 지상에서 자신의 임무를 수행할 수 있는 충분한 시간을 허락받지 못하고 일찍 죽어 간 예를 허다하게 보여 준다. 예언자는 죽어 가고, 둔한 가슴과 멍한 머리를 가진 사람은 살아남는다. 시인은 그의 노래를 채 끝내지 못하거나 인간의 귀에는 들리지 않는 천국의 합창으로 완성하기도 한다. 또한 화가는 앨스턴이 그랬듯이 자신의 생각을 화폭에 다 담지 못한 채 이 세상을 떠나 그 불완전의 아름다움으로 우리를 슬프게 하고, 이렇게 말하는 게 불경스럽지 않다면 천국의 색깔로 그 그림을 완성하려 할 것이다. 그러나 이 세상에서 이루지 못한 그런 계획들은 결국 아무 데서도 완전히 이루어지지 못하리라. 이처럼 자주 좌절되는 인간의 고귀한 계획들은 이 지상에서의 행위는 아무리 경건함이나 재능으로 영성화된다 하더라도 오직 정신의 훈련이나 발로로서 가치가 있을 뿐임을 아마도 증명해 보이고 있을 것이다. 천국에서는 모든 평범한 생각들도 밀턴의 노래보다 더 우아하고 아름답다고들 한다. 그렇다면 밀턴이 지상에서 채 끝내지 못한 노래에 한 절을 더 보태서 그것을 완성하려고 하겠는가?

이제 오웬 워랜드에게로 다시 돌아가 보자. 좋건 나쁘건 이제는 그의 삶의 목적을 이루는 것이 그의 운명이었다. 오랜 시간에 걸친 생각의 집중, 피나는 노력, 정교한 작업, 애태우는 걱정, 그리고 뒤이은 고독한 승리의 순간, 이 모든 과정을 상상에 맡기고 건너뛰기로 하자. 그러면 우리는 어느 겨울 저녁 로버트 댄포스의 화롯가를 찾아가는 그 예술가를 만나게 된다. 댄포스의 집에서 그는 거대한 육체 덩어리인 철의 사나이가 가정의 영향으로 매우 온화하게 다듬어져 있는 모습을 볼 수 있었다. 애니 역시 주부 티가 나고 남편의 소탈하고 투박한 성품의 영향을 많이 받은 듯했다. 그러나 오웬 워랜드가 그렇게 믿고 있듯이 그녀는 아직도 고상한 품위를 지니고 있어서 힘과 아름다움 사이에서 통역관 노릇을 할 수 있을 것 같았다. 마침 피터 호벤든 영감도 그날 저녁 딸네 집에 손님으로 와 있었는데, 오웬의 눈길과 처음 마주친 것은 여전히 예의 그 날카롭고 차가운 비판의 표정이었다.

"오랜만이네, 오웬!"

로버트 댄포스는 자리에서 벌떡 일어나 쇠막대기를 쥐는 데 익숙한 우람한 손으로 그 예술가의 가녀린 손가락을 쥐고 큰 소리로 말했다.

"드디어 이렇게 찾아와 주니 반갑고 고맙네. 난 자네가 그 영원한 움직임인가 뭔가에 넋을 빼앗겨 옛날 일을 다 잊어버렸나 걱정했지."

"정말 반가워요."

주부 티가 나는 얼굴을 약간 붉히며 애니가 말했다.

"그토록 오랫동안 아무 연락도 없다니 섭섭했어요."

"그래, 그 아름다움이라는 건 어떻게 되어 가나, 오웬? 드디어 만들어 냈나?"

늙은 시계 제조공은 첫 인사말로 이렇게 물었다.

오웬은 즉각 대답하지 않았다. 양탄자 위에서 이리저리 뒹굴며 놀고 있는 어린아이의 모습에 깜짝 놀랐기 때문이다. 그 아이가 무한으로부터 신비스럽게 태어난 존재이면서도 이 세상의 가장 견고한 물질로 빚어진 듯 몸의 구조가 아주 튼튼하고 단단한 실체처럼 느껴졌던 것이다. 그 튼튼한 아이는 낯선 손님을 향해 기어와서 로버트 댄포스가 곧추섰다고 표현하는 자세를 하고는 매우 영리한 표정으로 오웬을 빤히 쳐다보았다. 그 영리한 표정이 대견스러워서 아이 엄마는 남편과 자랑스러운 눈길을 주고받지 않을 수 없었다. 그러나 오웬은 아이의 표정이 피터 호벤든의 평소의 표정을 닮았다고 생각하면서 마음이 산란해지는 것을 느꼈다. 늙은 시계 제조공이 이 아이의 모습을 하고 아이의 눈을 통해 내다보면서 악의에 찬 그 질문을 반복하고 있는 것처럼 생각되었다.

"오웬! 그 아름다움 말일세. 어떻게 되어 가고 있나? 아름다움을 만들어 내는 데 성공했나?"

"네, 성공했습니다."

오웬은 잠시 의기양양한 눈빛과 밝은 미소를 띠며 대답했다. 그러나 그 모습은 깊은 생각에 젖어 있어서 차라리 슬퍼 보였다.

"네, 사실입니다, 여러분. 성공했습니다."

"어머, 정말이에요?"

애니가 소녀처럼 유쾌한 표정을 얼굴에 띠며 소리쳤다.

"그렇다면 이제 그 비밀에 대해 물어봐도 괜찮겠네요."

"물론이죠. 바로 그 비밀을 알려 주려고 오늘 저녁 이렇게 온 겁니다."

오웬 워랜드가 대답했다.

"그 비밀을 알 뿐만 아니라, 보고 만지고 소유하게 될 겁니다. 왜냐하면 애니 — 옛날 친구이니 이렇게 불러도 되겠지요 —, 이 영혼을 불어넣은 기계, 이 조화로운 율동, 이 아름다움의 신비를 당신의 결혼 선물로 만든 거니까요. 선물이 너무 늦은 건 사실이죠. 하지만 우리가 세상을 살아가는 동안 사물들이 신선한 빛을 잃고 우리의 영혼이 섬세한 지각을 상실해 가기 시작할 때, 바로 그런 때에 아름다움의 정신이 가장 필요한 거죠. 용서해 줘요, 애니. 하지만 이 선물의 가치를 인정해 줄 수만 있다면 선물이 너무 늦은 건 아니겠지요."

이렇게 말하면서 그는 보석 상자 같은 것을 꺼냈다. 그의 손으로 직접 화려하게 조각한 흑단 상자에는 나비를 쫓는 한 소년의 모습이 환상적인 진주 세공으로 박혀 있었다. 나비는 어디에선가 날개 달린 정령이 되어 하늘을 향해 날아가고 있고, 한 소년인지 젊은이인지는 그 아름다움을 손에 넣으려는 강렬한 열망으로 땅에서 구름으로, 구름에서 다시 천국으로 오르고 있는 모습이었다. 오웬은 그 흑단 상자를 열면서 애니더러 한쪽 끝에 손가락을 대어 보라고 했다. 애니가 시키는 대로 손가락을 대자 나비 한 마리가 팔랑대며 날아올라 그녀는 깜짝 놀라서 소리를 지를 뻔했다. 나비는 그녀의 손가락 끝에 내려앉아 다시 날 준비를 하듯이 보랏빛과 금빛 점이 박힌 넓은 날개를 너울거리고 있었다. 그 아름다운 물건 속으로 부드럽게 스며 들어간 영광과 장려함과 정교한 화려함은 말로 표현할 수가 없었다. 자연의 이상적인 나비가 완벽한 모습으로 거기에 구현되어 있었다. 이 땅의 꽃들 사이로 펄럭대며 나는 빛바랜 곤충의 모습으로가 아니라, 천국의 초원을 날며 아기 천사나 죽은 아기들의 영혼과 즐겁게 노니는 나비의 모습으로. 날개 위의 풍요로운 잔털이 보이고, 눈빛에는 영혼의 광채가 넘치는 것 같았다. 촛불이 나비 위로 비치자 그 주위로 불빛이 어른거렸다. 그러나 마치 나비 자체의 광채가 빛을 발하는 것 같았다. 나비는 자신이 내려앉은 손가락과 내뻗은 손을 보석 같은 하얀 광채로 비추고 있었다. 그 완벽한 아름다움 때문에 크기에 대한 생각은 완전히 잊혔다. 날개가 하늘을 온통 덮을 만큼 컸다 해도 충만감이나 만족감이 더 이상 클 수는 없었을 것이다.

"아름다워요! 정말 아름다워요! 이거 살아 있는 건가요? 정말 살아 있는 거예요?"

애니가 외쳤다.

"살아 있느냐고? 물론 살아 있지."

그녀의 남편이 대답했다.

"나비를 만들어 내는 기술을 가진 사람이 이 세상에 있으리라 생각하오? 설령 그렇다 해도, 여름날 오후 한나절이면 어린애도 몇십 마리씩 잡아 올 수 있는 나비를 애써 만들려고 하는 사람이 어디 있겠소? 살아 있느냐고? 물론이지! 하지만 이 아름다운 상자는 우리의 친구 오웬이 만든 것이 틀림없군. 정말 잘 만들었는데."

그 순간 나비가 정말 살아 있는 듯한 동작으로 날개를 다시 펄럭여서 애니는 깜짝 놀라며 두려움을 느끼기까지 했다. 왜냐하면 남편의 의견에도 불구하고 나비가 정말 살아 있는 생물인지 아니면 놀라운 기계 조각인지 분명히 알 수가 없었기 때문이다.

"이거 살아 있는 거예요?"

애니는 아까보다 더 진지하게 같은 질문을 반복했다.

"직접 판단해 봐요."

그녀의 얼굴을 주의 깊게 지켜보고 서 있던 오웬 워랜드가 대답했다.

나비는 이제 공중으로 날아올라 애니의 머리 주변에서 펄럭이더니 응접실 먼 곳으로 솟아 올라갔는데, 아주 먼 거리였지만 날개의 동작을 감싸고 있는 별빛 같은 광채 때문에 나비의 모습은 계속 보였다. 마루에서 뒹굴던 아이는 영리한 작은 눈으로 나비의 모습을 계속 뒤쫓고 있었다. 나비는 방 주위를 한 번 날더니 나선형의 곡선을 그리며 돌아와 애니의 손가락 위에 다시 앉았다.

"아니, 정말 살아 있어요?" 그녀는 다시 외쳤다. 그 화려하고 신비로운 나비가 내려앉은 손가락이 너무나 떨려서 나비는 두 날개로 균형을 잡아야 할 정도였다.

"이게 정말 살아 있는 건지 아니면 만들어 낸 건지 말해 주세요."

"그것이 그처럼 아름답다면 누가 그것을 만들어 냈는지 알아서 뭐 합니까?"

오웬 워랜드가 대답했다.

"살아 있냐고요? 그래요, 살아 있어요, 애니. 생명을 가지고 있다고 말할 수 있지요. 왜냐하면 나 자신의 모든 것이 그 안에 들어 있으니까. 그 나비의 비밀 안에, 그리고 그 아름다움 속에, 외견으로만이 아니라 모든 조직 속 깊이 미를 추구하는 한 예술가의 지력과 상상력과 감성과 영혼이 모두 구현되어 있어요! 그래요, 내가 그걸 창조해 냈어요. 하지만."

이 대목에서 그의 얼굴빛이 약간 변했다.

"하지만 이 나비는 이제 옛날 내가 젊은 시절의 몽상 속에서 멀리 날아가는 것을 바라보던 때의 그 나비가 아니에요."

"어찌 되었든 간에 참 예쁜 장난감이로군."

대장장이가 어린애처럼 즐겁게 웃으며 말했다.

"내 손가락처럼 둔하고 못생긴 손가락에도 앉을지 모르겠군. 이리 좀 줘 봐요, 애니."

오웬의 지시에 따라 애니는 그녀의 손가락 끝을 남편의 그것에 갖다 대었다. 그러자 나비는 잠시 지체한 후에 그쪽으로 펄럭이며 옮겨 앉았다. 나비는 첫 번째 실험 때와 비슷하지만 똑같지는 않은 너울거리는 날갯짓을 하며 두 번째의 비상(飛翔)을 준비했다. 그러더니 이윽고 대장장이의 그 건장한 손가락으로부터 점점 더 큰 곡선을 그리며 천장으로 날아올라 방을 넓게 한 바퀴 빙 돌더니 파들대는 동작으로 다시 대장장이의 손가락으로 돌아와 앉았다.

"거참, 진짜보다 더 낫군!"

로버트 댄포스는 그가 표현할 수 있는 최대의 찬사를 보내며 큰 소리로 말했다. 사실 더 말을 잘하고 더 훌륭한 지각을 가진 사람이라도 그 이상 더 할 말이 없었을 것이다.

"솔직히 나로서는 상상할 수가 없을 정도로군. 하지만 그래서 어쩌라는 건가? 우리의 친구 오웬이 이 나비에 쏟아부은 5년 동안의 노고보다 내가 쇠망치를 한 번 내려치는 게 더 실용적인 쓸모가 있지 않느냔 말이야."

그 순간 아기가 손뼉을 치면서 알아들을 수 없는 말로 뭐라고 계속 재잘댔다. 아마도 장난감으로 가지고 놀게 나비를 달라는 것 같았다.

그러는 동안 오웬 워랜드는 아름다운 것과 실용적인 것의 상대적 가치에 대한 남편의 평가에 그녀가 공감하는지 알아보기 위해 애니를 곁눈으로 지켜보았다. 자신에 대한 그녀의 친절함, 자신의 손으로 만들어 낸 생각의 구현체인 그 놀라운 물건을 바라볼 때의 그녀의 경이로움과 경탄의 표정, 이 모든 것에도 불구하고 그는 그녀의 얼굴에 뭔가 경멸감 같은 것이 숨겨져 있는 것을 느꼈다. 그 경멸감은 아주 깊숙이 숨겨져 있어서 어쩌면 그녀 자신도 의식하지 못하고 예술가의 직관적인 눈에만 감지되는 것 같았다. 그러나 오웬은 이제 그의 추구의 과정에서 그런 발견으로 인해 고통받는 단계는 벗어나 있었다. 애니로 대표되는 세상 사람들이 아무리 찬사를 보낸다 하더라도, 하찮은 물질로 고아한 정신을 상징하고 세속적인 것을 정신적인 황금으로 바꿈으로써 아름다움을 창조물로 승화하는 예술가에게 완전한 보상을 줄 만큼 적절한 말로 표현하고 적절한 감정을 느끼지 못한다는 것을 그는 잘 알고 있었다. 이 마지막 순간에 이르러서야 모든 고아한 정신적 행위의 보상은 다른 데서 구할 수 없고 오직 그 자체 안에서만 찾을 수 있다는 사실을 새삼 깨닫게 된 것도 아니었다. 그러나 애니와 그녀의 남편, 그리고 피터 호벤든까지도 충분히 이해할 수 있을, 그리고 그들로 하여금 지난 5년간의 노고가 값진 것이었다고 생각하게 할 수 있을 그런 설명이 불가능한 것만은 아니었다. 예컨대 오웬 워랜드는 가난한 시계 제조공이 대장장이의 아내에게 주는 결혼 선물인 이 장난감 같은 나비가 사실은 한

제왕이 수많은 재물과 명예를 바쳐 구해서 그 왕국의 모든 보석 중 가장 값지고 훌륭한 보물로 소중히 간직했을 고귀한 보석 같은 것이라고 그들에게 설명해 줄 수도 있었을 것이다. 그러나 오웬은 미소를 띤 채 그런 생각을 혼자서만 간직했다.

"아버지, 이리 오셔서 이 예쁜 나비 좀 보세요."

애니는 늙은 시계 제조공의 한마디 찬사의 말이 예전의 도제를 기쁘게 해 줄 수 있으리라 생각하며 말했다.

"어디 좀 보자꾸나."

피터 호벤든은 사람들로 하여금 그 자신처럼 물질적인 실체가 아닌 모든 것을 의심하게 만드는 조소의 표정을 얼굴에 띠고 의자에서 일어나며 말했다.

"자, 내 손가락에 앉게 해 보아라. 한번 만져 보면 금방 알 수 있을 게다."

그러나 아버지의 손가락 끝이 아직도 나비가 앉아 쉬고 있는 남편의 손가락 끝에 닿자 나비가 곧 날개를 축 늘어뜨리고 마루 위로 떨어지려 해서 애니는 깜짝 놀랐다. 그녀의 눈이 잘못 본 것이 아니라면, 날개와 몸통 위의 밝은 황금빛 점이 흐려지고, 빛나던 보랏빛은 어두운 색깔로 변하고, 대장장이의 손 주위를 뽀얗게 밝히던 별빛 같은 광채도 희미해지며 사라져 가는 것이었다.

"나비가 죽어 가요! 나비가 죽어 가요!"

애니가 놀라서 소리쳤다.

"이 나비는 아주 섬세하게 만들어진 겁니다."

오웨이 차분하게 말했다.

"내가 말한 대로 자력(磁力)이랄까 자성이랄까, 그런 영적인 정수를 흡수한 거지요. 그래서 의심이나 조롱의 분위기에서는 그 정묘한 감수성이, 그것에 자신의 삶을 불어넣은 사람의 영혼이 그렇듯이, 심한 고통을 받게 됩니다. 이 나비는 이미 그 아름다움을 잃어버렸어요. 조금만 더 지나면 기계 장치가 돌이킬 수 없을 정도로 손상되고 말 겁니다."

"손을 떼세요, 아버지!"

애니가 창백해진 얼굴로 애원하다시피 말했다.

"여기 아기가 있어요. 그걸 아기의 천진한 손에 놓아야겠어요. 어쩌면 생명이 되살아나고 색깔도 더 밝아질 거예요."

그녀의 아버지는 씁쓸한 미소를 지으며 손을 치웠다. 그러자 나비는 자발적인 동작의 힘을 회복하는 것 같았고, 색깔도 본래의 광채를 많이 되찾은 듯했으며, 가장 영적인 특질인 별빛 같은 뽀얀 광채도 다시 나비 주위로 후광을 펼치기 시작했다. 나비가 로버트 댄포스의 손에서 아기의 조그만 손으로 옮겨 갈 때, 처음에는 그 광채가 무척 강해져서 아기의 그림자를 벽에 비치게 할 정도였다. 그러는 동안 아기는 아버지와 어머니가 하는 것을 본 대로 통통한 팔을 내뻗으며 아기다운 즐거운 표정으로 나비가 너울너울 날갯짓하는 것을 지켜보고 있었다. 그러나 아기의 얼굴에는 오웬 워랜드로 하여금 피터 호벤든 영감의 견고한 회의가 부분적으로 순화된 것처럼 느끼게 하는 야릇하게 영리한 표정이 담겨 있었다.

"저 조그만 녀석 영리해 보이는 것 좀 봐!"

로버트 댄포스가 아내에게 속삭였다.

"아이의 얼굴에서 저런 표정을 보는 건 처음이에요."

애니는 예술품인 나비보다 자신의 아기에 더 감탄하며 대답했다. 그녀로서는 그럴 만도 했을 것이다.

"저 애가 나비의 비밀에 대해 우리보다 많은 것을 알고 있는 것 같네요."

나비는 그 예술가처럼 아이의 본성에서 마음에 맞지 않는 무엇을 의식하기라도 한 듯 밝게 빛나다가는 다시 흐려지곤 했다. 마침내 나비가 저절로 위로 떠오르는 것 같은 동작으로 아이의 조그만 손으로부터 날아올랐다. 마치 주인의 정신이 그것에 부여한 영묘한 본능이 그 아름다운 모습을 저절로 더 높은 곳을 향해 오르게 하는 것 같았다. 만일 장애물이 없었다면 그것은 하늘 높이 솟아올라 불멸의 삶을 얻었으리라. 그러나 나비의 광채는 천장에 막혀 그 주위를 비추고, 정교한 결의 날개는 지상의 매개물인 천장에 닿아 퍼덕였다. 그러자 별가루처럼 반짝거리는 것이 한두 조각 떨어져 양탄자 위로 내려앉으며 주위를 뽀얗게 밝혔다. 나비도 펄럭이며 내려왔다. 그러나 아기에게 다시 돌아가지 않고 그 예술가의 손에 끌리듯 그쪽을 향해 날갯짓을 했다.

"그래선 안 돼! 그래선 안 돼!"

오웬 워랜드는 그의 창조물이 그의 말을 알아듣기라도 하는 듯 중얼거렸다.

"넌 주인의 가슴에서 떠난 거야. 다시 돌아올 수는 없어."

나비는 떨리는 빛을 발하며 머뭇거리는 동작으로 아기 쪽을 향해 애써 날아가 아기의 손가락 위에 앉으려고 했다. 그러나 나비가 아직 공중에서 머뭇거리고 있을 때 외할아버지의 날카롭고 영리한 표정을 한 그 힘세고 튼튼한 아이가 그 놀라운 곤충을 잡아채서 손안에 꽉 쥐었다. 애니가 비명을 질렀다. 피터 호벤든 영감은 차갑고 경멸에 찬 웃음을 터뜨렸다. 대장장이가 힘주어 아이의 손을 폈다. 그러나 아이의 손바닥에는 반짝거리는 금속 조각들만 쌓여 있을 뿐, 아름다움의 신비는 영원히 사라지고 말았다. 오웬 워랜드는 그의 일생에 걸친 노고의 파멸 같기도 한, 그러나 결코 파멸만은 아닌 이 광경을 차분한 표정으로 바라보았다. 그는 이 나비보다 더 멀리 나는 다른 나비를 붙잡은 것이었다. 예술가가 진실로 아름다움을 성취할 만큼 높은 경지에 이르면 그 아름다움을 사람들의 감각에 느껴지도록 만드는 상징물 자체는 그의 눈에 그다지 가치 있어 보이지 않는 것이다. 그럴 때 그의 정신은 상징물이 아닌 실체 자체를 즐기게 되니까.

라파치니의 딸

—오베핀의 작품에 관하여

우리는 오베핀 씨[1] 작품의 번역본을 본 기억이 없다. 그의 이름이 외국 문학을 공부하는 학생만이 아니라 본국의 많은 사람에게도 잘 알려져 있지 않기 때문에 그것은 별로 놀랄 일이 못 된다. 작가로서 그는 초절주의자(이런저런 이름으로 거의 모든 현대 세계 문학에 공헌하고 있는)와 일반 대중의 지력과 감성을 겨냥하는 다수의 대중 작가 사이의 불행한 위치에 있는 것처럼 보인다. 오베핀 씨의 서술 양식은 후자의 취향에 맞기에는 너무 세련되었다고 볼 수는 없다 하더라도 어쨌든 너무

1) 호손의 프랑스어 이름. 한 프랑스 친구가 그에게 붙여 준 이름인데, 호손은 약혼녀에게 보내는 편지에 이 이름을 가끔 사용했다. 이 짧은 서문은 호손 자신의 작가로서의 생애와 작품의 특성, 그리고 당시의 문학 풍토에 대한 장난기 섞인 풍자적인 글이다.

이질적이고 너무 어둡고 너무 실체가 없어 보이는 한편 전자의 정신적 혹은 형이상학적 요구를 충족시키기에는 너무 대중적이어서, 그에게는 이런저런 개인이나 소외 계층의 몇몇 사람 말고는 독자가 별로 많지 않을 수밖에 없다. 그의 작품을 정당하게 평가하자면 그것들은 상상력이나 독창성이 전적으로 부족한 것은 결코 아니며 알레고리에 대한 고질적인 선호만 아니었다면 그에게 더 큰 명성을 가져다줄 수도 있었을 것이다. 그러나 그 알레고리적 특성은 작품의 구성과 인물에 마치 구름 속에 있는 듯한 모호함을 부여해서 그의 생각들로부터 인간의 체온을 앗아 가는 경향이 있다. 그의 소설들은 때로는 역사적이고 때로는 현대를 배경으로 하며 때로는 시간이나 공간과 별로 관계가 없다. 어느 경우든 그는 외적 삶의 관습에 대한 약간의 장식, 실제의 삶에 대한 약간의 모방에 대체로 만족하고 어떤 주제의 다소 모호해 보이는 특성으로 독자의 흥미를 불러일으키려 노력한다. 때때로 그의 환상적인 이미지 속으로 자연의 숨결, 애수와 정감의 빗방울, 또는 해학의 희미한 불빛이 스며들어, 우리로 하여금 결국 우리가 지상의 삶의 한계에 머물러 있는 듯한 느낌을 갖게 한다. 만일 독자들이 적절한 관점으로 오베핀 씨의 작품을 읽게 된다면 더 훌륭한 작가들의 작품 못지않게 여가를 즐길 수 있으리라는 소박한 주장을 덧붙이고 싶다. 그러지 않으면 그의 작품들은 무의미한 허튼소리로 보일 가능성이 많기 때문이다.

이 작가는 많은 작품을 발표했다. 그는 자신의 노력이 외젠 쉬[2]의 경우처럼 화려한 성공으로 정당하게 보상받을 수 있을 것처럼 열심히, 지루할 정도로 끈질기게 계속 작품을 쓰고 발표한 것이다. 그의 첫 작품집은 『다시 듣는 이야기』라는 제목의 일련의 작품집으로, 단편 소설들을 모은 것이다. 요 근래의 작품으로 기억나는 것은 다음과 같다.

『천국행 열차』(3권, 1938), 『새로운 아버지 아담과 새로운 어머니 이브』(2권, 1939), 『로더릭, 혹은 뱃속의 뱀』(2권, 1940), 『불의 숭배』(옛날 페르시아 신도들의 종교와 의식을 깊이 연구한 2절판, 184*), 『스페인 성의 저녁』(1권, 8절판, 1842), 『미를 추구하는 예술가, 혹은 기계 나비』(5권, 4절판, 1843).[3] 이 작품들의 목록을 지루할 정도로 살피고 나열하다 보니 오베핀 씨에 대해 존경까지는 아니더라도 어떤 개인적인 애정과 공감을 느끼게 된다. 그래서 우리의 힘이 닿는 한 그를 미국의 일반 독자들에게 호의적으로 소개하고 싶다. 다음 이야기는 최근 《앙티 아리스토크라티크 리뷰》[4]에 실린 그의 「베아트리체, 혹은 아름다운 독녀」를 번역한 것이다. 베아르아벵 백작이 책임 편집자인 이 잡지는 지난 수년 동안 자유의 원칙과 대중의 권익을 옹호하는 임무를 모든 사람의 찬사를 받을 만큼 성실하고 훌륭하게 수행해 오고 있다.

---

2) Eugène Sue(1804~1857). 프랑스의 대중소설가.

3) 여기에 열거한 작품들은 『스페인 성의 저녁』을 제외하고 모두 호손 자신의 작품이지만 제목은 조금씩 다르다. 모두 단편 소설들인데 장편 소설인 것처럼 기록하고 있다. 또 몇 권이니 몇 절판이니 하는 것도 사실이 아니다.

4) 미국의 《데모크라틱 리뷰(Democratic Review)》를 비슷한 뜻의 프랑스어로 옮긴 것이다. 《데모크라틱 리뷰》의 책임 편집자는 호손의 친구인 존 오설리번이며 베아르아벵 백작이 아니다.

라파치니의 딸

아주 오래전에 조반니 구아스콘티라는 젊은이가 파도바 대학에서 공부를 계속하기 위해 이탈리아 남부 지방에서 올라왔다. 경제적으로 여유가 별로 없었기 때문에 조반니는 한 낡은 건물의 음울해 보이는 꼭대기 방에 숙소를 정했다. 그러나 그 건물은 한때 파도바 귀족의 궁으로 쓰였기에 손색 없는 모양을 하고 있었고, 실제로 입구 위쪽에는 오래전에 사라진 한 귀족 가문의 문장이 남아 있었다. 자기 나라의 위대한 시에 대해 모르지 않았던 이 젊은이는 이 가문의 한 조상이, 어쩌면 바로 이 저택의 주인이었을지도 모를 그 조상이 단테에 의해 지옥의 영원한 고통을 당하는 사람 중 한 명으로 그려져 있다는 사실을 떠올렸다. 이런 음울한 생각이 고향을 처음으로 떠나온 젊은이가 당연히 느낄 슬픔과 섞여, 그가 황량하고 허술한 방을 돌아볼 때 깊은 한숨을 내쉬게 했다.

"아이고, 도련님!"

젊은이의 아름다운 모습이 마음에 들어서 그 방이 사람이 살 만한 모습을 갖추도록 친절히 도와주던 늙은 리자베타 부인이 큰 소리로 말했다.

"젊은 사람의 가슴에서 무슨 그런 한숨이 나오나요! 이 낡은 저택이 우울해 보여요? 자, 그렇다면 머리를 창문 밖으로 내밀어 봐요. 그러면 나폴리에 남겨 두고 온 햇빛 못지않게 밝은 햇빛을 볼 수 있을 테니."

구아스콘티는 기계적으로 리자베타 부인이 권하는 대로 했지만, 파도바의 햇빛이 남부 이탈리아의 그것만큼 밝고 쾌활하다는 그녀의 말에 동의할 수 없었다. 그러나 햇빛은 그렇게 밝지는 않지만 창문 아래쪽에 있는 정원을 비추고, 매우 정성들여 가꾼 듯 보이는 여러 가지 식물 위로 그것들을 보살피기라도 하듯 길게 뻗쳐 있었다.

"저 정원은 이 집에 딸린 건가요?"

조반니가 물었다.

"아니에요. 하지만 이 집 정원에는 저기서 자라는 식물보다 더 좋은 식용 채소가 많아요."

리자베타 부인이 말했다.

"저 정원은 틀림없이 나폴리까지도 그 명성이 알려졌을 유명한 자코모 라파치니 박사님이 손수 가꾼 정원이랍니다. 사람들이 그러는데, 박사님은 이 식물들의 정수를 증류해서 마력적인 효능이 있는 약을 만들어 낸대요. 가끔 박사님의 딸이 정원에서 자라는 이상한 꽃들을 따는 모습도 볼 수 있을 거예요."

그 늙은 부인은 자신의 힘이 닿는 데까지 방 모양을 갖추어 놓고는 신의 가호가 있기를 바란다는 말을 남기고 방에서 나갔다.

조반니는 마땅히 할 일이 없어서 계속 창문 아래쪽의 정원을 내려다보았다. 외견상으로 판단하건대, 그 정원은 이탈리아의 다른 곳이나 세계 어느 곳보다 더 일찍 파도바에 만들어진 옛 식물원 중 하나쯤 되는 것 같았다. 혹은 한때 매우 부유한 가문의 휴양지였을지도 모를 일이었다. 왜냐하면 정원 한가운데에 보기 흉할 정도로 무너져 내려 그 어지럽게 널린 조각들로부터 본래의 모양을 추적하기는 불가능하지만 희귀한 기술로 우아하게 조각된 대리석 분수대의 잔해가 남아 있었기 때문이다. 그 잔해로부터 물이 계속 솟아오르며 아주 유쾌하게 햇빛에 반짝거리고 있었다. 물이 콸콸 흐르는 소리가 젊은이의 창문에까지 들려와서 샘물이 마치 불멸의 정령처럼 느껴졌다. 그 샘물은 한 세기가 대리석의 모습으로 자신을 구현하고 또 다른 세기가 흙 위에 부서져 내리는 장식물을 흩뿌리는 동안에도 주위의 영고성쇠에 전혀 개의치 않고 끊임없이 자신의 노래를 부르고 있는 듯했다. 물이 흘러내려 이룬 웅덩이 주위로는 온갖 식물들이 자라고 있었다. 커다란 잎사귀들 그리고 화려하고 장려한 큰 꽃들에 자양을 공급하기 위해서는 많은 양의 수분이 필요한 것 같았다. 그들 중 웅덩이 한복판의 대리석 항아리 안에 심긴, 보라색 꽃들을 풍요롭게 피우고 있는 관목 하나가 유난히 눈에 띄었다. 꽃 한 송이 한 송이가 보석 같은 색깔과 화려함을 지니고 있었고 꽃들 전체가 함께 어우러져 어찌나 찬란한 빛을 발하는지 햇빛이 없어도 정원 전체를 밝힐 수 있을 것 같았다. 흙이 있는 곳마다 여러 가지 식물과 풀이 자라고 있었는데, 보기에 덜 아름답기는 해도 그것들을 기르는 과학자는 각각의 효능을 다 알고 있어서 정성스럽게 보살피고 있는 것이 분명했다. 어떤 것들은 화려하게 조각된 고풍스러운 단지 안에, 어떤 것들은 평범한 정원용 화분 안에 들어 있었고, 또 어떤 것들은 마치 뱀처럼 땅을 기거나 오를 수 있는 수단을 가리지 않고 마구 위로 올라가고 있었다. 어떤 식물은 베르탐누스 신의 입상을 화환처럼 장식하며 천처럼 늘어진 잎사귀로 주위를 두른, 조각가에게 연구거리를 제공할 만큼 근사한 모양을 하고 있었다.

조반니가 그렇게 창가에 서 있는데 나뭇잎 뒤쪽에서 바스락거리는 소리가 나서 누군가가 정원에서 일하고 있다는 걸 알게 되었다. 이윽고 한 사람의 모습이 나타났는데, 평범한 일꾼의 모습이 아닌, 키가 크고 마르고 병들어 보이는 창백한 얼굴에 학자처럼 검은 옷을 입은 모습이었다. 그는 머리카락과 가느다란 턱수염이 희끗희끗한, 중년을 넘어선 남자로, 얼굴에 지성과 교양이 묘하게 배어 있었지만 심지어 젊었을 때도 따뜻한 마음을 표현해 본 적이 없을 것 같은 표정을 하고 있었다.

그 과학자 정원사가 모든 나무 한 그루 한 그루를 꼼꼼히 점검하는 진지함은 무엇에도 비견할 수가 없었다. 마치 나무들의 내밀한 본성을 살피며 그들의 창조적 본질과 관련된 관찰을 하고, 왜 어떤 잎은 이런 모양으로 자라고 어떤 잎은 다른 모양으로 자라는가, 왜 어떤 꽃들은 그들 자신끼리도 색깔과 향기가 다른가 하는 것들을 발견해 내고 있는 것 같았다. 그러나 이런 깊은 이해력에도 불구하고 그 자신과 그 식물들 사이에 친근감이 있어 보이지는 않았다. 오히려 반대로 그는 매우 신중한 태도로 식물들과 직접 접촉한다든가 식물의 향기를 직접 맡는 것을 피했다. 조반니에게 강렬한 인상을 준 그런 태도가 그에겐 기분 나쁘게 느껴지는 듯했다. 왜냐하면 그 사람의 태도는 한순간이라도 방심하면 그에게 치명상을 가할 수 있는 사나운 짐승이나 독사나 악령 같은 악의로 가득 찬 장소를 경계하며 걸어가는 사람의 태도였기 때문이다. 타락하기 전 인간 조상에게 즐거운 노동이었던, 그리고 인간의 가장 단순하고 순수한 노동이어야 할 정원 가꾸는 일을 하는 사람에게서 그런 불안한 태도를 보는 것은 젊은이의 상상력에 이상한 공포감을 몰고 왔다. 그렇다면 이 정원은 오늘날의 에덴이란 말인가? 그리고 자기 자신의 손으로 자라게 한 것들에서 해로움을 감지하는 저 사람은 오늘날의 아담이란 말인가?

불신하는 태도의 그 정원사는 죽은 가지를 꺾어 내고 너무 무성히 자란 나뭇잎과 가지 들을 다듬는 동안 두꺼운 장갑을 끼어 손을 보호하고 있었다. 장갑만이 유일한 방어물이 아니었다. 정원을 걷다가 대리석 분수대 옆의 그 보랏빛 보석 같은 꽃들을 드리우고 있는 화려한 나무에 이르렀을 때, 그는 그 모든 아름다움에 치명적인 악의가 감춰져 있기라도 하듯 입과 코에 마스크 같은 것을 썼다. 그러나 자신의 작업이 여전히 너무 위험하다고 생각되는지 주춤 물러서서 마스크를 벗고는 큰 소리로, 그러나 속병을 앓고 있는 사람처럼 허약한 목소리로 사람을 불렀다.

"베아트리체! 베아트리체!"

"저 여기 있어요, 아버지. 왜 그러세요?"

맞은편 집의 창문에서 젊고 풍요로운 목소리가 들려왔다. 열대 지방의 황혼 빛처럼 풍요로운 그 목소리를 들으면서 조반니는 왠지 모르게 보라색이나 진홍빛 같은 짙은 색깔과 독할 정도로 강렬한 향기를 연상했다.

"정원에 계세요?"

"그래, 베아트리체. 네 도움이 필요하구나."

정원사가 대답했다.

조각 장식을 한 현관 입구 아래로 곧 젊은 아가씨의 모습이 나타났다. 가장 화려한 꽃처럼 풍요로운 취향의 옷차림을 한 그 아가씨는 환한 낮처럼 아름다웠고, 조금만 더 진해도 너무 지나칠 만큼 짙고 싱싱하게 피어오르고 있었다. 그녀는 생동감과 건강과 힘이 넘쳐 보였다. 이 모든 속성이 그녀의 허리띠로, 말하자면 풍요로움 속에 단단히 조여져 매여 있는 것 같았다. 그러나 정원을 내려다보는 동안 조반니의 상상력은 분명 병적으로 되어 가고 있었다. 왜냐하면 그 아름다운 아가씨가 마치 꽃들의 자매나 되는 것처럼 예쁘게, 아니, 그 꽃들 중 가장 풍요로운 꽃보다 더 아름답게 느껴지면서도 장갑을 껴야만 만질 수 있고 마스크를 써야만 접근할 수 있을 것처럼 느껴졌기 때문이다. 베아트리체는 정원 길을 따라 걸어오면서 그녀의 아버지가 조심스럽게 피했던 나무들을 아무렇지도 않게 만지고 향기도 들이마셨다.

"여기야, 베아트리체."

정원사가 말했다.

"이 보물 나무에 얼마나 많은 손질이 필요한지 알겠지. 이제 내 몸이 많이 쇠약해졌지만, 필요하다면 목숨을 걸고라도 이 나무에 가까이 접근해야 할지 몰라. 그러니 이제부터 이 나무의 관리를 네가 전적으로 맡아 줘야 할 것 같은데 어떠냐."

"기꺼이 맡을게요."

젊은 아가씨는 다시 한번 풍요로운 목소리로 대답한 뒤 그 화려한 나무를 향해 몸을 굽히면서 마치 끌어안기라도 하늣 양팔을 벌렸다.

"그래, 나의 영광 나의 동생. 이제 이 베아트리체가 너를 가꾸고 보살펴 줄 테니 너의 키스와 향기로운 숨결로 나에게 보답해 줘. 너의 그 향기로운 숨결이 나에겐 생명의 숨결이니까."

그러고는 그토록 강렬한 말로 표현한 대로 아주 부드러운 태도와 몸짓으로 그 나무가 필요로 하는 듯한 일들에 열심히 몰두하는 것이었다. 조반니는 창문에 기대서서 눈을 비비고 내려다보았는데, 한 아가씨가 자신이 아끼는 꽃을 돌보는 건지 아니면 두 자매가 서로 애정을 나누는 건지 거의 분간할 수가 없었다. 그 광경은 곧 끝났다. 라파치니 박사가 정원 일을 끝마친 것인지 아니면 주의 깊은 눈길로 낯선 사람의 얼굴을 포착한 것인지, 하여튼 딸의 팔을 끼고 집 안으로 들어가 버렸기 때문이다. 벌써 밤이 다가오고 정원의 꽃들이 발산하는 강렬하고 역겨운 향기가 열린 창문을 통해 올라오는 것 같았다. 조반니는 창문을 닫고 긴 의자로 가서 풍요로운 꽃과 아름다운 아가씨에 대해 꿈을 꾸었다. 꽃과 아가씨는 다르기도 했고 또 같기도 했으며, 각자의 모습 안에 이상한 위험이 도사리고 있는 듯했다.

그러나 아침의 밝은 햇빛 안에는 해가 진 후 혹은 밤의 어둠이나 음울한 달빛 속에서 우리가 일으킬 수 있는 그릇된 환상이나 잘못된 판단을 교정해 주는 묘한 영향력이 있는 법이다. 잠에서 깨어난 후 조반니가 처음에 한 일은 창문을 열어젖히고 그의 꿈을 그토록 신비로 가득 차게 했던 정원을 내려다보는 일이었다. 정원이 아침의 첫 햇살 속에서 얼마나 일상적이고 현실적인 모습을 하고 있는가를 확인하고 조반니는 놀랍기도 하고 부끄럽기도 했다. 아침의 그 햇살은 잎사귀와 꽃들에 맺힌 이슬방울들을 금빛으로 반짝이게 하고 희귀한 여러 꽃들의 아름다움을 더 밝게 하면서 주위의 모든 것을 일상적인 경험의 경계 안으로 불러들이고 있는 것이었다. 젊은이는 메마른 도시의 한복판에서 이처럼 아름답고 화려한 식물들로 가득한 정원을 내려다보는 특권을 누리는 것이 몹시 기뻤다. 그는 이 정원이 하나의 상징적인 언어로서 그를 자연과 계속 교감할 수 있도록 해 줄 거라고 생각했다. 병약하고 생각으로 지친 듯한 자코모 라파치니 박사도 그의 화려한 딸도 지금은 보이지 않았다. 그래서 조반니는 두 사람에 대해 그가 생각한 기이함 중 얼마만큼이 실제 그들 자신의 특질에서 온 것이고 얼마만큼이 자신의 환상적인 상상에서 비롯된 것인가를 판단할 수가 없었다. 그러나 그는 그 모든 것에 대해 이성적이고 합리적인 판단을 하고 싶었다.

낮 동안 그는 자신의 소개장을 제출해야 할 대학의 의학 교수이며 탁월한 명성을 지닌 의사인 피에트로 발리오니 교수를 찾아가 인사를 드렸다. 발리오니 교수는 나이가 지긋한 분으로, 유쾌하다고 할 수 있을 만큼 친절한 성격과 상냥한 태도를 지닌 사람으로 보였다. 그는 젊은이에게 식사 대접까지 해 주었고, 특히 토스카나 포도주 한두 병으로 취기가 돌자 자유롭고 쾌활하게 이야기를 하며 아주 상냥하게 대해 주었다. 조반니는 같은 도시에 사는 과학자로서 틀림없이 서로 가까이 지내는 사이일 거라고 생각해 기회를 보아 라파치니 박사에 대해 물었다. 그러나 그가 예상했던 것과는 달리 발리오니 교수의 반응은 그다지 따뜻하지 않았다.

"라파치니처럼 탁월한 기술을 가진 의사에게 그가 당연히 받을 만한 찬사를 유보한다는 건 신성한 의술을 가르치는 선생으로서 온당한 일이 아니겠지."

피에트로 발리오니 교수는 조반니의 물음에 답하여 말했다.

"하지만 내 옛 친구의 아들이기도 한 자네 같은 훌륭한 젊은이가 앞으로 자네의 운명을 손안에 쥘 수도 있을 사람에 대해 부정확한 생각을 가지도록 내버려둔다면 그건 내 양심에 너무 인색하게 구는 일이 될 걸세. 사실 라파치니 박사로 말하면 우리 대학의 교수 중 누구 못지않게 과학적 지식을 많이 갖춘, 어쩌면 파도바에서, 아니, 이탈리아 전체에서도 가장 탁월하고 예외적인 인물이라고 말할 수 있지. 하지만 그에겐 직업상의 성격에 있어서 아주 심각한 문제가 있어."

"그 문제라는 게 뭡니까?"

젊은이가 물었다.

"의사들에 대해 이렇게 꼬치꼬치 캐묻는 걸 보니 자네 몸이나 가슴에 무슨 병이라도 있는 거 아닌가?"

발리오니 교수가 미소를 지으며 말했다.

"라파치니에 대해 사람들은 그가 인간보다 과학에 훨씬 더 강한 애정과 관심을 보인다고들 말하는데, 그를 잘 아는 나로서도 그 말이 옳다고 생각하네. 그의 환자들은 오직 새로운 실험의 대상으로서만 그에게 흥미가 있는 거지. 그는 엄청난 자신의 지식에 겨자씨 한 알만큼의 지식을 더하기 위해 인간의 생명을, 자기 자신의 생명을, 아니, 자기에게 가장 소중한 것까지도 희생할 수 있는 사람이야."

"정말 무서운 분 같군요."

라파치니의 차갑고 철저하게 지적인 모습을 머릿속에 떠올리며 구아스콘티가 말했다.

"하지만 교수님, 그건 고매한 정신이 아닌가요? 과학에 대해 그토록 강렬한 정신적 사랑을 가질 수 있는 사람이 그렇게 흔할까요?"

"물론 그렇지. 하지만 최소한 다른 의사들은 치료술에 대해 라파치니보다는 더 건전한 생각들을 가지고 있다네."

발리오니 교수는 약간 퉁명스럽게 대답했다.

"라파치니의 이론은 모든 의약의 효능이 우리가 식물적 독성이라고 부르는 물질에 함유되어 있다는 거야. 그는 자신의 손으로 직접 그 물질들을 개발하고 있는데, 사람들은 자연이 이 학자의 도움 없이 자신의 능력만으로 이 세계를 고통에 빠지게 할 수 있는 훨씬 더 끔찍한 새로운 종류의 독을 만들어 내기까지 했다고 말하고 있지. 그런데 라파치니 박사가 그처럼 위험한 물질로 예상되는 해로운 일은 별로 하고 있지 않은 것이 부인할 수 없는 사실이야. 이따금 놀랄 만한 치료에 성공하거나 성공한 것처럼 보이는 것도 인정해야 하지. 하지만 조반니 군, 솔직히 말하는데 나는 우연히 얻어진 성공 사례 몇

개 때문에 그가 명성을 얻어서는 안 되고 오히려 자업자득이 될 수밖에 없는 실패의 사례들에 대해 엄격히 책임 추궁을 받아야 한다고 생각하네."

만일 이 젊은이가 발리오니 교수와 라파치니 박사 사이에 오래전부터 직업상의 불화가 계속되어 왔고 라파치니 박사가 대체로 더 우세한 것으로 여겨지고 있다는 사실을 알았다면 발리오니 교수의 의견을 상당히 참작해서 받아들였을 것이다. 만일 독자들 스스로 판단해 보고 싶다면 파도바 대학 의학과에 보존되어 있는 두 사람의 소책자와 논문 들을 참고해 보기 바란다.

"학식 있는 교수님들이 어떤지 잘 모르겠습니다만."

오직 과학에만 열정을 쏟는다는 라파치니의 이야기를 음미해 본 후 조반니가 이어서 말했다.

"이 라파치니라는 분이 자신의 의술을 얼마나 소중하게 여기는지는 잘 모르겠습니다만, 분명 그분에게는 더 소중한 것이 있는 것 같습니다. 그분의 딸 말입니다."

"아하! 이제 우리의 친구 조반니의 비밀이 드러나는군."

발리오니 교수가 웃으며 큰 소리로 말했다.

"파도바의 모든 젊은이들이 열광하는, 그렇지만 그녀의 얼굴을 볼 만큼 운 좋은 사람이 대여섯도 안 되는 그 아가씨의 이야기를 들은 게로군. 하지만 나는 라파치니가 딸한테 그의 과학적 지식을 상당히 깊게 가르쳤다는 것과 그 딸이 젊고 아름답다고 소문이 났으며 이미 교수 자리에 들어설 자격을 갖추고 있다는 사실 외에는 베아트리체 양에 대해 아는 것이 별로 없네. 어쩌면 그녀의 아버지가 딸을 내 자리에 앉히려고 할지도 모르지! 다른 이상한 소문들도 떠돌지만, 이야기하거나 귀 기울일 가치가 별로 없는 것들이야. 자, 조반니 군, 자네의 라크리마 잔을 마저 비우게."

구아스콘티는 포도주로 기분이 약간 훈훈해져서 숙소로 돌아왔다. 술기운에 라파치니 박사와 아름다운 베아트리체에 관한 이상한 환상으로 머리가 빙빙 도는 듯했다. 집에 오는 길에 우연히 꽃 가게를 지나게 되어서 그는 싱싱한 꽃다발을 하나 샀다.

방으로 올라간 그는 창문 가까이, 그러나 들키지 않고 정원을 내려다볼 수 있도록 벽 깊숙한 곳에 드리워진 그늘 속에 자리를 잡고 앉았다. 그의 눈 아래에는 오직 정적만 깔려 있었다. 이상한 식물들이 나른히 햇빛을 쬐면서 이따금 동족 간의 공감을 확인하고 인정하기라도 하듯 조용히 서로에게 머리를 끄덕이고 있었다. 조각이 무너져 내린 분수대 옆 한복판에는 보랏빛 보석들로 온몸을 풍요롭게 두른 그 화려한 관목이 자라고 있었는데, 보석 같은 그 꽃들이 공중에서 타오르면서 웅덩이의 깊은 곳에 비치기도 했고, 그 웅덩이는 거기에 잠긴 풍요로운 반영으로 말미암아 화려한 광채로 넘쳐흐르는 것 같았다. 처음엔 우리가 이야기한 것처럼 정원에는 정적만 깔려 있었다. 그러나 곧, 조반니가 한편으로는 그러기를 바라고 다른 한편으로는 그렇게 될까 봐 두려워한 대로, 고풍스럽게 조각된 현관 입구 아래에서 한 여자의 모습이 나타났다. 그녀는 식물들이 줄지어 서 있는 사이로 걸어 내려오면서 마치 옛 우화에 나오는 달콤한 향기를 먹고 사는 요정처럼 여러 식물들의 향기를 들이마셨다. 베아트리체를 다시 보면서 젊은이는 그녀의 아름다움이 자신의 기억을 훨씬 능가함을 깨닫고 봅시 놀랐다. 그녀의 아름다움은 아주 밝고 싱싱해서 햇빛 속에서 타오르는 듯했고, 그가 혼잣말을 중얼거릴 때 정원 사이사이의 그늘진 길들을 실제로 환히 밝혀 주는 것 같았다. 그녀의 얼굴이 지난번보다 더 잘 드러나 보여서, 그는 그 꾸밈없고 상큼한 표정에 다시 한번 놀랐다. 그 표정의 특징은 그녀의 특성에 대한 그의 생각과 잘 맞아떨어지지 않아서 그로 하여금 그녀가 어떤 종류의 인간일까를 다시 한번 생각해 보게 만들었다. 또한 그는 그 아름다운 아가씨와 분수대 위로 보석 같은 꽃을 늘어뜨리고 있는 화려한 관목 사이에 유사성이 있음을 느끼고 그것에 대해 곰곰 생각해 보았다. 베아트리체는 옷차림과 옷 색깔로 환상적인 기분을 고조시키면서 그녀와 그 나무가 서로 닮았음을 유난히 강조하는 것 같았다.

그녀는 그 나무로 다가가 아주 열정적인 몸짓으로 양팔을 벌려 가지들을 끌어안았는데, 그 포옹이 하도 애정이 넘쳐서 그녀의 얼굴이 잎들 속에 묻히고 반들거리는 곱슬머리는 온통 꽃들과 뒤섞일 정도였다.

"내 동생아, 나에게 너의 숨결을 뿜어 주렴."

베아트리체가 소리쳤다.

"보통의 공기는 답답해서 그래. 그리고 이 꽃도 주지 않겠니? 줄기에서 아주 부드럽게 따 낼게. 내 가슴 가까운 곳에 이걸 달아 놓고 싶어."

이렇게 말하면서 라파치니의 아름다운 딸은 가장 화려한 꽃 한 송이를 꺾어서 그것을 가슴에 달려고 했다. 그러나 그 순간, 술 기운이 조반니의 감각을 혼란시킨 게 아니라면, 아주 이상한 사건이 일어났다. 도마뱀이나 카멜레온 같은 조그만 주황빛의 파충류 동물 한 마리가 마침 길을 따라 기어오다가 베아트리체의 발치께에 이르러 있었다. 그런데—조반니가 보고 있는 거리가 너무 멀어서 세세한 것까지 다 보기는 어려웠지만—그때 꺾인 꽃의 줄기에서 물방울이 도마뱀의 머리 위로 한두 개 떨어지는 것 같았고, 그러자 도마뱀은 심하게 경련을 일으키더니 이내 축 늘어져 햇빛 속에서 꼼짝을 못하는 것이었다. 이 희한한 광경을 보더니 베아트리체는 슬픈 표정으로, 그러나 놀라는 표정은 전혀 없이 가슴에 성호를 그었다. 그러고는 곧 그 치명적인 꽃을 망설임 없이 가슴에 달았다. 그 꽃은 베아트리체의 가슴 위에서 값진 보석처럼 눈부신 빛을 발하고 발그레하게 피어오르면서 그녀의 옷과 모습에 이 세상의 어떤 것도 줄 수 없는 아주 잘 어울리는 매력을 부여했다. 조반니는 창문의 그늘진 곳에서 몸을 내밀었다가 다시 움츠러들며 몸을 떨었다. 그러고는 중얼거렸다.

"내가 지금 깨어 있는 건가? 감각이 제대로 있는 거야? 베아트리체의 존재는 무엇일까? 그녀를 아름답다고 해야 할까, 형언할 수 없을 만큼 끔찍하다고 해야 할까?"

베아트리체는 정원 속을 이리저리 헤매듯 돌아다니다 이제 조반니의 창문 아래 가까이에 이르렀다. 그래서 조반니는 그녀가 불러일으킨 강하고 고통스러운 호기심을 충족하기 위해 숨어 있던 곳으로부터 머리를 내밀지 않을 수 없었다. 바로 그 순간, 아름다운 곤충 한 마리가 정원의 벽을 넘어왔다. 아마도 그것은 시내를 방황하며 옛날 사람들이 칫던 도시의 옛 건물들 사이에서 꽃이나 파릇한 초목을 발견하지 못하다가 라파치니 박사 정원의 짙은 향기에 유혹을 받고 멀리서부터 이곳까지 날아온 것 같았다. 화려한 날개를 가진 그 곤충은 베아트리체에게 끌린 듯, 다른 꽃들에 내려앉지 않고 공중에 머물며 그녀의 머리 주위에서 파들댔다. 그런데 그때 조반니 구아스콘티의 눈이 그를 속였다고 볼 수밖에 없는 일이 벌어졌다. 사실이 어찌 됐건 베아트리체가 어린애처럼 기뻐하며 그 곤충을 쳐다보는 동안 그것이 점점 힘을 잃어 가더니 그녀의 발밑으로 떨어져 화려한 날개를 파르르 떨다가 죽어 버린 것이다. 베아트리체의 입김이 아니라면 그 죽음의 원인이 무엇일지 그는 전혀 짐작할 수 없었다. 베아트리체는 다시 가슴에 성호를 긋고 죽은 곤충을 내려다보며 무거운 한숨을 내쉬었다.

조반니의 움찔거리는 동작에 그녀의 눈길이 창문을 향했다. 그녀는 젊은이의 아름다운 머리 모양을 보았다. 준수한 용모에 금빛 곱슬머리를 한, 이탈리아 사람보다는 그리스 사람의 풍모를 한 한 젊은이가 공중에 떠도는 존재처럼 위에서 그녀를 내려다보고 있었다. 조반니는 얼떨결에 손에 들고 있던 꽃다발을 그녀에게 던지며 말했다.

"아가씨, 청순하고 싱싱한 꽃입니다. 조반니 구아스콘티를 위해 받아 주십시오."

"고마워요."

베아트리체가 풍요로운 목소리로 대답했다. 그 목소리는 반쯤은 어린애답고 반쯤은 성숙한 여인다운 즐거움의 표현을 담고 마치 음악처럼 쏟아져 나왔다.

"당신의 선물을 잘 받을게요. 저도 이 귀한 보랏빛 꽃을 선물로 드리고 싶지만 여기서 던지면 거기까지 닿지 않겠군요. 그러니 제 감사의 말로 만족해 주셔야겠네요, 구아스콘티 씨."

그녀는 땅에서 꽃다발을 집어 들고는 처녀의 자제심에서 벗어나 낯선 남자의 인사에 쉽게 응한 것이 마음속으로 부끄럽기라도 한 듯 빠른 걸음으로 집 쪽으로 향했다. 짧은 순간이긴 했지만 그녀가 조각된 현관 입구 아래로 막 사라지려고 할 때 그가 건넨 아름다운 꽃다발이 그녀의 손안에서 이미 시들기 시작하는 것처럼 보였다. 아마도 그것은 근거 없는 생각이었을 것이다. 그처럼 먼 거리에서 시든 꽃과 싱싱한 꽃을 구분한다는 건 불가능하니 말이다.

이 사건이 있은 후 여러 날 동안 젊은이는 라파치니 박사의 정원이 보이는 창문을 일부러 피했다. 자신도 모르게 그 정원에 눈길을 주었다가 무슨 추악하고 기괴스러운 광경이 그의 시야를 망쳐 버릴지 알 수 없어서였다. 그는 베아트리체와 인사를 나눔으로써 자신이 알 수 없는 어떤 힘의 영향에 이미 어느 정도 빠져들어 간 것을 의식하고 있었다. 그의 마음이 진정 어떤 위험에 처해 있다면 가장 현명한 길은 즉시 그 숙소와 파도바를 떠나는 것이었을 것이다. 차선의 길은 가능한 한 베아트리체에 대한 밝고 친근한 생각에 익숙해짐으로써 그녀와의 관계를 의식적으로 그리고 엄격하게 일상적인 차원에 머무르게 하는 것이었을 것이다. 그 이상한 여자와 마주치는 것을 피하면서도 그토록 가까운 거리에 계속 머물러 있는 것은 최악의 길인 셈이었다. 하지만 그녀와 가까이 있고 또 그녀와 접촉할 수 있다는 사실이 그의 상상력이 제멋대로 계속 만들어 내는 엉뚱한 환상들에 그럴듯한 현실감을 부여하고 있었다. 구아스콘티는 마음이 깊은 사람은 아니었다. 어쨌든 지금 그의 마음의 깊이를 측정할 수는 없었다. 그러나 그는 언제라도 격정적인 상태에 다다를 수 있는 열정적인 남부 기질과 민첩한 상상력을 가지고 있었다. 베아트리체가 그 끔찍한 특질들, 예컨대 치명적인 숨결이라든가 조반니가 직접 목격한바 그 아름답고 치명적인 꽃과의 유사성을 실제로 가지고 있든 아니든, 그녀는 적어도 조반니의 몸 안에 강력하면서도 섬세한 독을 이미 주입한 것이다. 그녀의 풍요로운 아름다움이 그를 사로잡은 건 사실이지만 그것은 사랑이 아니었고, 그녀의 정신이 그녀의 육체에 퍼져 있는 것처럼 보이는 독성에 젖어 있다고 생각되기는 해도 그것은 또한 공포가 아니었다. 그것은 사랑처럼 타오르기도 하고 공포처럼 떨기도 하는, 사랑과 공포 사이에서 태어난 자식이었다. 조반니는 무엇을 두려워해야 할지 알지 못했고, 무엇을 희망해야 할지는 더더욱 알지 못했다. 그러면서도 희망과 두려움이 그의 가슴속에서 계속 다투면서 한쪽이 이겼다가 다시 다른 쪽이 이기면서 새로이 싸움을 시작하는 것이었다. 모든 단순한 감정은 어둡든 밝든 다 축복받은 것이다! 지옥의 벌건 불길을 만들어 내는 것은 밝음과 어둠의 무시무시한 혼합이 아니던가.

때때로 그는 파도바의 거리나 성문들 너머까지 빠른 걸음으로 걸으며 열기에 들뜬 정신을 가라앉히려고 애썼다. 그럴 때면 그의 발걸음은 머릿속의 박동과 박자에 맞춰 달리는 것처럼 빨라지기 일쑤였다. 어느 날 그런 그의 발걸음이 제지당했다. 한 뚱뚱한 사람이 그를 알아보고 헐떡거리며 뒤쫓아와서 그의 팔을 붙든 것이다.

"조반니 군! 잠깐 멈추게!"

그가 소리쳤다.

"아니, 날 잊었나? 내가 자네만큼 많이 변했다면 그럴 만도 하겠군."

그 사람은 발리오니 교수였다. 조반니는 그의 약은 듯한 현명함이 자신의 비밀을 깊이 꿰뚫어보는 것 같은 의심이 들어 처음 만난 이후로 그를 피해 오고 있던 터였다. 그는 마음을 가라앉히려고 애를 쓰면서, 내면 세계로부터 외부 세계를 혼란스러운 눈길로 바라보면서 마치 꿈을 꾸고 있는 사람처럼 말했다.

"네, 저는 조반니 구아스콘티입니다. 선생님은 피에트로 발리오니 교수님이시고요. 이제 그만 가게 해 주십시오!"

"아니, 아직 안 되네, 조반니 구아스콘티 군."

발리오니 교수는 미소를 지으며, 그러나 동시에 젊은이를 진지한 시선으로 찬찬히 살피며 말했다.

"내가 자네 아버지랑 어려서부터 함께 자란 친구인데 그런 친구의 아들이 이 파도바의 옛 거리에서 낯선 사람처럼 지나

가게 할 수 있나? 잠깐 그대로 있게, 조반니 군. 헤어지기 전에 한두 마디 해야겠네."

"그렇다면 빨리 말씀하시지요, 교수님."

조반니는 열에 들떠 조급하게 말했다.

"보시다시피 제가 지금 바쁩니다."

그가 이야기하고 있을 때 검은 옷을 입은 한 남자가 길을 따라 걸어왔다. 그 사람은 건강이 좋지 않은 사람처럼 구부정한 모습으로 힘없이 걷고 있었다. 얼굴은 누르스름하고 병색이 가득해 보였지만 매우 강하고 날카롭고 지적인 표정이 담겨 있어서, 사람들의 눈에는 허약한 육체적 특질보다는 놀랄 만큼 강해 보이는 지적인 모습이 더 눈에 띄었을 것 같았다. 그 사람은 그들 옆을 지나가면서 발리오니와 냉랭한 인사를 주고받았다. 그러나 그의 시선은 조반니 안에 있는 필요한 것이라면 무엇이든 끌어낼 수 있을 것 같은 강한 집중력으로 조반니를 향하고 있었다. 그러면서도 그 시선에는 젊은이에 대한 인간적인 관심이 아니라 단순히 사변적인 관심만을 보이듯 묘한 차분함이 담겨 있는 것이었다.

"저 사람이 바로 라파치니 박사라네!"

그 낯선 사람이 지나가자 발리오니 교수가 속삭였다.

"저 양반이 전에 자네의 얼굴을 본 적이 있나?"

"제가 알기로는 없는데요."

조반니는 라파치니라는 이름에 깜짝 놀라며 대답했다.

"아니. 자네를 본 거야! 자네를 본 적이 있는 것이 틀림없어!"

발리오니 교수가 조급하게 말했다.

"무슨 목적인지는 모르지만 저 과학자는 지금 자네를 연구 대상으로 삼고 있네. 그의 표정을 보면 알 수 있지! 실험을 위해 꽃의 향기로 죽이는 새나 쥐나 나비를 들여다볼 때 차갑게 빛나는 바로 그 표정이야. 그 표정은 자연 그 자체처럼 깊지만 자연의 따뜻한 사랑이 결여되어 있지. 내 목숨을 걸고 단언하건대, 자넨 지금 라파치니의 실험 대상이 되어 있는 거네!"

"저를 아예 바보 취급하시는 겁니까?"

조반니가 감정이 격해져서 말했다.

"그것 참 괴상한 실험이겠습니다, 교수님."

"침착하게! 침착해!"

발리오니 교수가 차분하게 말을 받았다.

"불쌍한 조반니, 분명히 말하지만 라파치니는 자네에게 과학적인 흥미를 가지고 있네. 자넨 지금 무서운 손에 빠져들고 있는 거라고! 그리고 베아트리체 양 말인데, 이 이상한 일에서 그녀가 하는 역할이 뭔가?"

그러나 구아스콘티는 발리오니 교수의 집요함을 더 이상 견딜 수 없어 그를 뿌리치고는 그가 자신의 팔을 다시 붙들기 전에 그 자리를 떠났다. 발리오니는 젊은이의 뒷모습을 지켜보며 머리를 설레설레 흔들었다.

"그렇게 돼서는 안 되지."

발리오니는 혼자 중얼거렸다.

"저 젊은이는 내 옛 친구의 아들인데 의학의 비결로 보호할 수밖에 없는 그런 해를 당하게 해선 안 되지. 더욱이 라파치니가 저 애를 내 손에서 낚아채 가지고 악마 같은 실험에 이용하려고 하는 건 도저히 참을 수 없는 무례한 짓이란 말이야. 라파치니의 딸도 문제야! 조심해야지. 학식이 높다는 라파치니, 어쩌면 자네가 전혀 생각지 않은 곳에서 자네에게 좌절과 실패를 맛보게 해 줄지도 모르겠네!"

한편 조반니는 우회로를 돌아 결국 숙소 문 앞에 이르렀다. 현관을 가로질러 가다가 그는 리자베타 부인을 만났다. 그녀는 히죽히죽 웃으며 젊은이의 주의를 끌려고 하는 게 분명했지만 성공을 거두지 못했다. 그의 분출된 감정이 잠시 그를 차갑고 무감각한 허탈감에 빠져들게 했기 때문이다. 그는 웃음으로 오므라드는 그녀의 주름진 얼굴에 정면으로 눈길을 주면서도 그녀의 그런 바람을 눈치채지 못한 것 같았다. 그래서 그 노부인은 젊은이의 망토를 붙들었다.

"도련님! 도련님!"

그녀는 얼굴 전체에 웃음을 띠면서 속삭였는데, 그 모습은 마치 오랜 세월에 칙칙해진 괴기스러운 나무 조각품 같았다.

"제 말 좀 들어 보세요, 도련님! 저 정원으로 통하는 비밀 입구가 있어요!"

"뭐라고 하셨죠?"

조반니는 무생물이 갑자기 열기 가득한 생명체로 살아나듯 몸을 홱 돌리며 외쳤다.

"라파치니 박사 댁 정원으로 통하는 비밀 입구가 있다고요?"

"쉿! 그렇게 큰 소리로 이야기하지 말아요!"

리자베타 부인이 그의 입을 손으로 막으며 속삭였다.

"그래요. 별의별 훌륭한 관목들을 다 볼 수 있는 그 유명한 박사님 댁 정원으로 통하는 입구 말이에요. 그 꽃들을 볼 수 있도록 허락받는다면 파도바의 수많은 젊은이들이 금도 아까워하지 않을 거예요."

조반니는 금화 한 닢을 그녀의 손에 쥐여 주었다.

"그 입구를 좀 가르쳐 주시죠."

아마도 발리오니 교수와의 대화에 자극받은 탓이겠지만, 어쩌면 리자베타 부인의 이 중재가 그것이 어떤 성격이든 간에 라파치니 박사가 그를 연루시키고 있다고 발리오니 교수가 믿고 있는 어떤 음모와 관계가 있을지도 모른다는 생각이 그의 머리를 스치고 지나갔다. 그러나 그런 의심이 그를 불안하게 만드는 것은 사실이었지만 그를 제지할 정도는 아니었다. 베아트리체에게 접근할 수 있는 가능성을 알게 된 순간, 그녀에게 접근하는 일이 그로서는 반드시 해야 할 일처럼 생각된 것이다. 그녀가 천사건 악마건 그것은 문제가 아니었다. 이제 그는 돌이킬 수 없을 정도로 그녀의 영향권에 들어서서 점점 더 원을 좁혀 가며 그를 계속 앞으로 세차게 몰아가는 절대적인 힘에 복종할 수밖에 없었다. 그것이 어떤 결과를 향할 것인지는 예측해 보려고 시도하지도 않았다. 그러나 이상하게도 그 순간 갑작스러운 의심이 그의 머리를 스쳤다. 그의 이런 깊은 관심이 하나의 망상이 아닌가, 그 관심이 그를 이처럼 가늠할 수 없는 상태로 몰아붙이는 것을 스스로에게 정당화할 수 있을 만큼 그렇게 깊고 확실한 성질의 것인가, 그것이 그의 가슴과 별 관계가 없거나 전혀 관계가 없는 젊은이의 들뜬 환상에 지나지 않는 것은 아닌가 하는 의문이었다.

그는 잠시 멈춰 서서 망설이며 몸을 반쯤 돌리기도 했지만 결국은 다시 리자베타 부인의 뒤를 따라갔다. 그 늙은 안내인은 알 수 없는 이상한 길들을 따라 이리저리 그를 인도하더니, 마침내 어떤 문을 열었다. 문이 열리자 살랑거리는 나뭇잎들의 소리와 모습이 보이고 잎 사이로 햇빛이 희미하게 스며들며 반짝거렸다. 조반니는 열린 문을 지나 비밀 입구 위로 덩굴손을 휘감고 있는 관목의 엉킨 가지들을 비집고 나가 라파치니 박사의 정원이 펼쳐지는 자신의 방 창문 바로 아래에 이르렀다. 불가능한 일이 실제로 일어나고 꿈의 뿌연 환영이 명확한 현실로 선명하게 뒤바뀔 때, 그런 일이 일어난다는 것을 상상하면 기뻐 날뛰거나 비탄에 빠질 것 같은 상황에서 오히려 침착하고 냉정해지는 경우를 우리는 얼마나 자주 경험하는가! 그렇듯 운명은 우리를 어긋나게 하면서 쾌감을 느낀다. 또한 열정은 자신이 원하는 시간에 왈칵 달려들면서도 정작 적절한 상황에서 그가 나타나기를 바랄 때는 뒤에서 미적거리며 게으름을 피운다. 지금 조반니의 경우가 바로 그랬다. 바로 이 정원에서 베아트리체를 만나 동양의 햇빛 같은 그녀의 아름다움을 쬐며 서로 마주 보고 서서 삶의 수수께끼 같은 신비를 그녀의 눈빛에서 캐내는 실현 불가능해 보이는 생각에 그의 가슴은 매일매일 뜨거운 피로 고동쳤던 것이다. 그러나 막상 지금 그의 가슴은 때맞지 않은 이상한 평온을 유지하고 있었다. 그는 베아트리체나 그녀의 아버지가 혹시 나와 있지 않나 보려고 주위를 돌아보았다. 그러나 그곳에 자기 혼자뿐이라는 사실을 확인하고 정원에 있는 식물들을 자세히 살펴

보기 시작했다.

그것들은 하나같이 그의 마음에 들지 않았다. 화려함이 너무 강하고 지나치게 열정적이고 부자연스럽기까지 했다. 만일 숲속을 헤매다가 그런 나무들이 야생으로 자란 것을 보았다면, 그것들은 예외 없이 무시무시한 얼굴이 덤불 속에서 노려보고 있는 것처럼 우리를 깜짝 놀라게 했을 것이다. 또한 어떤 것들은 여러 가지 다른 식물들을, 말하자면 간통을 시키듯 심하게 혼배해서, 더 이상 신의 창조물이 아니라 오직 아름다움의 사악한 모방, 인간의 타락한 상상력이 만들어 낸 괴기스러운 작품처럼 보였고, 그 인위적인 모습 때문에 섬세한 본능과 감성을 가진 사람들에게 충격을 주었을 것이다. 어쩌면 한두 경우는 각각의 아름답고 귀여운 식물들을 하나로 혼합해 정원 전체의 특징인 알 수 없는 기괴한 특질을 가지게 하려는 실험의 성공적인 결과인지도 몰랐다. 그러나 결국 그중에서 조반니가 알아볼 수 있는 식물은 그가 독성이 있는 것으로 알고 있는 식물 두세 가지뿐이었다. 그렇게 식물들을 살펴보고 있는데, 어디선가 명주옷 같은 것이 스치는 소리가 들렸다. 소리가 나는 쪽으로 몸을 돌리자 베아트리체가 조각된 현관 입구에서 나오는 모습이 보였다.

조반니는 자신이 어떤 태도를 취해야 할지, 정원에 침입한 사실에 대해 사과해야 할지, 아니면 자신이 원한 것이 아니라 해도 라파치니 박사나 그의 딸과 은연중에 어떤 공감을 나누고 있는 척해야 할지 생각해 보지 않고 있었다. 그러나 베아트리체의 자연스러운 태도 덕분에, 자신이 어떻게 해서 이곳에 들어오도록 허용되었는가 하는 의문이 해소되지는 않았지만 마음이 편해졌다. 그녀는 가벼운 발걸음으로 정원 길을 따라 걸어와 무너져 내린 분수대 옆에서 그와 마주 섰다. 그녀의 얼굴은 놀라움이 담겨 있었지만 천진스럽고 친절하고 기쁜 표정으로 환하게 피어 있었다.

"꽃에 대해 잘 아시는 모양이네요."

베아트리체가 미소를 띠면서 말했다. 그가 창문에서 던져 준 그 꽃다발을 두고 하는 이야기였다.

"그러니 제 아버지의 희귀한 꽃들이 그것을 더 가까이에서 보고 싶도록 당신을 유혹했다 해도 놀랄 일은 아니겠지요. 만일 아버지가 여기 계셨다면 이 관목들의 성질이나 습관 들에 대해 이상하고 재미있는 사실들을 많이 이야기해 주셨을 거예요. 아버지는 일생을 그런 연구로 보내셨고 이 정원은 아버지의 세상 전체인 셈이죠."

"소문이 사실이라면 아가씨 자신도 이 화려한 꽃들과 강렬한 향기가 나타내는 특질들에 대해 깊은 지식을 가지고 있는 것으로 아는데요."

조반니가 대꾸했다.

"만일 아가씨가 저의 선생이 되어 주실 수 있다면 라파치니 박사님께 배울 때보다 더 훌륭한 학생이 되어 보이겠습니다."

"그런 근거 없는 소문이 도나요?"

베아트리체가 마치 음악 소리처럼 웃으며 물었다.

"제가 아버지의 식물학에 대한 지식을 가지고 있다고 사람들이 말하던가요? 정말 실없는 농담이네요! 그렇지 않아요.

비록 이 꽃들 속에서 자라났지만 그 색깔이나 향기 같은 것 외에는 이것들에 대해 아는 게 없어요. 때로는 그 얼마 안 되는 지식마저도 제게서 없애 버리고 싶은걸요. 이 정원엔 제 눈과 마주쳤을 때 저를 놀라게 하고 기분 상하게 하는 조금도 아름다워 보이지 않는 꽃들도 많아요. 그러니 제발 제 과학적 지식에 대한 이야기는 믿지 말아 주세요. 당신 눈으로 직접 보는 것 외에는 저에 관한 어떤 이야기도 믿지 마세요."

"그러면 저 자신의 눈으로 본 것은 다 믿어야 합니까?"

그는 자신을 움츠리게 만들었던 지난번의 장면들을 떠올리며 뼈 있게 한마디 했다.

"아가씨는 저에게 너무 작은 요구를 하시는 겁니다. 차라리 아가씨의 입에서 나온 말 외에는 아무것도 믿지 말라고 부탁하시지요."

베아트리체는 그의 말이 무슨 뜻인지 알아들은 것 같았다. 그녀의 뺨이 붉게 물들었다. 그러나 그녀는 조반니의 눈을 똑바로 쳐다보며 그의 불안한 의심이 담긴 눈길에 여왕과 같은 기품으로 응했다.

"그럼 그렇게 부탁드릴게요."

그녀가 대답했다.

"만약 저에 대해 어떤 공상을 하셨다면 다 잊어 주세요. 외부적인 감각으로는 사실인 것도 그 근본에 있어서는 사실이 아닐 수도 있으니까요. 하지만 베아트리체 라파치니의 입에서 나온 말은 가슴 깊숙한 곳에서 밖으로 나온 진실이에요. 그 말은 믿으셔도 돼요."

이윽고 그녀의 온몸에서 열기 같은 것이 피어오르면서 진실 자체의 빛인 것처럼 조반니의 의식을 비춰 주었다. 그녀가 이야기하는 동안 그녀 주위로 잠깐 동안 풍요롭고 달콤한 향기가 퍼졌으나 조반니는 뭐라고 설명할 수 없는 거부감을 느끼며 그 향기를 폐 속으로 들이마시는 것을 피했다. 그것은 꽃향기였는지도 모른다. 아니면 그녀의 말을 그녀의 가슴에 담아 야릇한 풍요함으로 향기롭게 만든 그녀의 숨결이었을까? 현기증 같은 것이 그림자처럼 조반니의 머리를 스쳤다가 사라졌다. 그는 아름다운 아가씨의 눈을 통해 그녀의 투명한 영혼을 환히 들여다보듯 더 이상 의심이나 두려움을 느끼지 않았다.

태도를 물들였던 열정의 색깔이 사라지고 베아트리체는 이제 쾌활해졌다. 마치 외딴섬의 처녀가 문명 세계에서 온 여행객과 이야기를 나누면서 그러듯이 그녀는 이 젊은이와의 친교에서 진정으로 순수한 기쁨과 즐거움을 느끼는 것 같았다. 그녀의 삶의 경험은 그 정원의 한계에 국한되어 있는 게 분명해 보였다. 그녀는 햇빛이나 여름날의 구름 같은 단순한 것들에 대해 이야기하기도 했고, 도시, 조반니의 고향, 그의 친구, 어머니, 자매들에 대한 질문을 하기도 했다. 그런 질문들은 그녀가 얼마나 사람들과 격리된 은둔적인 삶을 살고 있는가 그리고 일상적인 생활 양식이나 관습에 얼마나 익숙하지 않은가를 잘 보여 주는 것이어서 조반니는 마치 어린아이에게 하듯 그 질문들에 자상하게 대답을 해 주었다. 그녀의 정신은 처음으로 햇빛을 보고 그의 가슴에 비치는 땅과 하늘의 영상에 놀라워하는 조반니 앞으로 신선한 개울물처럼 콸콸 쏟아져 나왔다. 또한 콸콸 흐르는 물 위로 다이아몬드와 루비가 반짝이며 솟아오르듯이, 깊은 곳에서 보석처럼 빛나는 환상적인 생각들이 솟아나오기도 했다. 이따금 조반니는 그의 상상력을 그토록 자극하고, 그가 강력한 공포의 색깔로 그려 보고, 그토록 끔찍한 특질을 가지고 있다고 확인한 그 존재와 정말 나란히 함께 걷고 있는지, 그리고 자신이 베아트리체와 마치 남매 사이처럼 이야기를 나누고 정말 그녀를 인간처럼, 한 명의 아가씨처럼 생각하고 있는지 의아한 기분이 들곤 했다. 그러나 그런 생각은 순간적일 따름이었다. 그녀의 성격이 주는 효과는 아주 현실적이어서 곧 그녀와 친근감을 느끼게 해 주었기 때문이다.

이처럼 자유롭게 정원을 함께 거닐며 여러 굽이의 사잇길을 돌다가 그들은 보물처럼 환히 빛나는 꽃들이 매달린 그 화려한 관목이 자라고 있는 무너져 내린 분수대 앞에 이르렀다. 그 나무에서 퍼져 나오는 향기는 조반니가 베아트리체의 숨결이라고 생각했던 것과 같은 향기였지만 비교가 되지 않을 만큼 더 강렬했다. 그 나무에 눈길이 머물 때 그녀가 마치 가슴이 갑작스레 고통스럽게 뛰기라도 하듯 손으로 가슴을 누르는 것을 조반니는 지켜보았다.

"내 생애에 처음으로 너를 잊고 있었구나."

그녀는 그 나무를 향해 중얼거렸다.

"아가씨, 지난번에 당신이 용감하게도 제가 당신에게 던진 꽃다발에 대한 답례로 이 보석 같은 꽃을 주겠다고 약속하신 것이 생각나는군요. 오늘 이 만남의 기념으로 저 꽃을 꺾도록 허락해 주시죠."

조반니는 이렇게 말한 뒤 그 나무를 향해 발걸음을 옮기며 손을 내뻗었다. 그러자 베아트리체가 갑자기 앞으로 튀어나오면서 마치 단검으로 그의 가슴을 찌르듯 날카로운 비명을 질렀다. 그녀는 그의 손을 붙잡더니 그 가녀린 몸으로 있는 힘을 다해 끌어당겼다. 그녀의 몸이 닿자 조반니는 몸 전체가 찌르르 떨려 오는 것을 느꼈다.

"손대지 마세요!"

그녀가 고통스러운 목소리로 외쳤다.

"위험해요! 치명적이에요!"

그러더니 그녀는 얼굴을 감싸고 그에게서 달아나 조각된 현관 입구 아래로 사라졌다. 그녀의 뒷모습을 좇던 조반니의 눈이 라파치니 박사의 쇠약한 모습 그리고 그 창백하고 지적인 표정과 마주쳤다. 언제부터인지 몰라도 그가 정원 입구의 그늘 속에서 그 장면을 지켜보고 있었던 것이다.

방으로 돌아와 혼자 있게 되자 열기에 들뜬 조반니의 머릿속에 곧 베아트리체의 모습이 되살아났다. 그가 그녀를 처음 본 이후 그녀 주변에서 일어난 모든 마력적인 사건들이 떠오르기도 했고, 그녀의 소녀다운 여성적인 부드러움과 따뜻함이 되살아나기도 했다. 그녀는 분명 인간적이었다. 그녀의 본성은 부드럽고 여성적인 특질을 모두 지니고 있었다. 그녀는 흠모의 대상이 될 만한 모든 점을 갖추고 있었으며, 우아하고 고결한 사랑을 할 수 있는 능력을 분명히 가지고 있었다. 지금까지 그가 그녀의 육체적·도덕적 체계의 무시무시한 괴기스러움의 증거라고 생각해 왔던 여러 징표들은 이제 잊히거나 열정의 미묘한 궤변에 의해 매혹의 화려한 왕관으로 바뀌며 오히려 베아트리체의 독특함을 더해 줌에 따라 그녀를 더욱더 경탄의 대상으로 만들었다. 전에는 추악해 보이던 모든 것이 이제는 다 아름다워 보였다. 아니면 그런 변화가 불가능하다 하더라도, 적어도 그 추악한 것들은 우리의 의식이 완전히 깨어 있는 대낮을 넘어서 으스름한 저녁의 영역으로 몰려드는, 형체가 분명치 않은 생각들 속으로 슬그머니 자취를 감추어 버렸다. 그렇게 그는 그날 밤을 지새웠다. 새벽이 라파치니 박사의 정원에 잠들어 있는 꽃들을 깨우기 시작한 후에야 어렴풋이 잠이 들었다. 꿈은 틀림없이 그를 그 정원으로 인도했을 것이다. 아침이 되어 해가 떠오르며 젊은이의 눈꺼풀에 햇빛을 던지자 그는 고통스럽게 눈을 떴다. 잠에서 완전히 깨어났을 때 그는 오른손에 화끈거리고 욱신거리는 통증을 느꼈다. 그가 보석 같은 그 꽃을 막 꺾으려는 순간에 베아트리체가 꼭 쥐었던 바로 그 손이었다. 손등에는 네 개의 조그만 보랏빛 손가락 자국이 남아 있었고 팔목에도 조그만 엄지손가락 모양의 자국이 있었다.

아, 사랑이란—상상 속에서만 타오르고 가슴속 깊은 곳에 뿌리내리지는 못한 사랑이라도—믿음이 운명적으로 희미한 안개 속으로 사라지게 되는 그 순간이 올 때까지 얼마나 집요하게 그 믿음을 붙들고 거기에 매달리는가! 조반니는 손 주위를 손수건으로 싸매며 무슨 못된 벌레가 그의 손을 쏘았는지 의아해했다. 그러고는 베아트리체에 대한 공상 속에서 통증을 곧 잊어버렸다.

첫 만남 후 두 번째 만남은 이른바 운명의 불가피한 과정이었다. 세 번째, 네 번째 만남이 계속되었고, 이제 정원에서 베아트리체와 만나는 일은 더 이상 조반니의 일상적 삶의 한 사건이 아니라 그의 삶을 이루는 모든 것이었다. 왜냐하면 베아트리체와의 그 황홀한 시간에 대한 기대와 기억이 그녀와의 만남 이외의 모든 시간을 차지하고 있었기 때문이다. 라파치니의 딸의 경우도 마찬가지였다. 그녀는 젊은이가 나타나기를 기다렸다가, 마치 그들이 어린 시절부터 소꿉친구였고 지금도 여전히 그런 사이인 것처럼 조금도 숨김이 없는 믿음의 표정으로 그에게 뛰어가는 것이었다. 어쩌다가 무슨 일이 생겨서 그가 정해진 시간에 오지 못할 경우 그녀는 창문 아래에 서서 달콤하고 풍요로운 목소리로 그를 불렀고, 그 소리는 방 안으로 들어와 그의 주위를 감싸고 흐르면서 그의 가슴 전체로 메아리쳐 퍼졌다. "조반니! 조반니! 왜 꾸물대요? 빨리 내려와요!" 그러면 조반니는 독꽃들이 가득한 그 정원으로 서둘러 내려가곤 했다.

그러나 이런 친밀함에도 불구하고 베아트리체의 태도에는 여전히 뭔가 숨기는 것이 있는 듯했다. 그런 태도는 한결같고 또 아주 고정적이어서 조반니에게는 그것을 침해하려는 생각이 좀처럼 떠오르지 않았다. 모든 징후로 판단하건대, 그들은 사랑하고 있는 게 분명했다. 그들은 하나의 깊은 영혼에서 또 다른 하나의 깊은 영혼으로 성스러운 비밀을 전하는 듯한 눈으로 사랑을 보았다. 사랑이 말로 속삭이기에는 너무 성스러운 것인 양. 그들은 사랑을 말로 나타내는 것이 아니라, 그들의 정신이 오래 감춰 온, 불꽃의 혓바닥처럼 분명한 숨결로 쏟아져 나올 때의 그러한 열정의 분출로 나타냈다. 그러나 그들 사이에는 손을 꼭 쥔다거나 입을 맞춘다거나 사랑이 요구하고 신성시하는 애무의 행위 같은 것이 전혀 없었다. 그는 그녀의 빛나는 곱슬머리 한 가닥도 만져 보지 않았고, 그들 사이의 육체적 장벽이 하도 분명해서 미풍이 불 때조차 그녀의 옷자락이 그의 몸을 스친 적이 없었다. 한두 번 조반니가 그 경계선을 넘고 싶은 유혹을 받은 것처럼 보였을 때 베아트리체가 슬프고 굳어진 모습으로 얼굴에 스스로에 대해 몸서리를 치는 황량한 단절의 표정까지 띠어서, 그를 거부하는 말 한마디조차 할 필요가 없을 정도였다. 그럴 때면 조반니는 그의 가슴속 깊은 곳에서 괴물처럼 머리를 내밀고 그를 빤히 쳐다보는 그 끔찍한 의심들에 깜짝 놀라곤 했다. 그리고 그 순간 그의 사랑은 아침 안개처럼 여리고 희미해지며 오로지 의심들만 실체처럼 느껴졌다. 그러나 베아트리체의 얼굴이 잠시 동안의 어둠에서 벗어나 다시 환히 밝아질 때면, 그녀는 그가 조금 전 두려움과 공포의 눈길로 지켜보던 알 수 없는 의문스러운 존재로부터 금세 바뀌어, 다시 그의 정신이 모든 지식을 초월해 그렇다고 확신하는 아름답고 순진무구한 소녀가 되는 것이었다.

조반니가 발리오니 교수와 마지막으로 만난 후 상당한 시간이 지난 어느 날 아침 발리오니 교수가 갑자기 그를 방문했을 때 조반니는 놀라움과 불쾌감을 동시에 느꼈다. 그동안 그는 발리오니 교수에 대해 거의 생각해 본 적이 없고 더 오랫동안 기꺼이 그를 잊고 있었다. 조반니는 오랫동안 격정의 상태에 깊이 빠져 있었기 때문에, 지금 자신의 상태에 완전히 공감할 수 있는 사람이 아니라면 누구와도 친교 맺는 것을 견딜 수 없을 것 같았다. 발리오니 교수로부터 그런 공감을 기대할 수 없음은 물론이었다.

그 방문객은 잠시 동안 파도바 시와 파도바 대학에 관한 이런저런 이야기들을 잡담처럼 늘어놓더니 다른 화제로 말머리를 돌렸다.

"최근에 옛날 고전 작품을 읽다가 묘하게 내 관심을 끄는 한 이야기와 마주쳤다네. 어쩌면 자네도 알지 모르겠군. 한 아름다운 여자를 알렉산드로스 대왕에게 선물로 보낸 인도 왕자에 관한 이야기 말이야. 그 여자는 새벽처럼 사랑스럽고 황혼처럼 화려했다네. 하지만 그녀의 독특한 특징은 페르시아 장미 정원보다 더한, 그녀의 숨결에 담긴 풍요로운 향기였다는 거야. 젊은 정복자답게 알렉산드로스 대왕은 첫눈에 이 화려한 여자와 사랑에 빠져들었지. 하지만 한 현명한 의사가 우연히 그 자리에 있다가 그 여자에 대한 끔찍한 비밀을 발견한 거야."

"그 비밀이 뭐였는데요?"

조반니는 발리오니 교수와 눈이 마주치는 것을 피하려고 시선을 아래로 향한 채 물었다.

"그건 이 아름다운 여자가 말일세."

발리오니는 또박또박 강조하며 말을 이었다.

"태어날 때부터 독을 자양으로 삼아 죽 자라 와서 결국 독 자체가 되어 버린 거야. 독이 그녀 삶의 요소가 된 거지. 그녀는 자기 순결의 풍요로운 향기로 공기 자체를 시들게 만든 거야. 그러니까 그녀의 사랑은 바로 독이고 그녀의 포옹은 죽음이 된 것이지. 어때, 믿을 수 없는 기이한 이야기 아닌가?"

"유치한 이야기로군요."

조반니는 안정을 잃은 모습으로 의자에서 벌떡 일어나며 대답했다.

"중요한 연구에 바쁘실 텐데 어떻게 그런 말도 안 되는 허튼 이야기 같은 것을 읽으실 시간이 있는지 놀랍군요."

"그런데 자네 방에서 나는 이 이상한 향기는 뭐지?"

발리오니 교수가 불안스러운 표정으로 주위를 둘러보며 물었다.

"자네 장갑에서 나는 향기인가? 약하긴 하지만 달콤하군. 하지만 결코 좋은 냄새라고 할 수는 없군그래. 이 향기를 오래 맡으면 몸에 안 좋을 것 같은데. 꽃향기 같지만 방 안에 꽃은 안 보이는군."

"제 방엔 꽃이 없습니다."

조반니가 대답했다. 발리오니 교수가 이야기할 때 조반니의 얼굴이 창백해졌다.

"제 생각엔 교수님께서 무슨 향기가 난다고 상상을 하고 계신 것 같습니다. 냄새란 감각적인 것과 정신적인 것의 일종의 혼합으로 이루어지는 것이기 때문에 그런 착각을 일으키기가 쉽죠. 어떤 향기에 대한 회상이라든가 그 향기에 대한 생각만으로도 실제로 그 향기가 난다고 잘못 생각할 수 있어요."

"아니야. 내 멀쩡한 상상력이 그런 장난질을 치는 일은 거의 없어."

발리오니 교수가 대답했다.

"그리고 만일 내가 무슨 냄새가 난다고 상상을 한다면 그건 내 손가락에 스며들었을 가능성이 많은 어떤 고약한 약의 냄새일 걸세. 내가 들은 대로 우리의 존경하는 친구 라파치니는 그의 약들에 아라비아의 향기보다 더 강한 향기를 주입하니까. 마찬가지로 아름답고 과학적 지식이 풍부한 베아트리체 아가씨도 틀림없이 그녀의 환자들을 처녀의 숨결처럼 달콤한 그런 약으로 돌보려 들겠지. 하지만 그 약을 마시는 사람은 재앙을 면하지 못할 걸세!"

조반니의 얼굴에 여러 가지 감정이 착잡하게 엉켜들었다. 발리오니 교수가 순결하고 사랑스러운 라파치니의 딸을 빗대어 말할 때의 야릇한 어조는 그의 영혼을 몹시 고통스럽게 했다. 베아트리체에 대한 그의 생각과 정반대인 발리오니 교수의 암시가 여러 가지 희미한 의심들을 갑자기 선명하게 부각해서 그 의심들이 마치 악마처럼 그를 보고 히죽거리는 것 같았다. 그러나 그는 그런 의심들을 애써 누르며 진정한 연인의 절대적인 믿음을 가지고 발리오니에게 응수하려고 애썼다.

"교수님, 교수님은 제 아버지의 친구이십니다."

그가 말했다.

"그러니 아마도 친구의 아들에게 친절을 베푸시려는 거겠지요. 저도 교수님에 대해 존경과 경의 외에 다른 감정은 전혀 없습니다. 하지만 교수님, 교수님과 제가 이야기하지 말아야 할 한 가지 문제가 있다는 걸 제발 이해해 주시기 바랍니다. 교수님은 베아트리체에 대해 잘 모르십니다. 그래서 해로운 말을 가볍게 한마디 함으로써 그녀에게 얼마나 부당한 상처를 주는지를—저는 그걸 그녀에 대한 모독이라고까지 생각합니다만—잘 깨닫지 못하고 계시는 겁니다."

"조반니! 불쌍한 조반니!"

발리오니 교수가 차분한 연민의 표정으로 말했다.

"난 그 비참한 아가씨를 자네보다 훨씬 더 잘 알고 있어. 자넨 독술가인 라파치니와 그의 독에 물든 딸에 대한 진실을 들어야 해. 그녀의 아름다움이 강렬한 것만큼 독성도 강하지. 내 말을 듣게. 자네가 이 늙은이에게 폭행을 가한다 해도 말을 해야겠네. 인도 여자에 관한 그 옛날 우화가 라파치니의 깊고 치명적인 과학적 지식에 의해 사랑스러운 베아트리체의 몸 안에서 현실로 나타난 거라네."

조반니는 신음하며 얼굴을 감쌌다.

발리오니는 계속 말했다.

"그녀의 아버지는 부모의 본능적인 애정도 저버리고 이처럼 끔찍한 방법으로 자신의 아이를 과학에 대한 광적인 열정의 희생물로 바친 거야. 그를 정당하게 평가하자면, 자기 자신의 심장을 증류기에 넣고 증류시킬 만큼 진짜 과학자라고 말할 수 있겠지. 하지만 자네의 운명은 어찌 되는 건가? 의심할 여지 없이 자네는 그의 어떤 새로운 실험의 재료로 선택된 거야.

어쩌면 그 결과는 죽음일지도 몰라. 아니면 더 끔찍한 운명일지도 모르지. 라파치니는 눈앞에 과학적 관심의 대상이 보이면 아무것에도 주저하지 않는 사람이야."

"이건 꿈이겠지요."

조반니는 혼자서 중얼거렸다.

"이건 분명 꿈일 거예요."

"하지만 기운을 내게, 조반니."

발리오니 교수가 다시 말했다.

"아직도 늦지 않았어. 어쩌면 그 불쌍한 아이를 아버지의 광기가 소외시킨 일상적인 본성의 한계 안으로 돌아오게 할 수 있을 걸세. 이 조그만 은병을 보게! 이건 그 유명한 벤베누토 첼리니[5]가 만든 것인데, 이탈리아에서 가장 아름다운 아가씨한테 사랑의 선물로 줄 가치가 충분하지. 하지만 이 안에 든 내용물이야말로 값을 헤아릴 수 없을 만큼 귀한 거라네. 이 해독제를 조금만 마셔도 악명 높은 보르자 가문의 가장 강한 독도 무해하게 만들 수 있을 걸세. 이 약이 라파치니의 약 못지않게 그것을 물리칠 강한 효능을 가지고 있다는 걸 믿게. 이 병을, 그리고 이 안에 든 귀한 용액을 자네의 베아트리체에게 주게. 그런 다음 희망을 가지고 결과를 지켜보도록 하세나."

발리오니는 아주 정교하게 만든 조그만 약병을 식탁 위에

---

5) Benvenuto Cellini(1500~1571). 이탈리아의 조각가·금속공예가. 뛰어난 솜씨로 귀족들과 왕 그리고 교황의 후원을 받았다.

내려놓고 그가 한 말이 젊은이의 마음에 영향을 미치도록 내버려둔 채 자리를 떴다.

베아트리체와 사귀는 동안 조반니는 이미 이야기한 대로 때때로 그녀의 본성에 대한 음울한 추측에 시달렸다. 그러나 이제 그녀와의 사귐을 통해 그녀가 단순하고 자연스럽고 아주 정답고 꾸밈없는 존재라는 것을 확신하게 되어서, 발리오니 교수가 그녀에 대해 보여 주는 이미지가 자신의 본래 생각과 일치하지 않는 것처럼 아주 이상하고 믿을 수 없게 느껴졌다. 물론 그 아름다운 아가씨를 처음 보았을 때와 연관된 불쾌한 기억들이 완전히 사라진 것은 아니었다. 베아트리체의 손안에서 시들던 꽃다발이며 그녀의 입김 외에 아무런 표면상의 이유 없이 맑은 공기 속에서 갑자기 죽어 가던 곤충을 완전히 잊을 수는 없었다. 그러나 그 사건들은 그녀 본성의 순수한 빛에 다 녹아들어 더 이상 구체적인 사실로 느껴지지 않았고, 어떤 감각적 증거로도 사실처럼 증명될 수 있는 잘못된 환상으로 생각되었다. 우리가 직접 눈으로 보고 손가락으로 만질 수 있는 것보다 더 사실적이고 진실에 가까운 것들이 있지 않은가. 베아트리체에 대한 그의 믿음은 바로 그런, 훨씬 더 견고한 증거에 기초한 것이었다. 그 자신의 깊고 관대한 믿음에 의한 것이라기보다는 그녀의 고아한 성품의 필연적인 힘에 의한 것이긴 했지만. 그러나 이제 그의 정신은 이전의 뜨거운 열정이 올려놓은 그 높이에 계속 머무를 수가 없었다. 그는 그 높은 곳에서 떨어져 세속적인 의심들 사이를 기어다니고, 그렇게 함으로써 베아트리체의 순결하고 하얀 이미지를 더

럽히고 있는 것이었다. 그는 베아트리체를 포기한 것이 아니라 단지 믿음을 잃은 것이었다. 그는 베아트리체의 육체적 본성에 그에 상응하는 영혼의 기괴함 없이는 존재하지 못할 것처럼 생각되는 끔찍한 기이함이 있는지 없는지를 그에게 확인시켜 줄 결정적인 시험을 해 보기로 결심했다. 멀리서 내려다보았을 때는 그 도마뱀과 곤충과 꽃들에 대해 그의 눈이 착각을 일으킬 수도 있었을 것이다. 그러나 싱싱하고 건강한 꽃이 베아트리체의 손안에서 갑자기 시드는 것을 아주 가까운 거리에서 목격할 수 있다면 더 이상 의문의 여지가 없을 것이다. 이런 생각을 하면서 그는 얼른 꽃 가게로 가서 아침 이슬방울이 아직도 보석처럼 맺혀 있는 싱싱한 꽃다발을 샀다.

베아트리체와 항상 만나는 시간이 되었다. 정원으로 내려가기 전 조반니는 거울 보는 일을 잊지 않았다. 그것은 잘생긴 젊은이가 가질 수 있는 자연스러운 허영 같은 것이긴 했지만, 그토록 불안하고 격정적인 순간에 나타나는 그런 태도는 천박한 감정이나 불성실한 성격을 드러내는 것처럼 보였다. 그는 거울에 비친 자신의 모습을 자세히 보며 얼굴이 어느 때보다 더 건강한 우아함을 띠고 있고, 눈도 생기가 넘치고, 뺨도 건강이 넘치는 훈훈한 색깔을 띠고 있다고 생각했다.

"최소한 그녀의 독이 아직 내 몸의 조직 안으로 스며들지는 않았군. 난 그녀의 손안에서 시들 꽃은 아니지."

그는 이렇게 혼잣말을 했다.

그런 생각을 하면서 그는 손에 줄곧 들고 있던 꽃다발로 시선을 돌렸다. 그 순간 이슬을 머금은 꽃들이 축 처지기 시작하는 모습을 보고, 그는 뭐라고 표현할 수 없는 공포의 전율 같은 것이 스치고 지나가는 것을 느꼈다. 그 꽃들은 전날에는 싱싱하고 아름다웠을 그런 모습을 하고 있었다. 조반니의 얼굴이 대리석처럼 창백해졌다. 그는 거울 앞에 꼼짝 않고 서서 무슨 끔찍한 물건을 보듯 자신의 모습을 응시했다. 그리고 방 안에 무슨 향기가 퍼져 있는 것 같다던 발리오니 교수의 말을 떠올렸다. 그렇다면 그건 그의 숨결에 담긴 독이 틀림없었다! 그는 자기 자신에 대해 몸서리를 쳤다. 멍한 상태에 있다가 다시 깨어나 그는 방 천장에 매달려 거미줄을 늘어뜨리고 부지런히 움직이는 거미 한 마리를 호기심 어린 눈으로 관찰하기 시작했다. 거미는 천장에 매달려 있으면서도 정교하게 엮은 거미줄 망 사이를 열심히, 활기차게 왔다 갔다 하고 있었다.

조반니는 거미를 향해 몸을 구부리며 깊고 길게 숨을 내뿜었다. 갑자기 거미가 작업하던 동작을 멈추었다. 그 조그만 직공의 몸으로부터의 진동이 거미줄 망을 떨리게 했다.

조반니는 독이 배어 있는 듯싶은 숨을 다시 가슴으로부터 더 깊고 더 길게 내뿜었다. 자신이 사악한 것인지 아니면 그저 절망 상태에 빠져 있는 것인지 알 수가 없었다. 거미는 발작적으로 다리를 움켜쥐더니 창문으로 축 늘어져 죽었다.

"아, 저주받았구나! 저주를 받았어!"

조반니는 스스로에게 중얼거렸다.

"이토록 독성이 강해져서 너의 숨결에 이 거미가 죽었단 말이냐?"

그 순간 정원으로부터 달콤하고 풍요로운 목소리가 퍼져

올라왔다.

"조반니! 조반니! 시간이 지났어요! 왜 꾸물대는 거예요? 빨리 내려오세요!"

"그래, 그녀만이 나의 숨결에 죽지 않을 유일한 존재로구나! 아, 차라리 내 숨결이 그녀를 죽였으면!"

조반니는 다시 혼자 중얼거렸다.

그는 정원으로 뛰어 내려가 곧 베아트리체의 밝고 사랑스러운 눈앞에 마주 섰다. 조금 전만 해도 분노와 절망감이 하도 격렬해서 그녀에게 저주의 눈길을 퍼붓고 싶을 뿐이었다. 그러나 막상 그녀와 이렇게 마주하고 보니, 떨쳐 버리기에는 너무 생생한 영향력에 어쩔 도리가 없었다. 그를 때로 종교적인 차분함으로 감싸 주던 그녀의 여성적이고 섬세하고 온화한 힘에 대한 기억들, 순수한 샘물이 깊은 곳으로부터 솟아올라 그의 정신적 눈에 투명하게 비치며 그녀의 가슴에서 분출할 때의 그 성스러운 열정에 대한 기억들, 그가 그 귀중함을 알았더라면 이 모든 추악한 신비는 세속적인 환영에 지나지 않는다고, 어떤 악의 안개가 주위를 감싸더라도 베아트리체의 참모습은 천국의 천사라고 그에게 확신시켜 주었을 여러 기억들이 떠오르는 것이었다. 이제 조반니에게는 이런 높고 강한 믿음이 불가능했지만, 베아트리체와 이렇게 함께 있을 때는 아직 그 마력을 완전히 잃지는 않고 있었다. 조반니의 분노는 우울한 무감각 상태로 가라앉았다. 베아트리체는 빠른 영감으로 그들 사이에 그나 자신이 이미 넘어설 수 없는 검은 심연이 깊이 패어 있음을 직감했다. 그들은 슬픔에 잠겨 말없이 함께 걸었다.

그렇게 그들은 보석 같은 꽃들이 매달린 관목이 한복판에서 자라고 있는 대리석 분수대와 물웅덩이에 이르렀다. 조반니는 자신이 그 꽃들의 향기를 열심히 즐기며 들이마시고 있다는—마치 왕성한 식욕을 느끼듯—사실을 깨닫고 두려움에 떨었다.

"베아트리체, 이 나무를 어디서 가져온 거죠?"

그가 갑자기 물었다.

"제 아버지가 만들어 내신 거예요."

그녀는 아무렇지 않게 대답했다.

"만들었다고요! 만들어 냈다고요!"

조반니는 같은 말을 반복했다.

"아니, 그게 무슨 뜻이에요, 베아트리체?"

"아버지는 자연의 비밀들을 무서울 만큼 잘 알고 계시는 분이에요."

베아트리체가 대답했다.

"그래서 내가 첫 숨을 내쉬는 시간에 이 나무가 땅에서 솟아난 거예요. 내가 자연에서 태어난 아버지의 자식이라면, 이 나무는 아버지의 과학, 아버지의 지력의 자식인 셈이죠. 너무 가까이 가지 말아요!"

조반니가 그 나무에 가까이 접근하는 것을 공포가 담긴 눈으로 보며 그녀는 계속 말했다.

"그 나무는 당신이 상상도 못 할 특질들을 가지고 있어요. 하지만 조반니, 나는, 나는 그 나무와 함께 자라고 꽃피고 그 숨결을 자양으로 성장했어요. 그래서 그 나무는 내 동생이고, 난 그것을 인간의 애정으로 사랑하고 있어요. 왜냐하면, 아! 그런 의심이 들지 않던가요? 그건 끔찍한 숙명이기 때문이에요."

이 말을 들을 때 조반니의 찡그린 얼굴이 하도 음울해서 그녀는 말을 멈추고 몸을 떨었다. 그러나 그의 부드러운 마음에 대한 믿음이 되살아나자 그녀는 순간적이나마 그를 의심했다는 자책감에 얼굴이 붉어졌다.

"끔찍한 숙명이죠."

그녀는 계속했다.

"저를 세상으로부터 격리시킨, 과학에 대한 아버지의 그 치명적인 사랑의 결과예요. 사랑하는 조반니, 하늘이 당신을 보내 줄 때까지 이 가련한 베아트리체가 얼마나 외로웠는지 아세요!"

"그게 가혹한 숙명인가요?"

조반니는 그녀를 빤히 바라보며 물었다.

"최근에 와서야 그것이 얼마나 가혹한 숙명인지를 알았어요."

그녀는 부드럽게 대답했다.

"그래요. 하지만 제 가슴은 덤덤하고 그래서 차분해요."

그 순간 조반니의 분노가 어두운 구름으로부터 번갯불이 치듯 음울한 불쾌감으로부터 갑자기 터져 나왔다.

"당신은 저주받은 인간이오!"

그는 악의에 찬 경멸과 분노의 표정으로 소리쳤다.

"고독이 지겨워지니까 당신과 마찬가지로 모든 따뜻한 삶으로부터 격리하려고 그 끔찍한 공포의 세계로 나를 유혹한 거지!"

"조반니!"

베아트리체가 밝고 큰 눈을 그의 얼굴로 향하며 외쳤다. 방금 조반니가 한 말의 영향이 아직 그녀의 마음속까지 이르진 않아서 그녀는 날벼락을 맞은 것처럼 그저 멍하니 서 있었다.

"그래요, 당신은 독녀(毒女)요!"

조반니는 격정에 겨워 미친 듯이 소리쳤다.

"당신이 그런 거야! 당신이 나를 망친 거라고! 당신이 내 혈관을 독으로 채운 거지! 당신이 나를 당신 자신처럼 추하고, 역겹고, 가증스럽고, 치명적인 존재로, 모든 사람이 놀랄 끔찍한 괴물로 만든 거라고! 자, 우리의 입김이 다행히 다른 사람들에게 그렇듯이 우리 자신에게도 치명적이라면, 말로 표현할 수 없는 그 증오의 키스로 우리의 입술을 합치고는 함께 죽어 버립시다!"

"아, 이게 어찌 된 운명이지?"

베아트리체는 가슴속에서 우러나오는 낮은 신음 소리를 내며 중얼거렸다.

"오, 성모 마리아여, 가슴 찢긴 이 가련한 아이를 불쌍히 여기소서!"

"당신, 당신 지금 기도했소?"

조반니는 여전히 잔혹한 경멸의 표정을 띤 채 소리쳤다.

"바로 당신의 그 기도가 당신의 입술에서 나오는 순간 공기를 죽음으로 오염시키고 있소. 그래, 좋소. 우리 기도합시다! 교회에 가서 입구의 성수에 우리의 손가락을 담급시다! 그러면 우리 뒤에 오는 사람들이 역병에 걸린 것처럼 죽겠지! 우리 공중에 성호를 그읍시다! 그러면 그 유독한 기운이 성스러운 상징처럼 저주를 퍼뜨리며 퍼져 나가겠지!"

"조반니."

베아트리체가 침착하게 말했다. 그녀의 슬픔은 격정의 한계를 넘어 있었다.

"왜 그 끔찍한 말들 속에 당신 자신을 나와 함께 묶어 넣는 거예요? 당신이 말한 대로 난 끔찍한 존재가 틀림없어요. 하지만 당신은 내 끔찍하고 비참한 모습에 몸서리를 한 번 치고 정원 밖으로 나가 다른 사람들과 어울리면서 이 땅에 베아트리체라는 불쌍한 괴물이 기어다녔다는 사실을 잊어버리면 되는데 왜 그러세요?"

"아니, 당신 지금 모른 척하는 거요?"

조반니가 그녀를 노려보며 물었다.

"보시오! 라파치니의 순결한 딸로부터 내가 얻은 이 힘을 말이오."

그때 마침 정원의 꽃향기가 약속하는 식량을 찾아 한 떼의 여름 벌레들이 공중을 날아다녔다. 벌레들은 조반니의 머리 주위를 빙빙 돌고 있었다. 잠시 몇몇 나무에 이끌렸던 것처럼 그에게도 이끌린 것이 분명해 보였다. 그는 벌레들을 향해 숨을 내뿜었다. 그런 다음 적어도 20여 마리의 벌레들이 땅에 떨어져 죽는 것을 보며 베아트리체에게 씁쓸한 미소를 보냈다.

"아! 아!"

베아트리체가 비명을 질렀다.

“제 아버지의 치명적인 과학의 힘이에요! 조반니! 내가 아니에요! 아니에요! 절대 아니에요! 나는 다만 당신을 사랑하고 잠시 함께 있기를 꿈꾸었을 뿐이에요. 그런 다음 당신을 떠나보내고 당신의 모습을 내 가슴속에 영원히 간직하고 싶었을 뿐이에요. 날 믿어 줘요, 조반니. 내 몸은 비록 독으로 자랐지만 정신은 신의 창조물이에요. 그래서 그 양식으로 사랑을 갈구한 거예요. 하지만 제 아버지가 우리를 이 끔찍한 인연으로 결합시킨 거지요. 그래요, 날 걷어차고, 짓밟고, 죽여 줘요! 아, 당신에게 그런 말을 들었는데 죽음이 무슨 문제인가요? 하지만 당신을 이렇게 만든 건 내가 아니에요. 맹세코 그렇지 않아요.”

조반니의 열정은 그의 입으로 마구 쏟아져 나온 뒤 고갈된 듯싶었다. 이제 베아트리체와 그 사이의 애처로우면서도 부드러움이 가시지 않은 그 야릇한 밀착 관계에 대한 생각이 그를 다시 엄습해 왔다. 그들은 말하자면 절대 고독 속에, 넘치는 군중의 삶에 의해서도 조금도 덜어지지 않는 짙은 고독 속에 서 있는 셈이었다. 그렇다면 그들을 에워싸고 있는 인간성이 제거된 이 황량한 사막은 이 고립된 한 쌍의 인간을 더욱 가깝게 밀착시켜야 하지 않겠는가? 그들이 서로 잔인하게 대한다면 누가 그들에게 친절을 베풀 것인가? 게다가――조반니는 생각했다――그가 일상적인 세계의 경계 안으로 돌아갈 희망이, 그리고 구원받은 베아트리체의 손을 붙들고 그곳으로 인도할 희망이 아직 남아 있지 않은가? 베아트리체의 사랑 같은 깊은 사랑을 혹독한 말로 그토록 무참히 짓밟아 버리고 나서 다시 세속적인 결합과 세속적인 행복이 가능하리라 꿈꾸다니, 아, 얼마나 박약하고 이기적이고 비열한 정신인가! 결코, 결코 그 희망은 이루어질 수 없으리라. 그녀는 상처받은 가슴을 안고 무거운 발걸음으로 시간의 경계선을 넘어 어느 낙원의 샘물에 그녀의 상처를 씻고, 불멸의 빛 속에서 슬픔을 잊고, 거기서 영원히 평화롭게 살리라.

그러나 조반니는 그것을 알지 못했다.

"베아트리체."

그는 베아트리체에게 다가가며 말했다. 조반니가 가까이 다가갈 때면 항상 그랬듯이 그녀는 몸을 약간 움츠렸지만 지금은 전과는 다른 충격에 의한 것이었다.

"사랑하는 베아트리체, 우리의 운명이 아직 그렇게 절망적인 것만은 아니오. 이걸 봐요! 한 현명한 의사가 나에게 보장한 건데 효능이 아주 강하고 탁월한 약이라오. 이 약은 당신 아버지가 당신과 나에게 재앙을 가져온 그 약 성분과 정반대의 성분으로 조제되었소. 아주 귀한 약초의 정수를 뽑아 증류한 것이라오. 우리 이 약을 함께 마시고 독으로부터 정화되도록 합시다."

"그 약 이리 주세요!"

베아트리체가 조반니가 가슴에서 꺼낸 그 조그만 은병을 받으려고 손을 내뻗으며 말했다. 그리고 특별히 강조해서 한마디를 덧붙였다.

"제가 먼저 마실게요. 당신은 결과를 지켜보도록 하세요."

그녀는 발리오니의 해독제를 입술로 가져갔다. 바로 그 순간 현관 입구에 라파치니의 모습이 나타나더니, 대리석 분수 쪽으로 천천히 다가왔다. 창백한 얼굴의 과학자는 더 가까이 다가오면서 아름다운 두 남녀의 모습을 승리감이 넘치는 표정으로 바라보는 듯했다. 그 표정은 일생에 걸쳐 그림이나 조각품 한 점을 완성해 낸 예술가가 마침내 이룬 자신의 성공에 만족하는 표정이었다. 그는 발걸음을 멈추고 굽은 몸을 힘들여 곧추세웠다. 그가 자식들에게 축복을 내리는 아버지의 태도로 그들 위에 양손을 내뻗었다. 그 손은 그들의 삶에 독을 뿌린 바로 그 손이었다. 조반니는 몸을 떨었다. 베아트리체는 경련하듯 몸서리치며 손으로 가슴을 눌렀다.

"내 딸아."

라파치니가 말했다.

"넌 더 이상 이 세상에서 외롭지 않아. 네 동생 나무에서 그 보석 같은 귀한 꽃을 꺾어 네 신랑의 가슴에 달게 하려무나. 이제 그를 해롭게 하지 않을 거다. 나의 과학과 너희 둘 사이의 공감이 그의 체내에 작용해서 그는 이제 보통 남자들과는 다른 종류의 남자가 된 거야. 내 기쁨과 자랑인 네가 보통 여자들과는 다른 종류의 여자이듯이. 자, 이제 서로에게 가장 소중한 사랑의 대상으로, 다른 사람들에게는 두려움의 대상으로 이 세상을 살아가거라!"

"아버지."

베아트리체가 여전히 손을 가슴에 댄 채 희미한 목소리로 말했다.

"아버지는 무엇 때문에 자신의 자식에게 이런 비참한 운명을 안겨 주신 건가요?"

"비참하다니!"

라파치니가 외쳤다.

"어리석게도 그게 무슨 말이냐? 어떤 힘도 대적할 수 없는 놀랄 만한 능력을 부여받았는데 그게 비참하단 말이냐? 아무리 힘센 자라도 숨결 한 번으로 제압할 수 있고, 그처럼 아름다우면서도 그처럼 무서울 수 있는 운명이 비참한 것이란 말이냐? 그렇다면 넌 모든 악을 당하기만 하고 행할 수는 없는 약한 여자가 되길 바랐단 말이냐?"

"전 두려움의 대상이 아니라 사랑의 대상이 되고 싶었어요."

베아트리체가 바닥에 주저앉으며 중얼거렸다.

"하지만 이젠 상관없어요. 아버지, 저는 아버지가 저의 존재와 섞으려고 그렇게 애쓰신 악이 꿈처럼 사라져 갈 곳으로 가고 있어요. 에덴 동산의 꽃들 속에서는 더 이상 나의 숨결을 오염시키지 않을 이 독꽃들의 향기처럼 말이에요. 조반니, 잘 있어요! 증오에 찬 당신의 말들이 내 가슴속에 납처럼 무겁게 남아 있어요. 하지만 그 말들도 내가 천국으로 오를 때 다 사라져 갈 거예요. 아, 처음부터 내 본성보다는 당신의 본성에 더 많은 독이 담겨 있었던 게 아닐까요?"

자연으로부터 받은 체질이 라파치니의 과학적 기술에 의해 그토록 철저히 바뀌어 버린 베아트리체에게는 독이 곧 생명이었듯이 그 독에 대한 강력한 해독제는 곧 죽음이었던 것이다. 인간의 교묘한 재주, 방해당한 인간의 본성, 그러한 모든 왜곡

된 지혜의 노력에 수반되는 치명적 운명의 이 불쌍한 희생자는 그녀의 아버지와 조반니의 발밑에서 그렇게 죽어 갔다. 바로 그 순간 피에트로 발리오니 교수가 창문에서 내려다보며 벼락을 맞은 듯 굳어 버린 그 과학자를 향해 승리감과 공포가 섞인 목소리로 크게 외쳤다.

"라파치니! 라파치니! 이것이 자네 실험의 결말인가?"

이선 브랜드

—미완성 로맨스의 한 장(章)

어느 날 해 질 녘에 거칠고 둔해 보이는 석회 굽는 사람 바트람이 숯 검댕이 묻은 얼굴로 가마를 지켜보며 앉아 있었고, 그의 어린 아들은 여기저기 흩어진 대리석 조각들로 집짓기 놀이를 하고 있었다. 그때 아래쪽 산 중턱에서 웃음소리가 크게 들려왔다. 그러나 그 웃음소리는 즐거운 웃음소리가 아니라, 천천히 그리고 숲속의 나뭇가지를 흔들고 지나가는 바람처럼 엄숙하게 들려오는 웃음소리였다.

"아빠, 저게 무슨 소리야?"

어린아이는 놀이를 중단하고 아버지의 무릎 사이로 파고들며 물었다.

"어떤 주정뱅이겠지. 마을 술집 안에서는 지붕이 날아갈까 봐 감히 큰 소리로 웃지 못하다가 이 그레이록 산 기슭에 와서야 마음껏 즐겁게 웃어 젖히는 그런 주정뱅이 말이다."

"하지만 아빠, 저건 즐겁게 웃는 소리가 아니잖아. 무서워!"

둔해 보이는 그 중년의 시골 사람보다 더 예민한 아이가 말했다.

"바보처럼 굴긴!"

아버지는 큰 소리로 퉁명스럽게 대꾸했다.

"넌 사내 대장부가 되긴 글렀어. 네 어미를 너무 닮았단 말이야. 나뭇잎만 바스락거려도 놀라잖아. 들어 봐라! 이제 기분 좋게 거나해진 사람이 올 거다. 아무 탈도 없을 테니 두고 봐."

이렇게 말하면서 바트람과 어린 아들은 석회 가마를 지켜보며 앉아 있었는데, 그 가마는 이선 브랜드가 '용서받지 못할 죄'를 찾아 나서기 전 혼자 명상에 잠겨 바라보며 살아온 바로 그 가마였다. 이선 브랜드에게 그런 생각이 떠오른 그 불길했던 밤 이후 이제 많은 세월이 흘렀다. 그러나 산 중턱의 그 가마는 이선 브랜드가 그의 어두운 생각들을 가마 속 강렬한 불길 속에 던져, 말하자면 그의 삶을 사로잡은 한 가지 생각으로 녹여 버린 그날 이후로 아무런 변화 없이 옛 모습 그대로 서 있었다. 그 가마는 거친 돌로 지은 20피트 정도 높이의 조잡한 둥근 탑 모양의 건조물이었는데, 위쪽 대부분을 흙으로 쌓아 올려, 대리석 덩어리와 조각 들을 수레로 끌고 와 위쪽에서 던져 넣을 수 있게 만들어져 있었다. 탑 모양 가마의 맨 아래쪽에는 화덕 구멍 같긴 하지만 사람 한 명이 몸을 구부리고 들어갈 만한 크기의 입구가 있었고 그 입구에는 무거운 철문이 달려 있었다. 산 중턱에 이르는 입구처럼 보이는 이

문의 갈라진 틈 사이로는 화염과 연기가 뿜어져 나와서 마치 '즐거운 산'의 목동들이 순례자들에게 보여 주며 경고하던 바로 그 지옥의 비밀 입구 같았다.[1]

그 지역 일대에는 그런 석회 가마가 많이 있었는데, 부근 산들의 대부분을 이루고 있는 흰 대리석을 깨 내어 굽기 위해서였다. 그 가마들 중 몇몇은 아주 오래전에 지어지고 또 버려진 지 오래된 것들로, 하늘이 훤히 보이는 내부의 둥그런 빈터에 잡초가 무성하고 돌 틈새에는 풀과 야생꽃들이 뿌리를 뻗고 자라고 있어서 이미 오래된 유적지처럼 보였고, 앞으로 몇 백 년이 지나면 온갖 이끼로 뒤덮일 듯 보였다. 아직도 석회 굽는 사람이 밤낮으로 불을 때고 있는 다른 몇몇 가마들은 산속을 여행하는 나그네들에게 흥미를 제공하는 곳으로, 그들은 통나무나 대리석 조각 위에 앉아 외로운 석회 굽는 사람과 잡담을 나누곤 했다. 석회 굽는 일은 매우 고독하고, 사색을 즐기는 기질의 사람의 경우엔 깊은 상념에 빠져들기 쉬운 작업이었다. 이선 브랜드가 바로 그런 경우여서, 오래전 옛날 바로 이 가마의 불꽃이 타고 있는 동안 묘한 명상에 깊이 빠져들었던 것이다.

지금 이 가마의 불꽃을 지켜보는 사람은 자기 직업에 필요한 몇 가지 생각 외에 쓸데없는 상념으로 골머리를 앓는 일이 전혀 없는 아주 다른 종류의 사람이었다. 그는 자주 쩔그럭거

1) 존 버니언의 『천로역정』에서 '즐거운 산'의 선한 목동들이 기독교 순례자들에게 지옥의 입구에 대해 경고하는 내용을 빗댄 것.

리는 쇠문을 열고, 강한 불빛에서 얼굴을 돌린 채 큰 참나무 더미를 밀어 넣기도 하고, 긴 막대기로 엄청난 양의 불더미를 휘젓기도 했다. 화로 안에는 맹렬히 휘감기며 타오르는 불길과 그 강한 열에 거의 녹으며 타 내리는 대리석이 보였다. 한편 밖에서는 불빛이 어둠 속에 얽혀 있는 주위의 숲을 떨면서 되비추고, 그 불빛의 전면으로는 오두막집, 문 옆의 샘, 숯 검댕이 묻은 건장한 석회 굽는 사람의 모습, 아버지의 그늘로 피하듯 움츠리고 들어간 겁먹은 아이의 모습이 불그레한 한 폭의 그림처럼 드러나 보였다. 가마의 쇠문이 닫히자 반달의 연한 빛이 다시 나타나 주위 산들의 불분명한 모습을 밝혀 보이려 했지만 제대로 뜻을 이루지 못했다. 계곡 아래쪽에서 햇빛이 사라진 지는 아주 오래지만, 위쪽 하늘에는 장밋빛 황혼에 아직 희미하게 물들어 있는 한 떼의 구름이 흘러가고 있었다.

산 중턱을 올라오는 발소리가 들리고 큰 나무들 밑의 관목숲을 제치는 사람의 모습이 보이자 어린아이는 아버지 쪽으로 더 바싹 다가붙었다.

"어이, 거 뉘시오?"

석회 굽는 사람은 아이의 소심함에 화가 나면서도 한편으로는 자신도 그 영향을 받으며 큰 소리로 외쳤다.

"이리 나와서 남자답게 얼굴을 보이시오. 안 그러면 이 대리석 덩어리를 머리에 던지겠소."

"환영 인사치곤 너무 거칠군."

낯선 사람이 다가오며 음울한 목소리로 대꾸했다.

"하지만 여기가 내 화롯가라 하더라도 더 친절한 환영은 바라지도 요구하지도 않겠소."

바트람이 그의 모습을 더 자세히 보려고 가마의 쇠문을 열자 강렬한 불빛이 왈칵 몰려나오면서 그 낯선 사람의 얼굴과 몸에 정면으로 쏟아졌다. 무심코 보면 그 사람의 모습에는 별로 두드러져 보이는 점이 없었다. 시골에서 만든 거친 갈색 양복 차림에 키가 크고 마른 편이었고, 나그네에게 어울리는 무거운 신발에 지팡이를 들고 있었다. 그는 다가오면서 난로의 밝은 불빛을 유난히 반짝이는 눈으로 뚫어지게 바라보았다. 난로의 불빛 안에서 뭔가 주목할 만한 중요한 것을 보았거나 보기를 기대하는 것 같은 시선이었다.

"안녕하시오. 그런데 이 늦은 시간에 어디서 오시는 거요?"

바트람이 물었다.

"탐색의 길에서 돌아오는 길이오. 드디어 탐색이 다 끝나서 말이오."

나그네가 대답했다.

'취했군! 아니면 미쳤거나! 이 친구 때문에 골치 좀 썩겠는데. 빨리 쫓아 보내는 게 상책이겠군.'

바트람은 속으로 중얼거렸다.

어린아이는 무서워서 부들부들 떨면서 불빛이 너무 많이 새어 나오지 않도록 가마의 문을 제발 닫아 달라고 아버지에게 속삭였다. 나그네의 얼굴에 보기 두려우면서도 거기서 눈을 돌릴 수 없는 무언가가 담겨 있었기 때문이다. 사실 둔하고 감각이 멍한 석회 굽는 사람조차도 희끗희끗한 머리가 헝클어져 있는 나그네의 마르고 거친, 그러나 깊은 생각에 잠긴 듯한 얼굴과 신비한 동굴 입구에서 비치는 불빛처럼 푹 꺼진 눈의 광채에서 뭐라고 형용하기 어려운 이상한 어떤 것을 느끼기 시작하고 있었다. 그러나 그가 가마 문을 닫자 나그네가 아주 차분하고 친근한 태도로 말을 걸어 와서 바트람은 그가 제정신을 가진 정상적인 사람이라고 다시 느끼기 시작했다.

"당신 작업이 이제 끝나 가는구려. 보아하니 이 대리석은 벌써 사흘이나 구워져서 몇 시간만 더 지나면 곧 석회로 바뀌겠구먼."

"아니, 당신은 뉘시오? 이 일을 나만큼이나 잘 알고 있는 것 같은데."

석회 굽는 사람이 놀라서 말했다.

"당연히 그럴 만하지요. 아주 오랫동안 바로 이 자리에서 같은 일을 했으니까. 하지만 당신은 이 지방에 새로 온 사람 같구려. 이선 브랜드라는 사람에 대해 들어 봤소?"

"'용서받지 못할 죄'인가 뭔가를 찾아 나섰다는 사람 말이오?"

바트람이 웃으며 물었다.

"맞소. 그가 찾던 것을 찾아내서 이제 다시 돌아온 거요."

"아니! 그럼 당신이 이선 브랜드란 말이오?"

석회 굽는 사람이 놀라서 소리를 질렀다.

"말씀하신 대로 나는 이 지방에 새로 온 사람인데, 사람들 말이 당신이 그레이록을 떠난 지 18년이 되었다더군요. 하지만 아직까지도 저 아랫동네 사람들은 이선 브랜드에 대해 이야기하면서 그를 석회 가마에서 떠나게 한 그 묘한 탐색 작업인가 뭔가에 대해 말들을 합니다. 그래, 그 '용서받지 못할 죄'

라는 걸 찾아냈다고요?"

"그렇소."

나그네는 차분하게 대답했다.

"글쎄 정상적인 이야기인지는 모르겠소만 도대체 그게 어디 있다는 말입니까?"

바트람이 계속 물었다.

이선 브랜드는 손가락으로 자신의 가슴을 짚으며 대답했다.

"바로 여기지요!"

그러고는 자기 자신에게 가장 가까이 있는 것을 찾아 온 세상을 헤매 다니고 자신 자신의 가슴은 제외해 놓고 다른 사람의 가슴속에 숨겨져 있는 비밀만을 찾아내려고 그토록 애썼던 그 어리석은 모순에 대한 내키지 않는 깨달음에 허탈감을 느낀 듯, 즐거움이 전혀 담기지 않은 얼굴로 스스로를 조소하는 웃음을 터뜨렸다. 그 웃음소리는 나그네가 다가오는 것을 알리면서 그 석회 굽는 사람을 약간 놀라게 했던, 느리고 무겁게 들리던 바로 그 웃음소리였다.

그 웃음소리에 쓸쓸한 산허리가 더 음산해지는 것 같았다. 웃음이란 적절하지 않은 장소에서 적절하지 않은 시간에, 또는 흐트러진 감정 상태에서 터져 나올 때 가장 무서운 억양의 목소리가 될 수 있는 것이다. 자면서 웃는 웃음소리—비록 어린아이의 경우라 하더라도—, 미친 사람의 웃음소리, 바보천치의 흥분해서 내지르는 웃음소리는 들으면 소름이 끼치고 항상 잊고 싶은 소리들이다. 그래서 시인들은 악마나 도깨비가 내는 소리 중 공포감을 가장 적절하게 나타내는 소리가 웃음소리라고 상상해 온 것이다. 둔감한 석회 굽는 사람까지도 이 이상한 사람이 자기 자신의 가슴을 들여다보며 어둠 속으로 굴러 나가 산속에 희미하게 울려 퍼지는 그런 웃음을 터뜨렸을 때 온 신경이 흔들리는 것을 느꼈다.

"조, 얼른 마을 주막에 뛰어가서 거기 있는 사람들한테 이선 브랜드가 돌아왔다고, 그리고 그 '용서받지 못할 죄'라는 걸 찾았다더라고 전해라."

그는 어린 아들에게 일렀다.

아이는 곧 뛰어나갔다. 이선 브랜드는 아버지의 심부름에 반대하지 않았고 그 말에 별로 신경을 쓰는 것 같지도 않았다. 그는 통나무에 앉아 가마의 쇠문을 계속 응시하고 있었다. 아이의 모습이 시야에서 사라지고 처음에는 낙엽을, 다음에는 자갈을 밟고 가던 아이의 빠르고 경쾌한 발소리가 들리지 않게 되자 석회 굽는 사람은 아이를 보낸 걸 후회하기 시작했다. 그는 어린아이의 존재가 그 나그네와 자신 사이의 장벽 역할을 해 주었음을, 그래서 하늘의 자비를 구할 수 없는 유일한 죄악을 범했노라고 고백하는 이 사람과 이제 가슴과 가슴을 마주하고 직접 대면해야 함을 느꼈다. 그 죄악이라는 것이 불분명한 어둠으로 그에게 그늘을 드리우는 듯했다. 그리고 석회 굽는 사람 자신이 범한 죄들이 머릿속에 떠오르면서 사악한 여러 가지 모습으로 그의 기억을 혼란스럽게 만들었는데, 그 악의 모습들은 그것이 무엇이든 간에 자기들이 인간의 타락한 천성이 생각해 내고 품을 수 있는 대죄와 동족임을 주장하고 있었다. 결국 그 죄악들은 모두 같은 뿌리를 갖고 있었다. 그래서 그것들이 그의 가슴과 이선 브랜드의 가슴 사이를 왔다 갔다 하며 서로 어두운 인사를 나누고 있었다.

그러자 바트람의 머릿속에는, 밤의 그림자처럼 갑자기 나타나 죽어서 묻힌 지 여러 해 된 사람들이 자신보다 더 정든 곳에서 편안함을 느낄 권리를 주장할 수 있을 정도로 오랜 세월이 지난 후 옛날에 살던 곳으로 돌아와 마치 고향에 돌아온 듯 편안함을 느끼고 있는 이 이상한 사람에 대해 전설처럼 전해 오는 이야기들이 떠올랐다. 사람들 말에 의하면 이선 브랜드는 바로 이 가마의 타오르는 불길 속 사탄과 이야기를 나누었다는 것이다. 여태까지는 그 전설이 재미있는 이야기로 들렸지만 지금은 소름 끼치는 무시무시한 이야기로 생각되었다. 그 이야기에 따르면, 이선 브랜드가 탐색의 길에 나서기 전에 밤마다 석회 가마의 뜨거운 화로에서 악마를 불러내어 '용서받지 못할 죄'에 관해 의견을 나누었다는 것이다. 그와 악마는 속죄할 수 없거나 용서받을 수 없는 죄악의 모습을 그려 보려고 서로 애쓰다가, 산마루에 첫 아침 햇살이 비치면 악마가 쇠문 안으로 기어 들어가 그 뜨거운 불길을 견뎌 내고는 밤이면 다시 불려 나와 하늘의 무한한 자비의 범위를 넘어서는 인간의 죄를 따져 보는 끔찍한 작업을 그와 함께 계속했다는 것이었다.

석회 굽는 사람이 이런 무서운 생각들과 씨름하는 동안 이선 브랜드는 통나무에서 일어나 가마의 문을 활짝 열어젖혔다. 그의 행동은 바트람의 마음속에서 일어나고 있는 생각과 일치하는 것이어서, 맹렬히 타오르는 뜨거운 빨간 불길에서 악마가 튀어나오는 모습이 곧 보일 것만 같았다.

"잠깐! 멈춰요!"

그는 떨리는 목소리로 외치며 짐짓 웃어 보이려 애썼다. 두려움에 압도되어 있었지만 자신의 두려움이 창피해서였다.

"제발 지금 당신의 악마를 불러내지 말아요!"

"이보시오! 악마가 왜 필요하겠소?"

이선 브랜드가 엄숙하게 대답했다.

"악마는 오는 길에 남겨 두고 왔소. 악마는 당신 같은 얼치기 죄인을 상대하느라 바쁘다오. 내가 가마 문을 연다고 겁낼 건 없소, 그냥 옛날 습관으로 그런 거니까. 한때의 석회 굽는 사람답게 당신 불을 좀 손봐 드리지."

그는 많은 양의 석탄을 휘저으며 나무를 더 집어넣고는, 얼굴에 강렬한 불빛이 비치는 것을 아랑곳하지 않고 깊은 화로 안을 들여다보려고 몸을 앞으로 구부렸다. 바트람은 앉아서 그를 지켜보면서 이 이상한 손님이 악마를 불러오는 것은 아니라 해도 적어도 이 불길에 뛰어들어 사람의 시야로부터 사라져 버리려는 것은 아닌가 하는 의심이 들었다. 그러나 이선 브랜드는 차분히 다시 물러나 가마 문을 닫으며 말했다.

"불로 뜨겁게 달아오른 저 화로보다 일곱 배나 더 뜨겁게 죄악의 열정으로 달아오른 인간들의 가슴 속을 나는 많이 들여다보았소. 그런데도 내가 찾는 걸 발견하지 못했다오. '용서받지 못할 죄' 말이오!"

"그 '용서받지 못할 죄'라는 게 대체 뭡니까?"

석회 굽는 사람은 이렇게 묻고는 질문의 답을 듣기가 두려워 떨면서 그에게서 움칫 물러섰다.

"그건 나 자신의 가슴속에 자라고 있던 죄요."

이선 브랜드는 그와 같은 열정적인 사람들의 특징인 자만어린 태도를 보이며 똑바로 서서 대답했다.

"그건 다른 데서 자란 죄가 아니오! 인간에 대한 우애와 신에 대한 존경의 염을 물리치고 자신의 강력한 요구에 모든 것을 희생시키는 지적 죄악이 바로 그것이오. 영원한 고뇌의 응보를 받아 마땅한 유일한 죄악이지! 또다시 그렇게 된다 해도 난 그 죄를 거침없이 범할 것이오. 그리고 그 응보를 당당히 받아들일 것이오!"

'이 사람 머리가 돌았군.'

바트람은 혼자 중얼거렸다.

'우리보다 더할 것도 없고, 아마도 그저 우리 모두와 마찬가지로 죄인이겠지. 하지만 분명 이 사람은 미쳤어.'

이렇게 생각하면서 그는 이 황량한 산허리에서 이선 브랜드와 단둘이만 있다는 사실에 불안감을 느꼈다. 그래서 뭐라고 웅얼거리는 사람들의 말소리와 자갈길을 비트적거리며 지나 덤불숲 속을 바스락거리며 다가오는 상당히 많은 사람들의 발소리가 들리자 몹시 반가웠다. 곧이어 마을 주막에 늘 죽치고 앉아 있는 게으른 사람들 한 떼가 나타났는데, 그중에는 이선 브랜드가 떠난 후로 겨우내 선술집 난롯가에 앉아 플리프 칵테일을 마시고 여름 내내 현관 아래쪽에 앉아 파이프 담배를 피우며 지내 온 서너 사람이 포함되어 있었다. 그들은 큰 소리로 웃음을 터뜨리고 이런저런 말들을 허물없이 주고받으면서 석회 가마 앞 공터를 밝혀 주고 있는 좁게 새어 나오는 불빛과 달빛 속으로 한꺼번에 모습을 드러냈다. 바트람은 모든 사람들이 이선 브랜드를 잘 보도록, 그리고 이선 브랜드도 그들을 잘 보도록 가마 문을 약간 열어 공터로 불빛이 흘러 나가게 했다.

이선 브랜드가 옛날에 알던 사람들 중에는, 한때 모르는 사람이 없을 정도로 유명했지만 이제는 거의 잊힌, 그러나 옛날에는 전국의 번창하는 마을 호텔에서 틀림없이 만날 수 있던 한 사람이 있었다. 그는 역마차 사무관이었다. 그러나 이제 그 사람은 기억할 수 없을 만큼 오랜 세월을 선술집 구석에 자리를 잡고 앉아 20년 전에 불을 붙인 여송연을 아직도 피우고 있는 듯한 모습, 놋쇠 단추가 달리고 아주 짧게 마름질한 갈색 코트 차림에 시들고 담배에 절어 빨간 코, 주름투성이인 노인의 모습을 하고 있었다. 한때 그는 시침 떼고 농담을 잘하는 사람으로 소문이 나 있었는데, 그것은 타고난 유머 감각 때문이라기보다는 그의 몸뿐만 아니라 모든 생각과 표정에까지 온통 배어 버린 담배 연기와 브랜디 토디 칵테일의 향기 때문인 듯했다. 얼굴이 묘하게 변해 버리긴 했지만 아직도 생생하게 기억나는 또 한 사람은 아직도 사람들이 예의상 그렇게 부르고 있는 자일스 변호사로, 소매에 때가 묻은 셔츠에 삼베 바지를 걸친 허름한 차림의 꽤 나이 든 사람이었다. 이 가련한 사람은 그래도 이른바 한창때는 동네의 송사를 맡아 훌륭히 처리하는 변호사로 이름이 높았다. 하지만 아침이고 낮이고 밤이고 할 것 없이 플리프니 토디니 하는 여러 가지 칵테일에 빠져들다가 지적 노동에서 여러 종류와 질의 육체 노동으로 전락해, 그의 표현을 빌리면 결국 비누통 속으로 미끄러져 내렸다. 다시 말하면 그는 이제 소규모의 비누 제조업자였다. 더욱이 그는 발의 한 부분이 도끼에 잘려 나가고 손 한쪽이 끔찍한 기관차 바퀴에 완전히 떨어져 나간 불구의 몸이었다. 그러나 육체적 손은 사라졌지만 정신적 손은 그대로 남아 있어서, 손이 잘린 팔을 내뻗을 때 손이 잘리기 전과 마찬가지로 보이지 않는 엄지와 다른 손가락들의 감각을 그대로 생생하게 느낄 수 있다고 늘 주장하는 것이었다. 불구의 비참한 사람이 되긴 했지만, 지금 이 상태나 그 전의 불행한 상태에 처해 있는 그를 아무도 짓밟거나 경멸할 수는 없었다. 왜냐하면 그는 여전히 사나이로서 용기와 기백을 잃지 않고 있어서 남에게 자비를 구하는 일이 없었고 한쪽 팔로, 더구나 왼쪽 팔로 궁핍과 역경에 대항해 힘겨운 싸움을 벌여 왔기 때문이다.

그들 중에는 자일스 변호사와 유사한 점이 있지만 다른 점이 더 많은 또 한 사람이 있었다. 나이가 쉰 살쯤 된 동네 의사인데, 옛날 동네 사람들이 이선 브랜드가 정신이 돌았다고 생각했던 시절에 그를 진찰해 보도록 부탁을 받은 사람이었다. 이제 그는 검붉은 얼굴에 거칠고 야만스러워 보이긴 했지만 어딘가 신사다운 모습을 지니고 있었고, 말이나 여러 가지 몸짓이나 태도에는 뭔가 거칠고 황량하고 자포자기적인 데가 있어 보였다. 이 사람의 경우도 브랜디가 그를 악령처럼 사로잡아 짐승처럼 뚱하고 야만스러운 사람으로, 영혼을 잃어버린 비참한 사람으로 만들어 버린 것이었다. 그러나 그는 일반 의

학이 제공하지 못하는 탁월한 기술과 병을 고치는 타고난 재능을 가지고 있는 것으로 생각되어 사람들이 그를 계속 붙잡아 둠으로써 한계 밖으로 가라앉아 가는 것을 막고 있는 셈이었다. 그래서 말을 타고 건들거리고 환자의 병상에서 뭐라고 거칠게 투덜댔지만 수 마일에 걸친 산골 여러 동네의 환자 집에 왕진을 다니며 때로는 죽어 가는 사람을 기적처럼 살려 내기도 하고, 때로는 의심의 여지 없이 여러 해 앞당겨 환자를 무덤으로 보내기도 했다. 그 의사는 입에 늘 파이프 담배를 물고 있었는데, 누군가가 그의 욕지거리하는 습관에 빗대어 말했듯이 그 파이프 안에는 늘 지옥의 불이 담겨 있는 것 같았다.

이 세 사람이 앞으로 밀치고 나와 각각 자기 식으로 이선 브랜드에게 인사를 하고는 검은 병 안에 든 것을 마시라고 열심히 권했다. 그들은 그 병 안에서 '용서받지 못할 죄'보다 훨씬 더 찾을 만한 가치가 있는 것을 발견하게 될 거라고 단언했다. 강렬하고 고독한 오랜 명상을 통해 높은 경지의 열정의 상태에 이른 정신이 지금 이선 브랜드가 맞닥뜨린 낮고 천박한 생각이나 느낌과의 교접을 견뎌 내기란 불가능한 일이었다. 그는 자신이 정말 '용서받지 못할 죄'를 발견한 것인지, 그것을 정말 자기 자신 안에서 발견한 것인지 의문스러웠다. 그리고 이상하게 들릴지 모르지만 그 의문은 매우 고통스러운 것이었다. 그의 삶을, 아니, 삶 이상의 것을 모두 바친 문제가 이제 와서 하나의 망상처럼 느껴지는 것이었다.

"날 좀 내버려둬, 이 짐승 같은 작자들아!"

그는 냉혹하게 말했다.

"자네들은 그 독주로 자네들의 영혼을 찌그러뜨려 짐승이 돼 버린 거야! 자네들하고는 이미 끝났어. 아주 오래전에 자네들의 가슴속을 다 뒤져 보고 거기서 내가 찾던 것을 발견하지 못했지. 그러니 다들 사라져 버려!"

"아니, 이런 버르장머리 없는 불한당을 봤나!"

포악한 모습의 의사가 소리쳤다.

"그게 친한 친구들의 친절에 대한 네 인사법이냐? 그렇다면 사실을 이야기해 주지. 넌 저기 저 조라는 아이나 마찬가지로 '용서받지 못할 죄'를 아직도 못 찾은 거야. 넌 미치광이야. 20년 전에도 내가 그렇게 말했지. 미치광이 그 이상도 이하도 아니라고. 넌 여기 이 험프리 노인의 친구로나 꼭 알맞아!"

이렇게 말하면서 그는 허름한 옷차림에 긴 흰머리, 야윈 얼굴, 그리고 불안한 눈을 한 노인을 가리켰다. 그 늙은이는 지난 여러 해 동안 만나는 사람마다 붙들고 그의 딸에 대해 물으며 산골 여기저기를 헤매 다니고 있었다. 그 소녀는 아마도 곡마단 사람들을 따라 떠나 버린 것 같았는데, 이따금 그녀의 소식이 마을에 전해져 그녀가 화려한 모습으로 원 안에서 말을 타고 달리기도 하고 놀라운 줄타기 묘기도 보여 주더라는 이야기가 나돌기도 했다.

그 흰머리의 노인이 이선 브랜드에게 가까이 다가와 그의 얼굴을 불안한 시선으로 들여다보았다.

"사람들이 그러는데 당신은 이 세상에 안 가 본 곳이 없다면서요."

노인은 열심히 손을 쥐어짜며 말했다.

"그렇다면 틀림없이 내 딸을 보셨을 것 같은데요. 내 딸아이가 아주 성공을 해서 다들 그 애를 구경하러 간다니 말입니다. 혹시 늙은 아버지한테 무슨 말을 전해 달라거나 언제 돌아오겠다는 이야기가 없던가요?"

이선 브랜드의 눈이 노인의 눈 아래에서 움칫거렸다. 노인이 이토록 안타깝게 소식을 듣고 싶어 하는 그 딸은 이선 브랜드 자신이 냉혹하고 무자비한 목적을 위해 심리적 실험의 대상으로 삼아 그 실험 과정에서 영혼을 빨아들이고 피폐하게 하고 어쩌면 완전히 파괴해 버린 바로 그 에스더라는 소녀였기 때문이다.

"그래, 맞아. 그건 망상이 아니야. '용서받지 못할 죄'가 이렇게 있지 않은가!"

그는 백발의 방랑자로부터 시선을 돌리며 속으로 중얼거렸다.

이런 일이 진행되는 동안 오두막집 대문 앞 샘 옆의 불빛이 환히 비치는 곳에서는 재미있는 장면이 벌어지고 있었다. 마을의 많은 젊은 남녀들이 어렸을 적 무척 친숙했던 그 많은 전설의 주인공인 이선 브랜드를 보고 싶은 호기심에 끌려 이 산 중턱까지 서둘러 올라온 것이다. 그러나 평범한 옷차림에 먼지 덮인 신발을 신고 석탄 더미 속에서 마치 어떤 그림들을 상상해 보는 것처럼 불 속을 들여다보며 앉아 있는, 햇볕에 그을린 그의 모습에서 나그네의 행색 말고는 별다른 독특함을 느낄 수 없어서 젊은이들은 그를 관찰하는 데 곧 싫증을 느꼈다. 그때 마침 다른 구경거리가 생겼다. 한 독일계 유대인 노인이 등에 요지경 환등기를 메고 산길을 따라 마을 쪽으로 내려가다가 한 떼의 사람들이 마을에서 올라오는 것을 보고 혹시 그날의 벌이에 한 푼이라도 더 보탤 수 있을까 하는 희망으로 사람들을 따라 이 석회 가마까지 온 것이다.

"이봐요, 독일 할아버지! 정말 볼 가치가 있다고 보장하실 수 있다면 그 그림들 좀 보여 주세요."

한 젊은이가 소리쳤다.

"암, 보장하고말고요, 대장님."

유대인 노인이 얼른 대답했다. 예의를 차리는 건지 하나의 술책으로 그러는 건지 그는 아무한테나 대장님이라고 불렀다.

"정말 근사한 그림들을 보여 드리지요!"

이렇게 말하면서 그는 상자를 적당한 자리에 고정하고 젊은이들에게 와서 기계의 유리 구멍을 통해 그림들을 보라고 권했다. 그러고는 대표적인 예술품들이라며 형편없이 긁히고 더럽혀진 그림들을 계속 보여 주었는데, 어떤 떠돌이 흥행사도 그처럼 뻔뻔스럽게 주위의 구경꾼들에게 그런 그림들을 보라고 강요할 수는 없을 정도였다. 더구나 그림들은 너무 낡아서 째진 틈과 주름 들로 누더기가 되다시피 했고 담배 연기에 그을려 더러워진 데다 전체적으로 형편없는 상태였다. 어떤 그림들은 여러 도시, 공공건물들, 폐허가 된 유럽의 성들이라고 했고, 어떤 그림들은 나폴레옹의 전투 장면과 넬슨의 해전 장면이라고 했다. 이 그림들 한가운데에서는 털이 난 거대한 갈색 손이 계속 보였는데, 운명의 손이라고 오해할 만한 그 손은 사실은 여러 전쟁 장면을 가리키며 역사적 해설을 덧붙이는 바로 그 흥행사의 손이었다. 그렇게 형편없이 빈약한 구경거리로도 모두 즐거워하며 그 흥행 관람을 마치자, 독일 노인은 어린 조더러 머리를 상자 속에 넣어 보라고 했다. 확대경을 통해서 보이는 그 아이의 둥근 장밋빛 얼굴은 거대한 타이탄 아이 같은 기묘하기 짝이 없는 모습이었다. 입은 활짝 웃고 있고 눈과 얼굴의 다른 부분들은 모두 그 장난을 아주 재미있어하고 있었다. 그러나 그 즐거워하던 얼굴이 갑자기 창백해지며 공포의 표정으로 바뀌었다. 그 예민하고 쉽게 흥분하는 아이가 유리를 통해 이선 브랜드의 눈이 자기를 계속 응시하고 있는 것을 느꼈기 때문이었다.

"이 아이한테 겁을 주시는군요, 대장님."

이선 브랜드가 말했다.

그 독일계 유대인이 구부리고 있던 자세에서 어둡고 억센 윤곽의 얼굴을 들어 올리며 대꾸했다.

"다시 한번 보시지요. 어쩌면 아주 근사한 것을 보실 수 있을 겁니다. 제 말을 믿으세요!"

이선 브랜드는 잠시 그 상자 안을 들여다보더니, 놀라서 움칫 물러서며 그 독일 노인을 뚫어지게 바라보았다. 그가 무엇을 본 걸까? 겉으로 보기엔 그 안에 아무것도 없는 것 같았다. 왜냐하면 한 호기심 많은 젊은이가 거의 동시에 그 안을 들여다보았는데 빈 화폭밖에 볼 수 없었기 때문이다.

"이제 당신 생각이 나오."

이선 브랜드가 그 흥행사에게 중얼거리듯 말했다.

"오, 대장님."

뉴렘버그의 그 유대인은 어두운 미소를 머금은 채 속삭였다.

"이 상자 속에 넣어 가지고 다니기는 너무 무겁지요, 이 '용서 받지 못할 죄'라는 놈 말입니다. 하루 종일 이놈을 메고 산을 올라왔더니 정말이지 어깨가 녹초가 돼 버렸어요."

"닥쳐요! 아니면 저 화로 속으로 꺼져 버리든지!"

이선 브랜드가 근엄하게 말했다.

유대인의 흥행 관람이 막 끝나자 어디선가 커다란 늙은 개가 나타났다. 이제 자신이 사람들의 관심의 대상이 되어야겠다고 생각하는 듯했다. 자기 개라고 주장하는 사람이 아무도 없는 걸 보면 아마도 주인이 없는 개 같았다. 그때까지 그 개는 아주 차분하고 유순한 늙은 개처럼 이 사람 저 사람 사이로 돌아다니면서 머리를 쓰다듬어 주는 수고를 아끼지 않는 친절한 사람의 손에 친근감의 표시로 거친 머리를 내밀고 있었다. 그러더니 이 차분하고 점잖던 네발짐승이 갑자기 아무도 시키지 않았는데 완전히 자의로 자신의 꼬리를 쫓아 돌기 시작했다. 그런데 그 꼬리는 그 우스꽝스러운 동작을 강조해 보이기라도 하듯 보통의 경우보다 훨씬 더 짧았다. 도저히 도달할 수 없는 목표물을 향해 그토록 열심히 뒤쫓는 모습은 일찍이 아무도 본 적이 없었고, 그 짐승의 한쪽 끝이 다른 쪽 끝부분과 도저히 용서할 수 없는 철천지 원수 사이라도 되는 것처럼 그토록 무섭게 으르렁거리고 짖어 대고 괴성을 질러 대는 소리 역시 아무도 들어 본 적이 없었다. 개는 점점 더 빠르게 빙글빙글 돌았고, 도저히 도달할 수 없는 짧은 꼬리는 점점 더 빨리 달아나고 있었으며, 분노와 적의에 가득 찬 그 소리는 점점 더 크고 사나워져 갔다. 결국 그 어리석고 늙은 개는 완전히 녹초가 되고 목표물은 더 멀어진 상태로 처음 시작할 때와 마찬가지로 아주 갑작스레 동작을 그쳤다. 다음 순간 개는 사람들과 친근하게 어울리던 처음의 차분하고 유순하고 지각 있고 점잖은 모습으로 다시 돌아갔다.

쉽게 상상할 수 있듯이 그 구경거리에 사람들은 온통 웃고 박수를 치고 앵콜을 외쳤고 그 개 연기자는 별로 흔들 것도 없는 짧은 꼬리를 흔들며 환호에 답했지만, 구경꾼들을 즐겁게 해 주는 그의 성공적인 노력을 반복할 능력은 완전히 상실한 것 같았다.

그러는 동안 이선 브랜드는 통나무 위에 다시 자리를 잡고 앉아 자신의 경우와 자기 자신을 쫓는 그 개 사이의 유사성을 깨달으면서 그 으스스한 웃음을 다시 터뜨렸다. 그 웃음소리는 그의 내적 존재의 상태를 그 무엇보다 잘 표현해 주고 있는 듯했다. 그 순간부터 사람들의 즐거움은 끝났다. 그들은 그 불길한 웃음소리가 지평선 주위로 울려 퍼지고 산들이 그 소리를 천둥소리처럼 크게 되울려서 그 공포의 소리가 그들의 귀에 계속 울리지나 않을까 두려워 겁에 질린 모습으로 서 있었다. 이윽고 그들은 달이 거의 지고 8월의 밤도 쌀쌀해지는 늦은 시간이 되었다고 서로 속삭이면서 석회 굽는 사람과 어린 조만을 달갑지 않은 손님과 함께 있도록 남겨 두고 서둘러 집으로 돌아갔다. 이 세 사람을 제외하고는 산허리의 열린 공간은 거대한 숲의 어둠 속에서 고독에 잠겨 있었다. 어슴푸레한 가장자리 너머로 소나무들의 당당한 몸통과 거의 검은색의 솔잎들이 어린 참나무며 단풍나무며 포플러 나무들의 좀 더 밝은 초록색과 뒤섞여 있는 모습, 그리고 여기저기 낙엽에 덮인 흙 위에서 썩어 가고 있는 거대한 죽은 나무들의 잔해가 가마 불빛에 희미하게 드러나 보였다. 겁이 많고 상상력이 풍부한 아이인 조에게는 그 고요한 숲이 마치 무슨 끔찍한 일이 일어날 때까지 숨을 죽이고 있는 것처럼 느껴졌다.

이선 브랜드는 불 속에 나무 더미를 더 집어넣고 가마의 문을 닫았다. 그러고는 어깨 너머로 석회 굽는 사람과 그의 아들을 돌아보며 권하기보다는 명령하는 듯한 어조로 그만 가서 쉬라고 말했다.

"난 어차피 잠이 올 것 같지 않소. 깊이 생각해 봐야 할 문제도 있고. 옛날에 하던 식으로 내가 불을 봐주겠소."

"그러면서 불에서 악마를 불러내 말벗으로 삼으시려는 거겠지."

위에서 언급한 그 검은 병에 담긴 술을 계속 마시고 있던 바트람이 중얼거렸다.

"하지만 원하신다면 불을 봐줘도 좋고 악마들을 얼마든지 불러내도 좋소! 나야 눈을 붙일 수 있으면 더 좋지. 조, 가자!"

아이는 아버지를 따라 오두막집으로 들어가면서 나그네를 돌아다보았다. 아이의 눈에 눈물이 고였다. 그 사람이 스스로를 가두고 있는 황량하고 끔찍스러운 고독을 그 여린 마음에 직감적으로 느꼈기 때문이었다.

그들이 사라지자 이선 브랜드는 불붙은 나무 더미가 탁탁

튀며 타는 소리를 들으면서 문틈으로 뿜어져 나오는 작은 불길을 바라보았다. 그러나 한때 그토록 익숙했던 그런 사소한 일들은 이제 그의 주의를 거의 끌지 못했다. 그는 자신을 온통 바쳤던 그 탐색 작업이 그에게 가져온, 서서히 이루어졌으나 엄청나게 달라진 그 변화를 마음속 깊이 되새겨 보고 있었다. 아주 옛날 그가 소박하고 다정한 사람으로 가마에 불을 피우고 불이 타는 동안 명상을 즐기던 시절, 밤이슬이 내리던 일이며 어두운 숲이 속삭이던 일이며 별빛이 그에게 쏟아지던 일들이 생각났다. 후에 그의 삶의 영감이 된 그 생각들에 대한 깊은 명상에 처음 빠져들기 시작했을 때 그가 지니고 있던 부드러움, 인간에 대한 사랑과 연민의 정, 그리고 인간의 죄와 슬픔에 대한 동정심도 생각이 났다. 그때는 인간의 가슴을 근원적으로 성스러운 신전 같은 것으로, 아무리 세속적으로 타락한다 해도 형제애를 가지고 신성하게 생각해야 하는 것으로 보면서 얼마나 경외감을 가지고 인간의 가슴을 들여다보았던가, 또 얼마나 강렬한 두려움을 느끼며 탐색의 성공을 후회하고 제발 '용서받지 못할 죄'가 그에게 드러나 보이지 않게 해 달라고 기도했던가 하는 생각들도 떠올랐다. 그 후의 과정에서 그의 정신과 가슴 사이의 균형을 무너뜨린 그 커다란 지적 발전의 단계가 뒤따른 것이었다. 그의 삶을 사로잡은 그 한 가지 생각은 그에게 하나의 교육적인 수단으로 작용했다. 그래서 힘을 계속 최대한으로 계발했고, 스스로를 무식한 노동자의 수준에서 대학의 학문적 지식을 갖춘 지상의 철학자들도 아무리 따라 오르려 해도 오를 수 없는 높은 경지까지 끌어올렸다. 그의 지적인 힘에 대해서는 이 정도로 이야기하자! 그렇다면 그의 가슴은 어떻게 되었는가? 그의 가슴은 말라 시들고, 오그라들고, 굳어지고, 그래서 결국 죽어 버렸다! 그의 가슴은 모든 사람들의 맥박과 함께 뛰기를 멈추고, 자석처럼 서로 달라붙어 있는 인간성의 고리를 놓쳤다. 그는 더 이상 우리 인간의 공통된 본성의 방이나 감방을 성스러운 공감의 열쇠로, 그 모든 비밀을 나눠 가질 권리를 부여하는 그 열쇠로 열 수 있는 형제가 아니었던 것이다. 그는 이제 인간을 실험 대상으로 삼고 마침내 꼭두각시로 만들어서 자신의 연구에 필요한 정도의 죄악을 범하도록 줄을 당겨 조정하는 냉혹한 관찰자가 되어 버렸다.

그렇게 해서 이선 브랜드는 악마가 된 것이다. 도덕적 본성이 지적 힘과 같은 보조로 발전해 가기를 그친 그 순간부터 그는 악마가 된 것이다. 그리고 이제, 지고한 노력과 그에 따른 필연적 발전의 결과로, 그 풍부하고 향기로운 열매로 일생의 작업의 밝고 화려한 꽃인 '용서받지 못할 죄'를 만들어 낸 것이다!

"이제 더 찾을 게 뭐가 있어? 더 이룰 게 뭐가 있어? 내 작업은 이제 끝났어. 성공적으로 끝난 거지!"

이선 브랜드는 스스로에게 말했다.

그는 앉아 있던 통나무에서 경쾌한 걸음걸이로 일어나 석회 가마의 돌 주위로 쌓아 올린 흙더미 둔덕을 올라서 그 건조물의 꼭대기에 이르렀다. 꼭대기 부분은 한쪽 끝에서 다른 쪽 끝까지 10피트 정도의 공간을 이루고 있었으며 가마 안에

쌓인 많은 대리석 조각들의 윗부분이 보였다. 그 수많은 대리석 덩어리와 조각 들이 불길에 벌겋게 달아올라 푸른 화염을 마구 뿜어내고 있었고, 그 화염은 마치 마술의 원 안에서 그러듯이 높이 치솟아 떨리며 미친 듯이 춤을 추면서 계속되는 다양한 동작으로 가라앉았다가 다시 솟아오르곤 했다. 그 고독한 사나이가 이 끔찍한 불더미 위로 몸을 굽히자 강력한 열기가 단숨에 그를 태워 바스러뜨릴 것 같은 소리를 내며 그의 몸 쪽으로 치솟아올랐다.

이선 브랜드는 곧은 자세로 서서 양팔을 높이 들어 올렸다. 그러자 푸른 화염이 얼굴 위로 너울대면서 황량하고 무시무시한 빛을 던졌는데, 그 무시무시한 빛은 그의 얼굴 표정에 아주 잘 어울렸다. 극심한 고통의 심연으로 막 뛰어들려는 악마의 표정이었기 때문이다.

"오, 더 이상 나의 어머니가 아니요, 그 가슴속으로 이 몸이 영원히 용해될 수 없는 어머니 대지여!"

그는 큰 소리로 외쳤다.

"오, 내가 형제애를 내던져 버리고 가슴을 이 발로 짓밟아 버린 인류여! 오, 나의 길을 앞으로 그리고 위로 밝혀 인도하듯 옛날에 나를 비추었던 하늘의 별들이여! 모두들 잘 있거라, 영원히. 자 오너라, 이제부터 내 친구가 될 죽음의 불길이여! 내가 너를 안듯이 나를 안아 다오!"

그날 밤 무시무시하게 울려 퍼지는 웃음소리가 석회 굽는 사람과 어린 아들의 잠 속으로 무겁게 스며 들어왔다. 그리고 공포와 고뇌의 여러 희미한 모습들이 그들의 꿈에 나타나 그들이 아침 햇살에 눈을 떴을 때도 여전히 그 오두막에 남아 있는 듯했다.

"애야, 일어나, 어서!"

석회 굽는 사람이 주위를 두리번거리며 말했다.

"고맙게도 결국 밤이 지나갔구나. 이런 고통스러운 밤을 하루 더 지내느니 1년 동안 깨어 있는 상태로 가마의 불을 지켜보는 게 낫겠다. 그 이선 브랜드라는 친구는 '용서받지 못할 죄'니 뭐니 허튼소리나 하고 내 일을 대신 봐준다면서 별로 도움을 준 것도 없어."

그는 오두막집을 나섰다. 어린 조도 아버지의 손을 꼭 붙들고 아버지를 따라갔다. 산꼭대기에는 이른 아침의 햇살이 이미 황금빛으로 쏟아지고 있었고, 계곡은 아직 그늘에 잠겨 있었지만 곧 밝아 올 햇살을 기다리며 즐겁게 미소를 머금고 있는 듯했다. 마을은 완만하게 솟아오른 산들로 완전히 둘러싸여 있어서, 마치 신의 커다란 손의 오목한 곳에 평화롭게 자리 잡은 것 같았다. 모든 집들이 또렷하게 보였다. 교회 두 곳의 조그만 첨탑이 위로 치솟은 채 도금한 풍향계에 비치는 황금빛 하늘을 배경으로 밝은 햇살에 반짝이고 있었다. 주막은 벌써 활기를 띠어, 입에 여송연을 물고 있는 늙은 역마차 사무관의 모습이 현관 입구 아래쪽에 보였다. 그레이록 산은 머리에 황금빛 구름을 두르고 영광스러운 자태를 뽐내고 있었다. 주위 산들의 가슴에도 하얀 운무가 여기저기 환상적인 모습으로 쌓여 있었는데, 어떤 것들은 계곡 저 아래로, 어떤 것들은 산꼭대기를 향해 위로, 그리고 안개 같기도 하고 구름 같기도 한 어떤 것들은 더 위쪽 하늘의 찬란한 황금빛 속에 떠돌고 있었다. 산 위에 걸린 구름들을 여기서 저기로 옮겨 밟으며 하늘 더 높이 떠 있는 구름까지 올라가면 사람도 그런 식으로 천국으로 올라갈 수 있을 듯싶었다. 땅과 하늘이 그처럼 신비롭게 섞여 있어서, 그 모습을 보는 것은 대낮에 꿈을 꾸는 느낌이었다.

자연이 으레 그렇듯이, 이런 장면에 친숙하고 자연스러운 것의 매력을 더해 주려는 듯 역마차가 덜커덕거리며 산길을 내려오고 있었다. 마부가 뿔나팔 경적을 울리자 그 소리가 메아리쳐 여러 소리가 되고 그 소리들이 서로 섞이며 풍성하고 다양하고 정교한 화음을 이루어서, 마부로서는 그 소리가 자신이 먼저 낸 소리라고 도저히 주장할 수 없을 정도였다. 거대한 산들이 각자 경쾌하고 아름다운 선율을 제공하며 함께 협주곡을 연주하고 있는 것이었다.

어린 조의 얼굴이 금세 밝아졌다.

"아빠, 그 이상한 사람이 떠나고 나니까 하늘과 산들이 다 즐거워하는 것 같아!"

아이가 즐겁게 이리저리 깡충깡충 뛰면서 소리쳤다.

"네 말이 맞다. 하지만 그 친구가 불을 꺼 놨어. 500부셸 정도의 대리석은 그런대로 망치지 않았지만, 그 친구한테 고마워할 게 전혀 없게 돼 버렸어. 이 근처에서 그 친구를 붙잡기만 하면 화로 속에 집어 던져 버릴까 보다!"

석회 굽는 사람은 이렇게 저주를 하며 으르렁댔다.

그는 긴 막대기를 손에 들고 가마 꼭대기 쪽으로 올라갔다.

그리고 잠시 후 그의 아들을 불렀다.

"조, 이리 올라와 봐!"

어린 조는 둔덕으로 뛰어 올라가 아버지 옆에 섰다. 대리석은 다 타서 눈처럼 흰 완벽한 석회가 되어 있었다. 그러나 그 원 한가운데 표면에 마찬가지로 눈처럼 희게 완전히 석회가 된 사람의 해골이 마치 오랜 노고 후에 오래도록 쉬려고 누운 사람 같은 자세로 놓여 있었다. 이상하게 들리겠지만, 갈비뼈 안쪽에는 인간의 심장 모양이 남아 있었다.

"그 친구의 심장은 대리석으로 만들어졌단 말인가?"

그 이상한 현상에 어리둥절해져서 바트람이 말했다.

"어쨌든 그 친구는 특별히 좋아 보이는 양질의 석회로 타 버렸군. 뼈를 다 합치면 반 부셸 정도는 될 테니 그 친구 덕에 그만큼 더 득을 봤구먼."

이렇게 말하면서 그 거친 석회 굽는 사람은 막대기를 들어 그 해골 위로 떨어뜨렸다. 이선 브랜드의 잔해는 그렇게 해서 여러 조각으로 무너져 내렸다.

작품 해설

현실과 상상의 중립 지대에 놓인 모호한 세계

너새니얼 호손의 이름에서 대부분의 독자들은 아마도 『주홍 글자』를 곧 떠올릴 것이다. 역자 역시 『주홍 글자』를 통해 처음 호손을 접했다. 이 소설을 처음 읽은 것은 고등학교 1학년 때쯤으로 기억되는데, 그 후 영문학을 전공하는 학생과 선생의 과정을 거치는 동안 이 소설을 읽을 기회를 네댓 번 더 가지게 되었다. 처음 이 작품을 밤을 새워 단숨에 읽고 며칠 동안 그 감동에서 헤어나지 못했을 때, 이 작품은 아름답고 슬픈 사랑의 이야기였다. 그러나 대학 시절 강의 시간에 원문으로 다시 읽은 이 소설은 자연, 인물들, 그리고 주홍 글자 자체에 담긴 풍부한 상징적 의미, 괴기스럽고 초자연적이며 환상적인 분위기의 묘사, 인물들 간의 섬세하고 복합적인 심리적 갈등과 죄의식, 이런 것들을 통해 한결 더 복합적이고 신비롭고 오묘한 감동을 전하는 것이었다. 외국 유학 시절 또다시 읽어야 했던 이 소설에서 역자가 받은 새로운 감명은 이 소설이 초기 미국 사회의 음울하고 경직된 청교주의(퓨리터니즘)적 삶 속에 함축하고 있는 미국 사회와 문화에 대한 깊고 풍부한 역사적 인식, 그리고 인간 본성과 그 운명에 대한 근원적인 깊은 통찰이었다. 이렇게 학생의 과정을 거친 후 나중에 선생이 되어 이 작품을 강의실에서 직접 가르치게 되었을 때, 역자는 여러 학자와 비평가 들의 다양한 해석을 읽고 참고하면서 이 작품에 담긴 다층적이고 풍부한 의미들을 다시 한번 확인할 수 있었다.

이처럼 『주홍 글자』에 대한 긴 설명으로 이 글을 시작하는 것은 많은 독자들이 읽어 보았음 직한 이 작품이 호손의 대표작답게 호손 문학의 여러 가지 특성과 다양하고 풍부한 요소들을 고루 갖추고 있어서, 이 작품을 음미하는 것이 이 책에 실린 호손의 단편 소설들을 이해하는 데 큰 도움을 줄 수 있으리라 생각되었기 때문이다.

호손은 잘 알려진 대로 19세기 초 미국 소설의 든든한 초석을 세우는 데 크게 기여한, 미국 낭만주의 소설의 대표적 작가로 미국 문학사에서 매우 중요한 위치를 차지하는 소설가이다. 호손의 낭만주의적 정신은 당대 미국 낭만주의의 또 하나의 큰 흐름을 대표하는 에머슨, 소로 등의 초절주의자들이 인간의 정신과 인류의 진보에 대한 밝은 믿음을 고취한 것과는 대조적으로 인간의 어두운 내면적 삶, 무의식의 심리적 세계, 인간 본성에 내재한 신비스러운 죄와 악의 문제 등 이른바 인간 정신의 '검은 힘'을 집요하게 탐험한 데서 그 독특한 특성을 보여 주고 있다. 그러나 호손의 이러한 정신은 그 관심을 개인의 영역에만 머무르게 하지 않고 개인이 한 부분을 이루는 사회와 시대, 개인과 사회의 복합적인 관계로 확산시켜 작품 세계에 항상 역사 인식과 윤리 의식을 부여하는 또 다른 특성을 지닌다.

주제적 측면의 이러한 독창성 못지않게, 그런 주제를 표현하는 문학 형식과 기교에 있어서도 그의 독창성은 돋보인다. 호손이 작품 활동을 시작한 19세기 초는 영국 소설의 아류적 관습 외에 이렇다 할 미국적 소설의 전통이 아직 제대로 자리 잡지 못한 시기였다. 지금은 호손 소설의 상표처럼 받아들여지고 있는 상징적 수법, 알레고리 형식, 환상적 묘사, 모호함의 기법 등이 당시로서는 매우 독창적이고 현대적인 형식상의 실험이었던 것이다. 특히 호손의 소설을 이야기할 때 우리는 '로맨스(romance)'라는 용어를 자주 언급하게 되는데, 사실적인 '소설(novel)'과 대조적인 개념으로 호손이 사용한 '로맨스'는 호손의 개성과 소설적 특성을 잘 보여 주는 용어로서 그 당시에는 혁명적 개념이었다고 볼 수 있다. 호손은 장편 소설들의 서문을 통해 늘 로맨스 작가로서의 자신의 임무를 강조하며 자신의 일관된 소설 이론을 개진했다. 특히 아래에 인용할, 호손의 로맨스 이론의 백미라 할 만한 두 구절은 위에서 언급한 호손 소설의 여러 가지 특징과 그러한 특징의 정당성을 설득력 있게 설명해 준다는 점에서 주목을 요한다. 첫 구절은 『일곱 박공의 집』 서문에서, 둘째 구절은 『주홍 글자』의 서

문 격인 「세관」에서 각각 인용한 것이다.

작가가 자신의 작품을 '로맨스'라고 부를 때 그 형식이나 소재에 있어서 '소설'을 쓴다고 공언할 경우와는 다른 어떤 자유로움을 요구한다는 것은 당연한 일이다.

후자(소설)는 단순히 가능한 것이 아니라 일상적이고 실제로 일어날 개연성이 높은 인간 경험의 세부적 사실들에 대한 충실한 묘사를 목표로 삼는다. 반면 전자(로맨스)는, 물론 예술 작품으로서 어떤 규칙을 엄격히 따라야 하고 인간의 가슴의 진실로부터 벗어날 때 용서받을 수 없는 죄를 범하게 되는 것이긴 하지만, 작가 자신이 선택하고 창조해 낸 훨씬 더 자유로운 상황에서 인간의 가슴의 진실을 제시할 권리를 지닌 서술 형식이다. 로맨스 작가는 만일 필요하다면 어떤 빛을 더 강하게 하거나 더 부드럽게 하고, 그림의 명암을 좀 더 진하고 풍부하게 하도록 분위기를 조성해 주는 매체를 자유롭게 활용할 수 있을 것이다. 그러나 현명한 로맨스 작가라면 이러한 특권을 아주 적절히 아껴서 활용해야 함은 물론이다.

우리에게 익숙한 방의 카펫 위를 비추면서 모든 물건들을 분명한 모습으로 아주 세세히 드러내면서도 아침이나 낮에 볼 때와는 다른 모습으로 보여 주는 달빛, 그런 달빛이야말로 로맨스 작가가 그의 환상적인 손님들과 친숙해지기 위해 사용할 가장 적절한 매체가 될 수 있을 것이다. (……) 방 안의 모든 구체적인 물건들은 자세히 드러나면서도, 이 이상한 달빛에 의해 영성화되어서 그들의 구체적인 실체에서 벗어나 지적인 어떤 것으로 변형이 되는 것이다. 아무리 작고 하찮은 것이라도 이러한 변화를 겪을 수 있고 그런 변화에 의해 어떤 위엄을 띨 수가 있다. (……) 그래서 이 익숙한 방의 마루는 실제적인 것과 상상적인 것이 만나서 서로의 본질에 섞여 스밀 수 있는, 사실적 세계와 환상적 세계 사이 어딘가의 중립 지대가 되는 것이다.

이렇듯 호손의 작가로서의 임무는 바로 "자신이 선택하고 창조해 낸 자유로운 상황에서 인간의 가슴의 진실을 제시"하는 것이었고, 그런 작가 의식 위에 세워진 그의 작품 세계는 우리에게 친숙한 일상적인 방의 세계이긴 하되 밝은 대낮의 햇빛이 아니라 '신비롭고 환상적인 달빛'에 의해 사물들이 구체적인 실체보다는 '영적으로 변형된 모습'으로 드러나는, '현실과 환상과 실제와 상상이 교묘히 섞이는 중립 지대'가 된 것이다. 호손의 이러한 소설 이론은 그가 장편 소설을 쓰기 시작한 중기 이후부터 더욱더 체계화된 것이 사실이지만 소설에 대한 호손의 이러한 생각은 그가 작품 활동을 시작한 초기부터 이미 일관되게 그의 작품들에 적용되어 왔음을 그의 많은 단편 소설들을 통해 확인할 수 있다. 호손은 초기에서 중기에 이르기까지는 단편 소설만 쓰고 중기 이후에는 장편 소설만 써서 집필 시기의 독특한 구분을 보여 주고 있는데, 이런 분명한 시기적 구분과는 별 관계 없이 그의 작가로서의 관심사나 작품 세계의 특성에 있어서 단편 소설들과 장편 소설들 사이에 근본적인 차이나 변화가 있지는 않다는 것 또한 매우 독특한 점이라고 볼 수 있다. 이것은 호손의 예술적 자의식과 개성이 얼마나 강한지, 그의 문학 세계가 얼마나 짙은 일관성을 유지해 왔는지, 그리고 예술 작품으로서 그의 소설들이 오랫동안 얼마나 고른 수준을 유지해 왔는지를 시사하는 좋은 예일 것이다. 그러나 장편과 단편이라는 장르의 특성에 따라 호손의 장편 소설들이 좀 더 보편적이고 복합적인 인간 관계의 경험을 좀 더 포괄적인 비전으로 그려 보이고 있다면, 그의 단편 소설들은 인간 경험의 좀 더 특수한 상황과 특수한 주제에 초점을 맞추고 있다고 볼 수 있을 것이다.

이 책에 실린 열두 작품은 호손의 단편 소설을 대표하는 엄선된 작품들로, 1831년부터 1850년까지 20년에 걸쳐 발표된 것들이다. 앞에서 시사한 대로 호손의 작품 세계는 초기부터 후기까지 근본적인 차이나 변화가 별로 없는 일관성을 유지하고 있는 것이 사실이지만, 그리고 여기에 실린 작품들도 본질적으로 공통된 주제들을 유사한 형식으로 다루고 있는 것이 사실이지만, 1830년대의 작품들과 1840년대의 작품들 사이에 작가적 관심의 방향에 따른 약간의 변화가 존재하고 있음은 흥미롭다. 1830년대의 일곱 작품(「나의 친척 몰리네 소령」, 「로저 맬빈의 매장」, 「젊은 굿맨 브라운」, 「웨이크필드」, 「야망이 큰 손님」, 「메리 마운트의 5월제 기둥」, 「목사의 검은 베일」)이 인간의 본성, 인간의 운명, 죄의식, 청교도 정신 등 호손의 일반적인 관심사를 대체로 개인의 차원에서 탐색하고 있는 반면, 1840년대에 발표한 다섯 작품(「반점」, 「천국행 철도」, 「미를 추구하는 예술가」, 「라파치니의 딸」, 「이선 브랜드」)은 비슷한 주제를 다루면서도 그것을 과학의 힘, 실용주의, 기계 문명 등 당대의 변화하는 사회 양상에 대한 관심과 연결 지어 문명 비판적인 관점으로 표출하고 있는 것이다. 이러한 변화는 1850년대에 접어들면서 호손이 보다 복합적인 인간 경험의 세계를 보다 포괄적인 비전으로 그릴 수 있는 장편 소설에 전념하게 되는 사실과 결코 무관하지 않다는 데 중요한 의미가 있을 것이다.

이 열두 작품에 대한 이해와 감상과 최종적 평가는 독자 자신들의 몫이다. 그러나 바람직한 이해와 감상과 평가를 위해 독자들이 염두에 두고 잘 새겨보아야 할 호손의 아주 중요한 특성이 하나 있다. 그것은 '모호함'의 특성이다. 호손의 작품을 읽으면서 우리는 언어 구사의 모호함, 작중 인물이 하는 행동의 모호함, 인물에 대한 작가의 태도의 모호함, 화자와 작가 사이의 거리의 모호함, 그리고 사건 자체의 모호함에 이르기까지 여러 가지의 모호함에 자주 부딪히며 당황하게 된다. 사실 '모호함'은 호손의 모든 글에, 그리고 글로 표현된 그의 모든 생각에 편재해 있는 가장 두드러진 특성이어서, 이 모호성에 대한 이해가 호손 문학을 이해하는 관건이 된다고 해도 과언이 아닐 것이다.

그렇다면 우리는 이 모호함을 어떻게 이해하고 해석해야 할까. 우선 몇 가지 이해가 가능할 것이다. 언어로 된 모든 텍스트는 언어 자체에 내재한 해석의 문제를 근원적으로 포함하고 있기 때문에 어느 정도의 모호성은 불가피하고 특히 문학 작품은 함축과 비유의 언어에 크게 의존할 수밖에 없기 때문에 사실 모호성은 모든 문학 작품의 근본적인 속성이라는 것이 그 하나가 될 수 있을 것이다. 그런데 호손은 유별나게 그 함축과 비유의 언어를 상징적으로 활용하기를 좋아하는 작가이기 때문에 모호함의 정도가 더 강할 수밖에 없다는 것이 또 하나의 해석이 될 수 있을 것이다. 또한 호손이 즐겨 다루는 인간의 심리적 측면, 무의식의 세계 자체가 모호함을 그 특성으로 하고 있지 않느냐는 것이 또 하나의 설명이 될 수 있을 것이다. 또한 앞의 인용문에서 살펴본 대로 "실제적인 것과 상상적인 것이 만나서 서로의 본질에 섞여 스밀 수 있는 중립 지대"를 작품 세계로 선호하는 그의 취향이 결과적으로 이것 같기도 하고 저것 같기도 한 모호한 세계를 창조해 낸 것이라고 이해할 수도 있을 것이다. 그러나 호손의 모호함은 무엇보다 삶의 이치와 삶의 진실에 대한 그의 깊고 복합적인 이해에서 비롯된 것이라고 역자는 생각한다.

호손은 결코 사물의 이치를 단순하게 피상적으로 받아들이거나 이것 아니면 저것 식의 이분법적 재단으로 파악하지 않는다. 그는 근본적으로 사색적이고, 무엇보다도 사물과 삶의 이치에 대한 단순한 논리나 명쾌한 해석을 항상 경계하고 그것에 대해 회의적인 태도를 취하는 작가이다. 그래서 늘 사물과 삶의 양상에 대해 이중적인 또는 다층적인 측면을 살피는 복합적 관점을 취해 온 것이다. 그의 이러한 태도는 '분명한 미국의 운명'에 대한 확신, 명쾌한 진보 논리, 안이한 낙관주의 등 당대 미국 사회에 만연했던 경박한 정신적·지적 풍토에 대한 비판적 반작용의 산물이기도 하고, 청교주의(퓨리터니즘)의 가능성과 한계, 과학 문명 발달의 양면성, 다양한 개혁 운

동의 허와 실에 대한 그의 관조적 인식의 결과이기도 하다. 호손의 모호함은 바로 이러한 복합적 관점과 복합적 인식의 표현의 결과로 나타나는데, 그것이 복합적이고 다층적이기 때문에 모호해 보일 수밖에 없지만, 그것은 진실을 호도하는 것이 아니라 오히려 진실의 균형 잡힌 참모습에 가까운 것으로 이해되어야 할 것이다. 다시 말해 호손의 모호함은 진실의 회피나 호도라기보다는 오히려 진실의 참모습에 대한 깊은 이해를 뜻하는 것으로 보아야 한다는 말이다.

이 작품들을 읽으면서 독자들도 호손의 이러한 모호함의 미학을 이해하고, 복합적인 관점과 인식의 눈으로 이 작품들의 보기처럼 단순하지만은 않은 다양한 의미들을 천착해 보기 바란다. 예컨대 「나의 친척 몰리네 소령」은 성장 입문 소설 혹은 영국과 식민지 미국과의 갈등을 극화한 역사적 알레고리로 읽을 수 있겠고, 심리적 여행이라는 모티프나 로빈과 몰리네 소령 사이의 부자(父子) 모티프에 주목해 볼 수도 있을 것이다. 또한 「로저 맬빈의 매장」은 표면적으로 드러나는 죄의식과 속죄라는 주제뿐만 아니라 로저 맬빈과 로이벤, 로이벤과 사이러스 사이의 이중적인 프로이트적 부자 관계의 주제를 다룬 이야기로 읽을 수 있을 것이고, 「목사의 검은 베일」에서는 검은 베일의 이중적 기능, 즉 목사의 얼굴을 가리는 기능과 그것을 통해 목사가 세상을 보는 매체로서의 기능이 가지는 의미를 천착해 볼 수도 있을 것이다. 「웨이크필드」의 경우는 작품의 끝 부분에서 작가가 암시하는 교훈적 의미 외에 인간 도착 심리의 탐색, 불가해한 인간의 운명에 대한 카프카적 접근, 자기 포기 혹은 추방의 모티프 등을 음미해 볼 필요가 있을 것이고, 「반점」에서는 에일머라는 인물에 투사되는 여러 가지 아이러니, 즉 왜곡된 과학 정신의 아이러니, 정신을 강조하면서 정신을 보지 못하는 아이러니, 인간의 비극적 결함을 보지 못하는 비극적 결함을 지닌 비극적 주인공의 아이러니에 주목할 수 있을 것이다. 「이선 브랜드」의 경우는 '용서받지 못할 죄'의 탐색이 가지는 부정적·긍정적 의미를 천착해 보고, 특히 자연의 태양빛과 대조되는 불의 상징에 주목해 그 악마성이 암시하는 과학 혹은 기계 문명의 위험에 대한 상징적 이야기로 이 작품을 읽을 수도 있을 것이다.

이런 다양한 글 읽기를 통해 독자들은 분명 이 작품들에 대한 보다 풍부하고 다층적인 이해에 도달할 수 있을 것이고, 그럼으로써 이 작품들을 더 깊고 풍부하게 즐기며 감상할 수 있을 것이다.

이 작품들의 번역을 위해서는 미국 노튼 출판사의 『너새니얼 호손 단편집(Nathaniel Hawthorne's Tales—A Norton Critical Edition)』(1987)을 텍스트로 삼았으며 옮긴이 주와 작가 연보도 주로 이 책을 참고했다. 작품 선정은 앞에서 이미 밝힌 대로 호손의 단편 소설을 대표할 만한 작품 자체의 질과 문제성을 기준으로 삼았다. 예를 들어 호손의 단편 소설로 독자들에게 아마도 가장 친숙할 「큰 바위 얼굴」은 작품의 질적 수준이 호손의 대표적 작품으로는 손색이 있다고 판단되어 포함시키지 않았다. 작품 배열은 연대순으로 하여 20여 년에 걸친 단편 소설 작가로서 호손의 편력을 확인하는 데 도움이 되도록 했다.

우리 말 번역은 우리 말로서 매끄럽게 표현하기보다는 가능한 한 원문의 내용을 충실하게 전하려고 노력했다. 줄거리나 플롯 위주가 아니라 고도의 상징적 표현과 정교하고 섬세한 문체를 생명으로 하는 호손 같은 작가의 글은 가능한 한 그 문체의 특성을 살려서 번역하는 것이 중요하다고 생각했기 때문이다. 또한 이 작품들을 원문으로 직접 읽고 확인해 보고 싶은 독자들에게도 도움을 줄 수 있으리라 생각했다. 아무쪼록 이 책이 독자 여러분의 문학적 상상력의 지평을 넓히는 데 조금이라도 기여할 수 있기를 바란다.

작가 연보

1804년　7월 4일 미국 매사추세츠 주 세일럼에서 선장인 너새니얼 호손(Nathaniel Hathorne)과 엘리자베스 매닝 호손의 둘째 아이로 태어났다.

1808년　아버지가 수리남에서 황열병으로 사망했다. 어머니, 누나 엘리자베스, 동생 루이자와 함께 외갓집으로 이사했다.

1813년　알 수 없는 발병으로 1814년까지 14개월 동안 투병했다. 이 병으로 다리를 약간 절게 되어 집에서 독서에 전념하며 더욱더 내성적인 성격이 되었다고 한다.

1816년　외가인 매닝(Manning) 가(家)가 땅을 소유하고 있는 메인 주 레이먼드에서 1819년까지 대부분의 시간을 보냈다.

1819년 어머니와 누나는 레이먼드에 남아 있고 너새니얼은 대학 입학 준비를 위해 세일럼으로 돌아온다.

1821년 메인 주 브룬스위크에 있는 보도인 대학에서 1825년까지 수학했다. 헨리 워즈워스 롱펠로와 후에 미국 14대 대통령이 된 프랭클린 피어스가 대학 동창으로, 특히 피어스와는 절친한 사이였다. 이름에 'w'를 붙여 호손(Hawthorne)으로 바꾸었다.

1825년 세일럼의 허버트 가에서 1839년까지 어머니와 함께 살며 뉴잉글랜드의 여러 곳과 뉴욕을 거쳐 나이아가라 폭포 등으로 여행을 다녔다.

1828년 시골 대학촌을 배경으로 한 멜로드라마 소설 『팬쇼(Fanshawe)』를 익명으로 출판했다. 그러나 이 작품이 마음에 들지 않아 모두 회수하여 소각했다고 한다.

1829년 초기 습작 소설들에 대해 새뮤얼 굿리치(Samuel Goodrich)와 서신을 교환했다. 굿리치는 시·소설·수필 등을 수록한 크리스마스 선물 책인 연간지 《더 토큰(The Token)》의 책임 편집자로, 『팬쇼』를 읽고 호손의 작가로서의 가능성을 인정했다고 한다.

1830년 10월에 최초의 스케치인 「첨탑에서 본 풍경(Sights from a Steeple)」을 《더 토큰》에 익명으로 발표했다. 《세일럼 가제트(Salem Gazette)》에 첫 단편 소설 「세 언덕의 분지 (The Hollow of the Three Hills)」를 발표했다.

1831년 첫 성공작들로 평가되는 「나의 친척 몰리네 소령(My Kinsman, Major Molineux)」, 「로저 맬빈의 매장(Roger

Malvin's Burial)」, 「점잖은 아이(The Gentle Boy)」를 모두 《더 토큰》에 발표했다.

1834년 단편 소설 묶음집으로 계획한 『이야기꾼(The Story Teller)』의 원고를 끝냈으나 이 야심찬 계획은 출판으로 이어지지 못했고 원고도 유실되었다.

1836년 8개월 동안 보스턴에 살면서 《유익하고 즐거운 지식의 미국 잡지(American Magazine of Useful and Entertaining Knowledge)》의 책임 편집을 맡았다.

1837년 단편집 『다시 듣는 이야기들(Twice-Told Tales)』 출판. 롱펠로가 호의적인 서평을 쓰고 두 사람이 다시 친해졌다. 소피아 피버디(Sophia Peabody)를 처음 만났다.

1839년 소피아 피버디와 약혼하고, 1840년까지 보스턴 세관에서 검사관으로 근무했다.

1840년 뉴잉글랜드의 역사를 어린이를 위한 묶음 이야기로 쓴 『할아버지의 의자(Grandfather's Chair)』 출판.

1841년 매사추세츠 주 웨스트 록스베리의 브룩 팜(Brook Farm) 공동체 실험에 참여해 4월부터 11월까지 브룩 팜에서 생활. 그러나 농부-이상주의자의 실험적 삶이 기질에 맞지 않아 브룩 팜에서 돌아왔다. 이때의 경험을 소재로 한 소설이 『블라이스데일 로맨스(The Blithedale Romance)』이다.

1842년 『다시 듣는 이야기들』 2판(증보판) 출판. 소피아 피버디와 결혼해 매사추세츠 주 콩코드에 있는 구 목사관으로 이사했다. 구 목사관에 머무르는 동안 랄프 왈도

에머슨, 헨리 데이비드 소로, 마가렛 풀러, 엘러리 채닝 등 이른바 '초절주의자(Transcendentalist)'들과 친교를 나누었다. 구 목사관에서 사는 삼 년 동안 20여 편의 단편 소설과 스케치 들을 쓰고 발표했다.

1844년 딸 우나(Una) 출생.

1845년 가족과 함께 세일럼으로 돌아왔다. 경제적 형편은 항상 좋은 편이 아니었지만 이 시기에 더 어려워진다.

1846년 단편 소설과 스케치 들을 모은 『구 목사관의 이끼(Mosses from an Old Manse)』 출판. 아들 줄리안(Julian) 출생. 세일럼 항(港)에서 1849년까지 조사관으로 일했다. 호손은 민주당과의 정치적 연관으로 이 일자리를 얻었다. 허먼 멜빌의 『타이피(Typee)』와 롱펠로의 『에반젤린(Evangeline)』에 관한 서평 등 비평문들을 《세일럼 애드버타이저(Salem Advertiser)》지에 발표했다.

1849년 휘그당이 선거에서 승리함에 따라 6월에 세관 조사관 직책에서 해고되었다. 호손은 이 해고가 공정하지 못하다고 생각해서 『주홍글자(Scarlet Letter)』의 서문인 「세관(The Custom-House)」을 통해 그의 정치적 반대자들을 비판했다. 7월에 어머니 사망. 9월경부터 『주홍 글자』 집필 시작.

1850년 『주홍 글자』 출판. 매사추세츠 주 레녹스로 이사했다. 허먼 멜빌과 만나 친구가 되었다. 같은 해 말에 출간된 『모비 딕(Moby-Dick)』의 집필에 상당한 영향을 주어

멜빌이 『모비 딕』을 호손에게 헌정했다.

1851년 『일곱 박공의 집(The House of the Seven Gables)』과 『눈 인형 및 다른 다시 듣는 이야기들(The Snow Image and Other Twice-Told Tales)』 집필. 고전 신화들을 어린이를 위해 다시 쓴 『놀라운 책(The Wonder Book)』을 출판했다. 5월에 딸 로즈(Rose) 출생. 11월에 가족과 함께 매사추세츠 주 웨스트 뉴턴으로 이사했다.

1852년 브룩 팜에서의 경험을 소재로 한 『블라이스데일 로맨스』 출판. 프랭클린 피어스의 전기 출판. 11월 피어스가 미국 대통령으로 당선되었다. 매사추세츠 주 콩코드에 자택 '길갓집(Wayside)'을 구입했다.

1853년 또 하나의 어린이를 위한 고전 신화 모음집인 『탱글우드 이야기들(Tanglewood Tales)』을 출판했다. 영국 리버풀 주재 미국 영사직을 얻어 7월에 가족과 함께 영국으로 이주하여 1857년까지 근무했다.

1854년 『구 목사관의 이끼』 2판 출판.

1857년 이탈리아의 로마와 피렌체에 1859년까지 거주했다.

1859년 로마를 배경으로 한 장편 소설 『대리석 폰(Marble Faun)』을 완성하기 위해 영국으로 돌아왔다.

1860년 마지막 장편 소설 『대리석 폰』 출판. 귀국해서 콩코드의 '길갓집'으로 돌아갔다.

1863년 영국에서의 경험에 관한 수상 모음집 『우리 옛집(Our Old Home)』 출판. 이 책을 프랭클린 피어스에게 헌정했다.

1864년　프랭클린 피어스와 함께 여행하다가 5월 19일 뉴햄프셔 주 플리머스에서 사망. 5월 23일 콩코드에 묻혔다.

수록 작품의 원제목과 발표 연도

「나의 친척 몰리네 소령(My Kinsman, Major Molineux)」(1831)

「로저 맬빈의 매장(Roger Malvin's Burial)」(1831)

「젊은 굿맨 브라운(Young Goodman Brown)」(1835)

「웨이크필드(Wakefield)」(1835)

「야망이 큰 손님(The Ambitious Guest)」(1835)

「메리마운트의 5월제 기둥(The May-Pole of Merry Mount)」(1835)

「목사의 검은 베일(The Minister's Black Veil)」(1835)

「반점(The Birthmark)」(1843)

「천국행 철도(The Celestial Railroad)」(1843)

「미를 추구하는 예술가(The Artist of the Beautiful)」(1844)

「라파치니의 딸(Rappaccini's Daughter)」(1844)

「이선 브랜드(Ethan Brand)」(1850)

세계문학전집 14

너새니얼 호손 단편선

1판 1쇄 펴냄 1998년 9월 30일
1판 42쇄 펴냄 2024년 4월 11일

지은이 너새니얼 호손
옮긴이 천승걸
발행인 박근섭, 박상준
펴낸곳 (주)민음사

출판등록 1966. 5. 19. (제 16-490호)
서울특별시 강남구 도산대로1길 62(신사동) 강남출판문화센터 5층 (우편번호 06027)
대표전화 02-515-2000 팩시밀리 02-515-2007
www.minumsa.com

ISBN 978-89-374-6014-2 04800
ISBN 978-89-374-6000-5 (세트)

민음사 세계문학전집

세계문학전집 목록

1·2 **변신 이야기** 오비디우스 · 이윤기 옮김 서울대 권장도서 100선
3 **햄릿** 셰익스피어 · 최종철 옮김 서울대 권장도서 100선 | 미국대학위원회 선정 SAT 추천도서
4 **변신 · 시골의사** 카프카 · 전영애 옮김 서울대 권장도서 100선
5 **동물농장** 오웰 · 도정일 옮김 미국대학위원회 선정 SAT 추천도서 | 《타임》 선정 현대 100대 영문소설
6 **허클베리 핀의 모험** 트웨인 · 김욱동 옮김 《뉴스위크》 선정 100대 명저
7 **암흑의 핵심** 콘래드 · 이상옥 옮김 미국대학위원회 선정 SAT 추천도서 | 《뉴스위크》 선정 10대 명저
8 **토니오 크뢰거 · 트리스탄 · 베네치아에서의 죽음** 토마스 만 · 안삼환 외 옮김 노벨 문학상 수상 작가
9 **문학이란 무엇인가** 사르트르 · 정명환 옮김
10 **한국단편문학선 1** 김동인 외 · 이남호 엮음 국립중앙도서관 선정 청소년 권장도서
11·12 **인간의 굴레에서** 서머싯 몸 · 송무 옮김
13 **이반 데니소비치, 수용소의 하루** 솔제니친 · 이영의 옮김 노벨 문학상 수상 작가
14 **너새니얼 호손 단편선** 호손 · 천승걸 옮김
15 **나의 미카엘** 오즈 · 최창모 옮김
16·17 **중국신화전설** 위앤커 · 전인초, 김선자 옮김
18 **고리오 영감** 발자크 · 박영근 옮김
19 **파리대왕** 골딩 · 유종호 옮김 노벨 문학상 수상 작가 | 《타임》 선정 현대 100대 영문소설
20 **한국단편문학선 2** 김동리 외 · 이남호 엮음
21·22 **파우스트** 괴테 · 정서웅 옮김 서울대 권장도서 100선 | 미국대학위원회 선정 SAT 추천도서
23·24 **빌헬름 마이스터의 수업시대** 괴테 · 안삼환 옮김
25 **젊은 베르테르의 슬픔** 괴테 · 박찬기 옮김 논술 및 수능에 출제된 책(1998~2005)
26 **이피게니에 · 스텔라** 괴테 · 박찬기 외 옮김
27 **다섯째 아이** 레싱 · 정덕애 옮김 노벨 문학상 수상 작가
28 **삶의 한가운데** 린저 · 박찬일 옮김
29 **농담** 쿤데라 · 방미경 옮김
30 **야성의 부름** 런던 · 권택영 옮김
31 **아메리칸** 제임스 · 최경도 옮김
32·33 **양철북** 그라스 · 장희창 옮김 노벨 문학상 수상 작가 | 서울대 권장도서 100선
34·35 **백년의 고독** 마르케스 · 조구호 옮김 노벨 문학상 수상 작가 | 서울대 권장도서 100선
36 **마담 보바리** 플로베르 · 김화영 옮김 서울대 권장도서 100선
37 **거미여인의 키스** 푸익 · 송병선 옮김
38 **달과 6펜스** 서머싯 몸 · 송무 옮김
39 **폴란드의 풍차** 지오노 · 박인철 옮김
40·41 **독일어 시간** 렌츠 · 정서웅 옮김
42 **말테의 수기** 릴케 · 문현미 옮김
43 **고도를 기다리며** 베케트 · 오증자 옮김 노벨 문학상 수상 작가 | 서울대 권장도서 100선
44 **데미안** 헤세 · 전영애 옮김 노벨 문학상 수상 작가
45 **젊은 예술가의 초상** 조이스 · 이상옥 옮김 서울대 권장도서 100선
46 **카탈로니아 찬가** 오웰 · 정영목 옮김
47 **호밀밭의 파수꾼** 샐린저 · 정영목 옮김 《타임》 선정 현대 100대 영문소설 | 미국대학위원회 선정 SAT 추천도서 | 《뉴스위크》 선정 100대 명저 | BBC 선정 꼭 읽어야 할 책
48·49 **파르마의 수도원** 스탕달 · 원윤수, 임미경 옮김
50 **수레바퀴 아래서** 헤세 · 김이섭 옮김 노벨 문학상 수상 작가 | 국립중앙도서관 선정 청소년 권장도서

51·52 **내 이름은 빨강** 파묵 · 이난아 옮김 노벨 문학상 수상 작가
53 **오셀로** 셰익스피어 · 최종철 옮김 서울대 권장도서 100선
54 **조서** 르 클레지오 · 김윤진 옮김 노벨 문학상 수상 작가
55 **모래의 여자** 아베 코보 · 김난주 옮김
56·57 **부덴브로크 가의 사람들** 토마스 만 · 홍성광 옮김 노벨 문학상 수상 작가
58 **싯다르타** 헤세 · 박병덕 옮김 노벨 문학상 수상 작가
59·60 **아들과 연인** 로렌스 · 정상준 옮김 《뉴스위크》 선정 100대 명저
61 **설국** 가와바타 야스나리 · 유숙자 옮김 노벨 문학상 수상 작가 | 서울대 권장도서 100선
62 **벨킨 이야기 · 스페이드 여왕** 푸슈킨 · 최선 옮김
63·64 **넙치** 그라스 · 김재혁 옮김 노벨 문학상 수상 작가
65 **소망 없는 불행** 한트케 · 윤용호 옮김 노벨 문학상 수상 작가
66 **나르치스와 골드문트** 헤세 · 임홍배 옮김 노벨 문학상 수상 작가
67 **황야의 이리** 헤세 · 김누리 옮김 노벨 문학상 수상 작가
68 **페테르부르크 이야기** 고골 · 조주관 옮김
69 **밤으로의 긴 여로** 오닐 · 민승남 옮김 노벨 문학상 수상 작가 | 미국대학위원회 선정 SAT 추천도서
70 **체호프 단편선** 체호프 · 박현섭 옮김
71 **버스 정류장** 가오싱젠 · 오수경 옮김 노벨 문학상 수상 작가
72 **구운몽** 김만중 · 송성욱 옮김 서울대 권장도서 100선 | 국립중앙도서관 선정 청소년 권장도서
73 **대머리 여가수** 이오네스코 · 오세곤 옮김
74 **이솝 우화집** 이솝 · 유종호 옮김 논술 및 수능에 출제된 책(1998~2005)
75 **위대한 개츠비** 피츠제럴드 · 김욱동 옮김 《타임》 선정 현대 100대 영문소설
76 **푸른 꽃** 노발리스 · 김재혁 옮김
77 **1984** 오웰 · 정회성 옮김 《타임》 선정 현대 100대 영문소설 | 《뉴스위크》 선정 100대 명저
78·79 **영혼의 집** 아옌데 · 권미선 옮김
80 **첫사랑** 투르게네프 · 이항재 옮김
81 **내가 죽어 누워 있을 때** 포크너 · 김명주 옮김 노벨 문학상 수상 작가
82 **런던 스케치** 레싱 · 서숙 옮김 노벨 문학상 수상 작가
83 **팡세** 파스칼 · 이환 옮김
84 **질투** 로브그리예 · 박이문, 박희원 옮김
85·86 **채털리 부인의 연인** 로렌스 · 이인규 옮김
87 **그 후** 나쓰메 소세키 · 윤상인 옮김
88 **오만과 편견** 오스틴 · 윤지관, 전승희 옮김 미국대학위원회 선정 SAT 추천도서
89·90 **부활** 톨스토이 · 연진희 옮김 논술 및 수능에 출제된 책(1998~2005)
91 **방드르디, 태평양의 끝** 투르니에 · 김화영 옮김
92 **미겔 스트리트** 나이폴 · 이상옥 옮김 노벨 문학상 수상 작가
93 **페드로 파라모** 룰포 · 정창 옮김
94 **차라투스트라는 이렇게 말했다** 니체 · 장희창 옮김 국립중앙도서관 선정 청소년 권장도서
95·96 **적과 흑** 스탕달 · 이동렬 옮김 국립중앙도서관 선정 청소년 권장도서
97·98 **콜레라 시대의 사랑** 마르케스 · 송병선 옮김 노벨 문학상 수상 작가 | BBC 선정 꼭 읽어야 할 책
99 **맥베스** 셰익스피어 · 최종철 옮김 서울대 권장도서 100선 | 미국대학위원회 선정 SAT 추천도서
100 **춘향전** 작자 미상 · 송성욱 풀어 옮김 서울대 권장도서 100선
101 **페르디두르케** 곰브로비치 · 윤진 옮김
102 **포르노그라피아** 곰브로비치 · 임미경 옮김
103 **인간 실격** 다자이 오사무 · 김춘미 옮김
104 **네루다의 우편배달부** 스카르메타 · 우석균 옮김

105·106 **이탈리아 기행** 괴테·박찬기 외 옮김

107 **나무 위의 남작** 칼비노·이현경 옮김

108 **달콤 쌉싸름한 초콜릿** 에스키벨·권미선 옮김

109·110 **제인 에어** C. 브론테·유종호 옮김 BBC 선정 꼭 읽어야 할 책

111 **크눌프** 헤세·이노은 옮김 노벨 문학상 수상 작가

112 **시계태엽 오렌지** 버지스·박시영 옮김 《타임》 선정 현대 100대 영문소설 | 《뉴스위크》 선정 100대 명저

113·114 **파리의 노트르담** 위고·정기수 옮김 미국대학위원회 선정 SAT 추천도서

115 **새로운 인생** 단테·박우수 옮김

116·117 **로드 짐** 콘래드·이상옥 옮김 《뉴스위크》 선정 100대 명저

118 **폭풍의 언덕** E. 브론테·김종길 옮김 미국대학위원회 선정 SAT 추천도서

119 **텔크테에서의 만남** 그라스·안삼환 옮김 노벨 문학상 수상 작가

120 **검찰관** 고골·조주관 옮김

121 **안개** 우나무노·조민현 옮김

122 **나사의 회전** 제임스·최경도 옮김 미국대학위원회 선정 SAT 추천도서

123 **피츠제럴드 단편선 1** 피츠제럴드·김욱동 옮김

124 **목화밭의 고독 속에서** 콜테스·임수현 옮김

125 **돼지꿈** 황석영

126 **라셀라스** 존슨·이인규 옮김

127 **리어 왕** 셰익스피어·최종철 옮김 서울대 권장도서 100선 | 《뉴스위크》 선정 100대 명저

128·129 **쿠오 바디스** 시엔키에비츠·최성은 옮김 노벨 문학상 수상 작가

130 **자기만의 방·3기니** 울프·이미애 옮김

131 **시르트의 바닷가** 그라크·송진석 옮김

132 **이성과 감성** 오스틴·윤지관 옮김

133 **바덴바덴에서의 여름** 치프킨·이장욱 옮김

134 **새로운 인생** 파묵·이난아 옮김 노벨 문학상 수상 작가

135·136 **무지개** 로렌스·김정매 옮김

137 **인생의 베일** 서머싯 몸·황소연 옮김

138 **보이지 않는 도시들** 칼비노·이현경 옮김

139·140·141 **연초 도매상** 바스·이운경 옮김 《타임》 선정 현대 100대 영문소설

142·143 **플로스 강의 물방앗간** 엘리엇·한애경, 이봉지 옮김 미국대학위원회 선정 SAT 추천도서

144 **연인** 뒤라스·김인환 옮김

145·146 **이름 없는 주드** 하디·정종화 옮김

147 **제49호 품목의 경매** 핀천·김성곤 옮김 《타임》 선정 현대 100대 영문소설

148 **성역** 포크너·이진준 옮김 노벨 문학상 수상 작가 | 퓰리처상 수상 작가

149 **무진기행** 김승옥

150·151·152 **신곡(지옥편·연옥편·천국편)** 단테·박상진 옮김 《뉴스위크》 선정 100대 명저

153 **구덩이** 플라토노프·정보라 옮김

154·155·156 **카라마조프가의 형제들** 도스토옙스키·김연경 옮김

157 **지상의 양식** 지드·김화영 옮김 노벨 문학상 수상 작가

158 **밤의 군대들** 메일러·권택영 옮김 퓰리처상 수상 작가

159 **주홍 글자** 호손·김욱동 옮김 서울대 권장도서 100선 | 미국대학위원회 선정 SAT 추천도서

160 **깊은 강** 엔도 슈사쿠·유숙자 옮김

161 **욕망이라는 이름의 전차** 윌리엄스·김소임 옮김

162 **마사 퀘스트** 레싱·나영균 옮김 노벨 문학상 수상 작가

163·164 **운명의 딸** 아옌데·권미선 옮김

165 **모렐의 발명** 비오이 카사레스 · 송병선 옮김
166 **삼국유사** 일연 · 김원중 옮김 서울대 권장도서 100선
167 **풀잎은 노래한다** 레싱 · 이태동 옮김 노벨 문학상 수상 작가
168 **파리의 우울** 보들레르 · 윤영애 옮김
169 **포스트맨은 벨을 두 번 울린다** 케인 · 이만식 옮김
170 **썩은 잎** 마르케스 · 송병선 옮김 노벨 문학상 수상 작가
171 **모든 것이 산산이 부서지다** 아체베 · 조규형 옮김 《타임》 선정 현대 100대 영문소설
172 **한여름 밤의 꿈** 셰익스피어 · 최종철 옮김 미국대학위원회 선정 SAT 추천도서
173 **로미오와 줄리엣** 셰익스피어 · 최종철 옮김 미국대학위원회 선정 SAT 추천도서
174·175 **분노의 포도** 스타인벡 · 김승욱 옮김 노벨 문학상 수상 작가 | 《타임》 선정 현대 100대 영문소설
176·177 **괴테와의 대화** 에커만 · 장희창 옮김
178 **그물을 헤치고** 머독 · 유종호 옮김 《타임》 선정 현대 100대 영문소설
179 **브람스를 좋아하세요...** 사강 · 김남주 옮김
180 **카타리나 블룸의 잃어버린 명예** 하인리히 뵐 · 김연수 옮김 노벨 문학상 수상 작가
181·182 **에덴의 동쪽** 스타인벡 · 정회성 옮김 노벨 문학상 수상 작가
183 **순수의 시대** 워튼 · 송은주 옮김 《뉴스위크》 선정 100대 명저 | 퓰리처상 수상작
184 **도둑 일기** 주네 · 박형섭 옮김
185 **나자** 브르통 · 오생근 옮김
186·187 **캐치-22** 헬러 · 안정효 옮김 《타임》 선정 현대 100대 영문소설
188 **숄로호프 단편선** 숄로호프 · 이항재 옮김 노벨 문학상 수상 작가
189 **말** 사르트르 · 정명환 옮김
190·191 **보이지 않는 인간** 엘리슨 · 조영환 옮김 《타임》 선정 현대 100대 영문소설
192 **왑샷 가문 연대기** 치버 · 김승욱 옮김 퓰리처상 수상 작가
193 **왑샷 가문 몰락기** 치버 · 김승욱 옮김 퓰리처상 수상 작가
194 **필립과 다른 사람들** 노터봄 · 지명숙 옮김
195·196 **하드리아누스 황제의 회상록** 유르스나르 · 곽광수 옮김
197·198 **소피의 선택** 스타이런 · 한정아 옮김 퓰리처상 수상 작가
199 **피츠제럴드 단편선 2** 피츠제럴드 · 한은경 옮김
200 **홍길동전** 허균 · 김탁환 옮김
201 **요술 부지깽이** 쿠버 · 양윤희 옮김
202 **북호텔** 다비 · 원윤수 옮김
203 **톰 소여의 모험** 트웨인 · 김욱동 옮김
204 **금오신화** 김시습 · 이지하 옮김
205·206 **테스** 하디 · 정종화 옮김 미국대학위원회 선정 SAT 추천도서 | BBC 선정 꼭 읽어야 할 책
207 **브루스터플레이스의 여자들** 네일러 · 이소영 옮김
208 **더 이상 평안은 없다** 아체베 · 이소영 옮김
209 **그레인지 코플랜드의 세 번째 인생** 워커 · 김시현 옮김 퓰리처상 수상 작가
210 **어느 시골 신부의 일기** 베르나노스 · 정영란 옮김
211 **타라스 불바** 고골 · 조주관 옮김
212·213 **위대한 유산** 디킨스 · 이인규 옮김 서울대 권장도서 100선 | BBC 선정 꼭 읽어야 할 책
214 **면도날** 서머싯 몸 · 안진환 옮김
215·216 **성채** 크로닌 · 이은정 옮김
217 **오이디푸스 왕** 소포클레스 · 강대진 옮김 서울대 권장도서 100선
218 **세일즈맨의 죽음** 밀러 · 강유나 옮김
219·220·221 **안나 카레니나** 톨스토이 · 연진희 옮김 서울대 권장도서 100선

222 **오스카 와일드 작품선** 와일드 · 정영목 옮김
223 **벨아미** 모파상 · 송덕호 옮김
224 **파스쿠알 두아르테 가족** 호세 셀라 · 정동섭 옮김 노벨 문학상 수상 작가
225 **시칠리아에서의 대화** 비토리니 · 김운찬 옮김
226·227 **길 위에서** 케루악 · 이만식 옮김 《타임》 선정 현대 100대 영문소설 | 《뉴스위크》 선정 100대 명저
228 **우리 시대의 영웅** 레르몬토프 · 오정미 옮김
229 **아우라** 푸엔테스 · 송상기 옮김
230 **클링조어의 마지막 여름** 헤세 · 황승환 옮김 노벨 문학상 수상 작가
231 **리스본의 겨울** 무뇨스 몰리나 · 나송주 옮김
232 **뻐꾸기 둥지 위로 날아간 새** 키지 · 정회성 옮김 《타임》 선정 현대 100대 영문소설
233 **페널티킥 앞에 선 골키퍼의 불안** 한트케 · 윤용호 옮김 노벨 문학상 수상 작가
234 **참을 수 없는 존재의 가벼움** 쿤데라 · 이재룡 옮김
235·236 **바다여, 바다여** 머독 · 최옥영 옮김
237 **한 줌의 먼지** 에벌린 워 · 안진환 옮김 《타임》 선정 현대 100대 영문소설
238 **뜨거운 양철 지붕 위의 고양이 · 유리 동물원** 윌리엄스 · 김소임 옮김 퓰리처상 수상작
239 **지하로부터의 수기** 도스토옙스키 · 김연경 옮김
240 **키메라** 바스 · 이운경 옮김
241 **반쪼가리 자작** 칼비노 · 이현경 옮김
242 **벌집** 호세 셀라 · 남진희 옮김 노벨 문학상 수상 작가
243 **불멸** 쿤데라 · 김병욱 옮김
244·245 **파우스트 박사** 토마스 만 · 임홍배, 박병덕 옮김 노벨 문학상 수상 작가
246 **사랑할 때와 죽을 때** 레마르크 · 장희창 옮김
247 **누가 버지니아 울프를 두려워하랴?** 올비 · 강유나 옮김
248 **인형의 집** 입센 · 안미란 옮김
249 **위폐범들** 지드 · 원윤수 옮김 노벨 문학상 수상 작가
250 **무정** 이광수 · 정영훈 책임 편집 서울대 권장도서 100선
251·252 **의지와 운명** 푸엔테스 · 김현철 옮김
253 **폭력적인 삶** 파솔리니 · 이승수 옮김
254 **거장과 마르가리타** 불가코프 · 정보라 옮김
255·256 **경이로운 도시** 멘도사 · 김현철 옮김
257 **야쿱을 둘러싼 추측들** 욘존 · 손대영 옮김
258 **왕자와 거지** 트웨인 · 김욱동 옮김
259 **존재하지 않는 기사** 칼비노 · 이현경 옮김
260·261 **눈먼 암살자** 애트우드 · 차은정 옮김 《타임》 선정 현대 100대 영문소설
262 **베니스의 상인** 셰익스피어 · 최종철 옮김
263 **말리나** 바흐만 · 남정애 옮김
264 **사볼타 사건의 진실** 멘도사 · 권미선 옮김
265 **뒤렌마트 희곡선** 뒤렌마트 · 김혜숙 옮김
266 **이방인** 카뮈 · 김화영 옮김 노벨 문학상 수상 작가 | 미국대학위원회 선정 SAT 추천도서
267 **페스트** 카뮈 · 김화영 옮김 노벨 문학상 수상 작가 | 국립중앙도서관 선정 청소년 권장도서
268 **검은 튤립** 뒤마 · 송진석 옮김
269·270 **베를린 알렉산더 광장** 되블린 · 김재혁 옮김
271 **하얀 성** 파묵 · 이난아 옮김 노벨 문학상 수상 작가
272 **푸슈킨 선집** 푸슈킨 · 최선 옮김
273·274 **유리알 유희** 헤세 · 이영임 옮김 노벨 문학상 수상 작가

275 **픽션들** 보르헤스·송병선 옮김 서울대 권장도서 100선
276 **신의 화살** 아체베·이소영 옮김
277 **빌헬름 텔·간계와 사랑** 실러·홍성광 옮김
278 **노인과 바다** 헤밍웨이·김욱동 옮김 노벨 문학상 수상 작가 | 퓰리처상 수상작
279 **무기여 잘 있어라** 헤밍웨이·김욱동 옮김 미국대학위원회 선정 SAT 추천도서
280 **태양은 다시 떠오른다** 헤밍웨이·김욱동 옮김 《타임》 선정 현대 100대 영문 소설
281 **알레프** 보르헤스·송병선 옮김
282 **일곱 박공의 집** 호손·정소영 옮김
283 **에마** 오스틴·윤지관, 김영희 옮김
284·285 **죄와 벌** 도스토옙스키·김연경 옮김 미국대학위원회 선정 SAT 추천도서
286 **시련** 밀러·최영 옮김
287 **모두가 나의 아들** 밀러·최영 옮김
288·289 **누구를 위하여 종은 울리나** 헤밍웨이·김욱동 옮김 노벨 문학상 수상 작가
290 **구르브 연락 없다** 멘도사·정창 옮김
291·292·293 **데카메론** 보카치오·박상진 옮김
294 **나누어진 하늘** 볼프·전영애 옮김
295·296 **제브데트 씨와 아들들** 파묵·이난아 옮김 노벨 문학상 수상 작가
297·298 **여인의 초상** 제임스·최경도 옮김 미국대학위원회 선정 SAT 추천도서
299 **압살롬, 압살롬!** 포크너·이태동 옮김 노벨 문학상 수상 작가
300 **이상 소설 전집** 이상·권영민 책임 편집
301·302·303·304·305 **레 미제라블** 위고·정기수 옮김
306 **관객모독** 한트케·윤용호 옮김 노벨 문학상 수상 작가
307 **더블린 사람들** 조이스·이종일 옮김
308 **에드거 앨런 포 단편선** 앨런 포·전승희 옮김 미국대학위원회 선정 SAT 추천도서
309 **보이체크·당통의 죽음** 뷔히너·홍성광 옮김
310 **노르웨이의 숲** 무라카미 하루키·양억관 옮김
311 **운명론자 자크와 그의 주인** 디드로·김희영 옮김
312·313 **헤밍웨이 단편선** 헤밍웨이·김욱동 옮김 노벨 문학상 수상 작가
314 **피라미드** 골딩·안지현 옮김 노벨 문학상 수상 작가
315 **닫힌 방·악마와 선한 신** 사르트르·지영래 옮김
316 **등대로** 울프·이미애 옮김 《타임》 선정 현대 100대 영문소설 | 《뉴스위크》 선정 100대 명저
317·318 **한국 희곡선** 송영 외·양승국 엮음
319 **여자의 일생** 모파상·이동렬 옮김
320 **의식** 노터봄·김영중 옮김
321 **육체의 악마** 라디게·원윤수 옮김
322·323 **감정 교육** 플로베르·지영화 옮김
324 **불타는 평원** 룰포·정창 옮김
325 **위대한 몬느** 알랭푸르니에·박영근 옮김
326 **라쇼몬** 아쿠타가와 류노스케·서은혜 옮김
327 **반바지 당나귀** 보스코·정영란 옮김
328 **정복자들** 말로·최윤주 옮김
329·330 **우리 동네 아이들** 마흐푸즈·배혜경 옮김 노벨 문학상 수상 작가
331·332 **개선문** 레마르크·장희창 옮김
333 **사바나의 개미 언덕** 아체베·이소영 옮김
334 **게걸음으로** 그라스·장희창 옮김 노벨 문학상 수상 작가

335 **코스모스** 곰브로비치 · 최성은 옮김
336 **좁은 문 · 전원교향곡 · 배덕자** 지드 · 동성식 옮김 노벨 문학상 수상 작가
337·338 **암 병동** 솔제니친 · 이영의 옮김 노벨 문학상 수상 작가
339 **피의 꽃잎들** 응구기 와 시옹오 · 왕은철 옮김
340 **운명** 케르테스 · 유진일 옮김 노벨 문학상 수상 작가
341·342 **벌거벗은 자와 죽은 자** 메일러 · 이운경 옮김 퓰리처상 수상 작가
343 **시지프 신화** 카뮈 · 김화영 옮김 노벨 문학상 수상 작가
344 **뇌우** 차오위 · 오수경 옮김
345 **모옌 중단편선** 모옌 · 심규호, 유소영 옮김 노벨 문학상 수상 작가
346 **일야서** 한사오궁 · 심규호, 유소영 옮김
347 **상속자들** 골딩 · 안지현 옮김 노벨 문학상 수상 작가
348 **설득** 오스틴 · 전승희 옮김
349 **히로시마 내 사랑** 뒤라스 · 방미경 옮김
350 **오 헨리 단편선** 오 헨리 · 김희용 옮김
351·352 **올리버 트위스트** 디킨스 · 이인규 옮김
353·354·355·356 **전쟁과 평화** 톨스토이 · 연진희 옮김
357 **다시 찾은 브라이즈헤드** 에벌린 워 · 백지민 옮김
358 **아무도 대령에게 편지하지 않다** 마르케스 · 송병선 옮김
359 **사양** 다자이 오사무 · 유숙자 옮김
360 **좌절** 케르테스 · 한경민 옮김 노벨 문학상 수상 작가
361·362 **닥터 지바고** 파스테르나크 · 김연경 옮김 노벨 문학상 수상 작가
363 **노생거 사원** 오스틴 · 윤지관 옮김
364 **개구리** 모옌 · 심규호, 유소영 옮김 노벨 문학상 수상 작가
365 **마왕** 투르니에 · 이원복 옮김 공쿠르상 수상 작가
366 **맨스필드 파크** 오스틴 · 김영희 옮김
367 **이선 프롬** 이디스 워튼 · 김욱동 옮김 퓰리처상 수상 작가
368 **여름** 이디스 워튼 · 김욱동 옮김 퓰리처상 수상 작가
369·370·371 **나는 고백한다** 자우메 카브레 · 권가람 옮김
372·373·374 **태엽 감는 새 연대기** 무라카미 하루키 · 김난주 옮김
375·376 **대사들** 제임스 · 정소영 옮김
377 **족장의 가을** 마르케스 · 송병선 옮김 노벨 문학상 수상 작가
378 **핏빛 자오선** 매카시 · 김시현 옮김
379 **모두 다 예쁜 말들** 매카시 · 김시현 옮김
380 **국경을 넘어** 매카시 · 김시현 옮김
381 **평원의 도시들** 매카시 · 김시현 옮김
382 **만년** 다자이 오사무 · 유숙자 옮김
383 **반항하는 인간** 카뮈 · 김화영 옮김 노벨 문학상 수상 작가
384·385·386 **악령** 도스토옙스키 · 김연경 옮김
387 **태평양을 막는 제방** 뒤라스 · 윤진 옮김
388 **남아 있는 나날** 가즈오 이시구로 · 송은경 옮김
389 **앙리 브륄라르의 생애** 스탕달 · 원윤수 옮김
390 **찻집** 라오서 · 오수경 옮김
391 **태어나지 않은 아이를 위한 기도** 케르테스 · 이상동 옮김 노벨 문학상 수상 작가
392·393 **서머싯 몸 단편선** 서머싯 몸 · 황소연 옮김
394 **케이크와 맥주** 서머싯 몸 · 황소연 옮김

세계문학전집은 계속 간행됩니다.